THE
AFTERMATH

モーガン夫人の秘密

リディアン・ブルック

下隆全 訳

作品社

モーガン夫人の秘密

本書をウォルター・ブルック、アンテア・ブルック、コリン・ブルック、
シェイラ・ブルックおよびキム・ブルックにささげる。

「人はあなたを『城壁の破れを直す者』と呼ぶ」
旧約聖書イザヤ書五八：一二（新共同訳）

「合理的ではなさそうだね——これほど広大な土地に一家族だけとは」
イヴリン・ウォー『ブライズヘッド　ふたたび』

一九四六年九月

第一章

「あのけだものは、ここに隠れている！　おれは、この目でしっかり見た！　アルバートも見た！　ディートマーも見たはずだ！　女の着る黒いコートのような毛だった！　歯ときたらまるでピアノの鍵盤みたいだったぜ」

「どうしても殺《や》らなきゃ！　俺たちの他に誰がやるっていうんだ？　トミー〔訳註・イギリス人の蔑称〕、ヤンキー、ロスケ、それともフレンチ野郎かい？　冗談じゃないぜ、どいつもこいつもガツガツいきり立っててよ、それどころじゃないんだ！　肉のついていない骨を奪い合う犬っころみたいに、殺気立ってるんだ。俺たちでやるっきゃないんだ！　あいつが逆襲してくる前にやっつけようぜ！　そうすりゃ、何もかもよくなるさ」

第二次世界大戦直後の一九四六年、ドイツのハンブルク市街はイギリス空軍の爆撃で破壊しつくされていた。瓦礫の山の中で、オッチ少年はヘルメットをかぶり直し、居並ぶ悪ガキ連中に向かって大声を張り上げていた。

オッチがかぶっているのは、市の中央にあるアルスター湖の畔《ほとり》でトラックの荷台からかっぱらってきたイギリス軍のヘルメットだ。アメリカ軍のヘルメットほど恰好よくないし、ロシア軍のヘルメットと比べても見劣りするけれど、少年の身体にぴったり合っていた。

ある日、アルスター湖の西側のダムトーア駅前で捕虜に向かって罵声を浴びせているイギリス軍の軍曹を見たオッチは、ヘルメットをかぶるたびにその軍曹の真似をしたくなるのだった。

こんなふうにだ。

「オイ！　お前ら、くそったれのドイツ人ども、みんな手を上げろ！　何の役にも立たない両手を上げろと言っているのだ！　わからんのか？　お前たちドイツ人はどうしてそんなに愚図で間抜けなんだ？　まったく、忌々しいったらありゃしない！」

すぐに両手を上げることのできなかったドイツ人たちは、軍曹が怒鳴っている言葉の意味がわからなかったわけではない。ろくに食事もしていないので、手を上げる元気も出なかっただけだ。誰の目にも、ドイツ人は愚図で間抜けで糞ったれに見えた。

少年が首から下に身につけていたのは、ぼろと贅沢の「間に合わせファッション」だった。おしゃれなドレッシングガウンに、年増の女中から取り上げたカーディガン、祖父にもらった襟なしシャツ、ネクタイをベルト代わりにした突撃隊員の巻き上げズボン、ずいぶん前に亡くなった駅長が履いていた先のすり切れた靴といった具合だ。

悪ガキ連中の顔は、みんな泥で黒く汚れていた。恐怖で大きく見開いた白目が不気味に光っていた。彼らはオッチの後について、瓦礫の山を縫うように歩いていった。少し進むと空き地があった。そこには、教会の尖塔の一部で円錐形のロケットのような部分が倒れたまま横たわっていた。オッチは片手を上げて他の連中を制し、ドレッシングガウンのポケットに手を突っ込んでルガー自動拳銃を探した。そして、鼻をくんくんさせながら言った。

「奴はここにいる。けだものの臭いがする」

悪ガキ連中も恐る恐る近づき、兎のように鼻をひくひくさせた。オッチは瓦礫化した円錐部を下から押し上げ、その横へにじり寄った。拳銃をとりだし、銃身を占い棒のように動かしてから、円錐部の横腹をコツコツとたたいてみせた。その中に目的のけだものがいるだろうと、目星をつけたのだ。

するとと突然、中から黒いものが電光石火のように跳び出した。悪ガキどもはみんな驚いて縮みあがったが、オッチは足を大きく一歩踏み出して拳銃を構え、片目をつぶって狙いをつけ、発砲した。

「ケダモノ！」

発砲音は湿った冷気の中に消え、弾丸の跳ねかえる金属音が聞こえた。撃ち損じた。

「あたった？」と聞く仲間の少年には返事をせず、オッチは銃をベルトに突っ込んだ。

「そのうちに仕留めてやるさ！　さあ、何か食いものを探しに行こうぜ！」


「大佐のお住まいになる家が見つかりました」

ウィルキンス大尉はたばこの火をもみ消し、机の後壁に張られたハンブルクの地図の前に立った。そして、黄色くなっている指先でその上をなぞっていった。臨時参謀本部の位置にはピンが刺してある。そこから西に向かう幹線に沿って、ハンマーブローク街とザンクト・ゲオルク地区を通り抜け、サッカースタジアムや歓楽街で有名なザンクト・パウリ地区やアルトナ地区を通り過ぎて郊外のブランケネセに向かう。そこは、エルベ河がくねりながら北海にそそぎ込んでおり、戦前は大小の漁港や魚市場でにぎわっていた場所だ。

地図は戦前のドイツのガイドブックから切り取ったものだ。この大都市圏一帯が今や灰と瓦礫の幽霊都市に変わりはてていることなど、その地図からは想像すらできない。

「川沿いにあって、びっくりするほど大きな邸宅です。ここです。きっと、お気に召すと思います」

そう言って、ウィルキンス大尉はエルベ河に並行して走るエルブショッセ通りの終点の曲がり角あたりを示し、指で円を描いた。

しかし、それを聞いているルイス・モーガン大佐はうわの空だった。ウィルキンス大尉の説明は、かつて人々の生活に余裕のあったころの話であって、今のモーガン大佐には別世界に思えた。ここ数カ月、大佐の食事はもっぱら一日必要最低限の二千五百カロリーに限られていた。大佐を悩ませたのは空腹だけではなかった。毎日のたばこや室内の暖房を確保することも容易ではなかった。そんな彼にとって、川辺のびっくりするほど大きな邸宅などとんでもないおとぎ話にしか思えなかった。

「大佐、どうかされましたか？」

モーガン大佐は気分が悪くなり、意識が混濁していき、今にも失神しそうになった。しかし、何とか気をとりなおして、ウィルキンス大尉に質問した。

「今そこには誰かが住んでいるのだろう？」

ウィルキンス大尉は、大佐の質問にどのように答えればいいのか、とっさに判断しきれずとまどった。申し分ない戦歴を持ち、評判もいい上官のルイス・モーガン大佐が、なぜこのようなわかりきった質問をするのか、その真意が理解できなかったからだ。若いウィルキンス大尉は、仕方なく、日ごろ読まされている戦陣録《マニュアル》の語法で答えることにした。

「はい、ドイツ人家族が住んでおります。しかしながら、彼らには道徳的な指針が欠如しているのであります。彼らは、我々にとっても、彼ら自身にとってもすこぶる危険なる存在なのであります。自分たちが何をすべきであるか、わかっていないのであります。彼らを規律正しく行動させる、公正で断固たる人間が必要なのであります」

モーガン大佐は、ウィルキンス大尉に話を続けるように促した。二人とも、寒さとカロリー制限のせいで、知らず知らずのうちに最小限の会話で意思を通じさせるわざを身につけていた。

「この家はルベルト一家のものであります。ルベルトの『ト』を強く発音します。ルベルト氏の妻は空襲で亡くなりましたが、彼女の家系には食品業界の大物がいました。ブローム・アンド・ボス社ともコネがありました。製粉工場を四つも持っていました。一方、ルベルト氏は建築家であります。ナチスとの直接のつながりは明らかではありません。断言できませんが、おそらく彼は『クリーン』と思われます。悪くても許容範囲の『グレー』ではないでしょうか」

「食パンか？」

「はあ——？」

ルイスは朝から何も食べていなかったので、「製粉工場」という言葉を聞いて思わず食パンを連想したのだ。頭の中で食パンのイメージが突然ふくらみはじめ、目の前の大尉の姿よりも現実味を帯びてきたのだった。

「続けたまえ——その家族についての説明を」

大佐はあたかも大尉の話を注意深く聞いているかのようにうなずいたり、あごを斜めにしていかにも詮索《せんさく》するような素振りを続けた。

「ルベルト氏の妻は一九四三年に大火災で亡くなっております。子どもは一人で、フリーダという十五歳の娘です。その他に、女中と料理人と庭師を雇っております。庭師は元国防軍の軍人で、雑役係としては一流であります」

ウィルキンス大尉は続けた。「この一家には、移転して同居できる親戚があります。彼らを追い出して、我々のスタッフを住まわせることもできるのでありますが、大佐どのにお譲りするのがいいかと思うのであります。この家は実に清潔であります」

第二次世界大戦の敗戦国ドイツは、戦勝国である米・英・仏・露の代表で構成される連合規制委員会、通称「CC（コントロール・コミッション）」の管理下に置かれていた。その一部門の「情報部」では、ソウル・シフターという装置を使って一般ドイツ人の潔白度を査定していた。そこで用いられた資料が「フラーグボーゲン」と呼ばれる一種の質問票だった。質問票には、回答者の現政権への協力度を測る百三十三項目の質問が書かれていた。ドイツ人たちはこの質問票に答えることで、ブラック（黒）とグレー（灰色）とクリーン（白）の三つに区分けされるのである。

「彼らは、自分たちの所有物件が徴用されることを覚悟しています。従いまして、大佐がその物件をご覧になって、彼らをそこから追い出すかどうかをお決めになれば済むのです」

「彼らは悲しみ、希望をなくすだろうね、大尉？」

「彼ら、とは？」

「ルベルト一家のことだよ。私が彼らを追い出したとしたら……」

「奴ら、ドイツ人たちには希望などという贅沢は許されません、大佐どの」

「そうだったな！　私としたことが、何という愚かなことを考えたものか」

大佐はここで話を打ち切ることにした。これ以上質問しつづけると、この有能な若い将校はきっと私の精神状態に不信をいだき、精神病院に報告書を出すだろう、と思ったからだ。大尉の制服には、銃や剣をつるす肩ひものついたサム・ブラウン・ベルトが誇らしげにキラキラ光っており、ゲートルもきっちりと巻かれていた。

熱気あふれるイギリス軍分遣隊本部を出たモーガン大佐は、九月末の早すぎる冷気の中に身をさらした。フーッとため息を吐き出し、ポケットから仔ヤギの革手袋を取り出して両手にはめた。連合軍が新ドイツの分割線を発表した日に、アメリカ軍騎兵隊の将校マクラウド大尉からもらったものだ。

そのとき、大尉は命令書を読みながらモーガン大佐に言った。

「イギリス軍は貧乏くじを引いたようですね。フランス軍はワインの産地をものにし、我々アメリカ軍は景色のいい場所を占拠できたが、あなたたちが手に入れたのは瓦礫の山ですよね！」

大佐はこの廃墟と化したハンブルクにやってきて以来、ずっと長い間、瓦礫の山に埋もれて暮らしてきた。だから、瓦礫の山にはすっかり慣れて、気にならなくなっていた。新たに分割統治することになった区画が瓦礫の山であっても、そこは、今の制服がしっくりなじむ場所だと思っていた。何の指針も規律もない混乱した戦後のドイツで何らとがめられることなく自由に行動するためにも、この制服こそが国際的に認められた正規の装束だと感じていた。

アメリカ製の手袋は確かに高価なものだが、もらって一番うれしかったのはロシア戦線で兵士が着るシープスキンのコートだった。ただ、その出所は多少複雑だ。それをくれたアメリカ兵はその前の持ち主であるナチス空軍の中尉から得、さらにナチスの中尉は捕虜のロシア赤軍の大佐から収得したらしい。今の寒さが続くと、そのコートを着ることになりそうだ。

モーガン大佐は、ウィルキンス大尉と別れてホッとした気分になっていた。この若い大尉は「CCG（コントロール・コミッション・ドイツ）」という新設の公務員団体の一員である。CCGというのは政府公認の独立組織で、クリップボードを片手にドイツ再建の計画策定に参加する設計者を気取る、鼻もちならない連中の組織だ。彼らのほとんどは、一般のドイツ人の日常生活に直接接しようとしなかったばかりか、中にはドイツ人を一人も見たことがないという者すらいた。つまり、CCGはドイツの現実を見ることなく、ただ自分たちの独断と偏見だけで物事を進める連中で構成されていたのだ。

大佐はコートから銀メッキのシガレットケースを取り出して開いた。いつも忘れずに磨きをかけているそのケースは、太陽の光を受けて光っていた。それは、彼が肌身離さずに持っている唯一の宝物だ。三年前、それまで住んでいた自宅の門で、妻のレイチェルが手渡してくれた餞別だった。「たばこを吸うとき、私を想い出してね」と言った彼女のことばを、ルイスは一日に五十回も六十回も想い起こしながら三年間を過ごしてきた。二人の愛の炎を消さないための、ささやかな儀式であった。

ルイスはたばこに火をつけ、愛の炎を見つめながら妻を想いやった。たしかに、長い間離ればなれになっていると、何ごとも現実以上に熱く感じられるものだ。とりわけ、ベッドの中で一緒に過ごした想い出は月日とともに強さを増していった——オリーブのようになめらかな肌、悩ましい曲線にかたどられたふくよかな肉体、ほとばしる情熱、それらを想像しながらルイスは寒くて孤独な夜に耐えてきた。だが、もうすぐに本物のレイチェルに会い、身体に触れ、匂いを嗅ぐことができるのだと思うと、ルイスは居ても立ってもいられなくなるのだった。

　黒光りするメルセデス五四〇Kがボンネットの上にイギリスの三角旗をはためかせながら、本部の階段前に停車した。サイドミラーに取りつけられたユニオン・ジャックが、唯一場違いに見えた。この車からはいろいろなことが連想されるが、とにかくルイスはこの「メルセデス」が好きだった。その輪郭と柔らかいエンジン音が何ともいえない。内装は、まるで外洋客船のように豪華で、しかも運転手のシュレーダーの慎重すぎるほどの運転ぶりがそのイメージにぴったりだ。この車がドイツ製であることはまぎれもない事実で、いくらたくさんのイギリスの徽章《きしょう》を取りつけても、これをイギリスふうに見せることなどできるわけがない。それに比べてトラブルの絶えない球根型のわが「オースチン一六」に我々イギリス軍人はさんざん慣らされ、鍛えられてきたのだ。

　ルイス・モーガン大佐は階段を下りて、運転手に軽く手を挙げた。運転手のシュレーダーは細身で背が高く、ひげは剃らずに、黒い帽子にケープをまとっていた。急いで運転席から飛びおり、きびきびした態度で車の後方を廻って、乗客用の後部ドアの横に立った。そして大佐に向かって敬礼し、ケープをおおげさになびかせながらドアを開いた。

「前の席がいいよ、シュレーダー君」

　思いもよらない主人の自由な言動にとまどったシュレーダーは言った。

「いけません《ナイン》、司令官どの《ヘアー・コマンダント》」

「いや、本気だ！　そのほうがいい《ゼアー・グート》」

「ではどうぞ《ビッテ》、大佐どの《ヘアー・オーベルスト》」

　ドンという鈍い音をたてて後部ドアを閉めたシュレーダーは、それでも主人がその場にとどまるのを期待して片手を上げた。

モーガン大佐はゲームでもするようにおどけて一歩後ろへ下がってみせたが、ドイツ人運転手の慇《いん》懃《ぎん》な恭順ぶりが気になり、憂鬱な気分になった。戦争の敗者が勝者の庇護にすがりつこうとする気持ちが、その態度に表れていたからだ。

車の中で大佐は、運転手に一枚の紙切れを手渡した。そこには、ルイスが近い将来住むことになる家の住所が書かれていた。それをちらりと見たシュレーダーは、大きく頷いた。

石畳のあちこちには、爆弾跡のくぼみが大小さまざまに口を開けていた。人々は、どこへ行くあてもなく放心状態でのろのろと歩いている。被爆を免れたさまざまな遺物を、リュックサックや木箱や段ボールに入れて運んでいた。誰もが重い足取りで、不安を引きずって歩いている。その合間を縫うように、シュレーダーはゆっくりと車を進めた。

人々はその時間をゼロ時《ストウンデ・ヌル》と呼んでいる。耳を聾する轟音が上空を覆い、街を破壊し、すべてを元に戻せないジグソーパズルと化した瞬間だ。そのとき、何もかもがゼロに帰し、最初からやり直さねばならなくなったのだ。その日の暮らしを立てていく手段すらなくなった。

今、目の前を、家具を満載した荷車が二人の女性の手で引かれていった。その横を、ブリーフ・ケースを抱えた一人の男性がせかせかと歩いている。男は、他のものはまったく目に入らない様子で、ひたすら自分の働いていた会社の建物跡を探しているようだった。

廃墟はどこまでも続いている。崩れずに残っている建物も、一階部分は瓦礫で埋まったままだ。今立っているこの場所で、かつては人々が新聞を読み、ケーキを焼き、壁にはどの絵を掛けようかなどと考えていたとは、とても信じられない。道路の片側には教会の正面《ファサード》の残骸が建っているが、中のステンドガラス越しに空が見え、集会場は風が吹き抜けていた。反対側のブロックにはアパートが群立していた。それぞれ、正面は完全に吹き飛ばされていたが、幸いにも内部は被害が少なかったようだ。

各部屋の中が外から丸見えの状態で、ある一室では、一人の女が化粧台の前の若い娘の髪を一心に梳《す》いているのが見えた。

もう少し行くと、小高く盛り上がった瓦礫の山があり、そのまわりに女や子どもたちが集まって、何か生活の足しになるものがないか、忘れものや落とし物がないか、探していた。ところどころに立っている黒い十字架は、その下に埋葬を待っている死体が横たわっていることを示していた。地下から突き出している奇妙な筒状の煙突は、地下街の黒い煙を吐き出していた。

「あれは兎かな？」

地面に開いた穴から飛び出してくる生き物を見て、大佐は運転手に聞いた。

「瓦礫の子どもたち《トリュマアキンダー》！」と、怒ったような声が返ってきた。「トリュマアキンダー」と俗に呼ばれている小動物のことで、ルイスにとって初めて聞く名前だったが、車に驚いて、次から次へと穴から飛び出し、運転をさまたげたのだ。

「悪ガキども《ウンゲチーファー》！」

シュレーダーは車の外に向かって大声でさけび、激しく唾をはきかけた。今度は、本物の瓦礫の子《トリュマア》どもたち《キンダー》だった。男女の区別のつかない貧しい服装の少年が三人、いきなり車の前に跳び出してきたのだ。警笛を鳴らしたが一向に気にする様子はなく、真っ黒なメルセデスの前に立ちふさがったのである。

「退け《ヴェグ》！　ぐずぐずするな《シュネル》！」

シュレーダーは激しい怒りで首筋の静脈をびくびく震わせて怒鳴り、再度警笛を鳴らした。そのとき、ドレスガウンを着てイギリス兵のヘルメットを被った少年が臆することなく、モーガン大佐の座っている側のサイドステップに駆け上ってきた。そして、窓ガラスをたたいて言った。

「何か、もってるかい《ヴァッツ・ユー・ゴット》？　イギリスの兵隊《トミー》さん！　すっごいサンドイッチ《ファッキング・サンドヴィッチ》とか、チョコレート《チョッキ》とか？」

　すると、シュレーダーが大佐と身体を交差させるようにして、少年に向けてこぶしを振り上げ、「そこから降りろ、今すぐに《シュタイグ・アウス・ゾフォルト》！」と叫んだ。そのとき、シュレーダーの唾がルイスの顔にもふりかかった。

　他の二人の少年はボンネットによじ登り、メルセデスの象徴である三角形のクロム製エンブレムを引き抜こうとしていた。体勢を元に戻したシュレーダーは、運転席から跳び下り、子どもたちめがけて突進した。子どもたちはボンネットの反対側に急いで逃れようとしたが、そのうちの一人がシャツを摑まれた。シュレーダーはその浮浪児をぐいと引きよせ、片手で首を押さえて、もう一方の手で尻を思い切り強くひっぱたきはじめた。

「シュレーダー！」

　モーガン大佐がこんな大声を張り上げたのは、ここ数カ月なかった。驚きと怒りで声がかすれていた。それでも、その声は運転手の耳に届かなかったようだ。シュレーダーは憎しみを込めて子どもをたたき続けた。

「やめなさい《ハルト》！」

　大佐は車を降りてドイツ語で叫んだ。他の子どもたちはその剣幕に怖れて逃げ腰になったが、シュレーダーもようやく気づいて、たたく手を止め、ハアハアと息を吐きながら車に戻ってきた。彼はいくらか恥じらいの表情を見せながらも、自分の行為は正しかったと自信たっぷりにモーガン大佐の顔を見た。しかし、大佐が怒っているのに気づき、その真意を測りかねている様子だ。

「ここへ来なさい《ヒアーブライベン》！」大佐は少年たちに向かって叫んだ。

　一番年上の少年を先頭に、悪ガキたちはこわごわ近づいてきた。その他に、埃《ほこり》まみれになった子どもたちもたくさん集まってきた。彼らが近づくと悪臭が鼻をついた。飢餓からくる浮腫のせいだ。彼らは、親切そうなイギリス軍人に向かって物乞いの手を一斉に伸ばしていた。ルイスは、車からチョコレートやオレンジの入った雑嚢をとりだし、チョコレートを一番年上の少年に与えた。

「みんなで分けなさい！《フエアタイル》」と指示してから、一番小さな五〜六歳の女の子にはオレンジを与えた。この子の人生は生まれて以来ずっと戦争ばかりだったはずだ、と思いながら、ルイスは「みんなで分けなさいね」と優しく言ったが、女の子はいきなりリンゴのようにかじりついた。そこで、ルイスは女の子に、まず皮を剝かねばならないことを教えようとしたところ、せっかくもらった贈り物を返さねばならないと思った女の子はそれを隠してしまった。子どもたちの数は増えるばかりで、互いに押し合い、手を伸ばし、中にはゴルフのクラブを杖にした片足の少年もいた。

「チョコレート《チヨッキー》、トミー！　チョコレート《チヨッキー》、トミー！」

もはや与える食べ物はなくなったが、もっと値打ちのある品物があった。大佐はシガレットケースから巻きたばこを十本引き出し、一番年上の少年に渡した。それを見た少年はびっくりして、見開いた眼をさらに大きく開いた。まるで、黄金を手にしたような気分になったのだろう。このようなやりとりが不法であることを、モーガン大佐は十分承知していた。ドイツ人と親しく交わってはいけないという規則に違反しているだけでなく、闇市場にまで手をだしたことになるからだ。だが、気にしなかった。この十本の巻きたばこがあれば、彼らはどこかの農家から食料を買えるだろう、と思ったのだ。

新秩序のもとで定められた法律や規則は、怒りと復讐心に駆られた者たちが机上で考え出したものにすぎない。今現在、そしていつかわからないが将来のある時期までは、このちっぽけな特別地で「私自身」が法律になってやるのだ、とルイス・モーガン大佐は自分に言い聞かせた。

シュテファン・ルベルトは、解雇せずに残したスタッフたちを前にして、最後の訓示を与えていた。

そこには、足を引きずってよたよた歩く庭師のリヒャルト、息を殺している女中のハイケ、頑固な性格のコックのグレタがいた。ハイケはすでに泣いていた。

「礼儀正しくふるまいなさい。私に仕える気持ちで、彼にも仕えなさい。そして、ハイケ？——それに他のみんなも——彼が何か仕事を言いつけたら、私に遠慮することなく引き受けなさい。それで私が気を悪くすることなどないから。お前たちをここに残していくのは、私の望むところなんだ。きっと、お前たちはこの家のあらゆる物事に目を配ってくれるだろうから」

ルベルト氏は前かがみになって、ハイケの丸い頬の涙を拭いてやった。

「さあ、もう泣くのはよしなさい。ロシア人を迎えることにならなかっただけでもありがたいと思いなさい。イギリス人は教養がないかも知れないが、残虐な性格ではないから」

「何か飲み物でも用意しておきましょうか、ルベルト様」

「もちろんだよ、ハイケ。私たちは礼儀にかなったふるまいをしなければならないからね」

するとグレタが言った。

「ビスケットを切らしております。ケーキしかありませんが」

「結構。では、紅茶にしよう。コーヒーじゃないよ。もっとも、我々は普段からコーヒーを飲まないがね。そう、それがかえって幸いしたようだ。そして、書斎でおもてなしすることにしよう。ここは明るすぎる」

将校がやってくるのは、どんよりとした灰色の天候の日だといいのに、とルベルト氏は思っていた。このホールは、高窓のアール・デコのステンドグラスを通してこの上なく明るい初秋の太陽の光が注ぎ、床の装飾をさらに魅力的に見せていた。高窓の向かい側には、中世吟遊詩人の画廊《ミニストレルズ・ギャラリー》があった。

「フリーダは今、どこにいる？」

「ご自分のお部屋にいらっしゃいます、旦那さま」とハイケが言った。

ルベルト氏は娘に会うのに、あらためて気持ちを引き締めねばならなかった。娘のフリーダとの心理的な葛藤はすでに一年前に終えたつもりでいたが、フリーダは依然として父親への抵抗をやめなかった。階段を足取り重くのぼっていき、フリーダの寝室の前で立ち停まってドアをノックした。返事がないのはわかっていたので、少し待ってからドアを開けて部屋に入った。フリーダはベッドの上で横になり、両脚を揃えてマットレスから数インチ高く持ち上げ、その上に本を一冊のせてバランスをとっていた。トーマス・マンの『魔の山』で、シュテファンが三十歳の誕生日に妻のクラウディアから贈られた署名入りの本だった。フリーダは、父親が傍らにいるのを無視して、両脚に神経を集中していた。どれほど時間が経ったのだろうか、フリーダの脚が震えはじめ、鼻息が荒くなっていった。感動的な光景だが、決して楽しそうには見えなかった。これは、ドイツ南部地方で習慣的に行なわれている体操で、フリーダは戦争が始まって以来定期的に続けているものだった。

体力つけども喜びなし――フリーダの顔面に赤みがさし、額からは玉のような汗がこぼれおちて、両脚が左右に揺れはじめた。それでも、脚の位置を少し低くしただけで、決して下ろさない。

父親は娘のかたくなな気持ちをほぐそうと、軽く冗談めかして言った。

「本を替えてみたら？　シェイクスピアとか、地図帳にしたら？　そのほうが体力測定しやすいと思うよ」

「本なんか問題じゃないわよ！」

「実は、イギリスの将校がやってくるんだ」

それを聞いたフリーダは突然、腕を使わずに起き上がった。そして、体操でもするかのように両脚を床に向けて振り、背中で束ねた髪の汗をぬぐいながら、嫌悪と反抗の入り混じった表情でじっと父親の顔を見つめた。

「挨拶をしてほしいんだ」とルベルト氏が言う。

「どうして？」

「どうしてもだ」

「死んだ母さんが残していったこの家を見捨てようとしているからでしょう」

「フリーダ、そんな言い方はやめてくれないか。とにかく、一緒に来てくれ。死んだママのためにも！」

「母さんが生きていたら、ここを出ていったりしないわよ。こんなこと絶対に許さないでしょうに！」

「とやかく言わずに、来なさい！」

「嫌よ！　私にはかまわないでちょうだい！」

「頼むから、一緒に来てくれ」

「乞食みたい！」

口汚く罵《ののし》る娘をにらみ返すことすらできない父親は、すごすごと背を向けて部屋を出るしかなかった。

ルベルト氏の息が荒くなっていた。階段を下りたところで、自分の姿を鏡に映してみたが、痩せて血色が悪く、鼻筋の輪郭もぼんやりしていた。スーツも一番古いのを着ていた。しかし、ふと考えた。これも悪くないのではないか。なぜなら、今の自分たちの哀れな姿をありのままにイギリス人将校に見せることになるのだから、と。

ルベルト氏が追い出されようとしている自宅は、ハンブルク一帯でも珍しく戦災を免れた高級住宅街エルブショッセにあって、そこでも最も豪華な住宅の一つとして有名である。イギリス人将校がどんなに贅沢に飢えていたとしても、この家ならば文句はないだろう、という自信があった。むしろ、心配なのは、イギリス人は古代ペリシテ人のように野蛮な侵略者で、ドイツ古来の貴重品の価値を知らないまま、略奪や破壊をするのではないか、ということだった。実際、ドイツの伝統的な文化財や貴重品がいたるところで連合軍の兵士たちの盗難にあっていることを聞かされていた。ルベルト氏がことさらに神経質になっているのは、メインルームの壁に掛かっているフェルナン・レジェの絵画とエミール・ノルデの木版だった。

あれやこれやと考えを巡らせながら、ルベルト氏は暖炉の灰を突ついて昨夜の残り火を少しだけ掻き出してみた。そうすることで、薪の代わりに家具を燃やしていたことがわかるようにしたのだ。そして、上着を脱ぎ、ネクタイをゆるめた。両手を腰にあて、片足をわずかに斜めに出して、威厳を失わない程度にうやうやしいポーズをとってみた。だが、それではあまりにもくだけすぎて、日ごろの自信たっぷりな姿を相手に見せつけるような気がしてきた。そこで、上着を着直し、ネクタイを締めなおした。また、髪の毛を後ろになでつけ、姿勢を正して、両手をズボンの前で軽く握りしめた。このほうがいい。自分の家を淡々と引き渡す覚悟のできた男としてふさわしい態度だろう、と思えた。

モーガン大佐と運転手のシュレーダーは、その後、車の中で一言も口をきかなかった。シュレーダーは街の悪ガキたちのことで頭がいっぱいになり、はけ口のない嫌悪と怒りにさかんに唇を動かしていたが、最後まで口に出そうとはしなかった。

やがて車は、三年前に英米の連合軍が空爆で徹底的に破壊した市街地のはずれまでやってきた。ここから先の道路は平坦で、両側にはプラタナスの街路樹が植わっており、背の高い生垣と門の奥に高級住宅が見え隠れしていた。かつてハンブルクの街に繁栄をもたらした銀行家や商人たちの住まいである。この道路がエルブショッセ通りであり、それに沿った一帯がエルブショッセと呼ばれる高級住宅地域だ。

ルイスは、ロンドン以外でこれほど立派で近代的な住宅街を見たことがない。ましてや、ここに自分が住めるなどとは考えもしなかった。

　道路がカーブしてエルベ河から離れようとしている場所に、ルベルト氏の屋敷があった。道路沿いの高級住宅の最後の豪邸で、それを見たとき、何かの間違いではないか、と疑ったほどである。それは、ポプラ並木に縁どりされた長い車道の終点にあって、白いウェディングケーキのような形の大きくて荘重な建造物である。家の前には屋根つきのポーチと、列柱で支えられた半円形のバルコニーがついている。一階は地面から数フィート高くなっていた。バルコニーは二段になっており、低いほうには堂々とした石段があって、高いほうは藤の巻きついた列柱に支えられて数百ヤード先のエルベ河の流れを眺めることができた。ルイスは、この明るいエレガントな大邸宅にすっかり圧倒されていた。それは、宮殿とはいえないまでも、将軍か首相の住まいにふさわしい建物で、自宅すら持ったことのない一軍人などが住めるところではないと思った。

　邸宅の前の車寄せに入ろうとメルセデスが向きを変えたとき、大佐の目に三人の人物が映った。二人の女性と一人の男性で、男性は儀仗兵のような服装をしていたので庭師だろうと思った。そのとき、もう一人の背の高い紳士がゆったりしたスーツ姿で階段を下りてきた。シュレーダーは車をゆっくりターンさせ、待ち受ける四人の前で停めた。

　大佐は、運転手がドアを開けるのを待たずに、自分で車を降り、ルベルト氏と思われる人物のほうへ歩いていった。その男性に敬礼しそうになったが、かろうじて思いとどまり、握手の手を差し出した。男性は大佐に挨拶の言葉を述べた。

「こんばんは《グーテン・アーベント》！　ルイス・モーガン大佐どの。よくいらっしゃいました。どうぞ。私たちは英語を話すことができます」

　ルベルト氏は、親しみをこめてモーガン大佐の手をしっかり握った。大佐には、ルベルト氏の手の温かみが手袋を通して十分に感じられた。

モーガン大佐は、女たちと庭師に向かって軽くうなずいてみせた。女中たちは頭を下げて挨拶を返してきた。若いほうの女が、好奇のまなざしでじっとルイスを見つめていた。おそらく、彼の話すドイツ語のアクセントや、見慣れない制服に興味を引かれたのだろう。大佐は彼女に微笑《ほほえ》み返した。

「そして、これがリヒャルトです」

紹介された庭師は靴の踵《かかと》をカチンと鳴らして直立し、握手した腕をぎこちなく動かして敬意を表した。

「どうぞ、お入りください」と、ルベルト氏が言った。

先ほど大佐に叱られた運転手のシュレーダーは、ふくれ面をして運転席にいたが、両足は外のサイドステップにのせていた。ルイスはそんな運転手を無視して、ルベルト氏の後について家の中に入った。

まずルイスが目にしたのは、前衛的な家具や、意味のわからない異様な形の工芸品だったが、それらはモダンすぎて、彼の趣味にあわなかった。だが、建物自体の質や設計技術はイギリスのどの邸宅より優れた水準にあった。

ルベルト氏は家じゅうのさまざまな部屋へ大佐を案内し、それぞれの用途や由緒について愛想よく説明していった。ルイスは、妻のレイチェルがこれらの部屋を見たらどのように思うだろうかと、想像してみた。広くて清潔な部屋、大理石のベンチ、グランドピアノ、回転テーブル、女中部屋、図書室、喫煙室、壁に掛かった名画の数々、これらに目を見張っているレイチェルの姿を想いうかべた。ひょっとしたら、これは今まで二人が耐えてきた離れ離れのさみしく貧しい生活のすべてを埋め合わせてくれるかもしれない、と思ったのである。

「お子さんたちは？」

寝室への階段を上がりながらルベルト氏が尋ねた。

「一人います。エドモンドといいます」

「では、エドモンド君はこの部屋が気にいるでしょうね」

そう言ってルベルト氏は、モーガン大佐を子ども部屋へ招きいれた。そこには、主に少女用のおもちゃがたくさん置いてあった。黒目のとび出した揺り木馬が部屋の奥にあり、背の上の女性用の鞍には陶器の人形が鎮座していた。中央には小さな四柱式ベッドがあり、足元にはジョージア王朝のタウンハウスを真似た犬小屋ほどの大きさの人形の家が置かれていた。その屋根の上には、中くらいの人形が数個足をぶらぶらさせ、床の上には陶器製の巨大人形が一列に並んで座り込んでいた。

「息子さんは、こんな女の子の遊び道具でも嫌がらないでしょうね？」

そう質問するルベルト氏に、ルイスははっきりと自信を持って答えることができなかった。何しろ、エドモンドが十歳のとき以来一度も顔を見ていないのだから。だが、おそらくは問題ないだろうと考えて、ルイスは答えた。

「もちろんですよ」

ルベルト氏のひと言ひと言には、個人的な熱い思いが込められていた。

「この部屋から、私たちはボートを眺めるのが大好きでした……そして、ここは私たちがカードを楽しんだ部屋です」

ルベルト氏のていねいな説明に耳を傾け、すばらしい部屋を見て回っているうちに、どうしたことか、ルイスは自分の気持ちが次第に落ち込んでいくのに気づいていた。ルイスにとっては、ルベルト氏がもっと敵対的だったり、冷淡だったりしてくれたほうがやりやすかった。そのほうが冷静に家屋の引き渡し交渉を進めることができるからだ。ところが、この予期せぬあまりにも親切な案内はどうしたものか？

二階にある八番目の部屋は夫婦の寝室で、最上級の趣向が凝らされていた。背が高く幅の狭いフランス式のボックスベッドが置かれ、そのヘッドボードの真上にはヨーロッパ中世都市の緑色の尖塔を描いたみごとな油絵がかかっていた。ルイスは、惨めさのどん底に突き落とされるような気分になった。そして、そんなルイスに最後のとどめを刺すかのように、ルベルト氏が言った。

「この絵は、私の大好きなドイツの街並みです」

ルイスはしばらく絵を見つめていたが、思い切ってフランスふうの窓のそばへ行った。庭とその向こうに広がるエルベ河を眺めるためだった。ルベルト氏も後についてきて、バルコニーに向けて窓を大きく開けながら言った。

「クラウディア――私の妻ですが――は、毎年夏になるとここに座ってじっとしているのが好きでした」

ルベルト氏はバルコニーへ出て、視野の端から端までをカバーするかのように両腕を思い切り伸ばし、水平にグルリと百八十度回転させながら、宣言するように言った。

「我がエルベ河！」

確かにこの河は「ヨーロッパの河」と呼ばれるにふさわしく、イングランドのどの河よりも大きく、ゆったりと流れている。湾曲部では川幅が半マイルにもなるそうだ。その北岸に並ぶ豪華な邸宅は、どれもこれもこの河の恩恵をたっぷり享受しているかのようだ。

「このエルベ河は我々の『ノルトゼー』に流れこんでいるのです。あなたがたの『北海《ノースシー》』にですね」

とルベルト氏が語りかける。

「結局は、同じ共有の海ですね」とモーガン大佐が返す。

ルベルト氏はこのやりとりがすごく気に入ったようだ。「そう、共有の海ですね」と何度も繰り返しつぶやいた。

こうしたルベルト氏の丁重な応対ぶりは、いかにも親切そうに見えるが、本音の部分では侵入者に対する陰険な嫌味が込められているともとれるものだった。進駐軍の幹部将校に対していささかも自らを卑下するところなく、自信たっぷりに語りかけるルベルト氏の態度には、かつては世界制覇を目指し、世界を破滅の淵にまで追いやったドイツ民族の自尊心からくる傲慢さや尊大さがにじみ出ていた。

しかし、ルイスの受け取り方は異なっていた。ルイスがルベルト氏から受けた印象は、一人の教養ある旧特権階級のドイツ人が、取り返しのつかない過去への痛恨の思いにかられている姿だった。この男は、今後降りかかるダメージを予測しながらも、最後まで礼儀正しくドイツ人としての誇りを保とうとしているのだろう、と思った。

「あなたのお宅は実にすばらしいものです、ルベルトさん」と言うルイス・モーガン大佐に、ルベルト氏は感謝の気持ちで軽く頭をさげた。

「でも、こんなに立派な家は私には必要ありませんよ――私の家族にとっても立派すぎます。これは、私たちが住み慣れた家のレベルをはるかに超えています」

思いがけない相手の反応に、ルベルト氏の目がキラッと光った。ひょっとしたら最悪の事態を避けることができるかもしれない、と思える情勢の変化を感じ取ったようだ。

「私には、別の考えがあります」モーガン大佐は大河の彼方に目をやった。そこには、彼らのいう「共有の海」がはてしなく広がっていた。今や、その海を渡って、長い間離れ離れに暮らしていたルイスの家族がこちらへ向かおうとしていた。

第二章

「あなた方が行こうとしているのはかつての敵国ドイツです。そこにはたくさんの見知らぬ人が住んでいます。しかし、彼らにはなるべく近寄らないようにしましょう。一緒に歩くことも、握手することも、家庭を訪問することもなりません。彼らと一緒にゲームをしたり、社交行事に参加したりしてもいけません。彼らに親切にすることは、あなたの弱みと見なされます。彼らを自分たちの社会の中に閉じ込めて、そこへは近づかないことです。彼らに憎しみの表情を見せるのもよくありません。なぜなら、それは彼らを喜ばせるだけだからです。彼らには常に冷淡に、的確に、威厳をもって接するようにしましょう。そっけなく、超然とした態度を示しなさい。どんなことがあっても、彼らと親しく交際してはなりません」

エドモンドは最後の部分を読み直して、母親のレイチェルに質問した。

「『親しく交際する《フラタナイズ》』ってどういうこと、母さん？」

エドモンドが今声に出して読んでいるのは、『ドイツへ行くあなたへ』という公式情報誌である。これは、ドイツへ出発するイギリス人家族に配られる冊子で、付録にお菓子や他の雑誌がついていた。

レイチェルはいつも、本や雑誌は自分で読む代わりに、息子のエドモンドに声を出して読ませることにしていた。息子の学習意欲をかきたてながら、自分も知識を共有することができるからである。

レイチェルは、別のことに気をとられてエドモンドの質問に即答できなかった。レイチェルが気にしたのは、「ドイツ人には、冷淡に、的確に、威厳をもって接しなさい」という文句だった。

「そうねえ……」

と、生返事をする母親にエドモンドはもう一度聞いた。

「ここに、『ドイツ人と親しく交際してはいけない』と書いてあるけど、親しく交際するって、どういう意味なの？」

「それはね……仲よくなるってことよ。つまり、私たちは彼らと仲よくなってはいけない、って書いてあるの」

エドモンドはちょっと考えてみたが腑に落ちないので、さらに訊いた。

「仮に、僕がドイツ人の誰かを好きになっても？」

「私たちは彼らとどんな関係も持ってはいけないのよ、エド。だから、友だちになることもないわ」

しかし、エドモンドの好奇心は治まらなかった。ギリシア神話のヒュドラのように、次から次と疑問が湧いてきた。

「ドイツは新植民地のようになるの？」

「そう、多少はね」

次々と質問を繰り出す息子にきっちり対応できない自分がもどかしく、こんなときに夫のルイスがいてくれれば、という思いを募らせるレイチェルだった。別れて住むようになってからすでに三年になる。エドモンドの明晰な好奇心には、打てば響く共鳴板が必要だった。かつてのレイチェルなら、どんな相手の話にも注意深く耳を傾け、的確な返事をしていたが、ルイスと離れているうちにいつの間にか集中力がなくなり、上の空の状態になることが多くなっていた。

そんな母親の反応に慣れっこになっていたエドモンドは、どんな質問も二度くりかえして聞くことにしていた。まるで、耳の遠い老人に対するように。

「ドイツ人たちは英語が話せるように勉強しなきゃならないだろうね？」

「そう思うわ、エド。先を読んでくれない？」

「あなた方がドイツ人に会ってまず思うのは、多分、彼らが我々によく似ているということでしょう。ただ、北部では例外的に針金のように細くて強く、背の高い、筋肉質で金髪の男女を見かけますが、一般のドイツ人は一見したところ我々とそっくりです。しかしながら、現実のドイツ人は見かけほど我々に似ているわけではありません」と、ここまで読んだエドモンドは、一応わかったような気分になってうなずいてみせた。しかし、その次の文はエドモンドの理解を超えるものだった。

「ドイツ人はとても音楽が好きです。ベートーベン、ワーグナー、それにバッハはみんなドイツ人です」

頭の中が混乱してきたエドモンドは、読むのをやめて訊いた。

「これって本当なの、母さん？　バッハはドイツ人なの？」

レイチエルも認めたくはなかったが、事実は事実である。

「バッハが生きていた時代のドイツは今とは違っていたのよ。続けて読んでちょうだい。面白そうな内容ね」

この冊子は、レイチエルの内部に本来あったある種の感情に火をつけ、さらにそれを燃え上がらせたようだ。「何と言っても結局のところ、悪いのはドイツ人である」というのがこの冊子の主旨だが、レイチエルはそれに大いに共感を覚えたのである。

もっぱらドイツ人だけを悪者にし、諸悪の根源と見なす考え方は、戦時中を通してイギリス人の共通認識となっていた。ドイツ人は世界中の悪事のほとんどに責任があるとして非難されたのである。作物の収穫が悪いのも、パンの価格が上がるのも、若者たちが道徳的にだらしないのも、教会参拝率が低下したのも、みんなドイツ人のせいにされた。レイチェルもまた、この考え方にどっぷりつかっていた。

少なくとも、一九四二年の春のある日、レイチェルの人生を根底から覆す事件が起こってからはそうだった。その日、ウェールズの西端の港町ミルフォードへーブンの製油所を爆撃して帰国の途上にあったドイツの爆撃機「ハインケル・He・Ⅲ」が、未使用の爆弾を途中で放擲《ほうてき》し、それが運悪くレイチェルの疎開していた姉の家を直撃したのだった。爆風でレイチェルは縫いぐるみ人形のように居間の端から端へ飛ばされたが、何とか怪我《けが》を免れた。しかし、同じ家にいた十四歳の長男マイケルは、瓦礫の下敷きになって死亡したのだった。

その後のレイチェルは、絶え間なく襲いかかるトラウマに苦しみつづけることになった。まるで、爆弾の破片が外科手術では摘出不能な心の底深くまで入り込んだようだった。あるいは、全身に回った毒が神経と思考過程を狂わせてしまったかのようでもあった。この不条理な爆弾のために、それまでレイチェルが抱いていた人生への夢と信頼は粉々にくだかれ、塵《ちり》のように吹き飛ばされてしまった。

もっとも、そのようなむごい経験をしたのはレイチェルだけではなかった。レイチェルの狭い交際範囲のなかだけでも、ブレーク夫妻は二人の息子を「Dデイ上陸作戦」で亡くしたし、ジョージ・デービーズの場合は、捕虜収容所から帰国したとき、すでに妻と息子たちは空襲で亡くなっていた、という。だからといって、レイチェルには、こうした人たちの話をいくら聞いても慰めにはならなかった。苦しみや悲しみはそれぞれに特別なものであって、他の人たちと比較することで軽くなったり、消えたりするものではないからだ。

それ以後、レイチェルのドイツ人に対する憎しみは、やり場のない憤りとなって心の中に鬱積《うっせき》していった。実際、焼け跡に立ったレイチェルが、まだくすぶっている屋根の垂木の間から空を見上げながら想像したのは、故国へむかう爆撃機の中で笑っている操縦士の姿だった。しかし、義務を遂行しただけの一介のドイツ人兵士をいくら恨んでもどうしようもなく、かといって彼らのリーダーの責任を問うても長男の死が報われるわけでもない――レイチェルはただ独りでむなしさをかみしめるしかなかった。

何週間か経って、当初のショックからようやく立ち直ったレイチェルは、いつものように敬虔に神に祈る気になれなくなっていた。あの空襲のとき、なぜ神は自分たちを救って下さらなかったのか、はたして神はその場にいらしたのか、そんな疑念が湧いてくるのを抑えきれなかった。いつも自分のそばにいてくれるものと思っていた神が突然遠くなり、まるであの「総統」のように俗化された存在に感じられたのである。

「神さま、あなたはあのとき、どこにいらしたのですか？」

プリング牧師はレイチェルに何かと気をくばってくれた。

「悲しみから得るものは、私たちを豊かにしてくれますよ」と言って慰める牧師に、レイチェルは「あのとき、私のそばに神はいらっしゃらなかった」という思いをいよいよ強くしていった。

「神が息子（キリスト）を亡くしたときも、人々は神の存在を信じたではありませんか？」そう牧師が言ったとき、レイチェルは切り返した。「三日後に神はキリストを生き返らせたではありませんか？」と。レイチェルの鋭い反駁に驚いた牧師は、しばらく沈黙した後、できる限り元気づけるよう抑揚をつけて言った。

「キリストの復活を信じる人々はみな、同じ悲しみと望みをわかち合うのですよ」

しかし、レイチェルは首を横に振るばかりだった。あのとき目にした光景が頭を離れなかったのだ。はりの下から引き上げられた息子の遺体はバラバラになっていた。そのけがれのない白い死に顔は泥にまみれていた。……そんなマイケルに、復活など考えられるわけがなかった。

当時の人々は緊縮と自己抑制を強いられ、レイチェルのように自己憐憫の感情に浸ることは許されなかった。悪魔のように邪悪な戦争体験は他の人たちと共有すべきものだと頭でわかっていながらも、レイチェルは自分ほど惨めな被害者はいないという思いを強くしていった。

　マイケルが死んだのは、その場に「神」がいなかったせいだ――そう思い込んだレイチェルの心はすっかり教会を離れ、代わりに地上の俗世界に怒りの矛先を向けるようになっていった。そしてついに見出《みいだ》したのは、まったく予想もしない人物だった。最初は信じられず、精神科医の言うとおりおそらく自分の「脆弱《ぜいじゃく》な神経」の反映であろうと考えてみた。しかし、その人物はまぎれもなく自分の夫、ルイス・モーガン大佐その人だった。その思いは、否定すればするほど鮮明さを増していくのだった。ルイスにとって戦争は、レイチェルの思うように邪悪なものではなかったろう。それは正義のための英雄的行為であったはずだ。彼は自らの信念に基づいて積極的に戦い、手柄を立ててきたピカピカの軍人だった。長男マイケルが死んだときも、何マイルも離れたウィルトシャー州で新入隊員の訓練に没頭していたに違いない。もっとも、ルイスにしてみれば、レイチェルと二人の子どもは事前に安全な（ドイツ空軍の爆撃目標地ではない）西部方面へ移動させたではないか、と言いたいところだろうが、それでもドイツ空軍機の爆弾投下は想定外だった。

　他にもレイチェルの心には、留守中の夫ルイスに対して言葉にならない恨みつらみがあった。それらが年月とともに折り重なって、レイチェルの悲しみを膨らませていった。ときには、そばにいない夫の顔を想像し、それに向かって大声で罵ることもした。そのたびに、レイチェルの心の中の夫ルイスのイメージは悪くなる一方だった。彼女が誰かを責めるとすれば、標的はいつもルイスになった。

　ついに、ドイツへ向けて出発する日がやってきた。港への列車の中でエドモンドがレイチェルに声をかけていた。

「母さん？　今、誰と話していたの？」

　レイチェルは、列車の中でもしばしば空想に浸った。そして、その都度心配して母親に声をかけるのは、空襲で生き残った次男のエドモンドだった。

レイチエルの悲しみには、数々の秘密が隠されていた。彼女は外部のどんな些細なことでも一人で心に抱え込み、その結果、自分を外部の世界から切り離してしまう傾向があった。そのため、現実に背を向け、今いる時と場所を忘れてしまうようなことが頻繁に起きた。

エドモンドの声に、意識を現実に戻したレイチエルは言った。

「いいえ、誰とも、エド……ただ、ちょっと考えごとをしていただけ……そうそう、ずっと思っていたのだけど、あなたにあげるカードがあったわ」

レイチエルはハンドバッグからたばこの「ウィル」を取り出し、火をつけ、付録の「たばこカード」をエドモンドに渡した。エドモンドはそれを嬉しそうに受け取ったが、すぐに返した。

「前に同じのをもらったから、いらないよ」

カードには、窓ガラスを爆風から守る方法が図で描かれていた。

「こんな退屈な戦時カードしかないの？　他のたばこは吸わないの？」

「お父さんなら、昔と同じ『プレイヤーズ』じゃないかしら」

レイチエルはたばこの灰を灰皿に落とし、ツイードのスカートの上の小さな灰を払い落とした。

レイチエルは今朝、久しぶりにルイスを意識しながら身支度をした。一年以上も前の「欧州戦線勝利の日」を想い出していた。あのとき、質素な身なりの人々の中で、レイチエルだけが派手なツイードの洋服を着ていた。それを見たルイスが柄にもなく「豪華だよ、フランスで買ってきた香水にも負けないよ」と言ってくれたのを忘れていない。それ以来、他の人々と同様にカーテン布を縫ったコートを着て、ビートの根から作った口紅を使ってきたが、今日のレイチエルは久しぶりにツイードの洋服を着てみた。やはり、あのときと同様に「これみよがし」に華やかだった。

レイチエルは車窓に自分の姿を映してみた。窓ガラスには向かい側の席の女性が映っていた。十歳ぐらいの女の子を連れていたが、レイチェルを見て舌うちしているのがわかった。女性は小冊子を、少女は漫画本を開いていたが、女性の目には、いかにもレイチェルを軽蔑する気持ちが現れていた。女性は小冊子の一節を少女に読んで聞かせた。

「これはアトリー首相のイギリス国民あてのメッセージなのね。非常に大切なことを言っていると思うのよ、ルーシー。『ドイツ人は、イギリスの妻女たちを大英帝国の代表と見なしています。夫人たちだけではありません。子どもたちもまた、それぞれの行動がイギリスやイギリス人の暮らしぶりを判断する恰好の材料にされているのです。その影響は軍人たちの比ではありません……』だって！　私たちはこのことを忘れちゃいけないわね」

女性は自分の娘に話しかけているようだが、その実、一言一言をレイチェルに聞こえよがしに投げかけているのが十分に感じとれた。この典型的なイギリス夫人が内心思っていることは、レイチェルにも容易に推測できた。「私の反対側に座っている派手な身なりの女をご覧なさい。彼女はきっと、自己陶酔型で注意散漫で、自分の息子の存在すら意識しておらず、ひとりで何かをぶつぶつつぶやいている。何と利己的で性質《たち》の悪い母親なんでしょうね。こんな女性は、この国を代表するには最悪の種類だわ」という結論に達したに違いないと、レイチェルは想像した。

「爆弾が落ちてから、すぐには何も動かなかったよ……」

エドモンドは、ひといき間を置いてから話を続けた。

「一瞬遅れて大きな音がして、周囲の空気が吸い取られるように薄くなって、母さんは宙に放り投げられたんだ……家の中で、三十フィートも」

レイチェルの次男のエドモンドは、この刺激の強い時期に育った十一歳の少年だ。彼は父に会えるのを楽しみに、改造されたドイツの軍隊輸送船に乗って海を渡っているところだった。父のルイス・

モーガン大佐は戦争で手柄を立てた英雄であり、これから父と一緒に住むところは、史上最も強力で凶悪な政権が支配していた土地だ。さらに、エドモンドは他の誰よりも多くの戦争物語を読んで、たくさんの知識を持っていた。

エドモンドの兄を殺した爆弾は、母をも吹き飛ばした――叔母の家の居間を横切って十から二十フィートもだ（もっとも、エドモンドは、相手によっては三十フィートと説明することもあるが）。その影響で母は、日常のちょっとしたことにも身ぶるいして涙を流すようになった。無線で流れるクラシック音楽を聞いても、庭でぴっこを引いている小鳥を見ても、敏感に反応するのだった。しかし、エドモンドはそんな母親の異常な行動をとがめる気にはなれなかった。母の奇癖にはマイケルの死というはっきりした原因があるし、母にはそれから逃れる術《すべ》がほとんどないことをエドモンドは十分に理解していた。彼はむしろ、あの爆風の中で生き残った母を誇らしくさえ思っていた。多少誇張してでも、語る価値のある逸話のように思えたのだ。

エドモンドが今、尾ひれをつけて語ろうとしているのが、まさにこの母親の逸話だった。目の前の聴衆は、「三十フィート」と誇張しても間違いなく信じてくれそうな人たちだ。かわいいほくろのある十三歳くらいの少女、十一歳くらいに見える赤毛の少年、それに犬の絵のスポーツジャケットを着た年長の少年だった。全員が船で移動中のため、親の社会的地位によって座席を決めるということはなかったが、この狭い新世界の中で自分の占める位置がどのあたりにあるかを頭で計算しない者はいなかった。それぞれの父親の階級が発表される前から、エドモンドは自分が赤毛の少年やほくろの少女と同じクラスに属しているのではないかと思っていた。犬のジャケットのお兄さんよりは上位のクラスにいるだろうと思っていた。この年長の少年は一人離れた場所に座って、エドモンドの話などには興味がないかのようにふるまっていた。彼はたばこの端を軽くたたき、ヘアークリームでつやつや光る髪を後ろへなでつけていた。

年長の少年はわざと無関心を装うことによって人目を引いていたが、エドモンドは自分の話す物語が徐々に彼の関心を引きつけていくのを感じていた。エドモンドは、爆弾が叔母の家を直撃し、バリバリという衝撃音をたて、その直後に爆発が起こり、身体が奇妙なゆさぶり《ブッシュプル》に襲われたことを話した。母が詳しく話してくれた内容を正確に復元したものだった。ただ、違っていたのは「ウヮーン、ウヮーン、ウヮーン」と響く対空高射砲の音が加わっていたことだ。当時、爆弾の落ちたナーバースというウエールズの田舎町には高射砲など配置されてはいなかったし、それに爆弾が落ちた瞬間にはエドモンドは現場に居らず、隣の農場に居たのだ。このことは、あえて説明する必要がないと考えて話さなかった。

「三十フィートも？　それじゃ、ほぼ……この船室の三倍だね。すげえや！」

赤毛の少年は弧を描くように首をぐるりと回し、デッキの向こう側の落下地点を目測して言った。そこでエドモンドは、質問を封じるように話を打ち切った。最後に、マイケルの死という疑う余地のない事実を述べたが、その詳細を大げさに誇張する必要はなかった。

「兄さんはついてなかった」

こうしてエドモンドは、母への尊敬と兄への同情を船室の仲間から獲得したのだ。

この時期、「爆弾にまつわる物語」は誰もが持っている、と言われているが、エドモンドは自分の話す「爆弾にまつわる物語」に匹敵する話を誰からも聞いたことがなかった。目の前の三人の少年少女の反応を観察していると、赤毛の少年が咳払いをしておずおずと話し始めた。彼のいとこがロンドン郊外のブロムリーにあるアルハンブラ・シネマで『風と共に去りぬ』を観ていたとき、他の十人と一緒に亡くなったそうだが、彼はそのいとこをあまりよく知らなかった、という。犬のジャケットの年長の少年は、薄ら笑いを浮かべて黙っていた。彼は今にも、エドモンドの話を凌駕する切り札を切ろうとしているようにも見えた。蟻地獄へ落ちて死ぬ話？　木に引っ掛かったドイツの飛行士の話？

何にしても、エドモンドの話を超えるネタを準備しているように思えた。

そこで、エドモンドはトランプを取り出した。

「トランプで紙の家を作るんだけど、やり方知ってるだろう?」

そう言いながら、引き出し式のテーブルの上にトランプを広げ、基礎的なピラミッドを作ってみせた。船が揺れるので、余分に神経を使った。

「私たちは他の家族と一緒に、同じ船室に入らなければいけないのよ」と、ほくろの美少女が言った。「私の父さんは大尉だから」

彼女はすでに、エドモンドの船室の見取り図に気づいていたのだ。父親の階級によって船室の広さが決まるのだ。

「でも、母さんは父さんがすぐに少佐になるよう願っているの。そうしたら、ドイツではもっといい家に住めるでしょう。ところで、あなたのお父さんの階級は何?」

エドモンドは、チラリと年長の少年を見やって、彼が話を聞いているのを確かめた。エドモンドは今、奥の手を出す絶好の機会を迎えていた。先ほどの母親の話が「フルハウス」なら、父親が勲章を授与された話は「ロイヤルフラッシュ」だった。

「戦争が始まったとき、まだ父さんは大尉だったんだけど、すぐに少佐になった。そして、勲章を授与されて、中佐を飛び越していきなり大佐に昇進したんだ」

「何をして勲章をもらったんだ?」と、年長の少年が聞いてきた。エドモンドの誘いに乗ってきたのだ。だが、その話しぶりから、彼が優秀なグラマースクールの学生であることがすぐにわかった。少しでも雄弁術を学んだ者は、それを隠すことはできない。

エドモンドは、勧められるまでもなく父の武勇伝を語りはじめた。父がいかにしてエムス川に飛び込み、トラックに閉じ込められている二人の土木工兵を救い出したか、そのためにどのようにしてドイツの狙撃兵の注意をそらしたのか、などだ。しかも、この話をするのは初めてではなかったので、間の置き方も堂に入っていた。特に、父が水中に潜って身動きのとれない工兵たちを自由にし、再度水面に顔を出すや、ドイツの狙撃兵を手榴弾で撃退した場面を説明するときは、十分に間合いを置いて話した。エドモンドの話しぶりは、聞いている人たちに一様に畏怖の念を抱かせたほどで、しばらくは誰も口をきかなかった。そのとき、年長の少年がエドモンドに尋ねた。

「何の勲章をもらったんだ？」

「ＤＳＯ、殊勲従軍勲章《ディスティンギッシュド・サービス・オーダー》さ」

「ＤＳＯというのは、何か当たり前の事をした《ディッド・サムシング・オーディナリー》だけという意味じゃないのか？」と言って、年長の少年は軽蔑の舌うちをしながら笑った。それをきっかけに、エドモンドの話の信憑性を疑うムードが部屋中にみなぎっていった。まるで、川の中に沈んだトラックに水が入り込むように。エドモンドは、自分もまた水の中に沈んでいくように感じられた。

そのとき、バラバラになったみんなの気持ちを一つにしようとして、ほくろの美少女が言った。

「まともなドイツ人は、みんな死んだドイツ人なんだって」

エドモンドと赤毛の少年が頷いたところで、ほくろの美少女が提案した。

「ねえ、ドイツ人の本性についてみんなで考えてみない？」

彼女は、祖母の膝に抱かれながら教わったことを想い出していた。

「私のおばあちゃんが言うには、ドイツ人の目の中をよく見ると悪魔が住んでいるのがわかるそうよ」

赤毛の少年も、今まで考えてきたことを述べた。

「僕たちはドイツ人に話しかけても、笑いかけてもいけないんだ。そして、ドイツ人はいつも僕たちに敬礼して、僕たちの言うとおりにしなければならないんだ」

「それに、僕たちはドイツ人と親しく交際《フラタナイズ》してはいけないんだ」とエドモンドがつけ加えた。「親しく交際する《フラタナイズ》」という新しい言葉を使えるのが嬉しかった。

他方、年長の少年はたばこに火をつけて、首を横に振っていた。鼻孔から煙を吐き出しながら、みんなの話をまったく信じていないような態度だ。そんな年長者を、エドモンドは内心感服しながら見ていた。

年長の少年はおもむろに、手に持っていたたばこを少年たちに示して言った。

「君たちがいろいろしゃべっているのを聞いていると、何にもわかっていないようだな。ドイツについて知っておかなければいけないのは、たった一つ……これ一本で食パンをひとかたまり買うことができるし、百本もあれば自転車を手に入れることができる。十分な量のたばこがあれば、王様みたいな生活ができるということだよ」

そう言うと、彼は大きく吸い込んだ煙を少年たちに向けて吹きつけた。誰もが目をパチパチさせたが、エドモンドだけはしっかり目を見開いて、自分の作った紙の家が倒れるのを見つめていた。

「ドイツに赴任中の軍人の妻たち」は船のラウンジに集まっていた。この船には、その来歴を偽装するさまざまな工夫が施されていた。戦時中、ナチスの武装親衛隊員をノルウェーのオスロやベルゲン港へ輸送した痕跡は、石灰やクリーム色の塗料で塗りつぶされ、明るい絵柄の布で覆われていた。しかし、デッキの手すりには、よく見ないと判読できない字で、トビアス・メッサー兵卒の、古い落書きが残っていた。きっと、長い時間をかけて自分の名前が後世に残るように、ナイフで刻みこんだのだろう。

汽船「エンパイア・ハラディル号」は、「再会作戦」のいわばショーボートだった。その積荷は、イギリスがいまだに偉大な世界的大国であることを、言い換えれば、物資の不足している時代にあっても国民に十分なサービスを提供できる国であることを示していた。しかし、大英帝国の一画とも言えるこの小さな洋上では、イギリス独特の風土から脱する好機を祝うムードが漂っていた。誰もがイギリス流の質素倹約精神を忘れ、すぐにも始まろうとしている気前のよい生活に期待を寄せていたのだ。

レイチェルは三人の将校夫人と一緒に座って、それぞれが国から支給される予定の家庭用品のリストを見せあい、比較しあっていた。レイチェルは大佐の妻なので、リストは三ページにわたっていた。バーンハム夫人は少佐の妻なので二ページ半、エリオット夫人とトンプソン夫人はそれぞれ大尉の妻であるので二ページずつだった。今や破産状態だというのに、イギリス式官僚制度が未だ健在であるという奇跡的事実を示していた。すでに壊れたはずのこの制度を拠《よ》り所《どころ》にして、大尉夫人には四組ものティーセットは必要ないとか、少佐夫人には一そろいのディナーセットが必要だとか、司令官級の将校夫人だけがポート・デカンターを持つことができるなどと、細々《こまごま》と定めているのである。

四人の中でレイチェルは「最上級将校夫人」だった。しかし、実際にその場を取り仕切ったのはバーンハム夫人で、レイチェルは喜んで彼女のリーダーシップに従った。この自信たっぷりで魅惑的な女性は、物知りで頭もよさそうだが、いかにもがさつな感じがした。だが、彼女のおかげで、一同は一種の共同意識を持つことができたと言える。ともにドイツへ行くことは一つの冒険であり、両手でつかみ取る価値のある絶好の機会でもあると、誰もが感じたからだ。トンプソン夫人はちょっぴりお高くとまっているが、はきはき物を言う女性で、自分の言葉の一言一句にこだわりを見せた。ただ、エリオット夫人だけは気分の悪そうな顔をしていた。彼女は船がティスバリー港を出てからずっと、船酔いに苦しんでいたのだ。その青ざめた顔色は、どこにでもある紅茶カップとソーサーのように灰色がかった緑色だった。

「気分はどう？」と、レイチェルはエリオット夫人に聞いた。

「このお茶のおかげでだいぶよくなってきたわ」

「たくさん飲むといいわ。ドイツ人はコーヒーのエキスパートかもしれないけど、お茶についてはまったくの素人《しろうと》なのよ」

リストを詳細にチェックしおえたバーンハム夫人は、調味料とナプキンとゴブレットが不足しているのに気づき、レイチェルに聞いた。

「あなたのほうは全部そろってる?」

レイチェルにはほとんど不満はなかったが、ルイスが二階級昇進したためいきなり放り込まれた未知の上流社会にとまどいながら、自分が生まれつきその世界にふさわしい人間であるかのようにふるまわねばならないと感じていた。

「シェリーグラスがあればいいのにね」

バーンハム夫人は、まじめくさった顔で愚痴をこぼした。

「まあ、何ということでしょう! 総督の奥さんまでシェリーグラスが必要だとおっしゃってるのよ。もしも手に入らないなら、本国の議会で問題になるでしょうよ」

みんなが笑った。レイチェルも嬉しくなって、一緒に笑った。バーンハム夫人はレイチェルの本音を察していたが、口に出そうとはしなかった。母国でのことはすべて母国に残し、そこで焼却されて灰になるはずだった。彼女は、母国ではずうずうしくて品のない女性と見られていたのだろう。しかし、これからの未知の世界には堅苦しい儀礼などなく、新世界の開拓者よろしく自由に出しゃばることができると思っているようだった。

そこでエリオット夫人が、雰囲気を変えるように、常識的な疑問を発した。

「空爆で多くの家屋が焼失して、いい家が不足しているって、本当かしら? ジョージの手紙では、どこに住むか、まだ決まっていないようなの」

すると、バーンハム夫人がエリオット夫人の疑念を鎮めるように、

「もう家屋の徴発が始まっているようよ。だから、部屋はたくさんあるはずよ」と言いきった。

「聞くところによると、ドイツ人の家はずいぶんしっかりと造られているそうよ」と、トンプソン夫人が話に割り込んできた。「特に、台所が立派だって」

「私が気になっているのは台所じゃなくて、寝室よ。大きくて気持ちいいベッドがあれば最高！」

そう言って笑うバーンハム夫人の喉に、みだらにブローチのような赤みが浮かぶのをレイチェルは見逃さなかった。

しかし、エリオット夫人は、それでも心配して尋ねた。

「でも、その人たちはどこへ行かされるのかしら？」

「その人たちって、誰のこと？」

「ドイツ人の家族……家を徴発された人たちはどうなるの？」

「兵士用宿舎！」と、鋭い言葉がバーンハム夫人の口から弾丸のように飛びだした。

「兵士用宿舎？」

「兵士用宿舎！」と、バーンハム夫人は繰り返した。

エリオット夫人は、兵士用宿舎やそこへ強制的に移されるドイツ人家族を想像して思わずつぶやいた。

「何て恐ろしいこと」

すると、それを聞いたレイチェルが驚くほど強い口調で反論した。

「ドイツ人をかわいそうに思う必要などないと思うわ」

「そのとおりよ」

バーンハム夫人が拍手しながら応じた。

「ドイツ人同士でうまく兵士用宿舎の部屋をゆずり合うでしょう。せめてそれぐらいはできるはずよ」

「私もそう思うわ」

トンプソン夫人が賛成した。こうして多数決に達したところで、ドイツ人家族や兵士用宿舎の不愉快な話は打ち切られた。女性たちは個別に雑談を始めた。バーンハム夫人はレイチェルに向かい、声を落として内緒話をしかけてきた。

「ところで、あなたがご主人と最後に会ったのはいつ？」

彼女の喉の赤みが紅潮していくように見え、香水に混じった肌のにおいがレイチェルの鼻をついた。それは甘ったるく、ほとんどわいせつなほどだった。

「欧州戦線勝利の日の三日間だわ」

「そう、それじゃ、あなた方お二人は遅れをとりもどすのに相当なことをしなきゃならないわね」

「ここ数年はベッドを一人占めしていたから、それにすっかり慣れちゃったんじゃないかと心配なの」

そんな思いを平気で口にできる自分にあきれながらも、レイチェルはこの陽気で精力的な女性の前では本心を洩らしてもかまわないだろう、と思っていた。

実際のところ、レイチェルにとって今のルイスは半身が「人間」で半身が「観念」の怪獣キメラのようである。もちろん、かつての二人はとても親密だった。しかし、そのときはそれがごく当たり前のことだったし、彼らの親密さはいつもストレートだった。しかもレイチェルは、二人がギブ・アンド・テイクで互いに楽しみあっていると信じていた。それにもかかわらず、今のレイチェルは当時の親密さを、どうしても想い起こすことができない。想像することすらできないのだ。二人がベッドで抱き合ってセックスの頂点を味わったときの感覚は、身体のどこにも残っていなかった。

それだけに、バーンハム夫人の質問はレイチェルにとって厄介な負担となった。レイチェルが向かっているのは、敵意に満ちた土地での不安な新生活だった。しかし、彼女が最も不安に思っているのは、まだ見ぬ敵ではなく主人ルイスその人だった。あれからすでに一年が経っていた。新婚時には普通だったあの「瞬間」を味わってから、あるいは彼女が控えめな意味であえて使った「愛の営み」を楽しんでから。

「あなたはどうか知らないけど、とにかく私は失われた年月をとりもどせるように頑張るわ」

バーンハム夫人はたばこを深く吸い込み、紅茶に二つ目の貴重な角砂糖を放り込んだ。

第三章

ハンブルクの中心にあるダムトーア駅のプラットフォームは、家族を出迎えるイギリス軍人でごった返していた。やがて到着する列車は、北海に面するクックスハーフェン港からの乗客を運んでくるが、その多くはこれら軍人たちの長くさびしい単身生活に終止符を打つためにやってくる愛しい妻や子ども、兄弟姉妹だった。

ルイスが妻のレイチエルに会うのは実に一年と五カ月ぶりだ。最後に会ったのは、ロンドンでの欧州戦線勝利記念日だった。わずか三日間の特別休暇だったが、彼女と一緒に過ごした濃密なひとときを忘れることができなかった。彼女の弾くピアノに耳を傾け、キスをし、思い切り抱擁し、素肌の匂いに酔いしれたのを想い起こしていた。

それ以来ルイスは、彼女のスナップ写真をシガレットケースの中に入れて肌身はなさず持ち歩いていた。それは、ある真夏の砂浜で、焼けつくような太陽の下で撮った写真だった。そのときのレイチエルは、夏の盛りを謳歌するように、ゆったりとした花柄のドレスを着て、軽やかに首を傾げ、白黒写真にもかかわらず花が咲いたように美しい頰をしていた。

ルイスは自分の視覚と記憶力にあまり自信がなかったが、不思議なことに、彼女のイメージだけはいつでもくっきりと想い出すことができた。それは、ロマンス映画のように気取ったものではないが、何の気なしに過ごした日常の身近な光景だった。いちばん頻繁に想い出したのは、彼がレイチェルを初めて自分の家族に紹介したときのことだった。姉のケイトなどは、ルイスが手に入れた恋人の姿を見たとたん、その魅力に呆然となり、その場で二人の結婚を認めてしまったほどだった。それから、カーマーゼンというウェールズ南西部の片田舎の入り江で、夜中に期せずして二人とも素っ裸になって、海藻に手足をとられながら夢中で泳いだことも忘れられなかった。

　想い出に現れるレイチェルの笑顔は、戦争のさなかにあってどんなに苦しいときもルイスを優しく慰めてくれた。ルイスにとって、いつも欠かすことのできない心の糧であった。しかし、それらもこれからは必要なくなるのだろうか？　そんな思いがルイスの脳裏をかすめ、まもなく列車のステップを降りてくる本物のレイチェルの姿を見るのが何だか怖いような気持ちにすらなるのだった。

　ルイスは、レイチェルの写真をシガレットケースに戻し（その下には、亡くなったマイケルの小さな写真も入っていた）、パチンと音をたててケースを閉じた。上を見ると、ガラスの入っていない天井の枠で小鳥たちが巣作りをしていた。吸い終わったばかりのたばこを線路に捨てたとき、突然、足下でうれしそうな叫び声がした。見下ろすと、六十歳くらいのやせ細った男が線路の上で、「感謝《ダンケ》、感謝《ダンケ》、感謝《ダンケ》」と繰り返しつぶやきながら、まだ煙の出ている吸い殻を拾っていた。ルイスが捨てたものだ。たかが吸い殻を拾ったくらいでこれほどまでおおげさに感謝するとは、常識では考えられないことだが、敗戦が決まったとき、いわゆる「ゼロ時《ストウンデ・ヌル》」以降のドイツでは、たばこの吸い殻のように些細なものでも、神に見捨てられた天国からの思いがけない恵みと思われた。「かわいそうに」と思う気持ちの一方で、ルイスは吐き気を催す嫌悪感にみまわれた。しかし、同情心がだんだん膨らむのを抑えきれなくなったルイスは、シガレットケースから新しいたばこを三本取りだし、男に与えようとしてかがみこんだ。それを見た男は、まるで奇跡に出会ったかのようにたじろぎ、すぐには手を出そうとしなかった。

「早く取りなさい！」とルイスは言ったものの、周囲の人々の目がルイスの慈善行為を好意的に見ていないことを、十分に肌で感じていた。男は、両方の手のひらをカップのように丸くしてたばこを受け取るや、あわててコートの中にしまいこんだ。

ルイスは立ち上がり、身体を起こした。そのとき、二人のイギリス人がプラットフォームの傾斜路を上ってルイスに近づいてくるのに気づいた。彼はルイスの直属の部下で、ナンバー・ツーの立場にあったが、妻に会える期待で見るからにうきうきしていた。一人はウィルキンス大尉で、自分の妻のことをいつも恥ずかし気もなく「私の花びら」と呼んでいた。ルイスはといえば、レイチェルを愛するひたむきな気持ちではひけをとらないものの、奥さんへの溺愛ぶりを他人の前で平気で発揮できるウィルキンス大尉を、内心尊敬すらしていたのである。ウィルキンス大尉は、実にあっけらかんとしていた。自分の正直な気持ちを隠そうとはせず、若い恋人たちのように人前でも平気でいちゃついた。その昔、「私の花びらへ」と題するこんな詩も書いていた。「私はお前に水を遣《や》る、私の花よ。そして、お前を私の愛で水浸しにするのだ……」

ウィルキンス大尉と一緒にいる男は、少佐を意味するクラウンを肩章につけていた。あまりイギリス人らしくないエキゾチックな風貌で、絹のような黒髪と、かわいらしいが用心深い目つきをしていた。この男の前では、普段より気を張って行動しなければならないだろうと、ルイスは直感した。

ウィルキンス大尉は、バーンハム少佐をルイスに紹介した。

「大佐どの、こちらが情報局のバーンハム少佐です。一般のドイツ人の中から『危険な経歴や思想』の持ち主を割り出すお仕事をしておられます」

バーンハム少佐は上官であるルイス・モーガン大佐に対して敬礼をせず、代わりに握手を求めてきた。同じ軍隊でも、情報局員には彼ら独自の階級社会があって、情報局以外の軍人に対してはやすやすと敬意を示すことはしなかった。むしろ、敗戦国ドイツの再建に適しているのは自分たち以外にいないと自負していた。あえて敬礼しなかった少佐の非礼な態度は、ルイスにとっては些細なことで気にならなかったが、むしろ少佐が自らの任務に自信をもって専念していることを積極的にアピールしていることのほうが気になった。バーンハム少佐は先ほどから、ルイスがたばこを与えたばかりのやせ細った乞食をじっとにらみつけていた。それに気づいたウィルキンス大尉は、無言の二人の間を取り持つようにあわてて話しはじめた。

「昨日、やっとのことで少佐どののお住まいを見つけました。大佐どののお住まいからあまり離れていません。エルブショッセ通りにあります」

ウィルキンス大尉はルイス・モーガン大佐のナンバー・ツーであるだけに、どんなことでも自分の気持ちを正直に口にする上司の気質が気にかかってきたのだ。彼は、モーガン大佐とバーンハム少佐の間にすでに火花が飛んでいることを察し、さらにつけ加えて言った。

「お二人はお隣どうしということになります」

バーンハム少佐は、まだ乞食の動作に気をとられていた。その乞食は、レールからプラットフォームによじ登ってきて、三人の前に手を差し出した。おそらく、大佐と一緒にいる二人の友だちも大佐同様に慈悲深いと期待したのだろう。すると、少佐が乞食に向かって怒鳴った。非の打ちどころのないドイツ語だった。

「そこをどけ、さもないとお前を逮捕させるぞ！」

乞食はおどろいて、両手を上げて後ずさりした。そして腰をかがめ、弱々しい脚で懸命に地面を這うように逃げていった。

バーンハム少佐は顔をしかめて言った。

「やつらのきつい体臭といったら……」

「それは、一日に九百カロリーしかとれないせいなのだ」と、モーガン大佐が答える。

「少なくとも、やつらが飢えている限りトラブルが少なくて済むってことだ」と、バーンハム少佐は陰気な笑いを浮かべてつぶやくように言った。

「いいご指摘です」と、ウィルキンス大尉は、その場の緊張をゆるめるように言った。バーンハム少佐は頷いたが、そのよく訓練された、尋問するような視線はルイスに注がれたままだった。ルイスは、少佐の考えの誤りを指摘しようとしたが、列車の到着を告げる汽笛に妨げられた。「君の考えは断じて間違っている」とルイスは言いたかったのだ。

「あの子どもたちは、どうして、走りながら僕たちの後についてくるの？」

半分開いた車窓から身をのりだしていたエドモンドが尋ねた。構内に入ってくる列車がスピードを落としたので、その外側をドイツの子どもたちが群れになって走っていた。誰もが両手両腕をいっぱいに伸ばして「三位一体《ホーリー・トリニティー》」の名前を叫んでいた――チョコレート《チャキー》・たばこ《シギーズ》・サンドイッチ《サンドヴィイッチ》――子どもたちが期待したのは、乗客が車窓から投げる慈悲の食品や雑貨だった。しかし、この列車の乗客たちは、そのような儀式が一般に行なわれていることをまったく知らなかったので、恵みの物を投げる者など一人もいなかった。

「多分、私たちがどんなふうなのか見たいのでしょう。もうそろそろ着くころよ」

「あの子たちはドイツ人？」

「そうよ。さあ、着いたわ。コートを着なさい」

「でも、ちっともドイツ人のようには見えないよ」

レイチエルはエドモンドのネクタイをまっすぐにし、指に唾をつけて彼の頬の汚れを拭き取り、髪の毛を平らになでつけた。

「行儀よくするのよ。お父さんはあなたを見てどう思うかしら？」

乗客をはるかに上回る数のポーターがいるので、乗客たちは荷物をあずけ、手ぶらで夫や父親を捜すことができた。レイチェルは白髪まじりの老人にスーツケースを渡して列車を降り、せわしなく動き回る人混みの中へ入っていった。ツイードの洋服を着た人、帽子をかぶった人、口紅を塗って化粧をした人、さまざまな人々が、それぞれを待つ男性を目指して流れるように移動していた。すでに再会を果たして、熱い抱擁を交わしているカップルも何組かいた。

バーンハム少佐夫人もその一人だった。船の中でレイチェルに言っていたとおり、失われた時間を取り戻そうと頑張っていた。バーンハム少佐のところへつかつかと歩みより、彼の顎を両手で覆うようにして口を開かせ、大胆にキスをしていた。それは、レイチェルの顔が思わず赤らむほど破廉恥な光景だった。公衆の面前でルイスにあんなふうにキスするなど私には絶対できないと、レイチェルは思った。たとえ若かったころでも、彼女にとってはやはりきわどい行為だったに違いない。

ルイスがレイチェルを見つけるより前に、彼が人混みから離れて一人で立っているのをレイチェルは見つけていた。そのときのルイスは、ちょっぴり気弱そうで傷つきやすい表情をしていた。一方、レイチェルはといえば、女性週刊誌『ウーマンズ・オウン』に書いてあるとおり、心臓がドキドキし、脈拍と呼吸がだんだんに激しさを増していくのを感じていた。こうして、レイチェルの感情は高ぶっていったが、それもルイスが彼女を見つけるまでのことだった。ルイスはレイチェルの姿を認めて一瞬うれしそうに大きく目を見開いたものの、すぐに、その前を懸命に駆けてくるエドモンドに気をとられた。きちんと整えたばかりの髪の毛をクシャクシャにして、過ぎ去った年月を取り戻そうと一心に走ってくる息子を、ルイスは優しく笑いながら受け止めた。

「何という恰好だ？　まるでサヤインゲン《ランナー・ビーン》みたいだぞ」

すっかり成長した息子に、ルイスは言葉もなく、ただ見とれるばかりだった。もっとも、エドモンドにしてみれば、子どもが成長するのは至極当たり前のことなのだが……。しばらくしてから、ルイスはレイチェルに近づき、唇と頬に形ばかりのキスをして言った。

「旅はどうだった？」

「海峡を渡るのがちょっときつかったわ」

「そうかい。じゃあ、お茶を飲みにいこう。運がよければシュトルーデルが食べられるかも」

するとエドモンドが質問した。

「ドイツ人はお茶のいれ方を知っているの？」

これは、ドイツ人を小馬鹿にした冗談だが、事実でもあった。

「だんだんうまくなってきているようだね」と、笑いながら答えるルイスの説明を、エドモンドは目を丸くして聞いていた。彼は、周囲のあらゆることに興味を示し、どんな小さいことも見逃すまいと注意を張り巡らしていた。すると突然、線路の向こう側で何かが起こっていることに気づいた。

「あの人たちは何をしているの？」

「おや、まあ。何てことを！」と、レイチェルが小声でささやく。

そこでは、二人のドイツ人の少年がもう一人の少年を紐でしばり、橋の上からぶら下げて、近づく列車に向かって上下に動かしている。ぶら下げられた少年は、手にゴルフクラブを握っている。列車がその少年を撥《は》ねとばしたかに見えたとき、列車は少年の真下ぎりぎりのところを通りすぎていった。少年は、列車が通りすぎる瞬間に、炭水車に積まれた石炭の一部をたたき落とした。下では、何人かの婦人がスカートを広げて、落下する石炭の塊《かたまり》を待ち受けていた。

「あんなことをしてもいいの？」と、エドモンドがびっくりした声でルイスに聞いた。

「ほんとうは許されないことだ」

「父さんは、やめさせないの？」

ルイスは息子に、意味ありげにウィンクして言った。

「あのネルソン提督がしたように、見て見ぬふりをしているのさ」
ルイスは、エドモンドがさらに難しい質問を発しないうちに、家族を出口へと導いた。

ハンブルクで最も豪華なホテルの「アトランティック」は戦火を免れ、今や殺伐とした街の中で唯一贅沢のできる場所だ。まるで砂漠の中のオアシスのように、メインホールには鉢植えのヤシの木をあつらえたパーム・コートがあり、その中で楽士たちが音楽を演奏していた。そこへやってくるイギリス人たちはしばしの間、日常の殺伐とした灰色の生活を忘れることができた。任地で、これ以上に贅沢な場所はないという感慨にふけることができたのだ。色あせた感じはするが、それでも昔の威厳を失っていない。紅茶のサービス、交互に響く食器とナイフやフォークの心地よい音、そして豪華なカーペットに音楽、これらが来客たちの間に安らいだ雰囲気を醸していることに、イギリス人社会を総括する立場のルイス・モーガン大佐は満足していた。いや、むしろ、ルイス個人がそういう雰囲気を好んでいるようだった。

だが、今のルイスは、演奏されている音楽が気に入らなかった。ここの楽士たちは、いつもならイギリス人が好む軽快なポピュラー音楽を演奏するのだが、今日は違っていた。男性ピアニストの弾く曲にあわせて、女性歌手が全身全霊で哀愁に満ちたドイツ歌曲を熱唱していたのだ。それは、ルイスの期待に反するものだった。厄介なニュースばかりに接しているルイスには、明るく楽しいサウンドトラックが必要だった。とにかく、今の曲を変えさせねばならないと、ルイスは思った。

しかし、レイチエルにはそれがシューベルトの歌曲《リーター》の一つであることがすぐにわかった。彼女は、たちまちのうちにその曲の持つ深い流れに魅了されていった。前のテーブルに置かれたドイツ菓子のシュトルーデルには目もくれず、ひたすら音曲に聞き入るのだった。彼女ほど真剣に音楽に集中している者は、他にいなかった。

レイチェルのすぐ隣の席では、エドモンドがシュトルーデルをおいしそうに頰張りながら、父親に次から次へと質問を浴びせていた。彼には質問したいことが山ほどあった。ルイスはたばこを吸いながら、できるだけ答えようと努めていたが、その一方で演奏を変えさせるタイミングを見計らってもいた。

「今のドイツは植民地みたいなもの？」

「百パーセントそうとは言えないよ。だって、いずれは返さねばならないからね——きっちり元どおりにして」

「イギリスが手に入れたのは一番いい地域なの？」

「一般に言われているのは、アメリカ人には景色のいい地域が、フランス人にはワインの産地が、我々イギリス人には瓦礫の土地が割り当てられた、ということだ」

「そんなの不公平じゃない？」

「でも、その瓦礫をつくりだしたのは我々イギリス人だからね」

「ロシア人はどうなの？」

「ロシア人？　奴らは農場を手に入れたよ。だけど、それは別の話さ」

そう言ってからルイスは、今度はレイチェルに目を向けた。レイチェルがそっと涙を拭うのに気づいたからだ。

「どうした？　シュトルーデルは食べないのかい？」

レイチェルはあわててシュトルーデルにフォークを入れたが、すでに遅かった。

すかさず、エドモンドが言った。

「ママはまた泣いている」

このエドモンドのひと言が、ルイスの胸に突き刺さった。レイチェルの抱える深い悩みが、まるで悪霊のように襲いかかってきたのだ。過ぎ去った十七カ月の間に、彼女がどれほどの悲しみを味わったか、そしてそれがルイスの想像していた量をはるかに超えていることを、しかも今のルイスにはそれらをしっかり受け止めるだけの心の準備ができていないことを、思い知らされたのだ。ルイスにしてみれば、レイチェルの心の傷はある程度まで精神科医や時間や距離が癒してくれたものとばかり思い込んでいただけに、大きなショックだった。

「エド、バカなこと言わないで！　私が泣いたのは音楽のせいよ。悲しい音楽を聴くといつもそうなるの、よく知っているでしょう」レイチェルは息子のエドモンドに向かって言った。

歌手が歌い終わっても、拍手する者はいなかった。ルイスは、陰鬱な雰囲気を変えるチャンスだと思い、新曲をリクエストしようと立ち上がった。そのとき、レイチェルは夫の意図に気づいて言った。

「あなた、やめて……」

「もうちょっと明るい曲を演奏させなきゃ。そうは思わないかい？」

レイチェルは抵抗しても無駄だと諦めて肩をすくめ、仕方なく頷いた。ルイスが席を立ってから、エドモンドに向かって言った。

「私のことをあんなふうにお父さまに言わないでね。お父さまを怒らせるだけだから」

「ごめんね、母さん」

ルイスが歌手にそっと耳打ちするのをじっと見ていたレイチェルは、歌手の顔に苦痛の表情が浮かび、屈辱に耐えながらも無理に笑顔を作っている様子を見て取った。おそらくあの歌手は国際的にも一流で、戦後の数少ない生き残り楽団員の一人だろうが、音楽のよさを理解しない観客のリクエストにも応じざるをえなかったのだ。ルイスが席に戻ってくると、ピアニストは『ラン・ラビット・ラン』の出だしを演奏しはじめた。そして、歌手もまた、ドイツ実存主義の深みから脱し、英国ふうの軽妙なせせらぎに身をまかせていった。

「このほうがいい。この国には新しい歌が必要なんだ」

快活なメロディーに合わせて部屋のムードが変わったところで、ルイスは新しいたばこに火をつけ、話題を変えた。

「それじゃあ、私たちの住む家について話すよ。その家はね、ハンブルクの一番すばらしい場所に建っていて、しかもイギリスで私たちの住んでいた家よりずっと大きいのだよ。そこには、ビリヤードの部屋があって、グランドピアノも置いてある」

ルイスは、レイチェルがしっかり理解できるように一息おいてから、続けた。

「バルコニーからはエルベ河のすばらしい景色が望めるし、家の中には興味深い絵画がたくさん飾ってある。有名な画家が描いたものだろう。えーっと、そうそう、おとなしい女中もいる」

「女中もいるの?」と、エドモンドが尋ねる。

「使用人が三人もいる。女中とコックと庭師だ」

「でも、その人たちはみんなほんとうにおとなしいの?」

エドモンドの軽口にみんなが笑った。

「すぐにわかるよ……」

「その人たちは英語が話せるの?」と、今まで黙っていたレイチェルが会話に加わってきた。

「ほとんどのドイツ人は片言の英語を話すよ。だから、何とか意思は通じると思う」

ここで、ルイスはしばらく間をおいた。ルベルト一家と同居することをレイチェルたちに明かさねばならないが、この微妙な話題をどう切り出せばいいのか、考えてみたのだ。実は、これまでもいろいろ考え、何度もリハーサルをしてみたことであった。たとえば、レイチェルやエドモンドの人情に訴えて、家主のルベルト一家をかわいそうだと感じさせることができないだろうか——ちょうどルイス自身がそう思ったように、ルベルト一家も自分たちと同じ人間なのだと思ってくれないだろうか

――あるいは、もっと現実的に考えて、二十人は優に生活できるほど広い家を自分たちで独占し、家主一家を追い払うというのは強欲以外の何ものでもない、と思わせるか、などなどであるが、いずれにせよ、とりあえずはできるだけ刺激のないように真綿にくるんで説明してみようと思った。

「この家の家主はシュテファン・ルベルトという名の建築家で、礼儀正しく教養のある人物だ。奥さんは戦争で亡くなったが、娘さんが一人いる。お前とあまり変わらない年頃だよ、エド。彼女の名前はたしかフリーダだ。とにかく、その人たちの家は……とても大きくて、優に二十人の人が住め、しかも最上階は完全に隔離されている……」

レイチェルは胸苦しさを覚え、だんだん落ち着かない気持ちになっていった。

「実際のところ、その家は我々三人には十分すぎるほど広いのだ。だから、ルベルトたちは最上階に住み、私たちは残りを占拠することができる」

そこで、ルイスの真意をはかりかねていたレイチェルは、率直に尋ねた。

「私たちはその人たちと一緒に住むことになるの？」

「そうなっても、ちっとも気にすることはない。まったく別々の所帯だし、彼らには専用の出入り口と完全に独立した生活スペースがあり、そこには必需品がすべてそろっているのだから」

「僕たちはドイツ人と一緒に住むの？」と、今度はエドモンドが聞く。

「百パーセントそのとおりではないが、まあそういうことになるだろうな。一軒の家を共有するのだからね。一つのアパートを考えてみるといい。最上階に彼らが住んでいると思えばいいのだ」

そこまで聞いたレイチェルは、いたたまれなくなって思わず紅茶をこぼしてしまった。その上、ミルクの壺もひっくり返した。するとルイスは、サービスの機会ができたのがうれしく、いそいそとナプキンを広げてウェイターを呼んだ。

「でも、私には理解できないわ」と、レイチェルは食い下がる。「他の家族も同じようにしているのかしら?」

「いや、こんなふうに家を徴用したイギリス人は、私たちの他にはいないはずだ。私たちが例外であることには間違いない」

レイチェルの考えもしない方向に話が展開しそうだった。その家がどれほど荘厳であっても、どれほど多くの部屋があろうとも、屋内の美術品やピアノがどれほど精巧であっても、彼女にとってはどうでもよいことだ。たとえ、それが別棟つきの広い宮殿であっても、ドイツ人と同居するのはまっぴらごめんだ。レイチェルはほとんど無意識にハンドバッグの中のたばこを探したが、手がブルブル震えて止まらない。ルイスがいつものように火を点けてくれるのはわかっていたが、今回はその無神経さに耐えられそうになかった。しかし、ルイスはそんなレイチェルの気持ちにおかまいなく、パチンと音をたててアメリカ式のライターを開き、前かがみになってレイチェルの手を優しく包みこんだ。

「とにかく、実際に見てみることだよ。とてもすばらしい家なのだから」

ルイスは誰かを説得する際、いつも二通りの手段を使い分けた。優しく説得するか、そうでなければピシャリと平手打ちを食らわせて強制的に理解させるかだ。いずれにしても、今のところは、家族に豪邸を見せる前に、まずハンブルク市内でも最悪の道路をドライブして市内の惨状を認識させるのが効果的だと考えた。シュレーダーには荷物を満載したオースチン一六を運転させ、少し遠回りするが、自分の運転するメルセデスの後についてくるようにと指示した。

ルイスは大げさなハンドルさばきで、道路に口を開けている大小さまざまな爆弾の跡を避けていった。最初の数分間、エドモンドは初めて乗るメルセデスにただ臆面もなく興奮して、ルイスにしゃべる機会を与えなかった。父親と母親の間に座って、この車の優れた性能にしきりに感激していた。バツハがドイツ人であったことに仰天したように、彼の優越心は大きく揺さぶられていた。

「この車の最高時速は二百キロメートルだよ」

「試してみようよ、パパ」

「この道路じゃ無理だよ、エド」

そこでルイスは、具体的な数字をあげて爆弾の恐ろしさの説明を始めた。

「知っているかい？　イギリス空軍が終戦直前の週末にここハンブルクに落とした爆弾の数は、ドイツ空軍が戦争中にロンドンに落とした爆弾の総数よりはるかに多いのだよ」

ルイスはエドモンドに向けて話しかけたのだが、本当はレイチェルに聞かせるつもりだった。彼女が事実をしっかり受け止め、これまでの偏見と自己憐憫の情を払拭してくれないか、と願っていたのだ。うまい具合に、市街の焼け跡が車の周囲に次々と展開していった。

レイチェルたちが当初想像していたのは、写真で見たロンドンやコベントリー、ブリストルなどイギリスの都市の破壊された光景だったが、それらをはるかにしのぐ惨状がこれでもか、これでもか、とばかりに続いていた。行く手はもちろん、後方や両側にも崩れ落ちた建物と瓦礫、それに道路脇をぞろぞろと歩く人々の他に見えるものは何もなかった。

「でも、先に仕掛けてきたのはドイツのほうでしょ、違うの？　父さん」

ルイスはうなずいた。もちろん、戦争を始めたのは彼らのほうだ。当時のドイツでは、国民の鬱積した不平不満がいたずらに攪乱され、人々は腕章をつけた腕を振り上げ、道路のいたるところでデモ行進し、多くの商店の窓ガラスを破ったりした。そして、すべての航空機が空爆のために動員され、一時は大陸全体を支配した。しかし、そんなドイツ民族も今はどこへ行ってしまったのか？　目の前の壊された道路をのろのろと足を引きずって歩く哀れな服装の人々がそうでないのは確かだ。

「そうだね」

そう言って、ルイスはレイチェルをちらりと見たが、彼女はかたくなに口を閉じたままだ。

「ところで、黒い十字架がたくさん立っているのが見えるだろう？　その下の瓦礫の中には、死体が埋まったままなのだ。消息のわからない市民はまだ百万人以上いるそうだよ」

何組かの家族が、焼け残った耐久財を荷車に載せて引っ張っていた。その横を通り過ぎたとき、エドモンドが尋ねた。

「この人たちはどこへ行くの？」

「彼らはDPと言って、住むところのなくなった人たちだ。自分の住まいを焼失したり、外国人に接収されたりして、仕方なく市街地をうろついているのだ」

「その人たちは兵士用宿舎に住んでいるって、母さんが言っていたよ」

「そのとおりだが、宿舎が不足していてね。今、新しいのを建設しているところさ」

ルイスは思った。いずれレイチェルたちには、兵士用宿舎での人々の生活ぶりを見せてやらねばならない、と。

「それは、イギリスの『イラストレイテッド・ニュース』誌に載っていたキャンプのようなもの？」

「いや、そんなものじゃない」

「でも、ドイツ人には当然のことじゃないの？　キャンプに入れられても仕方ないことをした報いじゃないの？」

そう反論するエドモンドへ、ルイスはこみあげるいらだちを抑えながら、深く息を吸い込んだ。しかし、この問題の本質は今のエドモンドにとっては理解できないことなのだ。

「父さん、どうなの？」

車の外では、道路の片側を人々が下を向いてすぐに食べられるものを探しながら歩いていた。その日その日の飢えをしのぐために、食べられるものなら何でも口にしていた。

「うん、中にはそうなっても仕方ないドイツ人もいるがね、エド」

するとやにわに、レイチェルが口をはさんだ。短く、しかし鋭い口調だった。

「当たり前だわ、ドイツ人はみんな報いを受けるべきなのよ」

奇妙な取り合わせの二台の車が砂利道をゆっくり進んできた。威風堂々とした流線形のドイツ製メルセデスの後ろに、背中の盛り上がった勇ましい姿のイギリス製オースチンが従っていた。シュテファン・ルベルト氏は腕時計の時刻を確かめてから、新しい住民を迎えるために階段を下りていった。ジャケットをきちんと着なおして、威厳と謙遜と謝意を同時に示そうとするのだが、彼のような気質の者にはなかなか容易なことではなかった。隣には女中のハイケとコックのグレタが一列に並んで、イギリス人一家にいつでもサービスできるように待ち構えていた。シュテファンには、二人が神経を張り詰めてささやきあっているのが聞こえた。

「他のイギリス人のように醜くはないわね」

「服装がいいわ」

「かわいそうなご主人、無理して平気な顔をしているようね」

「奥様はとてもかわいいわね」

「私たちの昔の女主人ほどではないけどね」

古参のグレタは亡き女主人クラウディアの想い出を何よりも大切にしているのでそう言ったのだが、実際のところクラウディアは美しくて、優雅で、上品な女性だったにもかかわらず、わし鼻のためか、決してかわいらしくはなかった。それに対して、ハイケが直感したように、モーガン夫人は確かにかわいらしい。にこりともせず石のように硬い表情をしているが、その愛らしさは隠すべくもなかった。濃い赤褐色の髪、大きなアーモンド色の目、小さくふくよかな唇、小柄だがふっくらとした体形、オリーブ色の肌などなど、申し分ない。どこの出身なのかしら？　イングランドでないことは確かね。

ケルト系に違いないわ。ひょっとして、スペイン系かも、などと、二人の関心は尽きることがない。

「でも、あまりお幸せそうには見えないわ」

「たぶん、お城に長く住んでおられたからでしょうよ」

一方、ルイス・モーガン大佐は家主のルベルト氏に近づいていき、心をこめて握手した。ルベルト氏も力をこめて握りかえして言った。

「娘のフリーダは貴殿にご挨拶するつもりだったのですが、あいにく気分がすぐれず部屋に閉じこもっています。失礼の段、お許しください」

「もちろんです。どうぞ、お気になさらないように」

と言ってモーガン大佐は、少し離れて立っているレイチェルを手招きした。

「妻のレイチェル・モーガンです」

「初めまして」ルベルト氏は手を差し出した。しかし、レイチェルが硬い表情でそれを無視したので、仕方なく手を引っ込め、使用人たちの紹介を始めた。

「使用人のハイケ、グレタ、リヒャルトです。すでに門のところでお目にかかっていますが、これからはあなたたちの使用人となり、直接お仕えいたします」

女たちは膝を折って優雅に挨拶した。ハイケは熱意を込めて、グレタは必要最低限の物腰でレイチェルに敬意を表した。しかし、レイチェルは依然として無表情に口をつぐんだまま突っ立っていた。

「おそらく、途中の廃墟に驚いて緊張しているのだろう」と、ルベルト氏は推測した。

「そして、あれがエドモンドです」モーガン大佐は後ろを振り向き、指さして言った。

エドモンドは興奮のあまり、いつのまにか父母のそばを離れて芝生の中に入り込み、飛行機を真似て両腕を横に伸ばし、嬉しそうに駆け回っていた。そんな無邪気な少年をルベルト氏は笑いながら見ていたが、レイチェルはバツの悪い思いを隠せなかった。

「エド！　やめなさい！　こちらへ来てご挨拶しなさい」

それまで沈黙を守ってきたレイチェルが突然に声を出したので、ルベルト氏はびっくりした――彼女は話せるではないか！

エドモンドは、ルベルト氏と使用人たちの前へ走ってきて挨拶をした。少年のおどけたしぐさに、ハイケはくすくす笑った。

「初めまして」と言うエドモンドに、ルベルト氏はにこやかに応えた。

「新しいお住まいにようこそ。気に入ってくれるといいのだが」


レイチェルは表情には出さなかったが、内心つくづく感心していた。この家はとてもすばらしい。ルイスの言ったことは決して大げさではなかった。それどころか、彼の説明は実際より多少控えめですらあった。それは多分、彼自身がこの家の持つ特別な価値にまだ気づいていないせいだったが、何よりも、この家の豪華さにどっぷり浸かる気分になっていなかったからだろう。それはルイス独特の気質からくるもので、他の同僚たちのように世間体を整えることや物的な野心に貪欲になれなかったからだ。そもそもレイチェルがぞっこん惚れ込んだのも、このルイスののんびりとした無頓着ぶりだった。だがそれも、今はなぜか彼女をいらいらさせる原因になっていた。

ルベルト氏は、レイチェルたちを案内して家の中の各部屋を見せた。その間、レイチェルの心には二つの思いが相克していた。たしかにドイツ人は優れた民族で、その文化も賞賛に値する。でも、そのことを今になってようやく認める気になった自分を、この垢抜けたドイツ人の前にさらけ出すのが賢明だろうか？　それとも、いまだに払拭できない不信感を目の前のドイツ人にわからせるのが先決なのか、という一種のジレンマに陥っていたのだ。

部屋ごとにていねいな説明をするルベルト氏に、レイチェルは自分の劣等感と意識のずれを感じざるをえなかった。彼が何を言おうと、レイチェルの耳には、「あなた方を大いに歓迎いたします。でも、この家は私のものですよ」と言っているように聞こえた。

エルベ河を見晴らすベランダに出たところでレイチェルは、「もう、これでたくさん！」という気分になった。ルベルト氏が、最上階にある自分たちの住まいを見せてもいいと言ったが、「少し疲れたから」と言って断った。一見したところ、レイチェルは新しい住環境に慣れないショックでふらふらになっているようだった。しかし、本当のところは、英語を流暢に話すこの洗練された多少横柄な感じのするドイツ人に会って面食らい、これ以上一緒にいることに耐えられない気持ちになっていたのだ。

それまでのレイチェルは、ドイツ人とは言語も文化も違うため、しょせんは距離を置いてつきあうもの、と考えていた。ルベルト氏のように洗練された英語をみごとに話すドイツ人に会うとは、予想もしていなかった。彼と自分の間には、はっきりした境界線を意識して引く必要があるだろう、そうしないかぎりすべてが複雑にからまっていきそうに思えた。

その日の夜遅く、子ども部屋をのぞいたルイスは、エドモンドが床の上で寝ているのを見つけた。部屋の中央には、エドモンドが奥から引き出したらしい人形の家が置いてあった。その模型の家は、ルベルト邸を真似て改装されており、家具はドイツ人家族が住んでいる屋上階に置かれ、指ほどの大きさの人形がそれぞれの場所に並べてあった。ルベルト氏とその娘を模した男女の人形が一つずつ、そしてエドモンド自身とルイスとレイチェルを模した三体の人形だった。

「寝る時間だよ、エド」

エドモンドは床から立ち上がり、四柱式ベッドの中へ這いあがっていった。ルイスは息子を寝かせるなど長らくしたことがなかったので、何をどうすればいいのかまったく自信がなかった。本でも読んでやらなければならないのだろうか？　何か言葉をかけてみようか？　祈りをささげようか？　などと迷ったが、結局は毛布を引っ張って息子の胸とその上に乗っている布製の兵隊の人形「カスバート」の上に被せただけだった。エドモンドの顔にそっと触れ、目の上に被さった前髪をのけてやりたかったが、それもうまくできる自信がなく、布製の兵隊人形を軽くたたくのがやっとだった。

「この家をどう思う？」と、ルイスが尋ねると、エドモンドは「ずいぶん大きい家だと思う」と答えた。

「好きになれそうかな？」

エドモンドはうなずいた。「女の子は、どうして顔を見せて挨拶しないんだろう？」

「身体の調子がよくないのだと思う。そのうちに会えるよ。多分、一緒に遊ぶこともできるだろう」

「そんなことしても許されるの？」

「もちろんだよ。私たちがここに落ち着いたら、の話だが」

エドモンドはしばらく黙ったあと、何か別のことを言おうとしたが、その前に父親の手はベッドのサイドランプのスイッチを切っていた。

「おやすみ、エド」

「おやすみなさい、父さん」

父親が部屋を出ていったあとも、エドモンドは考えていた。一時間ほど前にあの娘に出会ったことは内緒にしておこうと思った。それは、彼がドイツ人家族の部屋に通じる階段の踊り場をぶらぶらと歩いているときのことだった。階段を上りつめたところがどうなっているか、一目見たい気持ちから階段をかけ上がり、途中の曲がり角まできたとき、その少女に出会ったのだった。少女はブロンドの髪の毛をお下げにして、両腕をいっぱいに伸ばし、両手を両側の壁に押しつけて、両足はまるで体操の按馬でするように身体の前の空中に浮かせていた。

「ハロー」と声をかけたエドモンドは、この少女がフリーダかどうかいぶかりながらも、少女の動きに見とれて突っ立っていた。彼女はいかにも力強く、健康そのもので、病人にはまったく見えなかった。

「君はフリーダ？」

少女は返事をせず、両脚をまっすぐ水平に保ったままエドモンドをじっと見返した。そして、ゆっくりと両脚を開いてブルーマーふうの下着を見せたので、エドモンドはまるで催眠術にかかったようにぽかんとして見つめつづけた。どれくらいの時間そうしていたかわからない——数分続いたような気がする——だが、突然、彼女が猫でも追い払うようにエドモンドに向かってシッシッと言ったので、彼は現実に戻り、後ずさりしながら階段を降りていった。その間、突然襲われないように、彼女から目を離さなかった。

シュテファン・ルベルトは悪夢から目覚め、今やもう自分のものではなくなった家の一室で寝ていることに気づいた。しかし、始めのうちは、自分が今どこにいるのか、はっきりわからないまま、混乱した意識が過去の記憶の中をさまよいつづけた。

その記憶というのは、ドイツ北西部のシュルト島にある祖母の夏の別荘のシングルベッドだった。かつて、そのベッドの中でクラウディアと愛を交わしていたとき、階下の台所では姉たちが夕食のイセエビやカニを料理していた。当時まだ若かった二人の恋人は、姉たちのハンマーで甲羅を割る音を利用して、ベッドが軋《きし》る音やエクスタシーの瞬間の声をごまかすのに余念がなかった。

しかし、そんな過去の幻影も徐々にうすれていった。かすかに目を開けると、半開きになったカーテンを通してもれてくる光がまぶしかった。今横たわっているベッドは彼自身のものではない。彼の本来のベッドには他の夫婦が寝ている。この部屋も彼の部屋ではなかった。かつて戦前に雇っていた運転手のフリードリッヒの寝室だった。戦争のためにやむなく彼を解雇してから、クラウディアが化粧室に入りきらない洋服をおさめるのに使用していた場所だ。ルベルトはもはや、今まで住んでいた家の主人ではなくなった。

この家のかつての女主人もすでに亡くなっている。二度とその甘い香りを嗅ぐことも、愛撫することもできない。いや、それでも彼女の匂いは今でもシュテファンの心にしっかり残っていた……彼女と一緒にすごした数々の想い出とともに。シュテファンが今ここで被っている羽毛の掛け布団は、シュルト島から持ってきたものだ。島の夏の別荘がナチス空軍の水上飛行機の基地に接収されたときのことだった。この布団に染み込んだ海の香りが、鮮明にクラウディアを想い起こさせてくれる。

シュテファンは掛け布団を鼻の位置まで引き上げ、その香りを胸いっぱいに吸い込んでみた。すると再び、あの日の想い出がよみがえってきた。頬を紅潮させたフィアンセに寄り添って階段を降りると、姉たちが準備したごちそうがテーブルに並んでいる。ブイヤベースの香りに混じって、指の先からほのかに漂うクラウディアの情熱の残り香、それをそっと嗅いでいるシュテファンを見て恥じらいの笑みを浮かべるクラウディア。それらのなつかしい想い出に耽《ふけ》っていると、掛け布団の下ではいつの間にか興奮し硬直した下半身が、かつてのクラウディアとの情熱のシーンの再演を促すのだった。

夢精したあとも、シュテファンに罪の意識は起こらなかった。今の自分にはせいぜいこの程度しかできないのだ、という低俗な自己嫌悪を覚えただけだ。記憶の断片は、どのようにうまく編集しても、しょせんは瞬く間に過ぎ去り、後には味気ない思いしか残さない。背を起こすと、腹の上にこぼした生暖かいザーメンがすでに冷たくなりかけていた。浪費され、無性化されて捨てられた遺物だ。戦後のドイツでは、ルベルトのように愛する人の命を奪われ、人生の再出発を余儀なくされた人々が数えきれない数にのぼっていた。もっとも、中には、それまでの不幸な結婚生活や人間関係に終止符を打つことができた幸運な人たちも含まれていたが……。また、工場などの職場では、男性の数が減ったため、未婚の女性が相対的に多すぎるというアンバランスがいたるところで見られた。こうして社会全体の人間関係がくずれ、新しく恋人や結婚相手を見つけようという風潮が生まれていた。しかし、世の中がどう変わろうと、シュテファンの前に、亡きクラウディアの面影に勝る女性が現れることはなかった。

パジャマで手を拭ってベッドから起きあがり、シュテファンは窓いっぱいにカーテンを拡げてみた。部屋の中は、階下の寝室や書斎から大急ぎで運び込んだ品物が整理されずに置かれたままだった。建築技師であるルベルトが専用にしていた図面制作の作業台と用具、結婚以来ずっと保管してきた押し花、それに大切に保存してきた貴重なフランスの画家レジェの自画像とフォン・カロルスフェルトの裸婦の二枚の名画だった。その他の家具や貴重品は、ほとんどをルイス・モーガン大佐の家族が使用することになった。不思議なことに、ルベルトには自分の持ち物の大半を失った悲しみが湧かなかった。むしろ、余計な物を切り詰めてせいせいしていた。裸同然になったので、いつどこへでも身軽に行けるという喜びを感じていた。

窓際へ行って外を見ると、芝生が光を受けて明るく広がり、冷たく澄んだ紫色の空には下弦の月が浮かんでいた。芝生を照らす光は、階下の寝室からのものだ。そこではきっと、あの親切でまっすぐな気質の将校と口も満足にきけないほど緊張していたかわいい奥さんが、長かった別離を振り返っていることだろう。シュテファンはそんな想像をする自分が情けなかった。だが、思うまいと努めれば努めるほど、イメージは膨らむばかりだった。彼らは今ごろベッドの中かもしれない。灯りを消さずにいるのは、きっと、今まで見ることも触れることもできなかった互いの身体をすみずみまで確かめあうためだろう。愛の営みをする前には、話すことも山ほどあるのだろう。いや、もうすでに、最初の交わりは済ませているかもしれない。それからいろいろと会話を楽しみ、さらにもう一度愛を交わそうとしているのかもしれない。掛け布団なしで、ベッドの上に裸で横たわっているのだろうか、それともシーツの下にもぐってこそこそ抱き合っているのだろうか？

やがて階下の寝室の灯りが消え、バルコニーと庭と木々が暗闇に沈んだ。代わって満天の星空が広がった。シュテファンは窓際を離れシングルベッドに戻り、塩の香りのする羽毛布団にもぐりこんだ。

寝室では、レイチェルが鏡台の前で髪にブラシをかけていた。しかしその脳裏には、初対面のルベルト氏の印象が強く残っていた。レイチェルは思った。あのドイツ人は今頃、ベッドの準備をしながら私のことをあざ笑っているに違いない——何と粗野で無知な女だろう、と。あのビリヤードの部屋に飾ってある絵画の一つを彼が指さしたとき、誰の絵なのか、まったくわからなかった。「フランスの画家、レジェですって？　そんな名前聞いたこともないわ！」

レイチェルは鏡台の前から離れたくなかった。頭上の階にいるドイツ人男性が彼女を小馬鹿にしているのではないか、と思う一方で、レイチェルの次の行動に期待の胸を弾ませている男性が自分のすぐ後ろに控えていたからだ。鏡台の端には、狭くて高いベッドに座ってこちらをじっと見つめているルイスのパジャマ姿が映っていた。ルイスはきっと、私のそっけない動作にいらいらしているだろう。でもまだ何もしゃべろうとしないのは、そのうちにやってくる「至福のとき」を思ってがまんしているのだろう、などと思いを巡らせていた。レイチェルはブラシの動きを止めて、ルイスに何か語りかけようかとも思ったが、間違った合図を送りたくなかった。肉体と肉体が一つになるべき瞬間が迫っていることはわかっていたが、すぐにルイスに身をゆだねる気になれないレイチェルだった。

「この家は気にいらないのかい？」と、ルイスが聞いてきた。声は優しかったが、どこかとげとげしい響きがあった。

「私、あの家主と一緒に住みたくないわ」と答えるレイチェル。鏡の中には、シガレットケースに手を伸ばし、たばこを取り出して火を点けるルイスが映っていた。彼がいつも反射的に取る行動パターンだ。弾薬を充塡し、危険な地形を点検し、そして点火するという一連の戦闘パターンだ。

「君も、少しは彼と仲よくなれたかもしれないのに」とルイス。いつものように彼の言い分には一理ある。確かに、レイチェルはルベルト氏によそよそしすぎたかもしれない。だが、敵に借りを返させるのに赤じゅうたんを敷く必要などさらさらないではないか、というのが彼女の言い分だった。ことばは慎重に選んだが、ヒステリックな笑いがこみ上げてきた。いずれにしても、議論をすることはセックスをしばらくおあずけにすることに他ならなかった。

「何ですって？　私に誰とでも陽気な友だちのようにふるまえって言いたいの？　私たちがみんな味方同士であるかのように？」

「私たちは――みんな味方同士なのだ」と、ルイスは力をこめて言った。

レイチエルは立ち上がり、ルイスを無視して部屋を横切った。そして、狭いベッドの横でパジャマの胸を緩め、背中を起こせるように枕を垂直に立てた。サイドテーブルにはアガサ・クリスティーの『死との約束』が置いてあった。ルイスが迫ってきたときの逃げ道にするつもりだった。

セックスのチャンスがなくなるのを気にしたルイスは、おどおどと小声で言った。

「あれを……しようか？」

「今、しなければいけないの？」

「いや、どうしても、ってわけじゃないが」

「正直言って、その気になれないの。何となく奇妙な気分なのよ。三日間もの間、あのドイツ人たちと一緒にいたせいかも」

「うん、そうか、それならわかる。君は疲れているんだ。もう、いいよ」

もしここで、ルイスがレイチエルの気持ちに反して強引にセックスをしたなら、どうなっていたろう？　レイチエルはきっと驚くだろうが、結局はルイスに同調するしかなかったのではなかろうか？

普通ならそうなってもおかしくはないのだが……。

レイチェルは手を伸ばして本を取った。すると、ルイスが言った。

「君は、ほんとうに毎日泣いていたのかい？」

レイチェルの神経が一瞬ピンと張りつめた。とにかく、ルイスは彼女と話をしたいのだ。

「それは、何の考えもなしにエドが言ったことじゃないの？」

「でも……実際に泣いていたのだろう？」

「精神科のメイフィールド医師によると、私の神経はまだまだ傷つきやすい状態なんですって」

「プリング牧師はどうだい？　何か話し合ったことがある？」

「教会へ行くのはやめたの！」

思い切ってそう言ったレイチェルには、教会と縁を切ったことを後悔する気持ちはなく、むしろさばさばした満足感すら覚えていた。だが、ルイスに対して詳しく説明する気持ちなどさらさらなかった。

メイフィールド医師の言う「恐怖や不安感」を実際に経験していないルイスには、レイチェルの真意を察することは不可能だった。ルイスが知りたかったのは、レイチェルが他の人たちと一緒に語り合って悲しみをわかち合ったのか、それとも孤独の殻に閉じこもっていたのか、というごく常識的なことだった。しかし、これはレイチェルにとって、神を否定するかどうかという根源的な問題だった。あのとき、彼女の呼びかけに応じて階段をかけ降りてきたマイケルめがけて、あの「はぐれ爆弾」を落としたのは、神の意思に他ならないと思ったからだ。

レイチェルの胸は張り裂けそうになっていたが、ここ数日間はじっと我慢してきた。だが、もう限界に近かった。

「あなたにとっては、どうでもいいことでしょう。だって、そのときあなたはそこにいなかったのだもの。私が味わった気持ちなど、今のあなたにわかるとは思えない」

「私には、今までそんな気持ちになる時間的余裕がなかった」ルイスは正直に答えた。正直ではあったが適切な表現ではなかった。ルイスがさらに詳しく弁解しようとするのを遮って、レイチェルは言った。

「じゃあ、今のあなたは、どうして私と同じ気持ちになろうとしないの？」

「……………」

「でも、もういいわ。あなたにはあなたのお仕事があるし……この国を再建するという立派な……」と言ったレイチェルは、感情がほとばしるのを抑えきれなくなって泣いた。「私の……私のかわいい息子を殺したこの国を救うという……！」

少女時代に戻ったように身体を震わせて泣きじゃくるレイチェルの背中に、ルイスは手を添えてそっとたたいたが、彼女の苦しい胸の中にまで入り込むことはできなかった。

「そして、あなたは、私を……そんな国の人たちと一緒に生活させようとしているのよ！」

「ここにいる誰もが……この家の者はみんな……身内を亡くしている」

「私には関係ないことよ。たとえ世の中のすべての人が息子を亡くしたとしても、私にとってはどうでもいいこと。そのときの苦痛は誰も同じだって言うかもしれないけど、私はそうは思わない」

「誰も、そんなふうに思っていないよ。でも、精いっぱい我慢するしかないんだ」

「精いっぱい我慢しろ――いつも同じセリフね。そう言うあなたは、私たちよりも敵国民の窮状のほうが気になっているんじゃないの？」

「レイチエル。どうか、わかってくれ。彼らはもはや我々の敵ではないのだ。徹底的に破壊され、すべてを一から作り直さねばならないのだ」

レイチェルはむせび泣きを抑えるように胸に手をあて、思いきって言った。

「それで、あなたにはこの国を立て直す力があるとでも思っているの？」

この挑戦的な言葉にルイスがどう反応するか、レイチェルにはまったく想像がつかなかった。ルイスが何か弁解してくるだろうと期待しながらも、反対に、何も反論することなく、黙って立ち去ってくれることを願う気持ちも強かった。そうなれば、夫婦の絆は切れるかもしれないが、自分には快い孤独の世界が残されるだろう、と期待したのである。

第四章

肩幅ほどの大きさのかなり重いメディシンボール〔訳註：筋トレやリハビリに使う球状の道具〕を使って朝の筋トレを終えたフリーダは、学校へ行くために着替えを始めた。とはいっても、制服があるわけでなく、少女がパレードをするときにはくミニスカートに白のブラウスを着、靴は体育館用のパンプスを履いた。これは、行政当局者の反感を買う恐れがあったが、何よりも日ごろから、旧政権時代の服装をしないようにと厳しく言っていた父親の怒りを誘うものだった。

屋上階の狭い部屋に移動させられる屈辱を味わって以来、フリーダはますます父親に対して反抗的になっていった。彼女の部屋があまりにも殺風景なので、壁に何かの絵を掛けるとか、元の寝室から揺り木馬を持ってくるとかしてはどうか、と気を遣う父親に対して、聞く耳を持たなかった。彼女には、自分が暖かい家庭から突然瓦礫の中へ放り出され、何とか自分ひとりで生きていかねばならない孤児になったかのように思い込んで、禁欲的な気分を楽しんでいるきらいがあった。

ただフリーダが例外的に自分の部屋に飾ったのは、生前の母が残していった額入りの刺繍絵だった。そこには、川沿いの一軒の家の前に立つ三人の人物が描かれている。建築士用の折りたたみ定規を手にした男性と花束をかかえた女性、そして女性に手をひかれた一人の少女だった。水平線上には、小さな赤いヨットが浮かんでいる。一九四二年七月、フリーダの十一歳の誕生日に母が贈ってくれたものだ。ちょうど英軍の空襲が始まった年で、大火災の一年前だった。
何はともあれ、フリーダにとって、屋上階へ移動したことは、古いおもちゃ類を処分するよい機会となった。おもちゃだけでなく、空襲の最中に父から与えられた『不思議の国のアリス』や『幸福な王子』や『ロビンソン・クルーソー』などの英語の本も処分した。これらは、少女の気持ちを爆撃機や高射砲の音から紛らせようと考えた父親からの贈り物だった。「空想することは何にも勝る防衛手段だよ」と、父は好んで言った。だが、それで亡き母が彼女のもとへ戻ってくるわけではなく、彼女にとって心の救いにならなかった。

フリーダは筋トレに使ったメディシンボールをフラフープの真ん中に置くと、おまるにまたがって小便をした。し終わると、そのおまるを部屋の外の廊下の踊り場まで持っていき、そのまま階段を降りていった。かつて自分が使っていた寝室の前までくると、今ではイギリス領になっているその部屋のドアは開けっぱなしになっていた。中では、フリーダがかねてから標的にしている少年がおもちゃの「人形の家」を持ち出して遊んでいるのが見えた。

「坊やは男の子のくせに人形と遊んでいるのね！」と英語で言って、フリーダはエドモンドをからかった。

はっとして顔を上げたエドモンドが見たのは、おまるをかかえて入口に立つフリーダだ。何か社交的な話でも始めたいのでは――と思ったエドモンドは、習いたてのドイツ語で話しかけた。

「やあ！《ハロー》　こんにちは、《グーテンターク》ルベルトお嬢さん《フロイライン・ルベルト》」

すると、フリーダはやおらおまるをもちあげて部屋の中央に置き、「あなたにこれをあげるわ」と言わんばかりに奇妙な笑いを浮かべた。そして、後ずさりしながらドアを閉めて出ていった。この「幸福な王子さま」の足下には、生暖かく黄色い液体の贈り物が残されることとなった。

フリーダは、学校へ行く途中、市内に向かう一群の女たちを追い越した。彼女たちは厚手の作業服にヘッドスカーフを被って、市内のあちこちの瓦礫の山にわけ入り、回収可能な石工物や煉瓦をひとまとめにする作業をすることになっている。そして、運がよければ一杯のスープとひと塊のパン、それに何枚かの食料引換券を手にいれることができる。たいていが手にシャベルを持って、何人かは冗談を言い合い、仕事にありつけることを喜んでいるようだ。フリーダは、学校へ行くよりこの女たちに加わって瓦礫整理をしたい気持ちだった。

一九四三年の夏に英空軍機が市内のほとんどの学校を破壊して以来、しばらくは学校へ定期的に通うことができなかったが、今は占領軍の統治のもとで改修された市役所の大広間がベニヤ板で仕切られ、いくつかの教室が設営されている。ただ、町じゅうにあふれる難民の子どもたちが一斉にこれらの狭い教室に入れられるので、机や椅子が不足し、大半の生徒は冷たい床に直接しゃがみこんで授業を受けねばならなかった。このように困難な生活環境にあっても、またペンや紙や教科書などの基礎的な物資すら十分でなかったにもかかわらず、占領軍統治当局はドイツ人の子どもたちの教育にやっきだった。それは、子どもたちの毛髪からしらみを駆除するように、彼らの頭脳から旧政権時代の悪しき思想をとり除き、新たに民主主義教育を徹底したいからに他ならなかった。教室では、かつての絶対権力者ヒトラー総統をファーストネームで呼び捨て、彼と邪悪な国家社会主義思想をこの世から根絶しなければならない、と説かれた。代わりにこんこんと説明された民主主義については、教師たちが驚くほど子どもたちは無知であった。

フリーダの担任教師のグローブス先生は、生徒たち一人ひとりに親しみを込めてクリスチャンネームで呼びかけ、教壇に立つ代わりに子どもたちの机の間に座り込んで教えるなど、徹底して民主的な授業を行なった。しかし、フリーダにとっては、授業のどれもこれもが屈辱的に思えて仕方なかった。そのため、先生がどんな質問をしようとも一切返事をするまい、と心に決めたのだった——たとえ、解答を知っていても。

ある日、フリーダが市役所の近くまで来ると、門が閉まっており、レンガ塀に貼られた通達の下に生徒が数人集まっているのが見えた。通達にはドイツ語で「CCGの命令により閉校」と書かれていた。周辺には何人かの英軍憲兵が見張りに立っており、ガードレールに沿って幌つきの軍用トラックが三台停車していた。大尉が子どもたちに向かってドイツ語で演説をしていた。

「十三歳以下の者は帰宅してもよろしい。十三歳よりも年上で元気な者は瓦礫の整理を手伝うことができる。そうすると、報酬として食料引換券と食事が支給され、夕刻暗くなるまでにはここへ戻ってくることができる」

子どもたちの間で、一斉に歓声が上がった。十三歳より年上の者は一人残らず――そして、明らかにそうでない者もたくさん混じって――現場行きのトラック目指して移動していった。今日、そして多分明日も食事にありつけるだろうという期待は、彼らにとって逆らいがたい魅力だった。もっとも、フリーダの場合はすでに比較的贅沢な朝食をたっぷり食べた後だし、夕方に家に帰っても十分な量の食事にありつけた。しかし、彼女は家の中にじっとしているのが嫌で、何でもいいから外で活動していたいという気持ちが強かったので、腹ペコの子どもたちに混じってトラックの荷台によじ登った。フリーダの隣に座った少年は十四歳くらいで、「瓦礫あさり」のベテランだった。ハンブルクの中心から西方へ約七キロ郊外のアルトナへ向かうでこぼこ道で、彼らの身体は上下に激しく弾んだが、その間少年はさまざまな自慢話をしてくれた。

「この仕事はまんざらでもないよ。あるときは、ネックレスを見つけてね、鶏と交換したこともあったよ。食事もけっこうおいしいよ。このあいだは、パンとスープにソーセージがついたよ」

すると、別の少年が尋ねた。

「それは本物のソーセージだったかい？　たいていは犬の肉か、それ以下の代物だぜ」

「本物だったさ！　ビアーヴルスト、ブラートヴルスト、リンズヴルスト、ヤークトヴルスト、クニップ、ピンケル、ラントイエーガー……」

少年は、もったいぶってソーセージの名前を一つずつ挙げていった。ゆっくりと、うやうやしく、憧れを込めて、まるで目の前に肉屋のショーケースがあるかのように。すでに腫れぼったい両目が、夕食のソーセージを期待してさらに膨れていった。

二十分後、トラックがアルトナに着くと、幌の下から子どもたちが次々と飛び降り、瓦礫の中へ入っていった。瓦礫の一部はすでに平坦にならされており、そこから歓楽街のザンクト・パウリ地区が見わたせた。さらにその向こうに、奇跡的に破壊を免れた戦前からの古い倉庫や運河を望むことができた。瓦礫の中では、チェーン状に連なった女たちが列に沿って瓦礫を受け渡していた。そのうちの何人かが、子どもたちの群れを見つけて言った。

「ご覧よ！　子ネズミたちがここへやってくるよ。私たちの食料を盗みに！」

フリーダは女たちの列に加わった。隣には十七歳くらいの青年も加わったが、彼は何となく周囲の興奮から超然としていて、動作も気だるげだった。しかし、五つボタンの青いジャケットがよく似合っていた。フリーダは彼から瓦礫を受け取りながら、無意識のうちに昔の行進曲を口ずさんでいた。

「前を向いて行進しよう。たとえすべてが壊されても。我らの声はドイツ中に響き、明日には全世界に響きわたるだろう。（第一次）大戦で瓦礫と化した世界を悪魔の力で立て直すのだ……」

第三節を歌いはじめたとき、隣の青年の暖かい手がフリーダの手首をつかんだ。

「気をつけろ、お嬢さん！」

青年は見張りの英軍兵士たちから目を離さずに、フリーダの歌を遮って言った。

「奴らの誰かがあんたの歌に気づくかもしれない」

「私なら、へっちゃらよ」

五つボタンのハンサムな青年に、そう言ってのけたフリーダは、それまでのもやもやした気分から解放され、身体にエネルギーが湧いてくるのを感じていた。

　青年はフリーダの顔をしげしげと見ながら訊いた。

「あんたは銃殺刑を免れるほど年少じゃなさそうだ。何歳なんだ？」

「十六歳」と、とっさに嘘をついたが、数ヤード離れた場所で英軍の新兵が二人、たばこを吸いながら冗談を交わしているのが目に入ってこう続けた。

「あいつらはバカみたいね！　ここが自分たちの土地だと思い込んでいるようだわ」

　青年は笑った。

「俺たちはここで作業をし、奴らはそれを見ながら楽しんでいる。バカを見ているのは俺たちのほうだ」

　フリーダは思わず顔を赤らめ、口をつぐんで瓦礫の受け渡し作業を再開した。青年の目には、さぞかし初心《うぶ》な少女に見えたことだろう。しかし、フリーダにとって、この青年と一緒に仕事ができるのはとても楽しいことに思えた。脂《あぶら》じみた汗のにおいを嗅ぎ、筋肉隆々の腕を鑑賞しながらする作業は気持ちよかった。青年がレンガを手渡すたびに、彼の腕の下側に小さな傷かほくろのようなものがチラチラと見えた。それは、数字の8が二つ並んだ形をしていた。フリーダの視線を感じた青年は作業の手を止めて、それを隠すように袖を引き下げた。

「オイ、そこのブロンド娘！」

　突然、見張りの新兵の一人が叫んだので、フリーダはびっくりして跳び上がった。

「手を休めるな！　さっさとやれ！」

　青年は袖のボタンを留め、作業を再開した。しばらくして、二人はおずおずと、しかし好奇心の強い目で互いを見つめあった。

「おれはアルバート。君の名前は？」

「フリーダ」

「フリーダ、か」と、青年は繰り返して言った。

フリーダは自分の名前やあだ名の「フリーディ」が好きになれなかった。しかし、それがこの青年の口から発せられたとき、不思議にも今までに感じたことのない壮大な響きを持っているように聞こえた。

「おれは、その名前が大好きだ。立派なドイツ語の名前じゃないか……」

彼の熱心な賛辞に、フリーダは、まるでキルトに優しく包まれたような気分になっていった。

「その意味は……淑女《レディ》」とフリーダが言いかけると、青年はフリーダの手をとってていねいに握手し、「そして、君はその名にふさわしいドイツの淑女《レディ》だよ」と言った。

突然、列の端から叫び声があがった。

「死体《ボディ》だ！」

列のみんなが一斉に手を止めて声のほうを見ると、一人の女が自分の発見物の後方に突っ立って震えていた。他の女たちが助けに加わり、周囲の瓦礫を取り除いていった。瓦礫の間から、折れ曲がった腕と手の遺骨が現れてきた。それを見て我に返った女は、あわてて瓦礫を掘り返しはじめた。まるで、生き埋めになっている人を救い出そうとするかのように。数分後、遺骨の残りの部分を取り出すことができたが、同時にそれと重なるようにして埋まっていたもう一つの死体も掘り出した。小さな身体の両脚の間に、上からおおい被さるようにしてもう一つの身体があった。男女が死ぬ瞬間までからみ合って性交していたことは明らかだ。女たちはシンと静まり、誰ひとりとして口を開く者はいなかった。

フリーダは列を離れて、最後の抱擁をしている恋人たちの死体に近づき、しげしげと観察した。他の女たちのように、嫌悪感を覚えることはなかった。むしろ、奇妙にも惹きつけられるような気分になっていた。

「みんな、後ろへ下がれ！　いいか、これは映画じゃないんだぞ！」

死体の検分にやってきた二人の英軍兵士が、ポカンとした顔で立っている群衆を追い払った。一人が、死体の埋まっている穴をまたいで言った。

「悪くない死に方だ。すべてが見えなくなる前の最後のファックってやつさ」

「今でも、まだ楽しんでいるようだぜ」と、相棒が笑いながら答えた。

周囲でまだ大勢の者たちが二つの死体を珍しげに見ているのに気づいた兵士は叫んだ。

「いい加減にして、仕事に戻れ！」

フリーダはその場に立ちすくみ、動けなかった。死んだ恋人たちの指にはめられた、金色の結婚指輪が目に焼きついた。きっと彼らは、一緒に死の瞬間を迎えたはずだ、そう思ったフリーダは、ふと自分の両親に想いを馳せた。穴をまたいでいた兵士も、指輪に気づいたようだ。かがみ込んで死体の指を折って指輪をはずし、日にかざして宝石の価値をチェックしてから、一つを相棒に手渡した。

「本当は取ってはいけないものだ……」と言いながら、もう一つを自分のポケットにしまった。そして、傍らにいたドイツ人にドイツ語で命令した。

「さっさと、この骨をバッグに詰めろ！」

列に戻ってアルバートの横に並んだフリーダの両目は、涙で光っていた。死んだ二人の恋人への同情心よりも、愛し合いながら死に臨んだ二人を心なくも侮辱した兵士たちへの怒りと、いまだに遺体の発見されない自分の母親を想う気持ちが重なったからだった。

「ここにもっと光がほしいの！　だから、ハイケ、これを他へ移動させてくれない？　この植木を！」

レイチェルにとっては、出窓の一つをふさいでいるうっとうしい緑の植木鉢が目障りだった。おそらく、ドイツでは部屋の主要部に植木を置くのが高尚な趣味と思われているのだろうが、イギリスの家庭ではバラン以外の植物を室内に置いているのを見たことがない。それに、彼女自身は長い間、天井が低く薄暗い室内での生活を余儀なくされてきただけに、今のような広い家でせっかくの太陽光を遮る植物に我慢ならなかった。

ハイケが最初に近づいたのは、プラスチックを思わせるユッカの植木だった。その緑葉は蠟のようにつやつやしていた。腰をかがめて持ち上げようとしたハイケは、一瞬ためらいがちにレイチェルを見上げた。

「そう、それは別の部屋へ持っていってね。ありがとう《サンキユウ》」と言ってドアのほうを指さしたレイチェルの一語一語が不自然に区切って発音され、特に最後の「サンキユウ」の「ユウ」にアクセントが置かれていたからだ。あたかも、ドイツ語を話せないという欠点を補おうとするかのようだった。しかし、そんな奇妙な英語に、ハイケは思わず微笑み、植木鉢を部屋から運び出すときにはクスクスと笑い出した。そして、そんなことで笑った自分にどぎまぎして顔を赤くしていた。ハイケには他意がなく、ちょっぴり神経質になっていただけだったが、レイチェルはいらいらしながら考えた。ハイケが笑ったのは、何か外国人特有のふう変わりな要求をされたからだろうかと疑ったのだ。

レイチェルには、自分がこの住まいの女主人であることを、ここではっきりさせねばならない、という強い思いがあった。それには、ぶっきらぼうだが明瞭なことばづかいが最適だと思っていた。加えて、ドイツ語がうまくしゃべれないため、あるいは、これまでに使用人を使った経験がないために、自分が意図していた以上に辛辣《しんらつ》な印象を与えるかもしれないが、それはそれで仕方がない。むしろ、同じ屋根の下で暮らす彼らドイツ人たちと自分たちの間にはっきりとした境界線をひく効果があるのではないか、と考えた。

それにしても、レイチェルの気持ちはすっきりしないままだった。英軍支給の食器類を並べてみても、また、家具の配置をいくら変えてみても、自分が他人の所有物の中で生活し、他人のベッドで寝起きし、他人の家の中を動き回っているという感覚から逃れることができなかった。思いつくことは何でもやった。植木鉢を移動させたり、玄関の間にあるヌードの彫像に衣服を着せたり、食堂の椅子をより気楽に座れる籐椅子に替えたりしたが、いずれもこの家独特の雰囲気を強める効果しかなかった。どの部屋を歩いても、壁から、「お前はこの家の者じゃない。今も、これからも」とあざけるようなささやきが聞こえてくるようだった。

この物怖じしない自信たっぷりの雰囲気が、使用人たちにもしっかり染み込んでいるようだ。表向きはレイチェルに敬意を払い、機械的におじぎをしたりうなずいたりするが、本心では彼女を軽蔑し、詐欺師のように見ているにちがいない。純情な乙女役を演じている、成りあがり女だと思っているはずだ。特にあのコックのグレタは曲者だ。いつもうんざりした顔で口を固く閉ざしているが、ルベルト一家にいちばん長く仕え、その忠誠心はずっと昔にまでさかのぼるものだった。グレタがレイチェルを見るとき、いかにも「がっかりしたわ」と言いたげな厳しい表情を見せる。何人もの女王に仕えた召使が、最初の女主人以上の女王に巡り合えないのを残念がっているふうにもとれた。その意味で、レイチェルが今いるこの場所も、優雅な容姿で召使たちを上手に使いこなしていたかつての女主人の魔力がいまだに残っているように思えた。それは、レイチェルに対する使用人たちの戸惑いがちで不安げな対応ぶりでよくわかる――「私たちの女主人は決してそんなふうにはしなかったわ」と言いたげなのだ。

この家に初めて足を踏み入れたときも、やはりちょっとした違和感を覚えた。それは植木鉢のせいだけではなかった。家具やさまざまな備品はどれも立派だが、何となくふう変わりで気味悪く、気おくれを感じさせるものばかりだった。せっかくの広々とした部屋の明るい開放的な雰囲気を、台なしにしていた。

レイチェルがほしいのは明るい光と広いスペース、そして何よりも居心地のいいくつろいだ雰囲気だった。たとえば、目の前の椅子などはただ座るだけのものでしかない。クッションや装飾など、通常の椅子が備えている優雅さや座り心地のよさといった要素が一切そぎ落とされている。同じことがサイドボードやランプやテーブルにもいえた。それらからは、愛嬌や気安さ、家庭らしさといったものはまったく感じられなかった。見るからに小利口で、冷たく、魂のないものばかりだった。レイチエルは、ウエールズの中産階級の生まれで、黒ずんだビクトリア朝ふうの木製家具や暖炉、小型のアップライト・ピアノ、それに古城や植物を描いた穏やかな色調の絵画などに囲まれて育ってきたので、そう思うのも無理はなかった。

ただ、応接間だけは少し違っていた。黒光りするベーゼンドルファー製グランドピアノと長椅子がレイチェルの興味を引いた。部屋の隅の奇妙な形の椅子は目障りだったが、その代わりに夫婦の寝室から二人用の箱型ソファを持ってきて置いたらいい、と考えてみた。

その奇妙な椅子は、クロムのフレームの革張りのリクライニングチェアで、そもそも座るために作られたものかどうか、首をかしげたくなる代物だった。その上に座って何かの苦行をするための装置のようにも見えた。多分、それは椅子ではなく、一種の工芸品なのだろう。あるいは、椅子を兼ねた工芸品といったところかもしれない。いずれにしても、レイチェルにはどうでもよいことだった。

「それはミース・ファン・デル・ローエの作品ですよ。彼はモダン建築家として有名です」

突然話しかけてきたのは、ラフな身なりで髪をくしゃくしゃにしたルベルト氏だった。レイチェルはすっかり面食らい、彼が何をしゃべっているのか、一瞬理解できなかった。

「その椅子のことですよ。一度試してみてはいかがですか？　その値打ちはありますよ。今までに作られたどの椅子よりも座り心地がいいとされています」

「そんなふうには見えませんわ。その——まったく逆なのではありませんか?」

ルベルト氏は笑いながら、少し気取って、いかにも物知り顔で言った。

「さてさて、それは——なかなか辛辣で興味深い観察ですな。実は、これを設計した人物は、『不必要な装飾』——こんな言い方でよかったですか?——をできるだけ排除しようと試みたのです」

レイチェルは、どう対応すればいいのか、とっさに判断がつかなかった。このような場面では、一体どう返事をし、どうふるまえばいいのか? どんな表情をすればいいのか? ルベルト氏の説明をどう解釈すればいいのか? なぜ、彼はつなぎの作業服を着ているのか? わからないことばかりだった。そして、何よりも、彼の英語……あまりにも流暢なので、彼がドイツ人であることをついつい忘れさせるが……この男がドイツ人であることは紛れもない事実だ。だから、必要最低限の会話以外には、親しく口をきいてはいけないのだ。しかし、ルベルト氏のおしゃべりはやまなかった。

「彼は、合理主義の美術・建築で有名なバウハウス校を卒業しています。そこでは、物事をできるだけ単純化することを教えています。機能的にする——それが彼らの哲学なのです」

「快適な椅子をつくるのに哲学が必要なの?」レイチェルは自分でも驚くほどぶっきらぼうな口調で言った。ルベルト氏との不快な会話を打ち切るつもりだった。

しかし、彼は顔を紅潮させて反論してきた。

「でも、それは仕方ありません。あらゆる工芸品、あらゆる物体には目に見えない哲学があるのです」

この対話にもっと早くに終止符を打つべきだった、とレイチェルは思った。将来の交際のためによくない先例をつくることになるからだ。当初から二人の間には明確な一線を引かねばならない、と考え、事実そのように行動しはじめたばかりなのに、それもすでに破られそうな勢いだった。

ルベルト氏はポケットから鍵束を取り出して言った。

「この鍵束はこの家の女主人《レディ・オブ・ザ・ハウス》のあなたが持っているべきものです。それぞれの鍵に該当する部屋の名前のラベルをつけておきました」

　レイチェルは鍵束を受け取って思った。「この家の女主人《レディ・オブ・ザ・ハウス》」だなんて！——自分ではそんなふうに考えたこともないし、そんな役割が果たせる自信もなかった。

「よくおやすみになりましたか、モーガン夫人？」ルベルト氏は丁重にことばを継ぎ足した。

　このたわいない陳腐なことばづかいの中にも、いくらかの不適切な親密さを感じ取ったレイチェルは、思い切って自分のかねての考えを明らかにしておこうと決心した。

「ルベルトさん、あなたに最初からはっきりことわっておきたいことがあります。ここは私にとって落ち着ける場所ではありません——なぜなら、同じ家にあなたたちドイツ人と住むのは、決して居心地のいいことではないからです——そこで思うのですが、お互いに必要最低限の事柄だけを会話するということにすればどうでしょう。きわめて妥当な案でしょう。もちろん、互いに礼儀を守るのは当然ですわね。しかし、必要以上に親しくふるまうのは——今の状態では——適切ではないし、役に立つとも思えません。私たちの間には明確な境界線を引くべきなのです」

　レイチェルの有無を言わせない切り口上に、ルベルト氏はいちいちうなずいてみせたが、納得しているふうにはまったく見えなかった。それどころか、レイチェルが驚いたことに、この上なく屈託ない笑顔を崩そうとさえしなかった。

「はい、親しくなりすぎないように努力しますよ、モーガン夫人」

　そう言ってルベルト氏は一礼し、部屋を出ていった。

「おはよう《グーテン・モルゲン》、皆さん《アッレ》」

「おはようございます《グーテン・モルゲン》、総督《ヘア・ガヴァナー》どの。おはようございます《グーテン・モルゲン》、大佐《ヘア・オーベルスト》どの」

ルイス・モーガン大佐は両腕で肩をかかえるようにし、手袋をつけた手で両腕をたたきながら言った。

「寒いね《エス・イスト・カルト》」

誰もがうなずいた。とにかく寒い。

モーガン大佐の日課は、毎朝、本部入口の前に集まるドイツ人たちの誰彼なしに、立ち止まっては声をかけることから始まる。ドイツ北部のピンネベルク地方を管轄するその本部の建物は、かつての図書館を徴用したものだ。今朝は、いつもより多くの人々が門前に集まっているようだ。彼らの吐く息は、本格的な冬の訪れを物語っていた。いつもは従順でおとなしい人たちが、今朝は何か険しい表情をしているように見える。季節の変化を目前にして、DPと呼ばれる住む場所のない人々には、寒さをしのぐ収容所のベッドが緊急に必要となってきた。

「おはよう!」大佐は、女性には会釈し、子どもたちには笑いかけ、男性には敬礼した。子どもたちはくすくす笑い、女性はひざを曲げておじぎし、男性は敬礼を返す。誰もが、屋根の下のベッドを確保するための紙切れを手にしてひらひらさせていた。

モーガン大佐はドイツ人たちに、「心配しなくても、何もかもうまくいくよ、そのうちに普通の生活にもどれるよ」と言って元気づけたかったのだが、人々の吐く息は、バーンハム少佐が顔をしかめたように、相変わらず飢餓と栄養失調からくる強い悪臭を放っていた。大佐自身は慣れて気にならなかったが、この悪臭は、すでに一年以上になる英軍の占領にもかかわらず、いまだに人々の最低のニーズすら満たされていない厳しい現実を示していた。

本部の建物の中へ入って、大佐がまず気にするのは、事務所の周囲にはりめぐらされた有刺鉄線網だった。一体誰が何のためにこんなものを設けたのか? もっとも、CCGならやりかねないだろう。そうすることで、周囲の野獣たちから自分たちを護ろうというのだろう。大戦末期にナチスが組織したゲリラ部隊（俗称「人狼部隊《ヴェアヴォルフ》」）の残党が襲ってくるとでも思っているのだろう。あるいは、瓦礫の中でごみあさりをしている手に負えない悪ガキどもを本部の中に入れないためかもしれない。そうでなければ、性病持ちの商売女が男をあさりに入り込んでくるのを防ぐためかもしれない。噂では、ハーゲンベック動物園が爆撃を受けたとき、何匹かの動物が逃げ出し、いまだに捕まっていないらしい。いずれにせよ、行政当局の連中が自らを閉じ込めるために作ったともいえるこの醜い有刺鉄線の柵のおかげで、我々イギリス人全体が動物園の動物になったように思える。この動物園を訪れる地元のドイツ人たちは、有刺鉄線の柵の内側で神経質に動き回る我々イギリス人を、珍しい外来の生き物を見るように、顔をしかめながらじろじろと見ているようだ。

ウィルキンス大尉は、自分の席に腰を落ち着けて熱心に小冊子を読んでいた。

「おはよう、ウィルキンス」

「おはようございます」

「何を読んでいるのかね？」

「『ドイツ人の特徴』という本です。著者はW・E・ヴァン・カッツェム准将です。この本には、我々がよく読んで習熟しておくべきことが書かれている、とCCGは言っています。我々が実際に職務を遂行する上で、まずはドイツ人の性格の危険な要素をしっかり把握しなければならないと考えているのです。実際、この本にはなかなかいいことが書かれています。例えばここです。『憎しみの感情は、たとえ表に現れなくても現実に存在している。表面下でぐつぐつ煮えたぎっており、いつでも、残忍な悪意を噴出させる用意ができている。戦争に負けたとは思っていないドイツ人たちが、そうであることを忘れないように』」

モーガン大佐は湧き上がってくる憤りをかろうじて抑えながら、二番手の部下であるこの若手将校に向かって立ったままの姿勢で言った。自分の席にいったん座ると、ついつい弱気になって去勢されたような気分になるのがわかっていた。

「ウィルキンス。君はここに来てどれほどになる?」

「四カ月です、サー」

「その間、何人のドイツ人に話しかけたかね?」

「我々は、直接ドイツ人に話しかけることを許されていません、サー」

「でも、何人かのドイツ人とは会話をしただろう? 彼らを観察する、つまり彼らに出会う機会はあったはずだ」

「一人か二人だけです、サー」

「それで、彼らに出会ったとき、君はどんなふうに感じた?」

「サー?」

「怖かったかね? 彼らから憎しみを感じたかね? いつでも暴動を起こすことのできる連中だと思ったかね? 合図があれば我々を打倒しようと構えている連中に見えたかね?」

「何とお答えすればいいのかわかりません、サー」

「何でもいいから、思ったことを言ってみなさい! 君は門の前のドイツ人たちを見ただろう? 身よりのない浮浪児や迷子たち、悪臭のする黄疸の肌をして骸骨のようにやせ細ったホームレスたち、食事とベッドにありつこうと必死に頭をさげる物乞いたち、この人たちに向かって、あらためて『お前たちは敗者だぞ』と念を押せというのかね?」

ウィルキンス大尉は何か言おうとして口ごもったが、大佐は返事を待っていなかった。

「戦争に負けたことをいまだに信じていないドイツ人など、私は見たことがないよ、ウィルキンス。彼らは一人残らず自分たちの敗北を認め、しかもその事実を喜んで受け入れようとしているようだ。そうすることで、苦しみから救われるからだろう。彼らが我々と違うのは、自分たちが完膚なきまでにたたき伏せられただけでなく、そのことを十分に自覚しているという点だ。それに対し、現実を直視せず、適切な対応を取れずにいるのは我々のほうなんだ」

「サー」ウィルキンス大尉は問題の冊子を閉じて、さしさわりのない仕事にとりかかった。思いがけず、ふだん見られない上司の激しい口調に接した大尉は、今やすっかりしょげていた。

大佐はすぐに思い直して、態度をあらためた。それまでに話したことばの一つ一つにはいずれも重要な意味を込めたつもりだが、それが口をついて出たときには、異様にピリピリとした強い響きを伴ったようだ。レイチェルがハンブルクに着いてからずっと感じていたいらだちと失望がそうさせたのだろう、と思った。ルイスには、ぐっすり眠れない夜が続いていた。おそらく、徴用したホテルの冷え冷えとしたベッドですごした年月の後に、ようやく夫婦が一つのベッドで寝ることになったせいだろう。そう考え、レイチェルにもそう言ってきたが、ほんとうの理由は、二人の再会がルイスの期待を満たすものではなかったことだ。

ルイスがレイチェルに期待したのは、二人が結婚して最初に住んだ家（それは薄暗くて特徴のない借家だったが）に対して彼女が示した、あのときの新鮮な愛着心だった。その後何度か転居したときも、その都度彼女はしなやかに順応してくれたのだが、ここドイツではまったく違っている。今やすっかり意欲をなくし、周囲のすべてが不快で、ルイスの顔を見ることすら嫌な様子だ。長男マイケルの死が、ルイスの想像以上にレイチェルの心に重くのしかかっているのは疑いようがない。しかし、そんなレイチェルの気持ちをルイスが十分に理解しているとはいえなかった。その結果、見当違いの発言が誤解を生み、互いの感情をこじらせることが多くなっていった。そして、ついに二人の間から会話が消えていった。職場では雄弁で、情熱的で、信念をもって働くルイスも、レイチェルとの間では互いに首を絞めあうような愚行をくりかえしていた。もう二週間が過ぎようとしているのに、いまだに「至福の瞬間」を味わっていない。

もちろん、このことはウィルキンス大尉とは何の関係もない。

「私が君に言いたいのは、もっと外へ出なさい、ということだ。そして、多くのドイツ人に会うことだね。そうすれば、机上の空論を洗い流す最高の解毒剤になる。その冊子に書いてあることは、この現場に設置されたわが本部にとっては何のプラスにもならない。君はここから数マイル東へ行って、現実に展開されている状況を直接見なければならない。いいかね、これは私の命令だ」

「サー……」

そのとき、ドアをノックして、バーカー大尉が陽気な丸顔をのぞかせた。彼は部屋の中の空気を察して、身体を廊下に残したままの姿勢で言った。

「サー、女たちの面接の準備が整いました」

「よろしい、バーカー。ありがとう。何人いるのかね」

「厳選して三人に絞り込みました、サー」

「どんな基準で選んだのかね？」

「かわいらしいのを選びました、サー」

モーガン大佐は思わず笑った。当時の英軍管轄地域は、インド帰りのあぶれ者や、渡り政治家、失脚した官僚、不良警官など、環境に適応できないイギリス人たちのたまり場になっていたが、ふう変わりな才能を持った人物の活躍する場でもあった。そして、このバーカー大尉こそ、そのふう変わりな才能の持ち主といえた。仕事を熱心にこなしながらも、表向きはいつもひょうひょうと軽やかに振る舞っていた。また、目先の小さな利益に頓着《とんちゃく》しないおおらかさを見せながら、失敗したときは、たとえそれが自分の担当外であっても、決して責任逃れをしなかった。彼自身も認めるように、ドイツにやって来た他の将校と違って、信念とか情熱とかには縁がないように見えた。このように、表に現れないところできらりと光る誠実さがバーカー大尉の持ち味で、モーガン大佐が注目しているところでもあった。

「英語は上手に話せるのかな？」

バーカー大尉はちらりと後ろを振り返って、廊下の外側にいる女たちにも聞こえるように言った。

「それぞれが流暢ですが、候補を絞り込むために、イギリスのサッカーチームの名前を知っているだけ挙げさせました。中には、クルー・アレクサンドラ・フットボールチームを挙げた者もいます」

「そんなに手の込んだ手段は、情報局でも使わないだろう？」

「もちろんです、サー。情報局の連中が採用するのはブスばかりですから」

モーガン大佐が最初に面接したのは、クルー・アレクサンドラ・フットボールチームを知っている女性だった。彼女が部屋に入ってくると、大佐は立ちあがり、机の反対側の椅子をすすめた。そして、机の上の書類を横へ押しやり、向かい合って座った。彼女は、つばのある帽子をかぶり、ビロードのガウンを身につけ、特大の軍用ブーツを履いていたので、貴族階級出身の女性参政権運動家のように見えた。幅の広い顔は痩せて眉が濃く、目はオオカミのように鋭く、魔法の力でルイスの心の中を探っているようだった。奇妙にも、ルイスは彼女と昔どこかで会ったことがあるような気がしていた――それは、赤面するようなことではないが、ルイスの潜在意識にも、男としてのやましい性的な感情がひそんでいるあかしのように思えた。

冷静になったモーガン大佐は、バーカー大尉がそろえておいてくれた面接書類に目をとおした。

「ウルスラ・ポーラス、一九一八年三月十二日、ヴィスマールで生まれた？」

「はい、そのとおりです」

戦争以来、人の年齢は簡単に判断がつかなくなっていた。死別、別離、喪失、貧困、そして何よりも貧弱な食事のため、人々の老化が急速に進んだためだ。特に女性の場合、顔の太いしわは折り畳んだように深くなり、髪の毛は色彩と活力を失って薄く灰色になっている。目の前の女性の表情にも、実年齢が二十八歳とは思えない、豊富すぎる人生経験や分別や苦悩が見て取れた。

「リューゲン島から来たのですか？」

「はい」

「どのようにして、このハンブルクまで来ましたか？」

「歩いてきました」そう言って、彼女は履いているブーツに目を落とした。「すみません。もう少しましなのを履こうと思ったのですが……」

「ポーラスさん、私は服装のよし悪しで採用を決めるようなことはしません。ところで、あなたはどこで英語を学びましたか？」

「故郷の島の小学校で英語の教師をしていました」

「リューゲン島にずっと住むつもりはなかったのですか？」

首を横に振る彼女を見て、大佐はすぐにその意味を悟った。「ロシア人は……」

「彼らはドイツ人女性に対して親切ではありません」

「ずいぶんと控えめな言い方ですね」

「つまり……遠まわしな表現《ユーフェミズム》ということですね？」と、彼女はその意味を考えながら訊き返した。大佐はうなずきながら思った。アメリカ人が好んで使う「スマート」という形容詞は、彼女のためにあるのかもしれない、と。

「あなたはロシア語を話せますか？」

「少しですが」

「それはありがたい。奴らが大きな顔で好き勝手なことをすれば、我々はロシア語で対応するしかないからね」

大佐は、再び彼女の経歴書をチェックした。

「戦時中はロストクの海軍基地で働いていましたね。何をしていたのですか？」

「私は……英語でいう『ステノグラファー』つまり速記タイピストをしていました」

「ご主人はいかがですか？　何かお仕事をされていますか？」

「戦争が始まったときに亡くなりました」

「それは、お気の毒に……ここに、結婚していると書かれているので……」

「ええ、私は今でも彼の妻です……少なくとも再婚するまでは」

大佐は自分の失言をわびる意味で片手を挙げて言った。「わかりました。あなたの前のご主人はドイツ空軍に勤めていらっしゃいましたね？」

「前の……つまり亡くなった主人の意味ですか？」

「そうです」

「はい、彼はフランスで戦死しました。戦争が始まって最初の週でした……」

「それは、おかわいそうに」大佐は我慢できずに手のひらで相手の話をさえぎり、脚を軽くゆすって言った。「ところで、ポーラス夫人。多くのドイツの女性が通訳の仕事をしたがっていますが、あなたが通訳になりたいと思った理由は何ですか？」

ウルスラは大佐の好奇心をそそるような笑みを浮かべて言った。「女はいつも身体を温めていなければならないのですよ」

彼女の飾らない率直な返答に、ルイスは思わずにっこり笑った。

他の二人の女性のファイルにも目を通したが、特に興味を引く点もなく、形だけのチェックで終わった。ルイスは、すでに内心で決めていた。あと二人に面接しても、今の気持ちは変わらないだろうと感じていた。ルイスの決断を促したのは、一つには、とにかく一刻も早く選定を進めねばならない事情にあったこと、もう一つの理由は自分の座席に座る前にいつも覚えるアレルギー反応のせいだった。それにしても、とにかくポーラス夫人は英語の能力テストや仕事への適正試験を受けるまでもなく、ルイスのハートを首尾よく射止めたのである。

ルイスは、彼女のような人物がどうして不平も言わずあれほどの優雅さをにじませることができるのか、もっとよく知る必要があると感じていた。彼女のあのブーツにまつわる話にも興味があった。いつの日か、ルイスは車の中で、彼女にいろいろと質問をし、ロシア人から逃れてリューゲン島からハンブルクまでやってきた長い徒歩の旅について語らせてやろう、と思っていた。

そこへ、質問票《フラーグボーゲン》の入った箱が新たに運びこまれた。手をのばしてその一つを取り、彼女に手渡した。

「これにしかるべく答えを書きこんで、完成させてもらわねばなりません。申しわけないが、中にはくだらない質問もあります」

大佐はさらに、引き出しを開けて小冊子を取り出し、イギリス軍の発行している商品引き換え券を二枚切り取って彼女に渡した。「これで、新しい靴を買いなさい」

彼女はとりあえずそれを受け取ったものの、大佐の意図を図りかねていた。たぶん、これはテストの一部なのだろうと思っていた。

「どうぞ」大佐は促して言った。「総督の通訳は、それなりの服装をしていなければなりません」

これを聞いたウルスラは一瞬動転したが、大きくため息をついて気を取り直し、机越しに両手を伸ばしてルイスの手を握って、感謝のことばを繰り返し述べた。反射的にドイツ語で、そして我に返って英語で、「ありがとうございます、大佐。ありがとうございます」と。

トミー、ロスケ、ヤンキー、フレンチ
トミー、ロスケ、ヤンキー、フレンチ
毎日、おれたちから食べ物をとりあげ

毎日、おれたちに屁を嗅がせる
トミー、ロスケ、ヤンキー、フレンチ
トミー、ロスケ、ヤンキー、フレンチ

悪ガキたちが歌うこの歌は、初めはソフトに、そして徐々に調子を高め、クライマックスではつばを吐かんばかりにして「フレンチ」を発音する。彼らは反抗心よりも、むしろ忍び寄る寒さから気を紛らすために声を出しているのだ。今回は、歌が二巡したところで声が次第に弱まり、ついにやんでしまった。

スーツケースの上に座っているオッチが讃美歌集をたき火へ投げ入れると、床のくぼみで燃え上がる炎が緑から青、そしてオレンジ色に変わった。悪ガキたちはわずかなぬくもりを得ようと火のそばへ近づいてきた。そのとき、オッチはみんなにどう話しかけようか考えていた。とにかく今まで転々と居場所を変えてきたが、みんながうんざりしていることはよくわかっている。だが、今度もまた移動しなければならない。

以前に住んでいたハーゲンベック動物園からこの壊れたキリスト教会へ移ってきたのが三カ月前、それ以来この見捨てられた神の家は浮浪児たちにとって安全な隠れ家となった。屋根には爆弾の跡の大きな穴が開いていた。また、祭壇の横には車一台が入るほどの大きなくぼみができていて、たき火をするのに手ごろな場所を提供していた。始めのうちは信者用の固い木製ベンチを惜しげもなく薪にしていたが、寒波がやってくるころには底をついたので、代わりに周囲にある聖書などを手あたり次第燃やしていった。本はすぐに明るい炎をあげて燃えあがるので灯火としては手ごろだが、熱が足りないので暖房には向いていない。ディートマーが古い大学の図書室で見つけた『ウォルター・スコット全集』を手押し車に乗せて戻ってきた。しかし、それも数時間のうちに灰になる運命だった。何百万もの珠玉の詩句も、五人の悪ガキ連中をわずか一晩暖める役にしか立たなかった。そして、他には何も燃やすものがなくなった今、オッチは最後のページが黒い灰になってふわふわと天井に上っていくのを見定めてから、仲間に向かってパンパンと手を鳴らした。

「みんな、聞いてくれ。明日、ここを出てエルブショッセへ行く。そこには、川沿いに豪邸が並んでいて、イギリスの高級将校が住んでいる。庭の芝生が川岸までのびていて、どの家にも個人専用のバスルームがついている。大きな家はトミーたちが占拠しているが、空き家もある。例えば、表に『徴用済み』という看板を立てているのに、家族の到着が遅れていたり、事情があってドイツに来られなくなったトミーたちもいるらしい。そんな中に、おれたちが今すぐにでも移り住めそうな家をアルバートが見つけてくれたんだ」

するとオットーが反対した。「おれはここがいい。この神の家にいると安全だし、誰の指図もうけずに済む」

「もうこれ以上、ここにはいられないんだよ、オットー」と、オッチ。「寒さでお前は一晩中ガタガタ震えているし、おかげでおれは眠れやしない。おれたちはここを出る。そして、デブっちょの銀行家が建てた家へ行くんだ。そこには、椅子もベッドも、金色の水道の蛇口もある。おれたちが一人ずつ使えるバスタブもある。膝まで湯に浸かれる大きなやつだぜ。そのうちに、どこか一軒家を見つけてそこへ移り住み、DPキャンプのポーランド難民やプロシア難民と闇取り引きをするんだ。なあに、やつらはやけっぱちになってるから、何だってするさ。やつらがほしいのは、紙製品や、食べ物、それに仕事なんだ。きっとうまい商売になるぜ。そしておれたちは億万長者になり、川沿いの豪邸を買い取るのさ」

「もし、いい空き家がなかったらどうするんだ?」と、オットーが尋ねる。

「そのときは、トミーのおこぼれをちょうだいするまでさ」オッチはもどかしげに息を吸って、他の少年たちに声をかけた。「エルンスト？　お前は仲間に入るのか？」

　エルンストはうなずいてみせた。

「ジークフリート？」

　ジークフリートは手を挙げた。

「ディートマー、お前はどうだ？」

　ディートマーは聞いていなかった。彼の注意は、爆風で祭壇から切り離されて倒壊し、ひび割れた祭壇背面のついたて《リーアドス》に集中していた。ついたての白い花崗岩《かこうがん》の表面には、イエスの生誕・洗礼・磔刑・復活の絵が彫刻され、細い金銀の線で細工されていた。その上を手でなぞっていたディートマーは、彫刻された冷たい石の面《おもて》をたたいては、その絵が語る物語を判読しようと懸命になっていた。ぶくぶくのライフジャケットを着て、首から笛と懐中電灯をぶら下げていたが、その懐中電灯を使って彫刻をさらに細かく観察していた。

　オッチは、ディートマーの同意なしに動くつもりはなかった。ディートマーは激しい「火の頭脳」を持っていながら、くどくどと些事にこだわるくせがある。しかし、それでもオッチには頼りがいのある存在だった。他の少年たちよりも年長に見えるだけでなく、何よりも市内の事情に詳しかった。

「ディデイ？」

　それでも、ディートマーは宗教画に見入ったままだった。指でイエスの像をなぞりながら訊いた。

「これはどういう人間だ？」

「それは、イエス・キリストさ」と、オットーが答える。「救世主だぜ」

　子どもたちは半ばかしこまり、半ば信じられないという表情で沈黙した。

　ディートマーは「洗礼」に向かって懐中電灯の弱い光をあてた。イエスの頭上に小鳥が描かれているのに気づいたからだ。「なぜこんなところに小鳥がとまっているんだ？」彼は上体を落ち着かなく揺らしはじめた。「いったい、どうしてだ?」

この疑問は、ディートマーにとってどうしても答えを見出さねばならない課題のようだった。そこでオッチは、悩めるディートマーに何らかの答えを示してやることが、ボスとしての重要な役割だと考えた。オッチは、半身水に浸かった救世主の上を旋回している鳩に目をやりながら、その昔、母さんが語ってくれたイエス・キリストの話の断片をばらばらに想い起こし、何とかつなぎ合わせて一つの物語を創り上げた。

「イエスはたくさんの動物たちと一緒に小舟の上で生活していたが、ほんとうに好きだったのは小鳥たちだった。特にスズメが大好きだったんだ」

ディートマーは隣へ移動して「磔刑」の画面の前に立った。そして、狂ったように興奮して叫んだ。

「やつらはイエスを殺そうとしている! なぜなんだ? なぜ……?」

「落ち着け、ディディ! それはほんとうの話じゃないんだ」

納得できないディートマーは、しつこく訊く。「なぜ、やつらはイエスを殺そうとしているんだ? 教えてくれ!」

「ユダヤ人だからさ」と、ジークフリートが答える。

それを聞いてようやく動揺のしずまったディートマーは、祈るようにつぶやいた。「ユダヤ人! ユダヤ人! 彼はユダヤ人だった。イエスは動物と話をした。イエスは小舟に住んでいた」

そこで、ジークフリートが言った。「父さんはおれにドイツ人の名前をつけた。クリスチャンの名前じゃないんだ。クリスチャンは弱虫だと、父さんは言っていた」

「トミーたちはクリスチャンなのか?」と、エルンストが訊く。

「トミーたちが信じているのは民主主義さ。そして、ヴィンザー王だ」と、オッチは自信たっぷりに断言した。

するると、ジークフリートが野次《やじ》った。「トミーなんか、信用できるもんか。今おれたちを殺そうとしたかと思うと、次の瞬間にはチョッキーをくれる」

「無駄口をたたくのは、そこまでにしろ！」オッチはいらいらしながら声を荒らげた。空襲のときに吸い込んだ煙と埃《ほこり》で肺が弱くなっており、大きな声が出せず、奇妙にハスキーな声だった。トミーたちの空襲でオッチの家は焼け落ち、周辺の人が大勢焼け死んだ。死体から立ちのぼる埃を吸い込んだために、声はしわがれ、ゴロゴロという耳障りな音が混じっていた。しかし、そのためか、他の子どもたちを威圧するに十分な響きがあった。加えて、大人たちからは同情されるという便利な副次効果もあった。

オッチはスーツケースの上に立って演説を始めた。

「いいか、おれはお前たちの誰よりもよく知っているんだ――あのトミーの大型爆撃機『ヘビー・エンジェル』が飛んできてさ。おれたちに何をしたか？　でかい火の玉を作っていくのを、おれはこの目で見たんだ。そのときは、頭の中で目ん玉が焼かれるような気分になったぜ。だから、しっかり記憶に焼きついているわけさ。わざわざ金をはらって映画館なんぞへ行くことはない。額縁に入った絵といっしょに崩れ落ちる壁や、ばらばらになって空中を舞うピアノや数えきれない本、今でもありありと想い起こすことができる。すべてがおれの頭の中に刻まれていて、ある日突然、頼みもしないのに浮かんでくることがある。正直言って、想い出したくないんだ」

オッチは続けた。

「でも、今のおれは、もっと楽しい物語を知っている。たとえばトミーやヤンキーの『ヘンリー五世』とか『オズの魔法使い』とかさ。それに、トミーたちはそんなに悪くはないぜ。おれの知っているところ、やつらは太っちょで役立たずの車を運転しているけど、おれたちにも持ち物を分けてくれるぜ。おれたちは、昔みたいに、無理に幸せそうなふりをしなくてもいいんだ。『立て、座れ、敬礼』

を強制されることもない。告げ口や監視をする大人たちもいない。言いたいことが言えるんだ。これが、トミーたちの言う『民主主義』ってやつさ。やつらはどんなことにも冗談を言いあって楽しんでる。ヒットラーの金玉だって平気でやり玉にあげてるんだぜ」

エルンストが大声で笑った。だが、他の子どもたちは互いに顔を見合わせただけだった。

オッチはスーツケースからとび降り、すっくと立って言った。「こんなところでぐずぐずせずに、さあ行こう」

「おれは行きたくない」と、オットーが言い張った。「この神の家が好きなんだ」

「なあ、オットー、ここに居たいなら居てもいいんだぜ。だが、おれたちがこれから行く先の邸宅には、すっげえバスタブややわらかいベッドがあってよ、天国に居るような気分になれるんだぜ。おれは、今まで地面に穴を掘ったり、動物園で過ごしたりしてきた。そして、今は教会にいる。だが、これからは皇帝《カイザー》のような生活ができるんだ」

オッチの予言に、オットーもほとんどその気になっていった。オッチは残り火の上に飛び降り、火を両足でもみ消した。「おれといっしょに来るのは誰だ？」

エルンストが最初に立ち上がった。

次に、ジークフリートが帽子を被りながら言った。「さあ、行こう。そして、すっげえバスタブに浸かるんだ」

ディートマーもようやく壁画から目を上げ、新しい儀式に移った。

「さあ、行こう、すっげえバスタブに浸かりに」

第五章

秋が過ぎ、冬になった。短い一日一日がただ単調に流れていく。ルイスは軍隊の仕事が忙しく、日中は家にいない。家事はすべてメイドがしてくれるので、レイチェルはすることがなく、退屈な時間を過ごしている。

こうなるのを予測していたルイスは、レイチェルにピアノの練習を再開するよう盛んに勧めた。「君のピアノが聴けないのはとてもさみしい」と言い、「ピアノを弾けば気分も晴れるだろう」とつけ加えた。彼は熱心にレイチェルを口説いたのだが、レイチェルにはわかっていた。ルイスが本心から望んでいるのは、彼女の心の内からあの「無益な想い」を取り除きたいという一心からだ。ともあれ彼女は、毎朝エドモンドが家庭教師のレッスンを受けている時間に、応接間のピアノでミニコンサートを行なうことにした。

ベーゼンドルファー製の超高級グランドピアノが自由に弾けるというのは、本来ならレイチェルにとって夢のようなことである。しかし、素直にその気になれなかったのは、やはり長男マイケルの想い出のためだ。レイチェルはマイケルが死んでからというもの、一度もピアノに触れていない。生前のマイケルは、母親レイチェルの手で強くピアノに結びつけられていた。彼はとても優秀な生徒だった。ルイスが準大尉のときに、少ない給料の中から無理して買ってくれた中古のアップライトピアノをレイチェルが弾くと、いつもそばにマイケルがいた。そして、シューベルトのあの不気味な『魔王』を何度も何度も弾いてくれとせがむのだった。それは、瀕死の子どもを執拗《しつよう》に追いかける死神(魔王)から逃れさせようと、必死に馬に鞭をいれる父親の心境を歌ったものだった。

応接室でレイチェルが最初に選んだのは、楽譜なしで弾ける軽い曲、ドビュッシーの『亜麻色の髪の乙女』だった。しかし、途中まで弾いたところで、蓋をしてその上に顔を伏せてしまった。倍音が多すぎて、彼女の気分にそぐわなかったからだ。初めてドイツに来た日に、アトランティックホテルでルイスが言ったことばを想い起こした。「この国には新しい歌が必要なのだ」

レイチェルはかがみこんでピアノスツールを開き、新しい曲を探した。二人掛けのスツールには、たくさんの楽譜が整理されないまま詰まっていた。バッハのプレリュード(これは有名すぎる)、見かけによらず手の込んだショパンのノクターン(これは憂愁すぎる)、それにレイチェルの大好きなベートーベンの人生最後のソナタ(これは難しすぎる)などである。それぞれの楽譜の上部にはインクで「C・ルベルト」とサインされていた。そう、これは前の女主人が愛用した楽譜なのだ。しかし、彼女がこのようにバラエティに富んだ曲をすべて弾いていたとすると、あのアトランティックホテルのパーラールームで演奏していたピアニストにも負けない技量の持ち主だったと思われる。なぜなら、相当高度なテクニックなしにはこうした曲目をこなすことはできないからだ。そう思うと、レイチェルは好奇心と同時に競争心が湧いてくるのを抑えられなかった。クラウディア・ルベルトがピアノの前に座って、あの幽玄で複雑なベートーベンのソナタ三十二番を弾いている姿が、瞬間的にレイチェルの脳裏に浮かんだ。聴いているのはドイツの上流階級の人たちだ。先進芸術家《ボヘミアン》の画家、詩人、建築家、それに長靴の将校たちで部屋はいっぱいだった。幻想の世界の中で、ライバルのヒロインは洗練された光輝くピアニストを堂々と演じていた。完璧なまでに情熱と抑制のバランスを取り、熱狂的な拍手喝采にもあくまで控えめであった。レイチェルは、細部の光景まで想い浮かべることができたが、唯一はっきりしないのがクラウディアの顔つきだった。

レイチェルはシューマンの『ヴァルム』というタイトルの小曲を弾くことに決めた。まったく知らない曲だったが、楽譜を一目見ただけで曲全体を理解する能力が彼女にはあった。ちなみに、彼女の即解力は子どものころに身についたものだ。両親のおんぼろアップライトピアノで弾く教会のミサ曲に飽き足らず、どんどん新しい曲をマスターしていった。将来はピアノを弾ける仕事に就きたいと思っていたが、結婚、出産、そして戦争のために、せっかくの才能もクリスマスや誕生日とか、中途半端なパーティーでの演奏に限られてきた。

ともあれ、楽譜を見るかぎり、このスローで陽気なシューマンの小曲は、気軽に取り組むのに適しているように思えた。旋律をつかむことが難なくできた。ところが、そのあとが大変だった。実際に弾いてみると、思いもよらない深みをたたえたフェルマータや、切々としたメロディーに頻繁に遭遇することになった。まるで、小さな、とても深い湖水を渡っているように思えた。レイチェルは思いきって湖水に飛び込んだつもりで、何度も何度も弾いてみた。試験に合格するために猛勉強している女学生のように弾き、そして最後には我を忘れてしまうのだった。血管に新しい血が流れるのを感じていた。長い間味わったことのない感覚だった。しかもこの感覚は、過去のつらい記憶から一時的に気を紛らすだけでなく、あえてそれを忘れ去ろうと決意させる効果をもたらしたのである。

十一月の最初の週、ある日の午後のことだった。ルイスが帰宅するまでの数時間をピアノの練習に費やそうと思い、応接間へ向かったレイチェルの耳に、誰かが彼女の新しい曲を弾いているのが聞こえた。それも、聞くに堪えないほどひどい演奏だった。部屋に入って彼女が見たのは、ブルーのつなぎを着たルベルト氏が、鍵盤に覆いかぶさるようにしてシューマンの小曲を弾いているところだった。しかし、一心不乱になっている彼の姿は、才能のなさを如実に物語っているものの、どこか共感を呼ぶものがあった。ポツポツとたたく鍵盤、やけに大きな音を出すペダル、ふだんはハンサムな彼の顔も、痴呆者のように歪《ゆが》んでいた。

「ルベルトさん?」

しかし、音符をまちがえないように必死になっているルベルト氏の耳には、まったく聞こえなかったようだ。

レイチエルは、上蓋の上げられている側へ回りこんで、彼の視野に入る位置からもう一度声をかけた。

「ルベルトさん!」

ルベルト氏は跳びあがって驚いた。あわてて鍵盤の蓋を閉め、いたずらをしていた両手を差し出すようにして上に挙げた。突然立ち上がった瞬間、椅子がオーク材の床をこすって甲高い音をたてた。

「どうか、お許しください。《ビッテ・フエアツアイエン・ジー・ミア》モーガン夫人《フラウ・モーガン》」ルベルト氏の口から思わずドイツ語がとび出した。レイチエルが初めて聞く、ルベルト氏のドイツ語だった。しかし、彼はすぐに丁重な英語に切り変えて詫びた。「前もっておことわりすべきでした。お許しください、モーガン夫人」

レイチエルは何と言えばいいのかわからず、手を頭にやって髪をととのえるふりをした。数秒の沈黙の後、ルベルト氏がおもむろに語りはじめた。

「毎日三十分間ピアノの練習をするのが私の日課でした。昔からの癖なので……なかなかやめられなくて」

前もって断っていれば許してもらえただろう、などというルベルト氏の安易な考え方は間違っている。そのことを厳しく指摘しようと思ったレイチエルだったが、これ以上くどくどと謝罪のことばを聞くのも嫌だった。しかし、そんなレイチエルの気持ちにかまうことなく、ルベルト氏はしゃべりつづけた。

「私のピアノはいわゆる『下手の横好き』なのです。どんなに練習しても上達しません……まったくひどいものです。でも、それでいいのです……うまくなろうとは思っていませんから。ただ……過去を想い出し、現実を忘れることができればいいのです。…ところで、あなたはとてもお上手だそうですね。優れたピアニストだと、息子さんが言っていましたよ」

たったこれだけの会話だが、ルベルト氏が釣り針に餌をつけ、レイチェルの関心を惹こうとしている魂胆が見え見えだった。レイチェルも返事をしようと思ったが、やはり当初彼と約束したとおり、距離を置いて無駄口はきくまいと思い直した。

「私たちは互いに一線を画しておつきあいするはずではなかったかしら？　ルベルトさん」

「はい、すみません。職場で抗議集会があって、いつもより早く帰ってきたのですが、今日起こった不愉快な出来事を一刻も早く忘れたかったのです。そこでピアノを弾きたくなり、まずあなたのお許しを得ようとこの部屋へやってきたのですが、気持ちが動転していたので、いつの間にか我を忘れてしまったのです。申しわけありません、モーガン夫人」そう言ってルベルト氏は額にしわをよせ、探るような目つきでレイチェルを見た。

レイチェルが気持ちを整理しきれずに黙っていると、ルベルト氏は再びレイチェルに取り入るように話しはじめた。

「一度お聞きしようと思っていたのですが、モーガンというのはイングランドに多い名前ですか？」

「ウエールズの名前です」と、レイチェルはルベルト氏の仕掛けた餌をもてあそぶように答えた。

「ウエールズですか。小さいが美しい国だそうですね」

「でも、ドイツ軍が爆撃目標にするには十分だったでしょう」

実のところレイチェルは、このドイツ人を前にして自分が演じなければならないこみいった役まわりにはもううんざりしていた。長男を亡くした嘆きの母、夫と長い間離れて暮らしてきた孤独な女、そして今は不愛想な占領者としてそっけなくふるまわねばならない――特に最後の役割はレイチェルがもっとも力をいれなければならないものだが、そんなレイチェルの立場をルベルト氏はまったく意に介していない。それどころか、気づこうとすらしないようだ。彼はレイチェルの放った皮肉を「わかった」というふうにうなずいて軽く受け流した。あまりにもあっさりと（ドイツ軍の）非を認めたルベルト氏の態度に、レイチェルはかえって自分の言動を恥ずかしく思ったほどだ。

「あなたがピアノを弾いてもいいか、モーガン大佐と相談しておきます」レイチェルはなだめるような口調で言った。

「ありがとうございます。モーガン夫人……かたじけなく存じます」そう言ってルベルト氏は、心から感謝しているように笑顔を見せた。

「あなたの奥様はピアノを弾かれたようですね？」レイチェルは楽譜の上のサインを指さして尋ねた。

「クラウディアはたくさんの才能を持っていました……でも、彼女は――」妻の話題になって、ルベルト氏はことばを詰まらせた。今までのぬかりない警戒心も横柄さも消え失せていた。「彼女はまったくの音痴でした。彼女の母親はピアニストだったのですが」

ルベルト氏の亡き妻は、レイチェルが想像していたような完璧なまでに才気あふれる女性ではなかった。レイチェルはホッと救われたような気分になったが、同時に好奇心もそそられた。彼が妻の話をするとき、どういうわけか、ことばの端々や目の表情に何か躊躇するものが見られたからだ。

「私、この曲のタイトルの『ヴァルム？』の意味が知りたいの。『なぜ？』という意味でいいのかしら？」

「そうですね。一般には『なぜに？』と訳されていますが、正確ではありません。『どうしてこんなことになったの？　一体何のためなの？』などといったニュアンスが含まれていると思います」

「……すてきな曲ですね」

「そう……崇高な曲です」

レイチェルはルベルト氏の説明に納得してうなずいた。この曲には、神々しい天国の響きがあったからだ。とにかく「完璧《アタリ》な」曲である。しかし、ここでルベルト氏と安易に意気投合するわけにはいかない現実の自分にふと気づいたレイチェルは、見知らぬ土地に迷い込んだ旅人がするように、心のコンパスを働かせて現在立っている位置を見極めようと努めた。

「とにかく、モーガン大佐に話してみます」

そう言うとレイチェルは軽く頭を下げ、部屋を出ていった。

エドモンドは、図書室の書棚に並んだたくさんの本の背を手でなぞっていった。そうすることで、世界のすべてを指先に感じ取ることができた。彼は、読むための本を探しているのではなかった。今のところ、本に触れるだけで十分だった。新しい遊び場となった図書室の広さを測っていたのだ。この広くて神秘的な部屋には、ＳＦの世界や予想もつかない世界との出会いが期待できた。そこには、エドモンドが必要とするあらゆる物語や出来事がそろっているようだった。実際それは、一家屋にある単なる図書室というより、エドモンドが主人公になって演じるドラマの生きた舞台装置を提供していた。その舞台では母親が神経質に自らの役割を演じ、エドモンドはミステリー劇の主役として、助手の兵隊人形「カスパート」を従え、数々の謎を解いていくのである。

さらに、ルベルト氏の娘フリーダは明らかに敵役を演じていた。しかし、不思議なことに、彼女の一挙一動にエドモンドは反発するどころか、かえって惹きつけられていった。階段の上で最初に出会ったときの印象が、鮮明に残っている。チラリと見えた彼女の身体の一部が何であったか理解できなかったが、もっとよく見てみたい気持ちから、その後何度もルベルト氏の部屋の階段下まで足を運んだ。あのおまるに入った小便の贈り物は彼女からの一種の警告のようだったが、同時に一種の誘惑ととれないこともなかった。本来なら、エドモンドを不快な気分にさせ、近寄ると危険だぞ、と警告するつもりだったのだろうが（これを両親に報告したらどうなったろうか？）、エドモンドにはわかっていた――このことが、例えば深い峡谷の上にかかったおんぼろの橋を渡って、神秘的なにおいと音に満ちたエキゾチックな深いジャングルへ彼を導いてくれるかもしれない、と。デルフト焼きのおまるの中の小便からは、何かしらミステリアスなにおいすら感じとれ、それをトイレに流すときの音にも興味をそそられた。

ブルーのつなぎの作業服を着たルベルト氏が図書室へ入ってきた。応接間へ行く途中だった。

「何か特別な本をさがしているのかい？」

エドモンドの空想の世界でフリーダが敵役を演じているとすれば、ルベルト氏はヒーローを助ける仲間、あるいは賢者を演じる役者だった。彼には、ガイドブックに断定的に描かれているようなドイツ人らしさがまったく見られなかった。自信に満ちて友好的だったが、横柄さや高慢さは微塵も見せなかった。厳粛で陰気なところもなく、むしろ明るく開放的な性格だった。きらきらと輝く目、大きく開いた小鼻、そして上向きの唇は、いつでも笑い出しそうな表情だった。事実、ここ数週間の間にエドモンドは、このドイツ人が好きになっていた。彼は、心から興味を持ってエドモンドに質問した。「ウェールズってどんな国？」、「戦争でお父さんが留守の間はどうしていたの？」、「お母さんは今の生活に慣れてきたかい？　一日も早く落ち着くといいのにね」などと話しかけてくるのだった。しかも、彼は「物知り」だった。先日、玄関で会ったときのことだった。エドモンドが階段で遊んでいる赤いコートのブリキの兵隊人形はアメリカの独立戦争を戦ったドイツ系イギリス王ジョージ三世の兵隊をモデルにしたものだ、と教えてくれた。

「ただ、ちょっと見ていただけです」とエドモンドは答えた。「ここにある本はすべてドイツ語で書かれているのですか？」

「ほとんどがそうだね。でも、英語の本もあるよ。特に、ここに並んでいる子ども向けの本はみんな英語だから、どれでも好きなのを選んで読めばいいよ。それから、この棚をよくチェックしてごらん。秘密の空間が見つかるから」ルベルト氏はいわくありげに後ろを振り返り、誰もいないことを確かめてから、二段目の棚に沿って指を走らせ、中ほどで指を止めた。そして、一冊の本を取り出してエドモンドにカバーを見せた。そこにはガタガタの馬車に乗って不慮の災難を逃れようとしている四人の人物が木炭でスケッチされており、『風と共に去りぬ《フォン・ヴィンデ・フエアヴエルト》』というタイトルが書かれていた。

「英語では『ゴーン・ウィズ・ザ・ウィンド』だね。これは私の妻の愛読書だった」そう言ったルベルト氏は、しばし悲しげな表情で過去の思い出に浸っているようだった。エドモンドはふと、自分の母親も同じように想い出の中をさまようことがあるのを思い出した。

「私たち夫婦がこの映画を観たのは、戦争が始まった年だった。彼女は本を読んだときほどいい印象を持たなかったようなので、私たちはいろいろと議論したんだが、とにかく、私はこの映画が好きだった。特に、クラーク・ゲイブルが最後に言ったセリフ『おれの知ったことじゃない《アイ・ドン・ギヴァ・ディム》』が印象に残った」

エドモンドは初めて聞くセリフだったが、ルドルフが得意そうに「ダァム」をアメリカ式のアクセントで「ディム」と発音するのがおもしろかった。

「君はこの映画を観たことがあるかい？」

「僕の母さんは観ているよ。叔母さんといっしょに」

「とてもエキサイティングな映画だよ。主演女優のヴィヴィアン・リーがちょっぴり君のお母さんに似ているように思うのだが」

ルベルト氏は、本棚中央に開いた本一冊分のすき間を指さした。「見てごらん」と言ってすき間へ手を突っ込み、色鮮やかな小箱を取り出す。中には、キューバ製の葉巻が入っていた。

「誰にも言うんじゃないぞ。私の妻でさえ知らなかった場所だからね。男には男だけの秘密というのがあるんだ」


その数日後、レイチェルとエドモンドは食堂で、一カ月遅れで到着した食器セットのチェックをしていた。テーブルいっぱいに並べられた食器類は、未来都市の模型のようだ。セージグリーンのディナーセットを一から十二まで正確なドイツ語で自信たっぷりに数え上げるエドモンドには、レイチェルも感心させられるが、同時に不安な気持ちにもなっていた。レイチェルは、まだ半分しか数えきれていないナイフのセットを前にして、これでルベルト氏から借りている高価な純銀の食器を使わなくても済むと思うと、救われたような気分になった。

「母さん、ヴィヴィアン・リーってどんな人？」

「ヴィヴィアン・リー？」

「かわいらしい？」

「なぜ、そんなことを訊くの？」

「だって、母さんがその人に似てるって、ルベルトさんが言ってたから」

エドモンドがルベルト氏の言ったことを母親に打ち明けたのは、レイチェルのルベルト氏へのかたくなな気持ちを少しでも和《やわ》らげたかったからだった。だが、どうしたことか、レイチェルは反射的に顔を赤らめ、不快な表情を見せた。これを見て、エドモンドは推測した。たぶんヴィヴィアン・リーは醜い容貌だったのだろう、と。

「いつ……というより、なぜ、あなたはルベルト氏と話をしたの？」

「あの人は……僕にいろいろなものを見せてくれるんだ」

「何を？」

「おもちゃとか、本とか……」

「あの人をそそのかしちゃだめですよ、エドモンド。親しくなりすぎると、やっかいなことになります」

「でも、あの人はとてもいい人……みたいだよ」

「見かけがよくても、ほんとうにいい人とは限らないのよ」とレイチェルは言った。「とにかく、あの人やその娘とはよけいな話をしないように気をつけなさい。恨みや憤りを買う原因になりますからね」

エドモンドはうなずいたものの、フリーダとの心理的な確執について告白するつもりはもちろんなかった。愛想のよいルベルト氏にすらイライラしている母なら、下着をちらつかせたり、小便の入った容器を差し出したりするはしたない娘のことを知ったら、怒りで爆発するのではないだろうかと思った。

「外へ出て、庭で遊んでもいい？」

「いいわよ。でも、あまり遠くへ行かないでね。それから、ジャンパーを着ていきなさい。外は寒いから」


出がけに、エドモンドはばったりハイケに出あった。彼女は誰にも観られることのない空想上の舞台と舞台の間を、楽しげに軽やかに動き回っているようだった。彼女がエドモンドの横をせわしげに通り過ぎたとき、彼は習ったばかりのドイツ語で声をかけた。

「おはよう《グーテン・モルゲン》、かわいいお嬢さん《クライネ・メッチェン》」どの単語も率直で正確な響きがし、連ねて発音すると打楽器のように軽快に響くので好きだった。

ハイケはひざを曲げておじぎをしてから階段をのぼっていったが、なぜかうれしくてたまらない様子だった。

エドモンドはサンルームに入り、フランスふうの窓をくぐり抜けて外へ出た。芝生を突っ切ると、青々と茂るシャクナゲの生垣がある。エドモンドの背丈の三倍もあろうかと思われる大きな木が生い茂っていて自然の境界を形作っている。内側には古い小道が縦横に交差し、そこここに盛りを過ぎた花が過去の輝きを残して咲いており、本物のジャングルを思わせる世界が広がっていた。エドモンドは夢中になって、インカ帝国を滅ぼしたピサロか、アステカ民族を滅ぼしたコルテスにでも変身したかのように、空想の短剣《カトラス》で下枝を払いながら繁みの中へ分け入っていった。そしてついに、人工の境界線である金網のフェンスにぶつかるのだった。

金網の向こうには、荒れた牧草地が広がっている。その片側を流れる一筋の川は、戦争の生々しい傷跡地との境界線を意味していた。牧草地はいたるところに木の切り株やむき出しの地面が露出しており、はるかかなたに馬小屋や鶏舎を改装した粗末な人家が見えた。その掘っ立て小屋の横に、何人かの人影があった。子どもたちのようだ。たき火を囲んでいる。そして牧草地の真ん中には、ガリガリに痩せて腹の膨れあがったロバが草を食《は》んでいた。

エドモンドはフェンスを乗り越えて、もっとよく見える場所まで走っていった。しかし、そばまで近づいても、ロバは尻尾をだらりと垂らしたまま動かない。首筋にはいたるところに腫れものができており、頭の重さを支えきれないほどに弱々しく見えた。身体じゅうの骨が、今にもぼろぼろの皮膚を破って飛び出しそうだった。この絶望的な状況の哀れな動物を目にして、エドモンドは思わず「かわいそうに」とつぶやいた。目は涙で潤《うる》んでいた。驚いたことに、兄のマイケルの死に際しても泣いたことなどなかった彼が、最下級の動物に涙しているのだった。しかも、これはまさしくドイツのロバだ（ロバに国籍があるならの話だが）。エドモンドはポケットから砂糖の塊を取り出して、ロバの口元に持っていった。先ほど、グレタがいないときに台所から失敬したものだった。しかし、ロバは何の反応も示さなかった。

すると、いきなり後方で、耳障りのするしわがれ、かすれた声のドイツ語が聞こえた。

「そいつはおれの昼飯にする《マイン・ミッタークエッセン》！」

振り返ったエドモンドが見たのは、ロシアのコサック兵の帽子を被り、ガウンを肩に掛けた異様な風采の幽霊のような少年だった。彼の数ヤード後ろから、他の少年たちがぞろぞろついてきた。

「ロバから手を離せ《フィンガー・ヴェーク》！」と少年が叫んだ。

エドモンドはロバの口元から手を引っ込めた。少年の態度は強引だったが、エドモンドは少しも怖くなかった。悪ガキがギャングの真似ごとをしているようで、滑稽にすら思えた。コサック帽を被ったリーダー格の少年は、クンクンと鼻を鳴らしながらエドモンドの周囲の臭いをかいだ。子どもたちの服装はとりどりで、まるで田舎芝居の楽屋から大急ぎで盗んできたようなさまざまな衣装をまとっていた。それに引き換え、エドモンドは自分だけがごく普通の服装をしていることが気になった。茶色のオックスフォード靴に、ウールのハイソックス、グレーのショートパンツ、それに綿とウールの柔らかい布地のシャツにVネックのジャンパーだ。やがて、他の悪ガキ連中も群れをなしてエドモンドの周囲をぐるぐる回りはじめ、エドモンドの服を突つきだした。その中の一人で、膨らました救命胴着を着こんだ少年が、いきなりかがみこんでエドモンドのつやつやした靴のつま先をさわったかと思うと、立ち上がってエドモンドの胸のあたりを突っついた。

「イギリス人《エングリッシュ》？」

「イエス」とエドモンドが答える。少年たちは一斉に立ち止まり、聞き耳をたてた。

「イエス」と、コサック帽の少年がエドモンドのきれいな発音を真似ると、他の悪ガキたちも一斉に「イエス」を反復した。

一巡すると、いきなりコサック帽が英語で叫んだ。

「おれのケツの穴を掘れ《ファック・マイ・アス》、大尉《キャプテン》！」

エドモンドはびっくりした。このようなみだらなことばを使ってはいけないと日ごろから教えられていたのに、それをドイツ人の少年が恥ずかしげもなく使ったことに驚いたのだ。その恥知らずな図々しさには思わず笑いたくなったが、我慢した。きっと、この少年は意味もわからずに、直接耳で聞いたままを真似ているのだろう。しかし、当の少年は得意げに、まるで手榴弾を空中に投げるかのように次々と卑俗な単語を繰り出した。

「こんちくしょう《ダーム》、とんでもない《ブラディ・ヘル》、性交《ファッキング》、私生児《バスタード》、女性器《カント》、頭の弱いとんでもない野蛮人《ダム・ブラディ・ハン》、精液《スカム》、くそくらえ《ファック》……」

意味もわからずに使っているこれらの単語がはたして実際に相手に通じるのかどうか、確かめたくなった少年は、エドモンドを指さして言った。

「おい、トミー……てめえは『とんでもないこと《ブラディ・ヘル》』をするのか？　……言ってみろ」

「とんでもない《ブラディ・ヘル》！」と、エドモンドは即座に答えた。日ごろ禁じられていることばだが、当意即妙な返答ができたのがうれしかった。

すると、悪ガキ連中が一斉に「とんでもない《ブラディ・ヘル》、とんでもない《ブラディ・ヘル》」と合唱しはじめたではないか。リーダー格の少年が音頭を取っているようだ。こうして、エドモンドは悪ガキ連中に英語の発音レッスンをするはめになった。

「とんでも《ブラディ》……ない《ヘル》！　とんでも《ブラディ》……ない《ヘル》！　さあ、もう一度、とんでもない《ブラディ・ヘル》」

調子に乗ったエドモンドは、続けて言った。「その他にも……おしっこ《ピス》や……糞ったれ《シット》……それからおかま《バガー》ってのもあるよ」

「おしっこに糞ったれにおかま《ピス・ウント・シット・ウント・バガー》」

エドモンドはうなずいてみせた。こうして、英独文化交流は順調に進んでいった。誰もがリラックスし、リーダー格の少年は顔をかがやかせていた。だが、ライフジャケットの少年だけは、こういったことばのやりとりだけでは満足できず、口でぶつぶつ言いながら、エドモンドにまとわりついてきた。物欲しげな目つきで、シェトランド・ウール地のジャンパーを突つきつづける。それを見とがめたリーダー格の少年が叫んだ。

「ディート！　手出しをするな《ラス・イーン・イン・ルーヘ》！」

だが、ライフジャケットの少年は夢中になっていたのか、リーダーの声が聞こえなかったのか、ついにはエドモンドのジャンパーをつかんで強引にひっぱりはじめた。エドモンドは少年のガリガリにやせた手を払いのけようとしたが、少年は必死につかんだ手を離さなかった。ジャンパーの型が崩れるほど強くひっぱるので、エドモンドは無意識のうちに少年のライフジャケットの肩と背中に手をやり、力をこめて持ち上げていた。あまりにもやすやすと持ち上がったのは意外だったが、エドモンドを勇気づける効果があった。持ち上げられた少年の身体は、数秒間宙を泳いだ後、回転しながら地面に投げ出された。

すぐに地面から立ち上がった少年は、必死の形相で反撃に出た。喉をゴボゴボ鳴らし、両手の汚い爪でエドモンドの顔をひっかこうとした。二人の周囲には悪ガキ連中が野次馬となって、ヤイヤイとはやし立てた。ライフジャケットの少年は、エドモンドの首をつかんで頭を締めつけようとした。ところが、少年にはその力がなく、みるみるエネルギーを消耗していったので、エドモンドは簡単に少年を組み伏せ、膝で胸を押さえつけることができた。少年は身体をよじってあがきながら唾をはきかけたが、エドモンドの力にはかなわなかった。二人の周囲は狂乱状態になった。「やっちまえ！」と叫ぶ者や、最後のとどめを刺す真似をする者もいた。彼らが声援を送っているのは、仲間のライフジャケットの少年ではなく、エドモンドに対してであることは明らかだった。エドモンドに組み伏せられた少年は、とうとうもがくのをやめた。疲れきったのか、あるいは勝負をあきらめたのか、その場に横たわって、エドモンドの意のままにされるのを待っているようだった。

「やっちまえ！《ブリング・イーン・ウム》」という野次馬の声はやまなかった。そこで、リーダー格の少年が進み出て、エドモンドに一本の棒切れを手渡した。それを使って、ライフジャケットの少年に最後の一撃を与えよ、という意味だった。エドモンドは一応形式的にそれを受け取ったが、実際に使う気などなかった。代わりに、ぐったりした少年の身体から膝を放し、少し離れて立った。自由になった少年は、仲間であるはずの悪ガキ連中の野次のほうへはうようにして逃げていった。

　エドモンドがショートパンツの埃を払っているのをじっと見ていたリーダー格の少年が賞賛の声をかけた。「みごとだ、トミー。めっちゃ恰好いいじゃねえか！　おれの名は《イッヒ・ハイセ》オッチ」

「僕はエドモンド」

だが、オッチはエドモンドが差し出した手をチラリと見ただけで、握手はしなかった。ひとりで何かをつぶやいていた。心の中の誰かに話しかけているようだった。

「ママ《ムッチー》、こいつは悪いやつじゃない《エア・イスト・イン・オルトヌング》。善良なトミーだよ《エア・イスト・アイン・グーター・トミー》。おれの助けになってくれそうだ《エア・ヴィルト・ミア・ヘルフェン》」

しばらく黙っていたが、返事があったのだろうか、こっくりうなずいたオッチは、エドモンドに向かって英語で語りかけた。

「善良なトミーよ、シガレットを手にいれてくれないか？」期待をこめてたばこを吸う真似をした。そして腹をさすり、牧草地の端に見える家畜小屋を指さした。そこではたき火がたかれており、先ほどよりも多くの人がたむろしていた。「あそこがおれの家だ。そこへ持ってきてほしい？」オッチは牧草地の反対方向に顔を向け、ルベルト邸の生垣を指さしながら訊いた。「あれがお前の家か？《イスト・ダス・ダイン・ハウス》」

　込み入ったニュアンスを説明できないエドモンドはただうなずき、ドイツ語混じりの英語で答えるしかなかった。

「そう、あれがボクんちだ《ダス・イスト・マイ・ハウス》」

ある日の夕食時、レイチェルはルイスに、ルベルト氏がピアノを弾きたがっていることを告げ、許すべきかどうか話し合おうとしたことがあった。あいにくそのときのルイスは、他に気になることがあって、レイチェルの説明を半ばうわの空で聞いていた。

「彼にピアノを弾かせてもいいかしら？　私には自信がないの。事態をややこしくするだけじゃないか、心配なの」

「どうして、事態がややこしくなるんだ？」と、ルイスが尋ねる。

「よくはわからないわ。でも、ひょっとしたら、間違ったシグナルを送ることになるかもしれないと思うの。もっとも、これしきのことでけちけちする気なんかないけど、一つのことを許すと、最終的には全部を許さなければならなくなるような気がするの。やっぱり、初めの約束どおり別々の居住空間を厳守するほうが、すっきりと健康的でいいんじゃないのかしら。物はすべて、本来あるべきところに置かれるべきじゃないかしら。よくわからないけど」

「よくわからない」というセリフは、レイチェルが自分の考えを述べるとき、いつも最初と最後に添える慣用句だ。この言い方は、今やレイチェルの心の迷いを示す象徴になっているのだが、ルイスにはそんな優柔不断な彼女を適切に導くことができなかった。それどころか、彼女の言うことに十分耳を傾ける余裕があったかどうかも怪しかった。ルイスが他のことに気をとられているのは明らかで、そのことはレイチェルにもよくわかった。

ルイスの心の中は、大きく分けて二つの部分から成っていた。仕事が中心の部分と、家庭生活が中心の部分である。前者が後者より大きな領域を占めているのは、ある意味で致し方ないだろう。仕事ではさまざまに複雑な分野が広がっており、それぞれが興味深い世界でもあるからだ。それに比べて家庭生活がカバーする領域は、レイチェルやエドモンド、ルベルト一家、使用人たちとの狭い世界に限られており、ルイスの関心の深さもおのずと限られている。つまり、ルイスにとっては、必要最低限の注意さえ払っておけば、後は自立して展開する世界なのだ。

ルイスにとって毎日の軍隊での仕事が家庭の些事よりも大切なことは、レイチェルにもよくわかっていた。できれば、仕事の苦労についていろいろ訊いてみるべきかもしれないとも思っていた。しかし、今ルイスと話そうとしている問題は特別だ。それは些細な家庭生活の問題かもしれないが、ルイスにとってもレイチェルにとっても、一緒になって真剣に取り組まねばならない大切な問題に違いないのだ。

「あなたの意見は？」

「それは君次第だよ。どんな障害が発生するのか、私には見当もつかない」

レイチェルは、ルイスの顔をじっと見た。いつものように、相手に調子を合わせようとしているだけなのだろうか？　それとも、話をはぐらかそうとしているのだろうか？　そこで、レイチェルは言った。

「仮に許すとして、どの時間帯が適切かしら。彼が仕事に出かける前の朝の時間？　それとも昼下がり？　夕方はまずいでしょうね」

ルイスはナイフとフォークを置いて、ちょっと考える恰好をした。

「君の都合のいいときに、三十分くらい弾かせたら？」

ルイスの反応は、レイチェル相手にテニスを教えるコーチのようだった。その気になれば強いスマッシュを難しい位置に放つこともできるのに、レイチェルがいつまでもコートの中にとどまっていられるように、やさしい球を打ちやすい位置にていねいに返すのだった。ルイスが本気になっていないときは、いつもこうだった。

それにしても、レイチェルにとってこの問題が難しいのはどうしてなのか、レイチェルにもよくわからなかった。あのとき、ピアノを弾くルベルト氏にレイチェルは、驚くと同時に共感をいだいたのかもしれない。正直なところ、一心不乱な姿に好感すら覚えたのかもしれない。仮にそうであっても、ルイスがそれを気にするわけがないことも、レイチェルにはわかっていた。だから、あのとき、ピアノの横で即座にルベルト氏にオーケーしてもよかった。ルイスに相談するまでもないことだった。にもかかわらず、話をわざわざ棚上げにして、ルイスの判断をあおぐことにしたのはどうしてか？　ルイスには、他にしなければならないことが山ほどある。食べ物や衣類を必要としているドイツ人たちを相手にしなければならない。そんなルイスに、たかがピアノや植木などの些細な問題の解決を期待するなんて、よく考えてみればまったく理屈に合わないわ。それでもなおレイチェルは、他にどうすることもできない心情に陥っていたのだ。

「いいわ。私からルベルト氏に、ピアノを弾いてもいいと伝えるわね……毎日、午後四時に。三十分」そう言い終わったレイチェルは、何か大きな仕事を成しとげたような気分になった。

「それでいい。これで一件落着だ」と、ルイスはホッとして言った。

それからしばらく、三人は黙って食事を続けた。最初に食べ終わったルイスは、ナイフとフォークを置き、ダマスク織のナプキンで口を拭いて、椅子のひじ掛けを軽くたたいて言った。

「ダーリン、君がこうして自主的に個性を発揮するのを見るのは、とてもうれしいよ。私にとっても、この椅子のほうがあの革張りの椅子よりよほどいいね」そう言って、台所用の籐椅子をギシギシ軋ませ、気に入っていることを示した。食堂の模様替えといっても、レイチェルは椅子を取り換える以外にはほとんど何もしていなかった。だが、あえて反論も弁解もしなかった。

「ところで、使用人たちはどう？」ルイスは、レイチェルの労をねぎらうようにわざとらしい質問をした。

「まだ、私の話すことばが理解できないといった顔をしているわ」

「じゃあ、エドの家庭教師の傍らに座って基本的なことばを覚えたらどうかね？」

「ううん、私の言っていることは完璧に理解しているはずよ。ただ、理解したくないだけでしょ。ときどき、みんなで私のことを笑っているような気がするの」

　これには返事をせず、ルイスは隣で皿の周囲の豆を突っついているエドモンドを見た。

「ケーニッヒさんとはどうしている？　うまくやってる《ゼーア・グート》かい？」

　レイチェルは、イライラした気持ちを抑えるためグラスに水を注いだ。そして、テーブルの上の皿を片づけはじめたが、すぐに自分の仕事でないことに気づくのだった。

　エドモンドは皿の上で、食べ残した豆を上陸部隊に仕立て、肉汁ソースの内陸湿地帯へ侵攻させようとしていた。

「うまくやってる《ゼーア・グート》よ、父さん《ファーター》」

　ルイスは笑った。「お前はここへ来て一カ月なのに、私より上手にドイツ語を発音するね」

「ここではドイツ人に話しかけてはいけないのに、どうして僕はドイツ語を勉強しているの」

「お前たちがドイツ人と話をしてはいけないことなどないよ、エド。むしろ、もっともっと話をしてほしいんだ。そうすればお互いに理解が深まるし、復興も早まるはずだから」

「復興にはどれくらい時間がかかるの」

　そこで、ルイスはレイチェルに視線を向けた。ことばを慎重に選んで答えねばならない場面だ。

「一般には、十年とされているね。ただ、悲観論者は五十年ほど必要だと言っているけどね」

「たぶんあなたは、五年で復興できると思っているんでしょう」と、レイチェルが口をはさんできた。

　ルイスはレイチェルの発言を認めるかのように、にやりと笑った。ルイスの気持ちはレイチェルにすっかり見抜かれていたようだ。

「ところで、エド、フリーダとはまだ話をしていないのかい？」

エドモンドは首を横に振った。「彼女は僕よりちょっと年上なんだ」

「いつか夕方にでも、いっしょにトランプ・ゲームをするというのはどうだろう。あるいは、プロジエクターで映画を鑑賞するとか」

ハイケがトレイを持って部屋に入ってきた。メイドらしく、素早い動きで食器を片づけ、すみやかに部屋を出ていこうとした。

「おいしかったよ、フロイライン・ハイケ」と、ルイスがドイツ語で言った。

「君はおいしいね、フロイライン・ハイケ」と、父を真似てエドモンドもドイツ語で言ったが、誤った言い方に気づいていなかった。

ハイケは笑いたくなるのをかろうじて抑えながら頭を下げて、食器を集めていった。レイチェルの席まで来て、彼女がまだ半分も食べていないのに気づいた。

「お下げしてもいいですか《ジント・ジー・フェアティッヒ》、奥様？」

レイチェルは手を振って食器を片づけさせた。

エドモンドは、メイドが食器を回転テーブルまで運び、そこでハッチの中へ移すのを見ていた。そしてハイケがロープを引っ張ると、歯車の力で食器は台所まで下ろされるのだった。

ハイケが部屋を出ていくのを待って、レイチェルは言った。

「ね、見たでしょう。あのメイドが笑いを押し殺していたのを」

「彼女は少し神経過敏なだけだよ。ちょっとでも失敗すると首にされるのではないか、いつもびくびくしているのだよ。仕事を持っているドイツ人は、誰もが不安な気持ちでいるのさ」

「あなたはどうして、いつもそんなに熱心に使用人たちの肩を持つの？」

ルイスは肩をすくめた。あえて返事をしたくないときのしぐさだ。ルイスはやおらシガレットケースを取り出し、カチッという音を立てて開くと、レイチェルにたばこを勧めた。

レイチェルはそれを取ろうかと思ったが、結局はやめた。

「後で自分のを吸うから結構よ」

ルイスはたばこの端を軽くたたいてからくわえ、火をつけて、思いきり深く吸い込んだ。そして、気持ちよさそうにフューッと音をたてて鼻から煙を吐き出した。

歯車が軋んで、回転テーブルにプリンが届いた。

「あれは、ルベルトさんの階まで上がっていくのかな？」と、エドモンドが尋ねた。

「あれで遊んじゃだめよ、エド。おもちゃじゃないんだから」と、レイチェル。

エドモンドはうなずく。「僕たちはイングランドへ帰ってからも、召使たちを使うの？」

「今では、召使を使えるのは大金持ちだけだよ」と、ルイスが言った。

「でも、ルベルトさんは召使を使いながら工場で働いているじゃない？」

「それは、彼の身上が潔白であるとわかるまでの間だ。ひとたび潔白が証明されれば、元どおり建築技師の仕事に戻ることができるのだよ」

「潔白の証明ですって？」と、レイチェルが尋ねた。

「ナチスと関わりがない、という証しさ」

「彼はまだ、潔白だと証明されていないの？」

「これは、単に手続き上の問題なんだ」

「それじゃ、あなたが真っ先にチェックすべきじゃなかったの？」

「ルベルト氏は潔白だよ。心配しなくてもいい」

「でも、あなた自身はそのことを知らないんでしょう」

「バーカー少佐が特別に身上調査をしてくれたんだ。もしもルベルト氏に少しでもやましいところが見つかっていれば、彼をここに住まわせたりしないよ。レイチェル……わかってくれ」

エドモンドは、ここで「おやすみ」を言うことにした。大人たちの会話に子どもは邪魔だろうと思ったからだ。

「部屋へ戻ってもいい？」

「ええ、もちろんよ」と、レイチェルが答えた。

エドモンドは母親にキスをし、父親は彼の頭をなでて言った。「いい子にしていなさい」

部屋の外へ出たエドモンドの耳に、両親の口論する声がだんだん大きくなっていくのが聞こえた。ときおり、懇願したり言いわけをしたりする張り詰めた声が、押し寄せる波のように高く低く響いてきた。しかしながら、両親の口げんかはエドモンドにとって、こっそり冒険をする願ってもない機会となった。人形の兵隊「カスバート」を取りに二階の自分の部屋へ戻ったエドモンドは、机の引き出しから紙と鉛筆を取り出し、再び一階へ下りていった。階段を下りたところに両親の寝室があり、そのすぐ外側に、あの食器を配膳する回転テーブルの取り出し口《ハッチ》がある。引き戸を開けると、そこには、一階から三階まで食器を運搬するリフト用の回転軸《シャフト》が走っており、その奥に一本のロープがぶら下がっている。ロープを引っ張ると、しばらくして台所からリフトが上がってきた。エドモンドはリフト《プラット》の台《フォーム》の上に、近衛歩兵に見立てた「カスバート」を乗せ、走り書きをした紙切れを押し込んだ。紙切れには、このような文句が書かれていた。

「あるだけの砂糖を探して、基地に持ち帰れ、大尉」

「そんなことが許されるのですか、サー」

「私の言うとおりにするのだ、カスバート。そこには味方がいる。二十時に地下で会おう。途中で大人たちに見つからないように注意しろ」

「はい、大佐どの」

　エドモンドがロープを引っ張るとしばらくして、カスバートは下りていった。引き戸を閉じたエドモンドは、足音がしないように階段のカーペットを伝い、抜き足差し足で台所へ下りていった。

　台所にはハイケがいた。ラジオの曲にあわせて歌いながら、パンの生地を伸ばしていた。ラジオからは、外国なまりのハスキーボイスの女性が歌う英語の歌が流れていた。その低くうなるような歌詞を、ハイケはうれしそうに真似ていた。

「こんばんは《グーテン・アーベント》、フロイライン・ハイケ」

　ハイケは、突然現れたエドモンドを見て「キャッ」と叫び、あわててラジオのスイッチを切ると、エプロンで手を拭いた。まるで、敵軍の通信を盗み聞きしているところを発見されたかのようなしぐさだった。

「こんばんは《グーテン・アーベント》、エドモンドさま」

　エドモンドは直接回転テーブルのハッチのところへ行き、扉を開けて「カスバート」を取り出すと、紙きれをハイケに手渡した。ハイケは声に出して読んだ。「お砂糖《ズッカー》？」

「お願い《ビッテ》」

　ハイケはいったん断るふりをしたが、エドモンドと楽しいゲームができそうなので、貯蔵庫から角砂糖を三個取り出してきた。それを皿にのせて、いかにもゲームに慣れているかのようにハッチの中の人形の兵士の横に置いた。そこで、エドモンドが「カスバート」に命令を下した。

「支給品を基地へ持っていけ、大尉」

「はい、大佐」

　エドモンドはロープを引っ張り、ハッチの扉を閉じると、ハイケに礼を言って階段を駆け上がった。そして、一階のハッチの扉を開けたが、カスバートの姿はなかった。もう一度ロープを引っ張って待ったが、何も動かなかった。さらにもう一度ロープを引き、しばらく待ったが何の変化もない。思いきって頭をハッチの中へ突っ込み、下のほうを見たが、ただ真っ暗で何も見えない。そこで、首をひねって上方を見ると、上の階でリフトの底が止まっているのがわかった。ルベルト氏の階だ。おそらく、ルベルト氏が自分用の砂糖だと勘違いして受け取ったのだろう。いずれにしても、大した問題ではない。いつもカロリー不足のルベルト氏の手に渡ったのなら何よりだ、とエドモンドは喜んだくらいだ。

エドモンドは頭を引っ込めて、もう一度ロープを引っ張った。今度はロープが揺れて、プラットフォームがキーキーと音を立てながら下降しはじめた。しかし、それがエドモンドの前で止まったとき、中で何か悪いことが起こっているのに気づいた。「カスバート」の首がないのだ。首のない人形の胴体を取り出して調べてみると、本来首のあったところから白い綿と黄色い詰め物がはみ出していた。人形の頭部がリフトのどこかでシャフトに引っかかって落ちたのだろうか？　首の部分がすこしぐらぐらしていたのはわかっていた。しかし、どう考えても、そんなことは物理的に起こりえなかった。そのときエドモンドは、皿の上の砂糖も同時になくなっていることに気づいた。

ルイスはゆっくりと衣服を脱ぎながら、レイチェルからのシグナルを待った。今夜は二人で愛し合おうという合図を期待して、ウォークイン・クローゼットの中で、ズボンをはいたままシャツのボタンを一つ一つはずしていった。途中で、カフスボタンに余計な糸が巻きついているようなふりをして、手を休めた。こうして、レイチェルのコールがかかるまでの時間かせぎをしていた。

かつては、こんなに細やかな気遣いを事前にする必要などなかった。むしろ、彼女のほうがルイスを扇動してその気にさせ、全精力を消耗させたくらいだから、ルイスのほうから求めることなど簡単だった。しかし、今やあらゆることが変わってしまったようだ。ルイスは一年以上も交わしたことのない会話のニュアンスを解釈し、理解しなければならなくなっていた。

ルイスはシャツを脱ぎ捨て、上半身裸になった。これまでルイスは、パジャマを着たままでセックスをすることはめったになかった。ルイスが急いでパジャマを着てしまうと、その夜の饗宴の終了の意思表示だとレイチェルは解釈したものだ。セックスをするかしないかは、二人のいずれかが――たいていはルイスのほうが――衣服を脱ぐ瞬間、あるいはその直前で決まったのだ。これは、寒い冬の夜などには大変な作業でもあった。寒がり屋のレイチェルは、結婚して数年間は昼間の衣装を脱ぐや、さっさとパジャマに着がえたがったものだ。もっとも、部屋は十分に暖かく、外気の寒さを感じさせはしなかったが――。とにかく、今夜のルイスは二人の間の空気が冷え込む前に行動を起こさねばならなかった。さきほどの夫婦げんかでレイチェルがかなりの不快感を抱いているのは確かだが、彼の決心は変わらなかった。この干ばつ状態に終止符を打たねばならない。そのためには、今夜こそ行動を起こさねばならないと考えたのだ。

鏡台の前でキャミソールに着替えたレイチェルは、片手で髪の毛を後ろに流しながら、もう一方の手で化粧を落としている。彼女のいつもの清めの儀式である。素肌の両肩とまっすぐに伸びた愛くるしい両腕が、ルイスの目には悩ましすぎた。

「そろそろ、始めようか……」感情を抑えたルイスの声は、心なしか弱々しく、語尾もはっきりしない。

レイチェルは、鏡台の小さな引き出しの一つを開けてみた。ガーネットを連ねたネックレスが入っているのを見つけ、手に取って枕元のライトに照らすとチリンチリンという音がした。「これはきっと……彼女のものだわ」そう思いながら自分の胸元へかざし、さらに手のひらに乗せて重さを感じた。

「かわいいわ、このネックレス！」

するとも、「ダーリン」と言うルイスの声が聞こえた。今度はいつもより少し強い調子だった。

「始めたくないのかい」

そう言いながら、ルイスは考えていた。もし、レイチェルが拒むようなら……かつての約束を想い出させるしかないだろう……あのとき、互いに相手の身体の欲求を尊重しあおうと誓ったではないか？

レイチェルはネックレスを戻し、化粧水の染み込んだコットンをゴミ箱に捨てて言った。「例のもの、持っているの？」

その口調からは、彼女がルイスの欲求を歓迎しているのか嫌がっているのかははっきりしなかったが、ルイスには十分な効果があった。気もそぞろになったルイスは、あわてて道具箱をひっかきまわすのだった。ドイツに駐在するイギリス軍人には、たばこと一緒にコンドームが支給されていた。

やおら立ち上がったレイチェルは、キャミソールを着たままベッドへ行き、シーツの下に潜り込んだ。そのしぐさは淡々としていて、何の感動も期待も感じさせなかった。しかし、ルイスは気にしなかった。コンドームの入った六枚続きの袋の一つを引きちぎり、ズボンの中で力強く勃起している男根を感じながらベッドへ向かった。

ベッドの端で黙々と靴下を脱いでいるルイスのそばに行ったレイチェルは、枕元にある彼の銀色のシガレットケースに手を伸ばした。

「たばこを吸うとき、私を想い出してくれた？」

「うん、毎日、六十回は想い出したよ」

「そんな大げさな言い方しなくてもいいわよ」

「でも、ほんとうだよ、私は約束を守ったんだよ。その間、三万二千本ものたばこを吸ったがね」

「たばこを吸いながら、私についてどんなことを想ったの？」

「ほとんどの場合……これからしようとしていること……」

正直に答えるルイスの顔を、レイチェルはしばし驚いた表情で見つめた。

「例のものは用意できているの？」

ルイスは銀箔の包装からコンドームを取り出し、枕の上に置いて、ズボンと下着を脱いだ。レイチエルはシガレットケースを元の位置に戻して座り直し、頭からキャミソールを脱いだ。それは何気ない動作だったが、ルイスにとってはこの上なく優雅な舞に見えた。ルイスの神経はいよいよ敏感になり、落ち着かなくなっていった。そんな自分を彼女に気づかれないように、ルイスはおずおずとシーツの中に入っていった。

レイチエルは身体を横にして、頭をひじで支えながらルイスに向かい合う姿勢を取った。こうして互いに裸になってしまうと、不思議なことに、それまでのルイスの迫力と自信が、いつの間にかすっかりレイチエルの身体に乗り移ってしまったようだった。まるで、ルイスが大佐の地位から一兵卒に降ろされ、代わりにレイチエルが陸軍元帥に昇格したかのようだ。

レイチエルは、ゴム製のコンドームを取り上げて言った。「つけてあげるわね」

ルイスは返事もできず、ただうなずくだけだった。しかし、彼女の手がルイスの男根にまさに触れようとしたそのとき、ルイスはその手を遮り、彼女の身体を思いきり抱きしめてキスをした。はやる気持ちを抑えて、できるだけ時間をかけて楽しみたかったのだ。

二人のキスは続いた。しかし、レイチエルの唇は閉じたまま、最後まで開かなかった。代わりに、レイチエルは身体を引いて、裏返したコンドームにルイスの男根を収めようとした。ルイスは観念して上向きになり、彼女のなすがままになった。ただ、あまり早く頂点に達することがないように、天井の波形《コーニス》や他の事物に注意をそらそうと目を凝らしていた。しかし、そんな努力もむなしく、レイチエルの冷たい手がルイスの男根に触れて機械のように動きはじめたとき、もうそれだけで耐えきれなくなり、喜悦と安堵と絶望の入り混じったあえぎ声を発して、どっと射精してしまった。

「アー、もういっちゃったよ。早すぎたね。ごめんよ！」

「いいわよ」

「ごめんよ」と、ルイスは繰り返して言った。

「あなたは、ポーツマスの一つ手前のフラットン駅で下車したのよ」

「いや、まだウォータールー駅を出発したばかりだったのに」

ルイスの今回の早漏を、レイチェルが残念に思っていないのは明らかだ。だが、それだけにルイスの自己嫌悪は深まるばかりだった。持ち前の自制心や忍耐力が発揮できなかったからだ。それに、「フラットン」というのは、最終目的地の「ポーツマス」に着く一つ手前の駅の名前だ。彼女がこの駅の名前を口にしたときルイスが思ったのは、かつての二人には常識を打ち負かすもっと激しい情熱があったのに、ということだった。

ルイスは、そばのハンドタオルで身体を拭いた。「長い間しなかったから、慣れていない……」

「いいのよ」そう言ってレイチェルはルイスの顔に手をやり、額をやさしくなでた。

「私は――」

「シーッ！　無理もないわ」

「君はどうなんだ？」

「私は平気よ」

「ほんとうかい？」

「ええ、ほんとうよ。でも、寒いわ」そう言って上半身を起こし、枕の下からネグリジェを取り出して着はじめた。

ルイスも起き上がってベッドに座り、両脚をぶらぶらさせたが、さっきまでの失意は徐々に薄れていった。とにかく、今回の性の営みはひどく省略されて完全燃焼できないものだったが、一応満足したことに変わりはない。少なくとも、今までずっと鬱積していた、はらわたのねじれるような欲求からは解放された。

パジャマを着てシーツにもぐりこんだルイスは、ライトを消した。そのころ、彼の心はすでに仕事の現場へ飛んでいた。そこは、ルイスにとって安心してきびきび動ける世界なのだ。無数の顔の見えないドイツ人と、彼らの国を再建するという単純明快な仕事が彼を待っていた。

ルイスが眠りに落ちてからも、レイチェルはなかなか眠れなかった。いつものように左側を下にした姿勢で心臓の鼓動に耳をすませていると、ベッドの横ではガーネットのネックレスが半開きのカーテンから差し込む光にキラキラ光っていた。それを眺めながら彼女は、できるだけ早くルベルト氏に返さねば、と考えていた。そうすることが礼儀だと思ったからだが、同時に好奇心もあった。正直なところ、そのネックレスを着けていた女性についてもっと知りたい気持ちになっていたのだ。レイチエルの心には、見たことのないルベルト夫人がネックレスを着けて華々しくふるまっている情景が次々と浮かんでくるのだった。いかなるシーンでも、彼女は常に上品でエレガントだった。しかし、彼女の顔つきはぼんやりして特徴がなかった。レイチェルは何とかして具体的な顔を思い描こうとしたが、それは無理だった。レイチェルはこの家にやってきて以来、ずっと亡きルベルト夫人の幻影に悩まされてきたが、それから逃れるには何としても、彼女の具体的な容貌を知る必要があった。おそらく、ルベルト氏なら彼女の写真か何かを見せるなどして、この問題を解決してくれるだろう。そう思ったレイチェルは、友好的なふりをして彼に近づき、その助けを借りようと決心した。

「それで、君はどこに住んでいるんだ？」アルバートがフリーダに訊いた。

彼らはザンクト・パウリの破壊された学校の残骸を片づける作業を終えて、トラックの到着を待つ列に並んでいた。その日、フリーダは一日中うつむいたまま懸命に働きつづけた。初めのうちは屈辱的で懲罰的にすら感じられていたこの作業も、アルバートといっしょに働いているうちに、将来に夢をいだかせる仕事に思えてきた。

「エルブショッセ、イエニシュパルクの近く」

「大きな家か？」

フリーダは、それがいいことか悪いことかわからないままうなずいた。

「なら、君の家族は金持ちなんだ」

フリーダは肩をすくめた。「もうそうじゃない」

「でも、まだそこに住んでいるんだろう？」

質問に戸惑いながら、フリーダはもう一度うなずいた。今の自分の立場を説明しなければならなくなるのを恐れながら——。

「おれは、そこからあまり遠くないところに住んでいるんだ」と、アルバートが言う。

「どのあたり？」彼がフリーダやフリーダの家族の社会的地位を気にしていないことがわかり、フリーダはホッとして訊いた。

「君さえよかったら、いつでも案内するよ」

トラックに連結されたゴミ運搬用の台車には、中産階級のハンブルク市民の他に、東部から流れこんできたがらくた連中があふれていた。女たちは髪の毛をターバンで固く結い、死んだ夫のぶかぶかのオーバーを着て、魚の行商人のような恰好をしていた。その周囲には鼻をつく臭いが漂っていた。女たちに比べて少数で目立たないが、アルバート以外の男たちはほとんどが中年だ。誰もが大切そうに食料引換券を握っていた。本来の職業や社会的地位にかかわりなく、それがその日一日の労働の報酬なのだ。

フリーダはアルバートの横にぴったり脚を寄せて座り、周囲の人たちがいつものようにブツブツ文句を言っているのを聞いていた。今日は、一人の貧相な男が中心になって、さかんに愚痴っていた。どうやら、自分は歯医者でこんな肉体労働には向いていないということを、みんなにアピールしたいようだ。

「こんな仕事じゃ、身体を暖めることすらできないよ。たしかに、作業をしている間は汗をかくほど体温が上がるよ、だけどしばらくすると汗は冷え、身体がベトベトしてたまらんよ……」

「だけど、それだけの報酬はもらっているじゃないの」と、一人の女が鋭く言い返した。

「私は歯医者だ。私には専門技術がある。こんな仕事には向いていないんだ」

「他人の歯を引き抜いて、何が専門技術さ！　ここには元将軍の奥方もいるのよ。私だって、かつてはコンサートホールでラジオのアナウンサーをしていたのよ」

　歯医者は埃で灰色になった顔を歪めたが、女に反論するだけの元気がなかった。議論するには、かなりのエネルギーが必要だった。

「ただ、言ってみたかっただけ、それだけのことさ……」男はつぶやいたが、その語尾は弱々しく消えていった。

　髪の毛と無精ひげの区別のつかない、額の禿げあがった大男がやってきて、ポケットから棒つきキャンディー《サッカー》を一日分取り出した。ボイルして変色した飴を棒の先にくっつけたもので、イギリス人が持ち込んだのだ。それを、開花前に切り取ったチューリップのように束ねて、みんなに見せびらかせて言った。

「ヘイ、総入れ歯の者にはおすすめじゃないがね、ネズミのような口臭を消すにはもってこいだぜ、それに空腹を忘れることもできる。一本で約一時間はもつぜ」そう言って男は、いかにもうまそうに口にくわえて見せた。

「だったら、みんなに分けてあげなさいよ」と、元将軍の夫人が威厳をもって男に言った。

「ただし、金を払うなら――だね」と、プロシア人の男は鼻にかけて答える。

　将軍夫人は首を振って言った。「それで、あなたは恥ずかしいと思わないの？」

「おれには養わなきゃならん家族がいるのでね。これしきの引換券じゃ、照明代も払えない。食い物を節約して、電気代を払うしかないんだよ」

　すると、先ほどのラジオのアナウンサーが口をはさんだ。

「私だったら、飢えるより暗がりで過ごすほうを選ぶわ」

「そこここで少しずつこまめに食べ物を失敬していけば、飢えることなどないさ。あのケルンの大司教ですら言っているじゃないか。生きていくのに必要なら、石炭だって盗んでもいいとね。モーゼの十戒をはみ出した『十一番目の戒律』さ」

「やつらのおかげで、私たちはまるで罪人のようなふるまいをしなければならないのか」と、歯医者が嘆いた。

「やつらにしてみりゃ、おれたちはみんなすでに罪人なんだ」

「いや違う、少なくとも私は罪を犯していない。私の良心は潔白だ」と歯医者は言う。

「みんな、一蓮托生ってことよ。おれたち全員を投獄することなどできやしないんだから」

「自分の過失は自分で処理すべきだ」と、歯医者は言い返す。「私の場合、仕事以外では何らやましいことをしていない。もっとも、仕事では、健康な歯であれ虫歯であれ変わりなく抜いちまうがね――それに、患者が誰であれ私の知ったことではない。私はただ、ヒポクラテスの誓い〔訳註：医師の倫理綱領〕を忠実に守っただけだ」

　歯医者のこのことばに、みんながどっと笑った。

　男のバカバカしい言い分に怒りを覚えたフリーダが、口を開けて何かを言おうとした。そのとき、隣のアルバートに腕をつかまれた。以前、トミーたちの目の前で行進曲を口ずさんだときと同じだ。

アルバートは、いわくありげに目くばせをした。「くだらない連中の相手になるな」と言っているようだ。その瞬間フリーダは、二人の間に秘密の同盟意識が芽生えてくるのを感じ、甘い興奮を味わうのだった。

しばらくしてフリーダは訊いた。

「あなたの腕の……そのあざは母斑《ぼはん》なの？」

するとアルバートは一瞬、鋭い視線をフリーダに送り、「ここでは言えない」と断言して、それ以上の言動を制した。そして何の前触れもなく立ち上がり、手のひらでトラックの横腹を二回たたいた。合図を受けて運転手がトラックを止めると、アルバートとフリーダは降りた。

二人が降り立ったのは、ルベルト邸から数マイル離れたブランケネセ村だった。そこからは、大きな夕日が大河の対岸に沈もうとして、大地が燃えるように輝いているのが見えた。

「おれと並んで歩くなよ！」アルバートはジャケットの襟を立てて、顔を隠しながら言った。「二十歩以上離れるんだ」

「どれくらい遠いの？」

返事をせずにさっさと歩き出したアルバートに置いてきぼりにされるのではないかと不安になりながら、フリーダは必死に小走りでついていった。

戦前は漁村だったブランケネセ村は、平坦な地形にあっては珍しく小さな険しい丘があり、その周囲に古い小屋やいくつかの新しい屋敷が互いに寄り添うように建ち、中世のような風景を呈していた。フリーダはよく母親とここへ来て、エルベ河を往来する船を眺めたものだった。河岸のボートハウスからは、ハンブルク港に入港する外国船に向けて、その国の国歌を演奏するのが聞こえた。今は、川面には大きなイギリス海軍のクルーザー以外に一隻の船影もなかった。空では灰色の雪雲がみるみる大きくなり、村を冬の白い衣で覆う準備をしていた。

アルバートは、フリーダを従えて丘を登っていった。しばらくしてから脇道へそれ、わらぶき屋根《シュトローダックス》の家の門を通り抜けた。左右に気を配りながら庭の小道を歩き、わらぶき小屋の入口へ近づいて、格子窓から中の様子をのぞきこんだ。

フリーダは、石畳の小道をふらつきながら、ふと、おとぎ話の幻想に取りつかれていた。ここは森の中の魔法使いのお菓子の館、自分たちは道に迷ったヘンゼルとグレーテル……父親の呪文にかけられた私を永い眠りから目覚めさせてくれたアルバート王子……正体を暴かれた魔法使いの父親……。

「ここにはどれくらい住んでいるの」

「そんなに長くない」

小屋の中は毛布や座蒲団、カーペットなどでいっぱいだった。アルバートは、重いキリムというトルコじゅうたんをひじ掛け椅子の上に移動させ、その上に座ってブーツの紐をほどきはじめた。

「ここはもともと、軍医のシャイブリ少佐の家なんだ。彼は今、ＤＰキャンプに収容されて、無罪証明の発行を待っている」

どこかの砂漠で、オートバイのサイドカーに座っている軍医の写真がフリーダの目に入った。埃まみれのゴーグル、赤十字マークの入ったヘルメット、それに喉元には鉄十字勲章が下がっていた。

フリーダは、写真を手に取ってしげしげ眺めながら言った。「あなたは、この戦争の英雄のことを何か知ってる？」

「彼のことは何も知らないさ。ただおれは、しばらくの間、家を借りているだけなんだ。イギリス人が使ってもよくて、おれたちが使っちゃいけないことなんてないだろう？」

「多分、彼は有罪で牢屋に入れられるでしょうね。もし、英雄だとわかったなら」

「彼がロンメル将軍と一緒に戦ったことがわかれば、釈放されるだろうよ。とにかく、おれは移動しなければならない。おれがここに出入りしているのを、多くの人に見られているからね。もう別の場所を見つけてあるんだ。君の家の近くだ。エルブショッセ通りにある」

「えっ、それじゃお隣り同士になるのね」と、フリーダが叫んだ。

「ところで、君の家族はなんでそんなに金持ちになれたんだ」

「父さんは建築技師なの……でも、母さんの家族が造船所にコネを持っていたから」

アルバートの目がきらりと光った。「その造船所の名前はブローム・アンド・フォス？」

フリーダはうなずいた。

「それじゃ、君の家族の行動は当局の連中に監視されているんじゃない？」

「ううん、母さんはもう死んでしまっていないの。そして……父さんが何をどう思っていようと、私の知ったことじゃないわ」

「父さんは君の世話をしてくれないのか」

「日中はツァイスの工場で働いてるから、私がどこへ行こうとおかまいなしよ」

アルバートは片方のブーツの紐をほどき終わり、もう一方のブーツに取りかかった。ブーツを脱ぎ終わったアルバートは立ち上がって、部屋を横切り、ストーブの燃料を探した。石炭入れは空っぽで、バスケットの中には薪もなかった。部屋の中を見渡すと、隅に置いてある手彫り模様の入った三脚椅子が目についたので、それを石の床に三度強く打ちつけてバラバラにした。

「こいつを燃やしてやろうと、前から思っていたんだ」

破片をストーブに放り込み、火をつける。そして、水の入った大きな片手鍋をその上に置いた。

「それで、君が今でもその家に住んでいるのは、どうしてなんだ？　めぼしいものは何もかもトミーたちに持っていかれたんじゃないのか」

フリーダは、指の爪をいじりながら説明しはじめた。怒りと憎悪の気持ちが次第に高ぶっていくのを感じながら、イギリス人の家族と一緒に住むことになったいきさつを話した。自分たちを追い出すこともできたのに、いやそうすべきであったのに、あえて同居する決断をした大佐について、自閉症でたえず手を痙攣させているその妻について、そしてどこへ行くにも布製の兵隊人形を持ち、かつてフリーダの持ち物だった人形の家で遊んでいる彼らの息子についても話した。そんな話をじっと聴いているアルバートが次第に緊張し、興味を募らせていくのが、フリーダにも伝わった。

「そのトミーの大佐は何をしている？」

「ピンネベルクの総督、でも、何をしているのかは知らないわ。ほとんど家にいないから」そしてフリーダは強い調子でつけ加えた。「悔しいことに、彼はヒトラー総統が乗っていたのと同じ車に乗っているのよ」興奮して話すフリーダをよそに、アルバートは彼女のもたらした新情報に頭がいっぱいになっているようだ。部屋の中を歩きながら、もう一度訊いてきた。「総督だって？」

フリーダはうなずいたものの、彼がそれを知って喜んでいるのか、愕然としているのか判断できずにいた。すると、アルバートが言った。

「それは都合がいい。好都合だ」

そのことばに、フリーダは身体が思わず熱くなるのを感じた。自宅を徴用されたときの屈辱感に代わって、今や断固たる目的意識が芽生えてきた。アルバートが求めるものを提供し、彼の期待に応える自信も湧いてきた。

アルバートはストーブのところへ戻り、片手鍋に指を入れて湯加減をみてから、衣服を脱ぎ、パンツ一枚になった。ごく自然な所作で、裸の身体にも取り立てて特徴はない。しかし、少なくともフリーダの目には、すべてが完璧なものに映った。腕の傷までも。

「まだ説明してくれていないわね。その腕の傷について」

「レジスタンス運動家に与えられるマークだ。まだ敗戦を認めていないドイツ人の象徴として、ほら

……」

アルバートは腕を伸ばして、フリーダに傷跡を触らせた。フリーダは指を滑らせて浮彫になった最初の8の字の傷跡をなぞり、次いで隣の8の字もなぞった。

「どうすれば、こうなるの?」

アルバートは鏡台の前に行き、引き出しからたばこを一箱取り出した。

「これを吸うのさ」と言って、取り出した一本のたばこに火をつける。そして、一息深く吸い込んでから、フリーダに勧めた。彼女はそれを受け取って、不器用に口の中央に持っていき、煙を吸い込んだ。たちまちむせてせきをするフリーダを見て、アルバートは子どものような甲高い声で笑った。

「せっかちすぎるんだ! もっと、ゆっくり、こういうふうに」そう言って彼女からたばこをとりあげ、軽く一服してから、また彼女に渡した。フリーダは再びたばこを手にしたが、すぐには吸わず、魔術師がマジックをはじめるときのような手つきで目の高さにあげ、くるりと回転させると、もう一方の手のひらを開いた。そして、火のついているたばこの端をもう一方の手のひらに押しつけて消そうとした。

アルバートは彼女の手を押さえて、たばこをとりあげた。

「貴重なたばこを無駄にしちゃだめだよ」

フリーダは涙がわき出てくるのをおさえられなかった。さっきまでは彼にふさわしいドイツ人女性のつもりだったのに、次の瞬間には間抜けな小娘に変わりはてているではないか。

アルバートは両手の甲をあげて、フリーダに見せた。

「これが見えるかい?」

フリーダは一応見てみたが、彼が何を見せたいのか、よく理解できなかった。

「何が見える?」そう言いながら近づいてきたアルバートの手の甲に見えるのは、皮膚や指や爪だった。いい加減な返事をしたくないので、フリーダは黙っていた。彼に気に入られたければ、黙っているのが今のところ得策だと思ったからだ。

ドアを閉めて新しい服に着替えたアルバートは、小心な用心深い若者から力強い大人に変身していた。抑圧され、鬱積していた何かが、じわじわと身体からにじみ出ているようでもあった。

「爪が見えるだろう」

そう言って見せる彼の爪も、フリーダの爪と同じく、昼間の土掘り作業で黒くよごれていた。彼は中指の爪の埃を親指で払い、フリーダに向けて立ててみせた。灰や埃が固まり、無数の小さな丸い塊になってこびりついていた。

「これはみんな、おれたちの街や市民の埃と遺灰なんだ。さあ、よく見るんだ」

彼は、その中の一つの小さな塊をつまんで手のひらにのせ、口元へもっていき、飲み込んだ。

「これは若いドイツ人メイドの遺灰だ。わかるか？」

別の塊をいくつか手のひらにのせたアルバートは、フリーダにも飲むように勧めた。

「これは罪のないドイツの子どもたちの遺灰だ。今おれたちが見たり学んだりしていることを、知るすべもなく死んでいった子どもたちのだ」

フリーダは夢中になってアルバートの手をなめ、子どもたちの遺灰を飲み込んだ。

アルバートは差し出した手でフリーダの手首を握り、両手を引き寄せて開かせた。そして、白く柔らかい腕の内側にそってひじのところまで、指を優しくすべらせながら言った。

「君はかなり自虐的になっているようだが、いくら自分で自分を責めてみても、ドイツはよくならないよ……それに、君が今住んでいる家はとても価値がある。おれたちが大義を実践する上でね。おれたちには、ブラックマーケットで売れる品物が必要なんだ。たばこ、薬、宝石、衣類などだ。売れるものなら、何でもいい。協力してくれるね」

フリーダはうなずいて訊いた。「『おれたち』って、誰のこと？」

「レジスタンス。連中にはもうすぐ会えるよ」

「あなたみたいな人がたくさんいるの？」

突然アルバートは、フリーダの顎を持ち上げて強引にキスをした。舌が口の中へ強引に押し込まれたので、昼間の作業の残骸の苦い味がした。フリーダは、かつて少年たちに集団暴行を受けたことがあった。蒸し暑い夏の丸太小屋で複数の少年の一人に押し倒され、体内に指を突っ込まれたが、何の感情もわかなかったのを想い出した。あのときの相手は若造だったが、今回は違う。アルバートは立派な大人なのだ。

「君にはその家で、大佐についていろいろと探ってもらうことになる。もし彼が総督なら、何か重要な情報を持っているはずだから」

フリーダはもう一度うなずいてみせた。キスをしてからというもの、彼の言うことなら何にでも応じる気になっていた。たとえ、ロシア軍の管轄地へ行けと言われても。

アルバートはフリーダをさらに強く抱きしめて言った。

「だが、おれのことは誰にもしゃべるなよ。わかるか？」身体が痛くなるほど強く抱かれている上に、彼の口調には有無をいわせない響きがあった。

「ええ」

「おれはこの世に存在しない。そう言ってみな！」

「あなたはこの世に……存在しない」

アルバートは腕の力を緩め、「よろしい」と言ってにっこり笑った。そして、椅子の背に掛けてあったコートのところへ行き、ポケットからトローチ剤の入ったチューブのようなものを取り出した。その中の一錠をグラス一杯の水で胃に流し込むと、部屋の中を動き回り、最後にひじ掛け椅子の縁に座って神経質に足を揺らしはじめた。完全に落ち着きを失っているようだ。

「何の薬を飲んでいるの？」

「覚醒剤さ。目を覚ましているために！」

そう言ったアルバートは、突然恐怖の波に襲われたように身体を震わせはじめた。フリーダには信じられない光景だった。いや、信じたくない光景だった。彼女が思っていたアルバートのイメージには、まったくそぐわないからだ。ある意味では、人間とも思えない生き物にすら見えた。同時にそれは、彼女の胸に別の感情を起こさせる原因にもなった。

フリーダは、アルバートの顔に手を伸ばして額をなでてみた。戦時中、彼女が爆撃機の音や恐ろしい大火災の夢を見て眠れないときに、母親がいつもしてくれたように——そのとき、私はいつも母に訊いたものだ。「死ぬとき、夢を見ていたらどうなるの？」すると、母はいつも言った。「誰もあなたに危害なんて加えないわよ」と。そして、今、フリーダはアルバートの顔を優しくなでながら同じセリフをくりかえすのだった。

「誰もあなたに危害なんて加えないわよ」

今までこんなふうに優しく触れられたことのないアルバートは、まるで初めての経験におびえる動物のようにどう対応すればいいのかわからず、思わずしり込みしたが、そのうち彼女のなすがままになって、わけのわからないことをつぶやきながら意識を失っていった。彼の心を悩ませているものが何であれ、愛撫くらいでは弱めることなどできそうになかった。


玄関ホールの暖炉の前では、モーガン家のルイス、レイチエル、エドモンドの三人が座ってトランプのゲームに興じていた。そのとき、ルベルト氏が階段を下りてきた。数段後ろにフリーダもいたが、彼女はすっかり意気消沈していて、父の命令で嫌々ついてきた様子だった。

「お邪魔いたします」と、ルベルト氏は三人に声をかけたが、表情は厳しかった。

ルイスは立ち上がって言った。「やぁ、ルベルトさん。今、ちょうどあなた方の話をしていたところなんですよ……そうだろう、ダーリン――いつか夕方に、ルベルトさんたちをお呼びして一緒にゲームをしたり、映画を観たりしようじゃないかって。問題ないでしょう？」

ルベルト氏は軽く会釈して、フリーダが降りてくるのを待った。一歩おくれている彼女を見るには、振り返らなければならなかった。

「私たち……いや、フリーダがここに来たのは、お詫びをするためなのです」

レイチェルは少女をしげしげと眺めた。少女は視線を床に落とし、だらりと垂らした片腕の上にもう一方の腕を交差させ、指で神経質に皮膚を掻いていた。

「いったい、何を詫びようというんですか？」と、ルイスが尋ねると、「これです」と言って、ルベルト氏は人形の兵隊「カスパート」の首を見せた。期せずして、エドモンドが喜びの声を上げた。

「それ、見つけてくれたんだね！」

「フリーダ？」ルベルト氏は半歩後ろへ下がり、フリーダを呼んで横に並ばせた。

しばらく気まずい沈黙が続いたが、フリーダが消え入らんばかりに小さな声で言った。

「エス・トゥート・ミア・ライト」

「英語で言いなさい！」そう言って、ルベルト氏はぎこちない手つきで彼女の頬をパチンとひっぱたいた。

「ごめんなさい」と、フリーダが英語で謝る。

フリーダの上手な英語を聞いて、レイチェルは驚きながら言った。

「よく思いきって言ってくれたわね、フリーダ、ありがとう」

「それから、フリーダ！　エドモンドにも謝るんだ！」と、ルベルト氏はフリーダを促した。

「ごめんなさい」彼女はエドモンドの顔を見ながら言った。

「もういいよ、大したことじゃないんだから」と、エドモンドが答える。

「いや、君にとっては大変なことだったはずだ、エドモンド君」ルベルト氏はそう言って、人形の首を差し出した。「これは君の大切なものだ」

すると、突然フリーダがドイツ語で叫んだ。「それはもともと私のものだったのよ《エア・ゲヘールト・ミア》！」そしてくるりと背をむけると、階段を三段ずつ駆け上っていった。

「フリーダ！　戻ってきなさい《コム・ツフォルト・ツリュック》！」

すぐにでも後を追いかけようとするルベルト氏を見て、レイチェルが遮るように言った。

「ルベルトさん、どうかそのままに……彼女は十分に謝罪しましたわ。私たちはそれを受け入れ、すでに許しているのですから」

「ああ、何ということだ」ルベルト氏は両ひじを曲げ、両手を上げて言った。「私の娘としたことが……私は心から腹を立てています……どうか、私たちのことをお許しください」

「ルベルトさん、私は……いや、私の家族はみんな、フリーダを許していますよ。彼女もきっとつらい思いをしていることでしょう」

しばらく考えを巡らせていたルベルト氏は、おずおずと言った。

「今度の事件が起きたことで……おそらく……私たちはこの家を立ち退かねばならないでしょうね？」

すると、レイチェルがきっぱり言った。「いいえ、その必要はありません。その人形の頭を私に渡してくだされば、簡単に修理してみせますわ」

彼女の明快な返答に、ルベルト氏は深々と頭をさげた。

「ありがとうございます」

そして、大佐に向かっては靴のかかとをカチッと鳴らして敬礼し、次いでエドモンドに言った。

「ほんとうにすまなかったね。もう二度とこんなことが起こらないことを約束するよ」と。

第六章

「このヘアースタイル、どうかしら？　正直に感想をおっしゃって」

「悪くないわ」

「そう？　プードル犬みたいじゃない？」

「いいえ、お似合いよ」

「皮肉じゃないでしょうね、レイチェル・モーガン夫人？　無理してお世辞を言わなくてもいいのよ。あなた、私が何でも欲しがる強欲女だとでも思っているのではなくて？　でも、まあいいわ」

ひと呼吸してから、さらに続けて言った。「いずれにしても、この髪型はね、美容師のレイナーテによると最新の『ツエ・カタリーナ・ヘップバーン』というらしいの。レイナーテはね、歯が悪いせいか、おかしなアクセントでアメリカのポップスを歌うのよ。でも、ピンとカールを持たせれば一流の美容師よ。それはあなたも認めなければいけないわ」

「あら、そうなの？」

レイチェルの気のない返事に、バーンハム夫人はことさらに憤慨して言った。

「もちろんそうよ。そう言うあなたの髪はどうなってるの？　まるで手入れの悪い庭みたいじゃない？　あなたは、ご自身の魅力を十分に生かしていないのよ。それに、忘れちゃだめよ。私たちイギリス人女性は、いつもドイツの女たちと張り合っているってことをね。彼女たちは、男性の二倍もの人数なのよ。私たちの夫を奪われないように見張っていなきゃ」

そう言ったバーンハム夫人は、閲兵式のように恰好よく敬礼をしてみせた。レイチェルはケラケラ笑ったが、その声はいつもと違って魔女のように甲高く響いた。ルイスがいつも大好きだと言っているレイチェル本来の声とは、似ても似つかぬものだった。

駐留英軍人とその家族のための福利厚生組織「ＮＡＡＦＩ」が運営する売店や食堂が、市の中心部にある。そこまで約二十分のドライブだったが、バーンハム夫人の気さくな冗談にレイチェルは終始笑いっぱなしだった。乗っている車はバーンハム夫人の私用車で、ぎょろ目のヘッドライトのついたカブトムシ型の新型「フォルクスワーゲン」だった。この車種は、誰もが私用に運転できる大衆車として普及していたものだが、乗り心地はよくない。座席は教会の会衆席のように狭くて固く、足下のエンジンの音が複葉機のようにうるさかった。それでも、二人は互いに大声でおしゃべりをし、大いに笑い合った。

家庭の主婦が誘い合って外出するとき、たとえそれが買い物であっても、ちょっとした小旅行の気分になれるものだ。スーザン・バーンハムはあらゆることをおもしろおかしく笑いのネタにした。「この前と後ろの区別のつかない小型車はテントウムシみたいね。でも、私は大好きなの」と言ったかと思うと、「私と主人はね、ここへ来てからというもの、毎晩、つがいのウサギみたいにやりまくったわよ」などと、あからさまな描写は避けながらも、夫婦間の営みについて臆面もなく口にするのだった。

「何て言えばいいのかしら？　この土地の雰囲気って、ちょっと変わってると思わない？　誰にも制約されることなく、自由気ままにくつろげそうな、解放されたような気分にならない？」

バーンハム夫人の言動はあきらかに下品ではあるが、気の置けない人柄のせいでもあるようだ。確かにずうずうしい面はあるが、それだけおおらかな心の持ち主なのだろう。しきりに下劣な話をしたがるが、隠し事のできない性格のようだ。それに、彼女の話すことは、誰しもが内心思っていることなのだから反論のしようがない。しかしその一方で、彼女の権勢欲は人一倍旺盛で、どんなに小さな好機も見のがさず、出世のためなら他人を蹴落とすこともいとわないところがうかがえた。

「ところで、あなたたちの夫婦生活はどうなの？　失われた年月《としつき》を埋め合わせることができて？」

　レイチェルは、前方で黙ってハンドルを握っている運転手が気になった。死んだ長男のマイケルと同じくらいの年齢の若者だった。ダックテイルのふわふわした髪に、市電の運転手が被るひさしのついた帽子を被っていた。両方の耳たぶを真っ赤にして二人の会話を聞いていることだろう、とレイチエルは想像した。

「モーガン夫人。運転手は気にしなくてもいいのよ。何も理解していないのだから。――そうでしょう、エーリッヒ？」

「何か、ご用ですか《ビッテ》、バーンハム夫人《フラウ・バーンハム》？」

「何でもないわ。運転を続けて」

　バーンハム夫人はレイチェルの席の前まで身を乗り出し、運転席のバックミラーを使って唇の手入れを始めた。豊かな胸がねじれて圧迫しあうのが、同じバックミラーに映っているはずだ。チラリとバックミラーをのぞいたエーリッヒは、すぐに目をそらした。ハンドルを握る手が震えているようだった。

「それで、どうだったの、レイチェル？」

「何も話せることはないわ」

「ねえ、ねえ、レイチェル。そんな言い方ってないでしょう。このスーザンさんがどうしても知りたがっているのだから」

「ほんとうに何も……」

「何もないって言うの？」

「ええ、ほんとうに、何もないわよ。……それより、使用人たちの扱い方を教えてくださらない？」

「ダメよ！　ダメ、ダメ！　そんなふうに簡単に話をはぐらかそうとしても無理よ。レイチェル！もしかして、あなた、性欲をなくしちゃったんじゃないでしょうね。もしそうなら、大変なことよ」

レイチェルは今まで、自分の性生活について他人に語ったことなどまったくなかった。イギリスにいたときも、主治医のメイフィールド医師にすら相談していない。レイチェルにとって、性とは一種の宗教のようなもので、他人と議論する性質のものではなかった。

「で、どうなの？」と、バーンハム夫人の追及は止まらない。

レイチェルは首を振った。何とか考えをまとめようとしたが、頭に浮かんでくるのはいつものベッドルームの天井と、白鳥の翼をかたどったランプ、それにコンドームの袋の端をかみ切ろうとしているルイスの姿ぐらいだった。

「正直なところ、私たち、互いにしっかり相手を観察してきたとは言えないかも……もっとも彼は一生懸命だけど」

「……一生懸命ですって？　そりゃあそうでしょうよ。でも、それだけなの？……あなたはそこでただされるがままになっていればいいってわけじゃないのよ。あなたは、彼をリードしなければいけないのよ」

レイチェルの喉がカラカラになってきた。「スーザン、もう、その話はよしましょう」

「あなたが話したくない気持ちはわかるわ。ごくあたりまえに善い行ないでも、いざ実行するとなると面倒くさくて簡単じゃないものね。でも、この問題はとても重要よ。旦那たちの軍隊での仕事と同じくらい大切なことよ。それどころか、彼らに立派に仕事をしてもらうためにも必要なことなのよ」

「でも、これはごくプライベートなことでしょうに！」

「いいえ、私はそうは思わないわ！　私たちはこの問題をもっともっと話し合わなきゃならないと思うの。結婚して健康な性生活を送ることは、あなたが考えている以上に周囲への影響が大きいのよ。世界を征服しようとする精力と時間をセックスにも費やしていたら、戦争なんて起こらないでしょう。断じてそう思うわ。あの不快なチビ男のヒトラーも、売春婦のような秘書を相手にするのではなく、もっとまじめな女を妻にすべきだった。スターリンもそう。ムッソリーニには愛人がうようよいたそうだけど、真相は誰も知らない。結局のところ、まともに結婚して普通の性生活をしている人たちが戦争に勝ったわけじゃない？　私はそう確信しているの」

バーンハム夫人独特の冗談めいた理屈に笑いながら耳を傾けていたレイチェルだったが、そのうち奇妙な妄想にとりつかれるのだった。パジャマ姿のヒトラーや、コーカサス地方の太った田舎娘の腕に抱かれたスターリン、それに小間使いの女を木につるしてお仕置きを加えるムッソリーニなどの姿である。

「次の戦争が始まったら、私はあなたに責められるでしょうね」と、レイチェルは言う。

「私たちが友だちであるかぎり、追及の手を休めないわよ。あなたたちご夫婦の周囲をかぎまわって徹底的に調べるわよ。だって、それが私の義務なんだもの。夫のキースが言うには、来週、あのボロ服を着たみすぼらしい社会主義者のショーがやってくるんだって。あなたのルイスも彼に会うんじゃないの？」

「その前にしなければならないことがたくさんある、と言っていたわ。でも、私には仕事の話をほとんどしないの。仕事を家庭に持ち込みたくないみたい」

「ところで、ご主人の通訳嬢を吟味したことある？」

「そんなことまでしなきゃならないの？」

「私はね、キースに言ってやったの。できるだけ醜い女を選びなさい、って。そうしたら、まあ、その通訳は申し分のない醜女だったわ。あなたも、すぐにでもルイスの通訳嬢をお茶に招待して、しっかり観察しなさいよ。もし、彼女がほんのわずかでも魅力的だったら、解雇することね」

ルイスが他の女性に追いかけられるなど、レイチェルは考えるだけでおかしかった。なぜならば、ルイスがそんなことにうつつをぬかす男でないことは、レイチェルにとって疑いの余地がなかったからだ。

「物事は常にしっかり把握しておくべきよ。私の場合、キースに『ここ数日大変な日が続いてね』なんてあいまいな説明はさせないわ。私に話せないほど大変なことって何だったのか、きっちり説明するよう要求するの。肝心なことがわかるまで、納得しちゃだめよ。そう、今何が起こっていて、どのように進行しているのかはっきりするまで、追及しつづけるの。キースはね、尋問のテクニックの大半を私から学んだみたいよ」

「お仕事が気に入っていらっしゃるのね？」

「うまくこなしているようよ。彼は我慢強いの。それはとても大切な資質よね。そんな彼をすご腕の尋問官に育ててあげてみせるわ」

「彼には何でも話しているの？」

「彼が必要としていることは何でも話しているわ」そう言ってバーンハム夫人はウィンクし、リップスティックを閉じると、チュッという音をたてて唇をつぼめ、上体を自分の席に戻した。

「心配しなくていいのよ。あなたの秘密は守るわ。彼って私からものを聞き出すとき、まったく頼りないんだから」

これが何の保証にもならないのは明らかだ。レイチェルの口からは何一つ重要なことがらは話していないが、それでも自分自身について――つまりルイスとの間について――多少語りすぎたのではないか、そして相手の勝手な推測に任せてしまった部分もあったのではないか、という後ろめたい気がした。

「私たちの間には秘密なんてないわ。結構うまくやっているし、これからも問題ないはずよ」

そう言ってスーザン・バーンハムは、遠足にでかける子どもを見送る大人のような目でレイチェルを見た。

NAAFIと呼ばれるイギリス人専用ファミリー・ショップは、アルスター湖の近くの二階建てビルの中にあった。戦災の被害をまぬがれた、こざっぱりした建物である。そこに行くまでには、観客席に爆撃を受けたオペラハウスの横を通り、ローレンス・オリヴィエ主演の『ヘンリー五世』を午前中は英語で、夕方にはドイツ語で上映しているアストラ映画館の前を通らねばならなかった。

店の前に車をつけて、バーンハム夫人は運転手に言った。

「エーリッヒ！　一時間後に戻ってきなさい《ツーリュック・イン・アイナー・シュトゥンデ》」

表通りには、たくさんのドイツ人女性が、首にプラカードを下げて立っていた。一見したところ、何かに抗議しているかのようだが、近づいて見ると、プラカードには行方不明の夫や息子や兄弟の写真が貼ってあり、その横には略歴と連絡先、それに消息を求める短い文章が書かれていた。レイチェルは、最初の女性のプラカードの上に貼られた男性の顔写真に近づいていった。名前をロベルト・シュロスといい、会計課長だったそうだ。雑役係用の地味な布製キャップを被り、縁取り眼鏡をかけていた。顎の曲線や無邪気な表情が、レイチェルに亡き長男のマイケルを想い出させた。レイチェルは突然、このシュロス氏について詳しいことを知りたい衝動に駆られた。

すると、女性が期待を込めた声で反応した。「彼に会ったことがあるのですか？《ビッテ・ハーベン・ジー・イーン・ゲゼーエン》」

レイチェルはプラカードから目を離し、女性の顔を見た。派手なボンネット帽を被り、それを固定するためのスカーフの端があごの下で結ばれていた。帽子の縁が折れ曲がって女羊飼いのように見えた。この女にとって、突然目の前に現れたレイチェルが信じられない幸運をもたらしてくれるかもしれない――そんなひとすじの期待がよぎったようだ。ひょっとして、行方不明の夫について何か具体的な情報を持っているのではないか、そして、それをわざわざ知らせるためにここへ来てくれたのかもしれない――

そのとき、バーンハム夫人の手がレイチェルのひじをつかみ、代わりにドイツ人女性に向かって手を振って言った。

「彼を見ましたか？《ハーベン・ジー・イーン・ゲゼーエン》」

「もちろん、見てなんかいないわよ！　かまわないで！《ラッセン・ジー・ジー・イン・ルーエ》」

さらに、バーンハム夫人はレイチェルにつぶやくように言った。

「忘れちゃだめよ。彼女らは私たちの夫を狙っているんですからね」

バーンハム夫人はレイチェルの手を引っぱって、正門の前を通り過ぎ、狭い側道に面した戸口に向かった。知らない人には、そこに入口があるとは思えなかった。正面のフロントガラスの照明が消されていたので、中で何が売られているのかは見えなかった。

「この店の管理人は、ドイツ人に店の中を見られたくないのね。彼らの被害者意識を刺激したくないから……でも、実際には、そうすることが事態をさらに悪くしているように思えるの」と、バーンハム夫人は言う。

レイチェルはバーンハム夫人の意見に賛成だった。それどころか、このようなやり方は通行人をバカにしているではないか、とも思った。内側で売っているものを隠すことは、その商品が外を歩いている大半の人たちの手の届かないところにあることを、――つまり別の言い方をすればコントロール・コミッションの努力にもかかわらず――この地には地元民のための経済と占領軍のための経済という「二つの経済」があるという現実を一般の目から隠すだけのことではないか。

バーンハム夫人は続けた。

「私思うんだけど、CCGはドイツ人に、私たちが実際以上に豊かであると思わせたいんじゃないかしら？　占領国が豊かで強力であると思われるのは名誉なことだから」

ひとたび店内に足を踏み入れると、バーンハム夫人の皮肉が真実味を帯びて目の前に展開していた。はたしてショーウィンドウの照明を消していたのは、自分たちの豊かな商品を貧しいドイツ人たちに誇示することに多少でも後ろめたさを感じていたからではなかった。反対に、展示できる商品が十分にないことを知られたくなかったからだ。もしもドイツ人がこの貧相な陳列品を見たらびっくりしてしまうだろう。自分たちの国を支配している国といえども、毎日まともな食事を取るのに四苦八苦しているのだということに気づくはずだ。

「私がここで買い物をする気になれるのは、ただ一つ、イギリスのイースト・シーンに住んでいる妹よりも買い物の選択肢が多いからよ。今じゃイングランドでは、パンまで配給されているそうよ。信じられる？　パンよ。戦時中だって配給なんてなかったのに」

それでも、さまざまなジンの瓶が棚に並んでいたのは不思議なことではない。ゴードンズ、ロンドンドライ、ブースズなどの有名ブランドは、しっかりとその健在ぶりを示していた。他の製品が受けているさまざまな制限や障害の対象外になっているようだ。生活必需品はどれもこれも不足しているというのに、大英帝国の伝統のこの産品だけは潤沢に供給されているのだ。まるで、地下深く無限に蓄えられているかのように。これは特に異常な現象ではない。総監だって、将軍だって、総督だって認めているように、ジンというのは、殺伐とした英軍の前哨基地を啓発し、意気消沈しているイギリス軍人たちの精神を高揚させるものであり、その製造と販売は最優先の国家プロジェクトなのである。

バーンハム夫人がレイチェルを連れて真っ先に向かったのがこのジンの一画だった。

「キースはね、トニックがなきゃ味もそっけもないパラフィンみたいだって文句を言うの。でも、物乞いが施し物を選ぶことなんてできないわよね。トニックが手に入るのはいつの日か、誰にもわからない。でも、私たちにはベルモット酒があるわ。ベルモット酒とジン。それに、アンゴスチュラ・ビターズ〔訳註：カクテルなどに少量入れて味をひきしめるための酒〕があれば、ピンク・ジンを作ることができるわ。もちろん、オレンジ・スカッシュを加えてジン・アンド・オレンジだってできるわね。ジンとスカッシュと少量の水があればいい！　誰も文句言わないわ。あり合わせの物をミックスして飲み、あの愛らしいトニック君が現れるのを待つのね。それまでは、いろいろと工夫をしなきゃ……ちょっとごらんなさいよ、何て安いの！　一瓶四シリングですって！　きっと、私たちみんなを酔っぱらわせて仲よくさせたいのね。ジンに感謝しなきゃ。それに今こそ、我らの総督夫人が初めて開く社交パーティーに絶好の時期じゃない？」

そう言って、バーンハム夫人は四本のジンの瓶をつかんで次々と買い物カゴに投げ込んだ。

このNAAFIを運営している者たちには、商品を明るい照明の下に並べて、少しでも見栄えをよくしようという気などなかった。食べ物にしろ、飲み物にしろ、箱に入ったまま、ただバラバラに並べられていた。このように無造作に置かれた商品を見ていると、レイチェルは奇妙なことに安らいだ気分になっていくのだった。それまでショッピングを本気で楽しんだことなどなかったレイチェルも、ここでなら気軽に買い物ができそうに思えた。同じ商品がどの通路でも売られているのがわかりやすく、未来に向けての何かを感じさせた。代金の支払いをBAFSの商品券か、硬い厚紙を打ち抜いて作られた八角形の模造貨幣で行なうというのも、すべてを「作り話の世界」に思わせる効果があった。

周囲のイギリス人女性——ほとんどが女性だった——は、内心の興奮をかろうじて隠しているようだ。まるで劇場へでも行くかのように、おめかししている人がたくさんいた。レイチェル自身も、外出用に少し見栄えのいいカーディガンとプルオーバーの毛織アンサンブルを着てきたが、周囲の女性たちのウールやナイロン地の洋服に小突き回され、むせるような香水とパウダーの匂いの中に溶け込んでいった。しかし、それでもなお、どこか居心地の悪さを払拭できずにいた。それは、買い物のたびに覚える感覚で、肉体の違和感とは異なり、心の中の何か満たされないものへの欲求不満だった。

「そろそろ、二階へ行きましょうか？」バーンハム夫人は、一階の食料品売り場と二階の衣類やおもちゃの売り場をつなぐエレベーターを指さして言った。それは、網戸を開いたまま動くパターノスター式エレベーターで、階ごとに停止しないので、乗客はタイミングよく飛び乗ったり飛び降りたりしなければならないという代物だった。このようなエレベーターを今までに見たこともないレイチエルは一瞬とまどったが、傍らでにこにこ笑っている少年を見て思わず話しかけた。少年は母親と買い物をするのがうれしくてたまらないのだろう、顔をかがやかせながら手のひらの上でミニカーの車輪を転がしていた。

「いい車ね、どこで手にいれたの？」

「前に、ここの二階で買ってもらったの。ラゴンダ〔訳註：イギリスの自動車メーカー〕製のツーリング・カーだよ」と、少年は得意になっておもちゃの車を高く持ち上げ、レイチエルに見せた。「今日はアウトウニオン〔訳註：ドイツの自動車メーカー〕製のグランプリ・カーを買ってもらうんだ。この店にはどんな新車だってあるんだよ」

そのときレイチエルは、今朝、家を出るときには気にならなかったエドモンドのことがふと気がかりになった。彼は、骸骨のように痩せた家庭教師ケーニッヒ氏のレッスンを受けていた。少し威嚇するような態度のドイツ人教師と一緒にエドモンドを家に残してきたことを後悔し、ひそかに自責の念に駆られるレイチエルだった。

レイチエルの幼年時代、周囲の人の目は彼女にほとんど無関心で無頓着だった。そのためか、レイチエルは大人になっても、まだ心の中で自己弁護をしつづけていた。仮にエドモンドに十分な愛情と気遣いを示していなくても、それを補うだけの空間と自由を与えているではないか、と。しかし今考えてみると、エドモンドはレイチェルの手の届かないはるか遠いところを一人でさまよっているようだ。これからは、もっと愛情細やかな気配りをしてやらないと、やがて彼をも失うことになりかねない、そんなふうにレイチェルは思いはじめた。

突然、レイチェルは二階のおもちゃ売り場へ行き、ラゴンダのミニカーを買いもとめた。そして大急ぎで、待たせてあるバーンハム夫人の車へ向かった。

「足下の氷に気をつけて！　反対側よ！　そのトランクの中はエンジンなの！」バーンハム夫人はそう言って、車の後方にいたレイチェルを前方に呼び戻した。

レイチェルは、ジンとウィスキーとたばこの詰まった重い紙袋を、運転手のエーリッヒに手渡した。ただ、エドモンドへの贈り物は手に持ったままだった。

「カーライル・クラブに寄ってコーヒーでも飲まない？　週刊誌の『ウーマンズ・オウン』も置いてあるわ」

「スーザン。正直言って、私……自宅《うち》へ帰りたいの」とっさに出た率直な返事に、レイチェル自身がおどろいていた。

「いいわよ。それじゃ、あなたの宮殿へまいりましょう」

車がダムトーア駅前を通りすぎるとき、プラカードをさげた女たちが扇の形を作って集まっているのが見えた。全国各地からやってきた何百人もの厚着の男たちが列車から吐き出され、女たちの中へ吸い込まれていった。女たちは首をのばしたりかしげたりして、探し求める男がいないか確かめようとしていた。そんな女たちの一人に向かって駆け出す男がいた。その男は感極まって女の前にひざまずき、プラカードに貼られた自分の写真にキスをし、次いで女の身体を高々と抱き上げて空中で何度もぐるぐる回してみせた。

先ほどからのレイチェルの落ち着きのない様子に気づいたバーンハム夫人は言った。

「よそ見しないで！」

レイチェルがドイツ女に同情心を抱いたのではないかとバーンハム夫人が心配したのなら、それは彼女の誤解だ。レイチェルが感じたのはドイツ人へのあわれみや共感ではなく、一種の嫉妬だった。完璧なまでに息の合ったあのカップルを妬む気持ちであった。もしもルイスが失踪したら、自分も同じことをするだろうか？　プラカードを作って、駅舎の外の凍るほど寒い中で、ひたすらルイスが現れるのを待つだろうか？　レイチェルには、正直なところ確信が持てなかった。

「僕の名前はエトムント《イッヒ・ハイセ・エトムント》です。僕はイギリス的です《イッヒ・ビン・エングリシュ》」

「イギリス的《エングリシュ》ではなくイギリス人《エングレンダー》と言いなさい」と骸骨のような家庭教師が優しく訂正した。「イギ《エング》リス人《レンダー》。僕はエトムント《イッヒ・ハイセ・エトムント》といいます。僕はイギリス人です《イッヒ・ビン・エングレンダー》」

「君のアクセントはほんとうにすばらしい」そう言って骸骨教師は無意識に身体を震わせたが、それをごまかすため、牧師のように両手をすり合わせたり、強く握り合わせたりした。エドモンドはだまされなかったが、老教師への同情心と敬意の念からあえて気づかないふりをした。また、この教師の身体からはなぜかニスの臭いがにじみ出ていたが、気にしないようにしていた。

ハンブルクのイギリス人居住区では、たいていの家が集中暖房のためどの部屋も暖かかったが、骸骨のようなケーニッヒ氏はレッスン中もコートを着たままだった。まるで、部屋の暖かい空気を身体の中にため込もうとするかのように、あるいは身体の奥深くにある氷河のように冷たい氷を融かそうとしているかのように。ハイケが置いていったケーキと紅茶が気になるらしく、先ほどから物欲しげにチラチラと見やっていた。いつもはレッスンの終わった後に出されるのだが、今日はハイケがレッスン前に持ってきて卓台の上に置いていったのだ。

「今、ケーキを食べますか、先生？　クーヘンを？」と、エドモンドが尋ねると、ケーニッヒ氏はドイツ語で「やれやれ、そうするか」と小声でつぶやき、次いで英語でエドモンドに聞こえるように「ありがとう《サンキュウ》」と答えた。

エドモンドは机から立ち上がってケーキとミルクの盆をとり、家庭教師の前に置いた。ケーニッヒ先生はグラスを取り上げ、素早く、しかしていねいにミルクを飲み干した。グラスを盆にもどし、ミルクのついた口ひげをこっそり舌でなめてから、気難しいハツカネズミのように両手でケーキを持って食べた。そして、人差し指をグラスの中に入れ、湿らせた指先で盆の上に残ったケーキの食べかすを拾い集めていった。最後には、ケーニッヒ氏の盆は、犬が舐めたあとのようにピカピカになった。

エドモンドが父から聞いたところでは、ケーニッヒ氏はかつてキールの小学校の校長だったことがあり、今でも多才な能力を持つ優れた学者だ、とのことだった。だが、実際に会ってみると、そのみすぼらしい服装や衰弱した肉体に、エドモンドはびっくりするばかりだった。見た目の年齢といい、体型といい、学校長にはおよそ似つかわしくない印象を受けたのだ。それらしい権威や博学を思わせるものが、ほとんど感じられなかったからだ。しかし、そんなケーニッヒ氏と一緒に数時間過ごしているうちに、エドモンドは彼を家庭教師に推薦してくれた父に感謝したくなっていった。というのは、ケーニッヒ氏が数学に熟達しており、歴史や英文学の知識も豊富に持っていることがわかったからである。しかも、彼は森の動物のように用心深い性格でもあった。その肉体にまったく脂肪がついていないように、彼の語る話にも余計な内容が一切含まれていなかった。ケーニッヒ氏の口から出るいかなることばも、あらかじめ十分にフィルターにかけられ、すべての不純物が取りのぞかれていた。その上、彼の優れた経歴を示唆するものすら感じられ、ケーニッヒ先生の印象は大いに改善されたのである。

「では、地図帳を開こう」

ケーニッヒ先生はレッスンの最後に、地図帳を使って歴史と地理の合成授業をドイツ語ですることにしていた。エドモンドは古い地図帳を持ち出し、世界地図のページを開いた。先生はいくつかの国を指さし、それぞれの国の色を識別させた。最初はカナダだった。

「ピンク《ローザ》」

次にアメリカ合衆国。

「緑《グリユーン》」

そしてブラジル。

「ええと……黄色《ゲルプ》」

「よくできたね」と言って、先生は指をインドの上に持っていった。

「ピンク《ローザ》」

そして、セイロンの上に移動させた。

「ピンク《ローザ》」

次いで、オーストラリア。

「ピンク《ローザ》」

「どうして、これらの国はピンク《ローザ》なのか、わかるかね？」と、先生が尋ねる。

「みんな、英帝国の一部だからです」と、エドモンドが答えた。

「そうだね。君は覚えるのがとても早いね」

「僕の父さんが言っていました、英帝国はこれからだんだん縮小していくだろう、って。今度の戦争でお金を使い果たしたそうです。これからはアメリカとソビエト連邦が世界で最も強い国になるだろう、だって」

「そうだね。この地図帳も、これからはずいぶん変わっていくだろう。いつまでも、こんなにピンク《ローザ》が多くはないだろうね」

　ケーニッヒ先生はいったい、イギリスと英帝国についてどのように考えているのだろうか？　エドモンドはぜひ知りたいと思った。先ほど先生が指さしたのは、英帝国圏の国がほとんどだった。それはエドモンドへの思いやりからなのか、あるいはお義理でそうしただけなのか？　日本やイタリアや、肝心のドイツをあえて指さなかったのはなぜか？　中でも、第一次大戦後にベルサイユ条約で国土を削られたドイツが、この地図帳では依然としてヨーロッパの中心に位置し、将来の中枢国として描かれているというのに。もっとも、ドイツと同じブルーに色分けされているのがタンガニーカ、トーゴ、ナミビアなどほんの一握りの国だけだったのは驚きだったが。

「ヒトラーは英帝国をうらやましく思っていたのですか？」

　このエドモンドの質問は、ケーニッヒ先生の心臓を直撃したようだ。先生は一瞬身体をこわばらせ、背筋を伸ばし、首筋には緊張が走って、頭の中でいろいろなことを計算していた。

「そのような事柄については、話すわけにはいかないね」

　ケーニッヒ先生の気持ちは、エドモンドにもある程度わかる気がした。

「大丈夫ですよ。母さんは今留守ですから」と言ってみたが、家庭教師は不機嫌に黙ってしまった。

「先生は、経歴がクリーンであることが証明されるのを待っている立場だからなのですか？」と、エドモンドは重ねて尋ねる。

「『クリーン』だって？　正確には『清算《クリア》される』という意味だね？」と、ケーニッヒ先生は訂正した。「とにかく、ドイツ人は誰でも当時のことをあまり語りたがらないものだよ」

「でも、あなたは校長先生だったんでしょう？　じゃあ、何も問題ないじゃないですか？　あなたが潔白である証明書は間違いなく発行されますよ」

「そう願いたい」

「『非ナチス証明書《パージルシャイン》』を手に入れたいのですか？」

「君はそんなことばまで知っているのか?」

「友だちが教えてくれました」

「ドイツ人の友だち?」

エドモンドはうなずいた。「ドイツ人は誰もが欲しがっていると言ってました」

ケーニッヒ先生はもう一度両手をもみながら言った。手の中から何かを絞り出そうとでもしているように。

「そう。それは、シミ一つなくクリーニングされた洗濯物のようなものだね」

「お金を出して闇市場で手に入れる人もいるそうですよ。証明書一通が、たばこ四百本で買えるそうです」

「よく知っているね、エドモンド」

「多分、僕は先生のために証明書を手にいれることができると思います」

すると、ケーニッヒ氏は両手を挙げて遮った。「ダメだ。そんなことをしちゃいけない。私はいつも正しい道を歩んでいる。他の人もそうだが」

もちろん、校長だったケーニッヒ氏は、どんなときも規則を守って行動しなければならなかったはずだ。

「それじゃ、もう一度校長先生になるつもりですか?」

そのとき、ケーニッヒ氏の顔に初めて物欲しげな表情が浮かんだ。彼は地図帳を眺め、青い大海のかなたにある大きな緑色の国に目をやった。

「弟がアメリカに住んでいて、私にも来るように勧めているのだ。弟は第一次大戦後に移住したのだが、そこで効率のいい搾乳機械を発明し、そのおかげで金持ちになって、今やビュイックを運転し、湖畔の一軒家に住んでいる。ウィスコンシン州だ。この州だけで、ドイツと同じくらいの面積だ。彼によると、アメリカではすべてが大きいそうだ。乳牛にしても、食事も車も。車のボンネットには牛の角が飾りつけてあるそうだ」

その話を聞いたエドモンド自身も、すぐにでも旅に出たい気持ちになっていた。

「それじゃ、先生はアメリカへ行くつもりですか？」

ケーニッヒ氏は地図帳をじっと眺め、ウィスコンシン州の上に指を止めて言った。

「もう遅すぎるよ。今の私には」

「どうして？」

「あと数年で六十歳になるからね」

エドモンドにとって、四十歳以上の大人はみんな同じように見えた。例えば、働き盛りの四十一歳の人と老化の始まった五十九歳の人が感じる、将来への期待や野心に微妙な違いがあることが、今ひとつ理解できない。年齢とともに推移する生命力やエネルギーの変化、あるいは病気などのさまざまな要因が、その人の人生や運命を左右していることが理解できない。アメリカへ行くせっかくのチャンスが、なぜ年齢によって妨げられているのか、エドモンドにはまったく理解できなかった。

「でも、ドイツに住んでいたって、年齢は変わらないでしょう」

ケーニッヒ先生は口を閉じたまま、鼻孔からかすかな鼻息の音を出して笑った。

「お金がかかるから行けないのですか？」

「まるで、ちょっとした質問票《フラーグボーゲン》みたいだね。答えは『ノー』だ。弟が旅費を出してくれるのでね」

「そうなの……それじゃ、行けるじゃないですか？」

エドモンドは、まるで自分自身がアメリカへ向かう当事者であるかのように興奮してきた。そして、ケーニッヒ先生が大西洋を渡って何とか新しい人生を開けるように、自分もひと役買ってやろうという思いを強くしていった。

しかし、ケーニッヒ先生は、それまでの楽しいおしゃべりを思いきって打ち切るように、少しばかり威儀を正して椅子から立ち上がった。

「そんなに簡単な問題ではないんだよ」そう言いきって地図帳をパタンと閉じた先生にこれ以上質問を続けるべきでないことは、エドモンドにもわかった。大人がひとたびこの種の言葉を発したら、それ以上話が進む可能性はないのだ。

旅行用の時計が正午を知らせ、二人の間の気まずい瞬間が消え去った。

「さあ、時間だ」ほっとして、家庭教師は言った。「明日は、人口と資源について勉強しよう。大きな数字がたくさん出てくるよ」

「ありがとうございます、先生。楽しみにしています」

ケーニッヒ先生は、通常、勝手口から出ていくが、今日は戸口に雪の吹きだまりができ、リヒャルトの除雪作業が済んでいなかった。エドモンドは、誰もいない家の中を通って先生を正面玄関へ案内した。ドアの前で、ケーニッヒ先生は時間をかけて几帳面に帽子をかぶり、スカーフを結んだ。開けたドアから冷たい風が吹き込み、玄関に粉雪の結晶が舞い込んできた。外に出た先生は、部屋の暖気が外に逃げないように、すぐにドアを閉めるようエドモンドに言ったが、エドモンドは少し開けたままにした。強風でドアがバタンと閉まりそうなので、風の力に対抗すべくドアの内側に身体を挟み込んで、ケーニッヒ先生を見送った。先生は氷の上を歩くように、転ばないように小刻みに早足で去っていった。雪のように白い「非ナチス証明書」に付着した黒っぽい灰色の染みが、だんだん小さくなっていくようだった。

エドモンドは階段を駆けのぼって両親の部屋へ行き、たばこを探した。父さんのジャケットを探っていると、ポケットに銀色のシガレットケースを見つけたが、中は空っぽだった。新しいたばこを補充していないようだ。だが、そこでエドモンドの注意を惹いたのは、ケースの中に大切に留めてあった二枚の写真だった。一枚は、ペンブルックシャーの砂浜に座っている母さんの写真だ。エドモンドが兄のマイケルと二人で、砂の防波堤を築いて遊んだ浜辺だった。二枚目は、古くてぼろぼろになっていたが、故郷のアマーシャムの自宅の庭で撮った兄のマイケルのスナップ写真で、ケーブルニットのクリケットジャンパーを着て、写真機に向かって何か冗談でも言っているようにやや不自然な作り笑いを浮かべていた。シャッターを押したのは母さんだろう。

そのとき、ある光景がエドモンドの脳裏にひらめいた。それは、ウェールズのナーバースの墓苑だった。すすり泣きながら頬を流れる涙をぬぐっている母さん、その横でやはり目から涙があふれるのを懸命にこらえている父さん、いとこたち親戚や周囲の人たちの同情の視線を気にしている父さん、そしてこれから戻らねばならない軍務に思いを馳せている父さんだった。エドモンド自身も、同じ思いが身体の中にわいてくるのを感じていた。胃の中の暖かい液体が胸を逆流し、鼻孔の後ろにまできて、まぶたが内から押されているようだ。だが、それは死んだマイケルのせいではなかった。それは、エドモンド自身のためだった。父さんのシガレットケースには彼の写真が入っていなかった。どうして父さんは僕の写真を持っていないのか？　ひょっとしたら、財布の中にしまっているのかも。あるいは、僕がまだ生きているから写真など必要ないのかもしれない。僕が死なない限り、僕の写真を身近に置いてくれないのかもしれない。エドモンドは、英雄のように恰好よく、火事や戦争や吹雪の中で死んでいく自分の姿を想像してみた。背後で、母さんがシューベルトの『魔王』を弾いていた。そして、父さんは靴箱の中から、かわいそうなエドモンドを想い出すために適当なスナップ写真を一枚選び、銀色のシガレットケースに入るサイズに切り取るだろう。

エドモンドはパチンと音を立ててシガレットケースを閉じ、ジャケットのポケットに戻した。父さんの匂いがした。エドモンドは父さんが好きだ。素直に好きである。母さんも好きだが、父さんに対するほど単純な気持ちではなく、どちらかというと迷路のような感情である。どういうわけか、たえずそばにいる人よりも、その場にいない人のほうが愛しやすいようだ。

　裏地のついたジャケットのポケットにシガレットケースをすべりこませると、エドモンドは洗面用具入れの中をひっかきまわしてたばこを探しはじめた。コールタール石鹸とユーカリの匂いがした。中にはべっこうの櫛と湿った浴用タオル、それに、DSO（殊勲従軍勲章）のメダルが入っていた。それは金縁の白い琺瑯《ほうろう》の十字架だが、なぜこれがこんなところにあるのか、エドモンドには理解できなかった。そもそも勲章のように貴重なものをこんなありきたりの容器にほうり込むなど、一種の冒《ぼう》瀆《とく》行為ではないのか？　ビロードで内張りされた箱か、それ以上の入れ物に入れておくべきではないのか？　あるいは、ロシアの兵隊が戦場でも身につけているように、父さんも自分の外套の胸にピンでとめておくべきではないのか？　勲章の裏面には授与年月の一九四五年五月が刻まれており、赤とブルーのリボンには石鹸の粉末が付着していた。石鹸を指で取り除き、勲章を首にかけようとしたとき、階下で甲高い声がした。


　バーンハム夫人は、レイチェルの家の中をあちこち見てまわった。まるで、熱風が渦を巻きながら部屋中の温度を高めていくようだ。エネルギッシュなバーンハム夫人の傍若無人なふるまいを口惜しく思いながらも、後について歩くしか方法のないレイチェルだった。ルベルト氏がいつもより早く帰宅して、鉢合わせにならないことを祈りながら。

「さあ、ここがスタート地点よ」玄関ホールの一画に立ったバーンハム夫人は、レイチェルの意向におかまいなく、自分の考えを披露しはじめた。

「私たちはまず雪を払って、暖炉のそばで身体を暖めるわね。そして、ピンクジンか温かい白ワインを少しいただく。多分、トンプソン夫妻は遅れてくるでしょう。いつもそうなの。上流階級ぶっているのね。少し早めの開始時間を伝えておくといいかもね。そして、私たちはあれやこれや、くだらない世間話をするでしょう。もちろん、誰もがこのりっぱな邸宅については、妬ましい気持ちを表に出さないように注意しながら、さしさわりのない評価をするでしょう。それから、私たちは場所を移動して……」と言いながら、バーンハム夫人はこれから行くべき場所を本能的に察知しているかのようにダブルドアを押した。

「まあ！　ビリヤード専用の部屋なのね。すばらしいこと！　御覧なさいよ、壁にかかったあの絵を！　もちろん、あなたの所有物でないのはわかっているわ。でも、何と言えばいいのでしょう？」

そのうち、一枚の絵が彼女の目にとまった。あたかも、噛みついてきそうな絵だ。「モダンアートよね。私にはよくわからないわ。でも、キースには鑑賞眼があるの。それで……」

　開いたままのドアを通って隣のダイニングルームに入ったバーンハム夫人は、さらに驚嘆して言った。「まだ続いているのね、こっちの絵のほうが私の好みだわ」

　そして、中央のテーブルを見ながら続けた。「ところで、招待客のリストは十分吟味したつもりだけど……このテーブルなら少なくとも十六人？……は座れるわね。空軍中将ご夫妻も招待すべきでしょうね。贅沢品の価値のわかる人たちだから。そこで、ディナーは五コース？　でも、あのザワークラウト〔訳註：塩漬けの発酵キャベツ〕だけは避けてね。貧乏人と安酒場の味がするから。とにかく、みんなで食事をしながら、故国の話に花が咲くことでしょうよ。ロシアの話をする人もいるでしょう。それに、燃料不足の話やら、何やらかんやら……。お菓子の時間になったら、私がデザートを出すわ。そのころにはジンや他のアルコールの効果が出てきて……キースは顔を真っ赤にして誰かと議論をはじめるでしょう。それがきっかけになって、男性たちは……いいえ！　私たちはみんなが酔っぱらって、平気で物を壊し、後始末もしないで引き上げるでしょうよ」

　そう言って、彼女はアーチ型のドアを押して隣の部屋へ入った。そこは、この邸宅の中でも最もすばらしい部屋で、あまりのすばらしさにさすがのバーンハム夫人も発することばが見つからなかったほどだ。

「うーん！　すごいわ《イエス》！　これはいける！　ピアノ、大変けっこう！　大声でギルバート・アンド・サリヴァンの歌を合唱できるわね。あなた、歌うでしょ？　ピアノも弾くでしょ？　いいわね。それに、多分謎解きゲーム《シャレード》もできるわ」

そこで一息ついたバーンハム夫人は、窓際へ行って門の方向を眺めた。

「あれは、例の娘？」

フリーダが何か考えごとをしながら砂利道を歩いていた。編んだ髪が雪に映えて、まるでグリム童話の魔女とオオカミにびくびくおびえている少女のようだ。

「今日は帰りが早いようね」

「あのお下げ髪《ピグテール》は何とかしなきゃだめよ。美容師のレイナーテにやらせなさいよ」

そう言われるまで、身近にいるフリーダの髪にまったく注意を払わなかった自分を思い、良心の呵責を覚えるレイチェルだった。今度会ったときには、美容師を紹介してやろうとひそかに自分に言い聞かせていた。

バーンハム夫人は、スナップ写真を撮るように目を細めて少女の姿を眺めてから部屋に戻った。

「締めくくりに、ナイトキャップ〔訳註：夜寝る前に飲む酒〕をいただかなければいけないわね——ううん、ここではなくて……元の部屋へ戻ってから……」そう言いながら二番目のドアを通って暖炉のある部屋に戻り、そこで最後の演説をした。

「ジャジャーン！　スタート地点に戻ってまいりました。ここで、最後の乾杯をしましょう。そして、暖炉の最後の薪が燃え尽きるまで飲みましょう……やがて午前三時、帰りの車に乗り込む時間になる……さてと、何か他に忘れてることはない？」

「私にはハードルが高すぎるわ、スーザン」

「私が今やったのは、最終のリハーサルよ。本番はもっと上手にできるわよ」

「そんなに……うまくやれるかしら、私には自信がないわ」

「バカなこと言わないでよ、レイチェル。あなたみたいに賢い人にできないわけがないでしょう。それに、使用人もいることだし」

レイチェルはうなずくしかなかった。この旋風の吹き荒れる瞬間に使用人たちが留守だったのが、せめてもの救いだった。

「でも、あなた、使用人について何か問題があるように言ってたわね」

「仕事を任せきれないの」

「使用人には断固たる姿勢でのぞまなきゃだめよ。使い慣れていることを態度で示すの。そうしないと、相手はつけあがって、結局あなたを怒らせることになるわ」

「もうそうなっていると思うわ」

地下に通じるドアが開いたままになっていた。台所でせわしげに動き回る足音が聞こえたので、レイチェルはドアを閉めて言い足した。

「特に、コックがそうなの」

「一番大切なのは、誰がボスか、思い知らせてやることよ。使用人の一人ひとりに」

スーザン・バーンハムは引きつづき部屋をつぶさに点検し、頭の中に備品目録を作成していった。

「ところで、同居のドイツ人一家はどう？　毎日の食事はどこでしているの？」

「最上階に台所があるの。それに、回転式テーブルも」

「何か、共同で使用しているものがあるの？」

「全然ないわ。エドモンドの部屋も何重もの厚い壁で隔離されているし」

「私なら、ドイツ人一家を完全に隔離して住まわせるわ」

レイチェルは、エドモンドのおもちゃのカスバートに起こった事件については、バーンハム夫人に一切話さないことにした。もし話そうものなら、殺人事件でも起こったかのように誇張された話が、一週間もしないうちに駐留イギリス人の社会に知れ渡るだろうと思ったからだ。

「おや、あそこを見て！」

バーンハム夫人の注意を惹いたのは、暖炉の上の壁面だった。

「肖像画を取り外した跡みたいね」

そこには、壁紙の一部が長方形の形で色あせずに残っていた。

「誰の肖像画だったんでしょう？」

「ヒトラーに決まっているじゃない。ドイツ人は決まって、あの場所にヒトラーの肖像を掲げるらしいの。同じように、家じゅうのいたるところに肖像を取り去った形跡があるそうよ。ドイツ人が自分たちの本性をいかにうまく隠すか、これでわかったでしょう。何も、そんなにびっくりすることないわよ。ドイツ人ならみんながやっていることなのよ。うちのキースに言わせると『隠しきれないのは壁に残った痕跡』だって」

あらためて暖炉の上方の壁を見たレイチェルは、バーンハム夫人の言うこともあり得ると考えた。どうして今まで気がつかなかったのか、不思議なほどだった。

「こんなに立派な邸宅に住んでいたら、うちのキースだっていくつかは肖像画の跡を見落とすでしょうね」

「家主のルベルト氏に、ナチスと関係があったとは思えないわ。私が聞いている話では……」

「もちろん、誰だってそう言うわよ」

バーンハム夫人は手を伸ばし、裁判で証拠物件を提出するかのようなしぐさで言った。

「あなたは、この立派な財産が何の妥協もなしに手に入ったとでも思っているの？　裕福で有力なドイツ人家族は、何らかの形で当時の政権とかかわりあっていたはずよ」

レイチェルは、この判断がバーンハム夫人自身から出たものでないことを感じていた。夫のキース氏と話し合った結果だと思った。

「彼らが当時の政権の外側にいたのは間違いないと思うわ」

「よしてよ、レイチェル。人々を善と見なすのはキリスト教徒の本懐でしょうけれど、今回のような問題では、甘い考えは禁物よ」

レイチェルは、バーンハム夫人の言うような目でルベルト氏を疑ったことは一度もなかった。結局のところ、バーンハム夫人の言い分に同意すれば、レイチェル自身が今までいかに愚鈍だったかを認めることになる。それに、ルイスもこの上なく無能なお人よしになってしまうではないか。ひいては、レイチェルとルイスの二人は、同居中の陰険なドイツ人の前でまったく無防備であることを認めることになる。

「ドイツ人がみんな悪いわけじゃないわ、スーザン」レイチェルはルイスの言い分を真似て言った。

「ルベルト氏がナチスにかかわっていたとは、どうしても思えない」

「ねえ、あなた、いいかげんにしてよ。ナチスにかかわっていないドイツ人などいないわよ。問題は、どの程度深くかかわっていたか、ということなの」

第七章

「親切なトミー。優しいクリスチャンのトミー。おれはトミーみたいな生き方がしたいんだ。ヴィンザー城の王さまや女王さまが好きなんだ。イギリスの民主主義《デモッケリー》も好きだ。自治領のニュージーランドについても聞いたことがあるよ。おれはそこへ行って住みたいんだ。手助けしてくれるかい、トミー？」

「あっちへ行け、悪ガキ！」

「善良なトミー。おれはロンドンを知ってるよ。リッツ河もバタージー発電所も！」

「うるさい！　消えろ！　さっさと《シュネル》」

「ドイツ語を話す《シュプレッヘン・ジー・ドイチェ》じゃないか、トミー」

「さっさと《シュネル》だ！」

「ロスケやスターリンのようじゃだめなんだ。おれがしたいのはイギリス人のような生活なんだ」

「学校へ行きなさい、学校《シューレ》へ」

「おれには学校《シューレ》も家《ハウス》も母さん《ムッティ》もいない。たばこをくれよ、トミー。お願いだ。持ってるだろう？　おれの母さんは死んじゃったんだ《マイ・ムッチ・イスト・デッド》」

「私の母親も同じさ。さあ、とっとと立ち去るんだ。これ以上、私を困らせるな」

「あ　あ……どうも……《イッヒ・グラウベ……イッヒ・ヴェルデ……》意識がなくなりそうだ《オーンメヒティッヒ》」

「おい、やめろ。そこで倒れるんじゃない」

オッチは、守衛の目の前で意識を失い、積もったばかりの新雪の中へきしる音を立てて倒れた。毛皮のコートを着ていたので、まるで銃で撃ち殺された狐のようだ。しかし、イギリス軍本部の入口を警備している兵隊は、起立したままで持ち場を離れようとしなかった。倒れた少年が目に入らないかのように、視線をまっすぐ前に向けたまま、毅然とした姿勢をくずさないように努めていた。

そこへ、ジャガイモを満載した乳母車を押した女が通りかかった。女は、倒れている少年の前で立ち止まり、直立不動の守衛に向かって顎をしゃくり、射るような視線を投げてドイツ語で叫んだ。

「恥を知りなさい《シェーメン・ジー・ジッヒ》、兵隊さん《ゾルダート》！」

すると、周囲に野次馬が集まってきた。大ごとになるのを恐れた守衛は、ライフルを番小屋に立てかけ、少年の上に身を乗り出した。膝が濡れないように注意してしゃがみこんだ兵士は、少年を引っ張って起こし、壁にもたせかけた。

「しっかりしろ！　チビ、目を覚ませ」そう言いながら、氷のように冷たい手袋で少年の頰を何度もひっぱたいた。「何という服装をしているんだ、お前は？　まるで、あのふざけ者のノエル・カワード〔訳註：イギリスの作家・俳優〕みたいじゃないか」

オッチはいつもの要領でわざとまぶたを震わせ、おおげさに精神錯乱状態を演じてみせた。

「イギリス首相のアトレーさん、ありがとう《ダンケ》！　ジョージ国王さま、ありがとう《ダンケ》！　トミーの守衛さん、ありがとう《ダンケ》！　パンと交換するためのたばこ《シギーズ》をめぐんでくれる優しいクリスチャンのトミー、あ《ダ》りがとう《ンケ》」

守衛は、胸のポケットからたばこの箱を取り出し、その中からもったいぶった仕草で何本かを引き抜いた。

「さあ、持っていけ。チビ」そう言って、仰々しく一本、二本、三本と少年に渡した。少しだけ社会貢献したような気分になった守衛は、野次馬からの喝采を期待して立ち上がった。だが、周囲を見ても誰も注目していないことがわかり、少年に八つ当たりしてどなった。

「さっさと消えうせろ、このチビの厄病神」

トミーの前でイギリス文化をさんざんに賞賛したオッチは、その代償としてたった三本のたばこしか手に入れることができなかった。しかし、新しく卑猥な英語を学ぶことができた。守衛の真似をして「さっさと消えうせろ。このチビの厄病神」と反復しながら、服の泥を払い落とし、苦労して得た三本のたばこを大事そうにポケットにしまった。そして、バリンダム通りをアルスター湖に向かって元気に駆けていった。

これまでなら、こんなケチな報酬で満足するわけがないのだが、最近は事情が違っていた。アルスター湖周辺には、イギリス軍に徴収された商店やホテルが多い。その近辺を朝から晩までうろつき、トミーを見つけては彼らの文化や風習を称賛して最後に失神するというシナリオの芝居を演じてきたが、最近では成功することがめったにない。ＮＡＡＦＩで買い物をしているイギリス軍人の夫人たちに、彼女らのヘアースタイルや帽子を褒めるというお世辞戦法も、もはや通用しなくなっているのだった。アトランティック・ホテルの裏側に置いてあるごみ箱は、いつもなら残りものであふれているのに、最近は封をされて開けられない状態だ。ビクトリー・クラブの階段に立って、「へい、ヤンキー、ここで何をしているんだ？　おれをアメリカへ連れてってくれよ、ヤンキー」と叫んで物乞いすると、アメリカ人が出てきて、「去れ！」と言って彼を追い払う。

服装がいけないのだろうか？　そう考えたオッチは、軍人の平服姿を最大限に真似て、裏地のついた革の耳なし帽に、上流階級の婦人が着る毛皮のコート、その上に絹のドレッシング・ガウンをはおり、ぶかぶかの乗馬ブーツを履いていた。コートは週一回の救世軍の支給品から選んだもので、ブーツは赤十字でもらったものだった。おそらく、トミーたちの同情を得るにはこれで十分過ぎたであろうが、この寒さの中でこれ以上に軽装になるのは、胸を患うオッチにとって無謀なことだった。

オッチは、たばこをペンシルケースにしまった。一日の労働の報酬がたった三本のたばこだったが、これで悪ガキ仲間にパンを買ってやれる。しかし、アルバートは怒るだろう。ここのところ、彼の要求はエスカレートして、たばこや薬剤だけでは満足できず、免許証や許可証なども欲しがった。いずれも高価で、手に入りにくいものばかりだ。それを手に入れるためには「情報センター」にいるホッカー氏に会って、腕時計と交換しなければならなかった。

情報センターというのは、市の中心部に精神病院に隣接して建っている小粋な建物で、オッチはイギリス文化についての知識をほとんどここで得ていた。その年の夏の初めにオープンし、開所式に当時のハンブルク市長が、英独の友好と知識交流を祝って大演説を行なったことで有名だ。その演説で市長は言った。「英独両国を結ぶ『懸け橋』が築かれた。ここを訪れるドイツ人は、イギリスの進んだ制度と成果を学ぶことができる」と。そこには、広い読書室、展示室、映写室、貸出図書室などがあり、いつも訪問者でいっぱいだった。見知らぬ外国の情報に飢えているドイツ人たちは、イギリスの河川やイギリス女性の権利など、イギリスふうの生活様式に強い興味があった。しかし、本当の目的は、暖かい屋内でくつろぎ、商品交換券を一枚でも二枚でも手に入れようということにあったようだ。つまり、ここは文化交流だけでなく商品交換の場所でもあった。

オッチは、毛皮のコートのポケットに腕時計が入っていることを確かめた。ホルダーマン&ゾーン製の上物だが、早く処分したいと思っていた。これは、アルトナのホテルの吹き抜けに横たわっていた、DPと呼ばれる浮浪者の死体のポケットから失敬したものだ。持ち主の心臓が止まってからも時計の秒針が動きつづけるのは、魂が抜けてからも爪が伸びるのと同様、何かしら不誠実で不敬なことに思えた。その時計は、一時間に二十分も早く進んだ。今日は月曜日だが、時計の日付は火曜日になっていた。この調子だと一カ月もたたないうちに一九五〇年になるだろう。

センター内部には大勢の人がいた。人いきれで室温が上がり、息がつまりそうだった。外部との温度差が大きいため、オッチは一瞬気分が悪くなり、しばらくはボーッとしていた。暖かい展示室に入ると、貼り出された新聞を読もうとする人々が押し合って掲示板を見上げていた。英独の協力で新しく設立された「婦人クラブ《フラウエン・クラブ》」のポスターには、T・ハリー夫人の「カイロからエルサレムまでの旅」と題するトークショーや、近くイギリスからやってくる偉大な詩人T・S・エリオットの講演の案内が載っていた。エリオットは「ヨーロッパ文化の一体性」について英語とドイツ語の両方で講演することになっている。オッチは立ち止まって、いかめしい顎をした詩人の写真をながめたが、男か女かわからなかった。その隣のポスターは『イギリスが作り出す工業デザイン』という映画と、アングロ・アフガン戦争の最前線のパシュトゥン人を映したスライドを紹介していた。

ホッカー氏は、いつもの場所に座って英語の新聞を読んでいた。新聞は、盗まれないようにチェーンをかけた書類カバンに収められていた。彼はほとんど一日中ここで過ごす。用事のある場合、相手のほうからやってくるので動く必要がない。しかし、ハンブルクの他のどの闇商人よりも危険な取り引きをしている。あらゆる種類の汚れた水が彼のところに流れ込み、流れ出ているようだ。もし何かほしいものがあれば、それが何であれ、必ず探し出してくれる。もっとも、それ相当の金を払えばの話だが。

オッチは、人混みをかきわけてホッカー氏に近づいた。黒いコートを着、ホンブルク帽を被っているので、どこか葬儀屋のようだ。うつむいたまま、指で新聞の行を追っていた。そばの机の上に置いた帽子の縁で雪が融けていた。

「こんにちは、ホッカーさん！　トミーの国では、今何が起こっているんだい？」

ホッカー氏は顔を上げずに、もっぱら唇を動かして英語の記事を読んでいた。

「オッチ・ライトマンか。トミーたちの母国は大変らしいぜ」

「えっ、何が起こっているの？」

「ここでの占領の代価も払いたくないらしい。自分たちの食べ物もないのに、どうしてドイツ人たちを飢えさせてはいけないのか、と言っているそうだ」

ホッカー氏は自分の英語力だけでなく、ドイツ語に翻訳する能力も誇示したがった。オッチはホッカー氏との取り引きをはじめる前にいつも、ホッカー氏に何か面白そうな記事を読んでもらうことにしていた。それがどんな内容であっても、ホッカー氏はたばこ数本分の対価で応じてくれた。

「今年の冬には、事態が改善しそうにない」と、ホッカー氏は続けた。そこでオッチは、思いきって口を挟んだ。

「友だちのオットーが言うには、こんな状態があと千年は続くだろうって。自分たちがやった行ないの報いだって。シュターデ〔訳註：ハンブルク西方の古い文化都市〕の桜が咲くことはないし、リンゴ園ではリンゴが穫れず、部屋のカーテンに太陽の光が射すこともなくなって、アルスター湖で裸で泳ぐ人もいなくなり、氷と雪ばかりの年が千年も続くそうだよ。どう思う、ホッカーさん」

「おれもそうなると思うよ。ドイツの河川はどれも凍りつくだろうよ。ライン河ですら」

ホッカー氏は、おおげさに指をなめて新聞をめくった。「おれたちは有名なんだぜ。ほら、ここを見ろ。イングランドの『デイリー・ミラー』紙の七ページ目に、ハンブルク市の写真が載っている」

オッチはあぜんとした。英語の新聞のど真ん中に、ハンブルクのハンマーブローク地区の荒廃した住宅地域が紹介されていた。忘れもしない光景が脳裏を走る。熱で融ける窓ガラス、泡を吹く道路、目に見えない熱風で服をはぎ取られる女性……。あのとき、ひっきりなしに吹き荒れた突風の音が、いまだに耳の底に残っている。教会のオルガンのあらゆる音階が一斉に鳴り響いたかのような音だ。空中に舞う真っ赤な雪の結晶、サーカスのライオンが跳び越える火の輪のように燃え盛る出入り口。

ゾルベン通り。ミッテル運河。人々は、溶けたアスファルトの上で立ちすくんでいる。ママの髪の毛が燃えている！　鼻筋をしたたる脳髄、割れたこめかみからも。身体は半分に縮み、まるで洋服屋のマネキンのようだ。「ママ……」

「おい、坊主、大丈夫か？」

オッチは、幻想を振り払おうとして目をしばたたいた。そして、爆撃で破壊された自宅や近隣の写真を改めて見直した。写真に重ねるように、新しい集合住宅の設計図が描かれていた。

「おれたちのために新しく建て直してくれるのか？」

「これはトミーたちが住むための住宅だ。そのために彼らは人々を総動員している。新聞によると、年間一・六億ポンドの予算だそうだ」

「これはなんだい？」一枚の風刺画を指さして、オッチは尋ねた。崩れた建物の前に立つ、一組のイギリス人夫妻が描かれていた。

「男の人は何て言っているんだ？」

「『さあ、ドイツへ行こう。あっちには大きくて立派な邸宅があるそうだ』と。もちろん、冗談だがね。イギリスにいるよりドイツのほうがましだ、と言いたいだけさ」

「トミーはおかしいよ。何でも冗談にしちまうんだから」

「さて、今日は何の用事だい、オッチ・ライトマン？」

オッチが『デイリー・ミラー』紙の上に腕時計を置くと、ホッカー氏は魔法使いのように素早くそれを帽子の下に隠した。

「何と交換したいんだ？」

「よく見なくてもいいの？」

「もう見たよ。いい時計だ。精巧なドイツ製だ」

「ドラッグを追加。それにトラックの運転免許証」

　ホッカー氏は、少年をじっと見ながら言った。「難しい注文をするやつだな、お前は」そう言って帽子の下から時計を取り出し、耳にあてた。そうしなければ、偽物かどうか判断できなかったからだ。

「おれの父さんのものだった」と、オッチは嘘をついた。

「ハンマーブローク地区に、こんな時計を持っている者などいないはずだ」

「免許証は手に入る？」

　ホッカー氏は歯の間から、ベーコンの脂身のようなものをつまみ出し、すぐに口の中へもどして言った。

「腕時計には興味がないよ。最近は誰も時間など気にしていないからね。あのゼロ時《ストウンデ・ヌル》からは、なにもかもが動きを止めてしまった。どんなに時間が経とうと、今が何時だろうと、自分には関係ない、どうでもいいと思っているんだな」

「それでも、この時計にはそこそこの価値があるだろう？」

　ホッカー氏は、コートから食料引換券を三枚取り出して新聞紙の上に置いた。

　オッチは首を強く横に振った。一日がかりでトミーから得たのがわずかにたばこ三本、そして今また、ホッカー氏も同じように冷淡な態度を取ろうとしている。

「十枚！」と、オッチが要求する。

　ホッカー氏は笑って帽子を取り、中の時計をオッチがいつでも取り戻せるところに置きなおして言った。

「三枚だけだ！　いやならあきらめな」

　しばらく食料引換券をながめながら、オッチは考えた。一枚はパンに、もう一枚はミルクと卵、最後の一枚はマーガリンになって消えてしまう。アルバートにどう言いわけすればいいのだろう……。

ホッカー氏は、三枚の引換券を少年のほうに軽く押しやった。

「持っていきな。時計を食べるわけには行かんだろう」

ルイスは、鏡の前に立ってひげをそっていた。レイチェルが目を覚まさないように、カミソリの刃にこびりついたひげを音を立てずに人差し指の爪で取り除いていた。この邸宅のバスルームは、すべて濃黄色と金色のタイルで仕上げられているが、ルイスの好みではない。どうしても、その豪華さに慣れることができなかった。ひげをそるたびに、大金持ちの大公気分にひたるインド軍の将校のように感じられる。それが嫌だった。ましてやドイツ人の財産保有に寛大なルイスには、接収したとはいえ、もともとドイツ人の財産だったものを私用に供するのは、やはり侵略者の恥ずべき行為に思えるのだった。

ひげをそり、タオルで顔をふいてさっぱりしたルイスは、コップの後ろに置きっぱなしにしているコンドームの入った細長い銀色の包みに目をとめた。あれ以来、三カ月も手を触れていない。憂鬱《ゆううつ》な三カ月間、ルイスはレイチェルがこの包みに気づいてくれることをひそかに期待していたが、しょせんは実らない片想いだった。考えてみれば、あまりにも遠慮し、滑稽なほど臆病になっているようだが、今のルイスはすっかり自信をなくしており、直接彼女に感情をぶつけることすらできなくなっていた。もっとも、過去を振り返ってみても、心を開いてまっすぐに求愛できたのは結婚前だけだったように思えるが。

ルイスは自分自身に言い聞かせていた。レイチェルが濃厚なセックスに興味を覚えなくなったのは、頭痛や不眠症などのような身体の変調の一つなのだろう。一般に「戦後の鬱病」と呼ばれている症状で、そのうちよくなるだろう、と。少なくとも、そう願っていた。それ以上に深く考えようにも、毎日が多忙すぎたのだ。

横向きになって眠っているレイチェルの唇と舌が、乾いた柔らかい音を奏でていた。夢を見ているのか、顔がぴくぴく動いている。本国の主治医のドクター・メイフィールドによると、身体のコンディションを整え、悪いところを治癒させるには、十分な睡眠を取ることが大切だそうだ。そのとおりだろう。しかし、睡眠だけでは不十分だ。日ごろからもっと元気で活動的であってほしいというのが、ルイスの願いだ。そのほうが健康にいいと信じていた。「いつも忙しく何かをしているべきだ」というのが、ルイスの哲学なのだ。

ありがたいことに、レイチェルがまたスーザン・バーンハム夫人の申し出で一緒にハンブルクの繁華街に出かけることになった。ルイスは、この情報将校夫人と軍の食堂で一度会ったことがある。そのときの印象は、おせっかい焼きの性格にもかかわらず、あらゆる文化的・社会的事業に生気あふれるユーモアのセンスと、深い造詣を持っているといったものだった。そんな彼女が引っ込み思案のレイチェルを連れ出してくれるのは、ありがたいことに違いなかった。

ルイスが外出する際に好んで着たのは、前線のロシア兵の着るコートだった。脂肪の少ない体軀を、今年のような歴史的な寒気から守るのには最適の衣装の一つだった。北海のクックスハーフェン港では海面が凍って、人々は徒歩でバルチック海を渡り、ロシア領から逃げ出しているそうだ。

ルイスは、引き出しの収納箱のたばこ入れに目をやった。満たされない性欲を紛らすために、喫煙量が増えているのだろうか？　いつもより数箱分よけいに減っているようだ。いつものとおり六十本取り出したが、クリスマスまでには一日の喫煙量を二十本に減らさねばと思っていた。たばこがパンと同等の価値を持つ一般ドイツ人のためにも、必要なことだと思っていた。

彼はもう一度、レイチェルの寝顔に目をやった。額にキスをしようかと思ったがしなかった。その代わり、彼女を夢の世界に残したまま、一人でそっと部屋を抜け出した。

雪の中でも、メルセデスは落ち着いてスムーズな走りをみせた。海洋の波を切って進む巡洋戦艦のようだ。運転手のシュレーダーが戦争の古傷の再発を理由に退職したとき、新しく運転手を雇うことになっていたが、ルイスは結局、自分で運転を楽しむことにした。以来、メルセデスはルイスの日々のなぐさみとなった。暖房のきいた、動く修道院のようなもので、その中でルイスは自由に瞑想にふけることができた。ひとたびハンドルを握ると、さまざまな心の動揺や悩みは晴れ、本来の自信を取り戻すことができた。

車窓には、心の和《なご》む風景が展開している。昨日までの灰色の石板のような雲が晴れ、今朝の空は病棟の年輩看護婦の着るチュニックのように青く澄んでいる。低い位置から射す朝日に、あらゆるものがキラキラ輝いている。深く積もった雪は分厚いフェルトのように心強く、その表面は病院の敷布のように白く波打っている。

たしかに美しい光景だ。だが、ルイスは一種のいらだちを覚えた。今日、本国からやってくることになっている大臣に間違った印象を与えるのではないか、そんな気がしているからだ。到着早々に今朝のような景色を見れば、誰でもハンブルクが驚異的なスピードで復旧しているものと思うだろう。雪がすべてを真っ白に覆いつくし、あらゆるトラウマを隠蔽している。焼け焦げて変形した金属も、壊れたレンガやスレートも、ひとしく真新しい希望の布に包みこまれているではないか。戦災の跡の廃墟で人々がいかに醜く惨めな生活をしているかを視察するツアーには、今日ほど不適切な日はない。

ルイス・モーガン大佐は、アトランティック・ホテルの回転ドアを通って受付ホールに入った。コンシエルジュの後ろの壁に、ウェリントン公爵の肖像画が掛かっている。建物全体が、小さなイギリス政府庁舎に模様替えされたように見える。大臣は、自分が故国を離れたところにいるとは思わないのでは？

大きな暖炉の前には、秘書のウルスラが立って身体を温めていた。ニットのブラウスを身に着け、杉綾模様のスカートにウェッジソールのハイヒールという、エレガントで上品な服装をしていた。髪はCCGの通訳にふさわしく、耳の後ろにシンプルに巻き上げていた。控えめに見せようと努力したのだろうが、それがかえって彼女の容姿を引き立てているようだ。オオカミの目を思わせる眉毛、レイヨウのように細い首。とっさに適切なことばが見つからないルイス・モーガン大佐は、とりあえずぎこちないドイツ語で彼女を褒めた。

「すばらしい《シェーン》」しかし、それはあまりしっくりしないことばだった。この場合、「かわいい《リープリヒ》」のほうがいいように思えたが、訂正してくれるよう彼女に頼むわけにもいかない。

「ありがとうございます」

「遅くなってごめん……道路が凍っていてね《ディー・シュトラーセン・ジント・アイズイッヒ》。凍っているというのは『アイズイッヒ』でよかったかね？」

「はい、そうです」

かつてエドモンドが正確なドイツ語を使ってルイスに質問してきたことがあったが、それ以来ルイスも通訳のウルスラと話すときはできるだけドイツ語を使うことにしていた。息子のきれいなドイツ語に触発されたのだ。

「今日は、市電がすべて止まっています」

「出勤が大変だったろう《アイネ・シュレヒテ・ライゼ》？」

「楽しかったです。あたたかいコートを着ていたので、気持ちよく歩けました。ところで、これが本日の仕事の予定です」

そう言って、ウルスラはタイプされたスケジュール表を手わたした。最上部に書かれたショウ大臣の肩書きの正式名称に注意を払いながら、ルイスはていねいに目を通した。

「何か、間違っていますか？」

「いや……完璧だ《イスト・ペルフェクト》。ただ、これはケンジントンの誤りだね。ケンジンタウンではなくて」

「あら！」ウルスラは心から恥じ入った様子で声をあげ、読みかえした。「ケン‐ジン‐トンですね、すみません」

「いいよ。間違いやすいところだ。誰も気にしないよ。ところで、大臣《イスト・デア・ミニスター・ショーン・ヒアー》はすでにお越しかな？」

「大広間にいらっしゃいます」

「我々の一人であることを願おう」

「我々のひとり？」

「『彼らのひとり』の反対語だ。つまり、大臣が我々サイドの味方であること、善人であることを願いたい、という意味だ」

ルイスの顎に何かがついているのを見つけたウルスラは、自身の顎を指さして言った。

「血が出ていますわ」

ルイスは傷口を指で触れ、それを確かめた。

「石鹸を使わずひげをそったらこの始末だ。資源節約のささやかな試みだったのだが」と言って指をなめ、傷口を唾でふさいだ。「まだ、出血しているかい？」

ウルスラはコートのポケットから取り出したハンカチで、大佐の顎の切り口をそっとたたいた。そうしながら反応を待った。ルイス・モーガン大佐は、ちょうどその瞬間に将軍や市　長《ビュルガー・マイスター》たちが横を通らないことを祈りながら、顎を前につき出した。

「頼む《ビッテ》よ」

ウルスラは淡々として大佐の世話をしたが、その母親のような心遣いに、ルイスは思わず顔を赤らめるのだった。間近のウルスラからは真新しいリンネルの香りが漂っていた。

「さて、これで、ケンジントンから来られた大臣に会う準備ができましたわ」きまり悪そうに立っている大佐から一歩うしろへ下がって、ウルスラが言った。

「ありがとう。では、いざ戦いへ《アウフ・イン・デン・カンプフ》」

「いざ戦いへ《アウフ・イン・デン・カンプフ》」とウルスラもうなずいた。

　こうして、二人は戦場となる大広間へ向かったのである。


　もうもうと立ちこめるたばこの煙の中、人々はいくつかの集団になって、立ったままにぎやかに歓談していた。モーガン大佐がまず注目したのは、すでにＣＣＧの幹部を引き連れてやってきているサーティーズ将軍と、ドイツのチャーチル然として太いキューバ製葉巻を吸っている丸々と太った市長《ビュルガー・マイスター》、そして緊張して礼儀正しくしているコミッショナーのヴォーン・ベリーの姿だった。ショウ大臣はすぐにわかった。制服を着ていない二人のうちの一人だからだ。少しでも恩恵を得ようと、熱心に陳情する人々に取り囲まれていた。

　モーガン大佐は急いでウルスラに、誰が誰だか説明した。「あの痩せた人がサーティーズ将軍で、私の直属の上司だ。つまり、君の上司でもある」

「我々の一人？」

　ウルスラは飲み込みが早い。モーガン大佐はにこりと笑ってうなずいてみせた。

「あの銀行マンのスーツを着ている人は？」

「あれは、コミッショナーのヴォーン・ベリーだ」

　部屋の中で制服を着ていないのは、大臣とこのコミッショナーだけだ。ルイスは彼を高く評価している。ベリーが濃紺のＣＣＧの制服を拒否しているのは、空襲警備員の制服を想い出すからだそうだ。

「我々の一人だ」とつけ加えた。

「今、大臣に話しかけている人は？」

　それを見たモーガン大佐は思わず、いらいらした態度を見せた。意外にも、バーンハム少佐ではないか。しかも、さきほどから大臣の傍らで熱心に話し込んでいるようだ。何かを陳情しながら、すでに納得させようとしているようにも見えた。モーガン大佐は、バーンハム少佐に先を越された自分が、今さらながら腹立たしかった。もっと早くここへ来て、少佐が大臣に間違った意見を吹き込むのを防ぐべきだった、との思いに責められた。すでにショウ大臣は、バーンハム少佐の提示した問題について深く考えているように見えた。顎を手でささえ、首をかしげながら、少佐の語る一言一句に共感をもって耳を傾けている。一言も聞き漏らさず、記憶に残そうと努めているように見えた。

「あれはバーンハム少佐。諜報部員だよ」

「彼らの一人ですね」と、ウルスラは、訊くまでもないと言わんばかりにつぶやいた。

朝食のテーブルでは、モーガン大佐とバーンハム少佐が向かい合い、少佐の横には、当地を視察中のアメリカのライアン・ケイン将軍が座った。将軍の訪問目的は、この英軍管理領域でイギリス人がどのような暮らしをしているのかを視察し、あわせて米軍管理領域でのアメリカ人の生活ぶりの一端を紹介することだった。将軍の髪は丸刈りだが、アメリカ軍では三つ星の中将クラスでもこのヘアースタイルを好むようだ。そのためか、彼は年齢より若々しく見えた。また、紫外線によってできた皮膚の斑点は、彼が日当たりのいい地域で気楽な生活を満喫していることを物語っていた。だが、その風貌が醸し出す気安さの裏には、自分たちより貧しい生活をしている者たちへの優越心と低俗な同情心が見え隠れしていた。

将軍はおもむろに、隣のバーンハム少佐に語りかけた。

「ところで、我々とドイツ人との親睦を制限する例の法律ですがね。あれは、そろそろ緩和してもいい時期ではないかと思っているのですが、どうでしょうか？　あなた方の管理領域では、男性がドイツ人女性に話しかけるだけで売春犯罪につながる行為と見なされるそうですね」

「今のところ、ドイツ人は我々とはっきり隔離されるのを望んでいるものと、私は思っています」と、バーンハム少佐が律儀に応じた。

「少佐、今や我々のテリトリーであるフランクフルト地域では、アメリカ軍人とドイツ市民との結婚をすすめる特別市民サービスまでありますよ。我々と地域社会との融合を促進しようというのが目的でしてね……」そう言って将軍は、正面のモーガン大佐の横に座っているウルスラに目をやった。

「あなたはここよりももっと女性に親切な職場に移りたいと思いませんか、お嬢さん《フロイライン》……」

将軍の挑発的なことばにも動じることなく、上品な態度をくずさなかったウルスラにモーガン大佐はホッとした。

すると、バーンハム少佐は抗議するように言った。

「しかし、我々の領域には難しい問題が山積しております、将軍どの」

「そうだね、君たちはまさにその真っただ中で格闘しているのだね」

そこへ、給仕が朝食のセットを持ってきてテーブルに並べた。卵とソーセージ、スライスハム、半分に切ったトマト、マッシュルーム、たまねぎ、ブラックソーセージの網焼きなどだ。

「貴国は破産の危機に瀕しながらも、もてなしのための予算を削っていないのはさすがだね」と、イギリス政府へ一応の敬意を表したケイン将軍は、真剣な表情で話を続けた。

「諸君がいろいろ苦労しているのはわかるが、今や、そろそろ車のハンドルをドイツ人にまかせるときが来たのではないかと思っているのだ。つまり、ドイツ人自身の手で車を運転させよう、ということだ。なぜなら、うかうかしていると、ドイツ人にとってはソ連のほうが組みやすい相手に思えてくる、つまり、ソビエトのほうが相手として見込みがありそうだ、と考えはじめるからだ。我々は、ソ連につけ込む隙を与えてはならない。しかし、そのためには、ドイツ人自身の事業を前進させてやる必要がある。そして、そのためには、必要な資金や知識や道具を与えてやらねばならない……目下ワシントンでは、このドイツに、いやヨーロッパ全域に大量の援助を与える計画が検討されている。ソ連に対抗するために、我々には、強いドイツが必要なんだ」

「しかし、何をおいてもまず、このドイツをクリーンにしなければならないでしょう、将軍どの」と、バーンハム少佐が抵抗する。

ケイン将軍はレバーの塊《かたまり》を二つにカットして一つを口に放り込んだ。

「もちろんだ。まず、セックス狂《ファッカー》いを根絶することだね……ああ、失礼、お嬢さん《フロイライン》、私の下品なことば使いをお許しください」

軽く微笑《ほほえ》んだウルスラは、怒るどころか、むしろ楽しんでいるふうに見えた。

モーガン大佐は卵を半分とベーコンの薄切りを食べたが、周囲の会話を聴いているうちに胃袋がだんだん萎縮していくのを感じていた。ここで何か言わねばならない、と焦るがチャンスがつかめないまま、じっとテーブルに目を落としていた。ボスのデ・ビリアーはシャルトー元帥と話し中で、しかも声の聞こえる距離ではなかった。

イギリス本国からの主客であるショウ大臣は、ウルスラの反対側に座っていたが、先ほどからのケイン将軍とバーンハム少佐のやりとりに耳を傾けていた。大臣はやにわに、少佐に向かって口を開いた。

「少佐、君は先ほど私にいいことを言ったね。『腐った基盤に家を建てることはできない』と」

この大臣の発言が、バーンハム少佐を擁護するものであることは明らかだった。これを聞いたモーガン大佐は、胸のふさがる想いに沈んでいくのだった。部下のウィルキンス大尉も同様の発言をしていたが、同じセリフをバーンハム少佐が、朝食前にショウ大臣に吹き込んだことは間違いない。その効果がすでに出はじめている。裏づけのない偏見が確固たる意見となり、やがては政策に反映されそうなのだ。

大臣の援護に自信を得たバーンハム少佐は、雄弁に自説を述べた。「ドイツ人はこれまで、無知と無学の十二年を過ごしてきました。その結果、今ではけだもののようになっています。彼らの精神を再構築することは可能ですが、その前提として法規範を確立し、インフラを再建しなければなりません。しかし、それには時間がかかります。その間、我々は慎重に行動しなければなりません。彼らへの思いやりなど、贅沢以外の何ものでもない。とうてい容認できることではありません」

　バーンハム少佐の視線は、終始、モーガン大佐を避けていた。

　そこでショウ大臣が発言した。

「暴動の恐れでもあるというのかね？」これは、バーンハム少佐を勢いづける質問だった。逆に、モーガン大佐にとってますます望ましくない方向へ話を誘導することになった。

「はい、地上の混乱ぶりと、住む家を失った一般の人々に隠れて、ナチスの残党は完全に影を潜めています。彼らは、まるで無害な人間に生まれ変わったかのような顔でふるまっています」

「質問票《フラーグボーゲン》があるだろう」と、ケイン将軍が示唆する。

「確かに、質問票《フラーグボーゲン》は役に立ちますが、もう少し精度を高める必要があります。真実を知るには、人々の過去をもう少し深く掘り下げねばなりません。資料を調べる要員が不足しています。それに、ほんとうの罪人を探し出す、プロの優れた諜報員が必用なのです。私は、単にヤギや羊の話をしているのではありません。彼らはヤギの顔をした羊、羊の顔をした狼、あるいは大戦末期にナチスが組織したゲリラ部隊の『人狼部隊《ヴェアヴォルフ》』かもしれません」

　この「人狼部隊《ヴェアヴォルフ》」ということばが、人々の心にひっかかった。

「そういう連中が実際にいるというのだね？」と、ケイン将軍が訊いた。

「先週、二人の反乱者に車両集団《コンボイ》が襲われました。彼らは、ジンの詰まったタンクローリーを転覆させました」

「どこを襲えば一番効果的か、連中はよく知っているようだね」と、ケイン将軍が冗談めかした。

「反乱者だって?」たまらずにルイス・モーガン大佐が問いただした。「腹をすかして食料を求める人たちではないのかね?」

「捕らえた二人は栄養状態のいい連中でした」と、バーンハム少佐が返答する。「彼らが言うには、ヒトラーはまだ元気に生きていて、いつか反撃に立ち上がる、と。総統はすでに死んでいるはずだと指摘したら、『ではそれを証明できるか?』と迫ってきました。ロシア人ですら、まだヒトラーの死体を発見していないではないか、と言って」

「死体を見せろ! ほんとうに総統が死んだというのなら、イエス・キリスト自身がそうしたように!」と、ケイン将軍が茶化して叫んだ。

このふざけたやりとりを打ち切り、現実の重要問題に話題を戻すべきだと考えたモーガン大佐が言った。

「『人狼部隊《ヴェアヴォルフ》』という指摘は、現実に即さない過剰なプロパガンダ表現だと思います、大臣閣下」

しかし、バーンハム少佐はさらに有効な切り札を持っていた。

「反乱者は二人とも、前腕に8の字が二つならんだ入れ墨をしていました」

「二つの8?」と、大臣が尋ねる。

「それは暗号です。アルファベットの八番目の文字で……」

ショウ大臣は指折り数えた。「H、HH?」

バーンハム少佐はうなずいてみせた。大臣の口から直接言わせようという魂胆だ。

「『ハイル・ヒトラー』か?」

このとき、モーガン大佐は、今こそ自分の意見をはっきり述べるときだと感じた。

「ばかばかしい。8の字が二つならんだ落書きなど、街中の壁や廃墟のいたるところに見られるではありませんか。反乱を暗示するかのごとく、おおげさにあげつらうのはおかしいと思います。状況があまりにも悪いので、昔を懐かしんでいるだけではないですか」

「過去の経験から教訓を学ばない連中もいるのだろう」と、ケイン将軍が軽くコメントしたが、ショウ大臣はここぞとばかり力を込めて言った。

「正義は目に見える形で行なわれねばならない。イギリス国民がドイツ人に求めるのはその点なのだ」

「しかし閣下、単に目に見えるだけの正義よりも、実際に正義が行なわれればそのほうがいいのではありませんか」と、やんわり反論するモーガン大佐に対し、大臣は、はっきりと言いきった。

「大佐、君は政治家じゃないからわからんだろうが、現実がどうであれ、政治の世界では真実の九割が知覚によるものなのだ」

「それにしても、わずかひと握りの狂信者狩りを最優先するのはいかがなものでしょうか」大佐はだんだん自制心が崩れていくのを感じていた。先ほどから黙りこんでいる、隣のウルスラも気になっていた。

「それでは、君の意見では何を優先すべきなのかね？」と、大臣がモーガン大佐に反問したので、大佐は背筋を伸ばし、ひろげた両手をテーブルにつけて言った。「互いに分断され、その日の食べ物にも困窮している人たちの間に民主主義を広めることは不可能と言えます。もし我々が人々に食料を与え、適切な家に住まわせ、愛する家族や友人を再会させ、仕事を創出してやれば、彼らを恐れることなどなくなるでしょう。しかしながら、現状は、この『クリーニング』制度があるため、能力があるのに仕事に就けない人が何百万人もいます。未だに多くの家族はばらばらに生活しています。そして何千もの人が俘虜収容所に収容されているのです」

「なるほど」と、ショウ大臣は考え深げにうなずいたが、このとうとうとしたアピールも、人狼部隊《ヴェアヴォルフ》の話ほどには説得力がなかったようだ。

するとケイン将軍がしみじみ言った。「心底から現地人に同情しているのだね、大佐。君がハンブルクのロレンスと言われている理由《わけ》だ」そんなことまでアメリカの将軍が知っているのは驚きだったが、きっとバーンハム少佐が吹き込んだのだろう。

そこでバーンハム少佐が提案した。「モーガン大佐どの。大臣閣下と将軍どのに、あなたがご自宅でなさっている特別な配慮についてお話しされてはいかがですか？」そう言って少佐は、ショウ大臣とケイン将軍に顔を向けて言った。

「モーガン大佐は、英独関係の新しい試みに取り組んでおられます」

諜報部門のスタッフは、いつでも自由に将軍や大臣に接近し、自分たちの考えを吹き込める立場にあった。これは彼らの特権で、モーガン大佐は常々うらやましく思っていたが、今回のバーンハム少佐の態度は、もっぱらモーガン大佐個人の民主的な傾向をやり玉にあげようとする意図が見え見えだった。そして議論は、少佐の望む方向に進んでいた。

不本意ながらも、モーガン大佐は、今の住宅をドイツ人家族と共有している事情について説明するはめになった。何とか説明をしおえたものの、長い気まずい沈黙が続いた。人道的な措置として始めた同居生活が、結果的には恥ずべき過失または犯罪行為ではなかったのか、という疑惑を与えたからである。

「それは、禁じられている親睦行為だよ、大佐」と、ケイン将軍が言った。すると、バーンハム少佐が、計算ずくの狡猾な口調で追従した。

「そうではないかと、私も危惧します。そこには悪意の要素が含まれていないと言えるでしょうか？つまり、大佐と同居しているドイツ人たちは、本来ならば同胞たちと一緒にキャンプで生活したいのではないでしょうか？」

同居人が敵のスパイである可能性を暗示しつつ、それに気づかないモーガン大佐の上級将校としての不注意をなじる陰湿な発言だった。大佐に好意的な人もそうでない人も、一斉に大佐の反応に注目した。

しかし、どう考えても、暖かい自宅よりも寒々としたキャンプ生活を望むドイツ人などいるわけがない。バーンハム少佐の説明はこじつけとしか思えない。

「あのニッセンハットで？　凍え死ぬほど寒い兵舎の中で？」と問い返したモーガン大佐は、この発言が墓穴を掘ることになることに気づいていた。

ニッセンハットというのは、住宅を失ったドイツ人たちを収容するための兵舎である。それがいかに粗末であっても、イギリス軍が資金を出して運営している以上、大佐の発言は公式の席では不穏当だった。ましてや、イギリス本国の利害を代表するショウ大臣の前で言うべきことばではなかった。しかし、大臣には事実を知る必要があった。

「私が聞いているところでは、その兵舎の住み心地は結構よさそうじゃないか。暖房も食料もそろっており、イギリス国内の半分以上の人々より恵まれているようだ」

「おことばですが、もしどちらを選ぶかと問われれば、自分の家に住むほうを選択するのが普通ではありませんか？」

「とにかく、君の親切心があだにならないことを望むよ」

この時点で、モーガン大佐は自分の心情を必要以上に話してしまっていた。特に、視察のために訪れている本国の大臣の前でイギリスの支援のありかたを批判したのは、行き過ぎだった。そんなモーガン大佐に、上司のデ・ビリアー将軍は終始神経をピリピリとがらせていた。とにかく、兵舎の現状について本国の国会にどのように報告するかは、視察団の判断にまかされるだろう。

「直接尋問センター」の待合室には、腐った乳製品の臭いがこもっていた。先ほどからそこに座っているルベルト氏は、自分の過去を振り返り、尋問官に有罪と見なされるような事実がないか、思いをめぐらせていたが、自分がドイツ人だという事実以外に特に思いつくことはなかった。

このセンターは、内アルスター湖の後ろ側にある旧美術学校内に設けられていた。ルベルト氏が以前にここを訪れたのは、一九三七年だった。そのときはクラウディアも一緒で、二人でアルノルト・ベックリンの絵画を鑑賞した。ベックリンはしっかりした絵を描く数少ないドイツ人画家の一人で、当時の政権から退廃芸術家と見なされてはいなかった。ヒトラーも、この画家の絵を八枚買ったそうだ。後日、ルベルト夫妻はこの画家をめぐって大論争をしたことがあったが、最後には絵の芸術性や画家への好き嫌いについてというより、当時の政権についての議論になったのを想い出していた。

尋問を恐れることは何もしていないと、ルベルト氏は自分に言い聞かせた。ちなみに、ドイツ語で「思慮《ベジンヌング》」と称される一種の「自省」行為がドイツ国民の間で奨励されていた。そうすることによって、すべてのドイツ人が、過去に国家が犯した大罪にいかにかかわってきたかを反省することができるというものだ。ルベルト氏は「集団犯罪」という概念が嫌いだった。しかし、今日のドイツの苦悩を当時の同盟国のせいにする昨今の人々とも一線を画していた。ニュールンベルク裁判の被告たちが絞首刑になったことを悔やんでもいなかった。

質問票《フラーグボーゲン》の百三十三の質問にも回答した。将来、専門の建築技師として働けるかどうかを決める大切なものだが、予想していたより平易な内容だった。実際には、このように簡単な質問票《フラーグボーゲン》で真の有罪者を特定するのは難しいだろうと思われた。一見したところ、丁重な文章で書かれており、内容にもトリックや鋭い質問などは含まれていなかった。中には、思わず笑いたくなるような質問が一つか二つあった。全体に、良心に恥じることなく、自信を持って、ルベルト氏は回答することができた。

名前が呼ばれたので、ルベルト氏は尋問室へ向かった。入口のドアの前で深呼吸をして、気持ちを引き締めた。決して闘争的にならないよう、謙虚な姿勢を保つよう、そして市民らしくふるまうようにと意識していた。噂によると、いわゆる「不正な色」に該当するドイツ人がなかなか見つからないので、イギリスの担当官はかつてなく精力的に尋問をするそうだ。

ルベルト氏の尋問官は二人で、両方とも樫の木のテーブルを前に座っていた。たばこを吸っている一人が、ルベルト氏に着席するよう指示した。もう一人は顔を上げずに、ひたすら目の前の書類を調べている。その書類がルベルト氏自身の質問票《フラーグボーゲン》であることは、緑色のインクで書かれたくせのあるルベルト氏独特の字体からわかった。

担当官は、ページを前後に繰って何度も読み返していた。いかにも、つじつまの合わないところや不足している情報が多くて困惑しているように見えた。その間、ずいぶん時間がかかった。もしそれが被尋問者を不安にさせる目的で意図された演出なら、大成功と言える。尋問が始まるころには、ルベルト氏はすっかりいらだっていた。

「ルベルトさん？」と、最初の尋問官が尋ねた。

「はい」

「私はドンネル大尉。そしてこちらは諜報部長のバーンハム少佐です。今回のインタビューは、必要に応じて英語とドイツ語で行ないます。あなたは英語を流暢に話すと了解していますが、間違いありませんね」

「はい」

しかし、バーンハム少佐は依然として顔を上げずに、質問票《フラーグボーゲン》の中の不審な部分を解明しようと努めているようだった。ようやく語りはじめたとき、彼の声は低くソフトで、非の打ちどころのない正確なドイツ語だった。

「あなたは幸運な人ですね。ルベルトさん」

ルベルト氏は否定も肯定もせず、次のことばを待った。幸運の内容が何であるかは、この長いまつ毛を持った尋問官から明らかにされるはずだから。

「あなたは二つの大戦を無事に生き延びてきました。最初の大戦に出征するには若すぎたし、二度目の大戦には歳をとりすぎていました。そして今、あなたは自分の住まいに住み、自身の財産を持っています。家主はあなたに同情的です」

ルベルト氏は、財産の所有について異論があったが、あえて何も発言しなかった。バーンハム少佐が頭を上げたのでその顔をしっかり見ることができたが、少佐の目が尋問官にしてはかわいらしすぎるのが気になった。

「私は感謝しております」と、ルベルト氏が英語で答えると、「ほんとうですか？」と言って少佐は質問票《フラーグボーゲン》のページを繰った。

「あなたの回答に、そうは思えない箇所がいくつかあります。恩知らずというか、侮辱的とすら言える回答が見つかっています」

あきらかに、ルベルト氏を非難する発言であった。このように非公式であり失礼な質問に答えるつもりはなかったが、その意思に反して、何かしら意固地な反抗心がふつふつと湧いてくるのを覚えるルベルト氏だった。

「例えば、おもちゃの兵隊についての質問がありましたが、……これは果たして意味のある質問なのでしょうか？」

「この質問事項を編集するのに、我々は莫大な時間と手間をかけているのですよ」

「そうでしょうとも……ですが、おもちゃの兵隊が今の我々のありようとどのような関連を有しているのか、私には理解できません」

「あなたは、おもちゃの兵隊で遊んだことがありますか？」

「おもちゃの兵隊で一度でも遊んだことのある者を、全員逮捕しようとでもお考えなのですか？」もはや、ルベルト氏は感情を抑えきれなくなっていた。

「ルベルトさん、そのような発言はあなたのためになりませんよ。もう一度訊きます。あなたはおもちゃの人形で遊んだことがありますか？」

「はい、他の普通の少年たちと同じように」

「よろしい。それが、私の知りたかったことです」と言って、バーンハム少佐は空白の□にチェックマークを入れた。

「それから、ええと……」少佐は顔をしかめながら、次の質問の上に指を移動させた。「質問番号R・Ⅲですが、ここに書かれている回答はどういう意味ですか？　これが回答だとすればの話ですが。これは……まじめな質問にたいしてわざとふざけた答えをしているようにしか思えないのですが」

バーンハム少佐が諜報員であることは明らかだが、そうであれば、ルベルト氏がなぜこのようなふざけた回答をしたのか、その理由も容易に理解できるはずだとルベルト氏は考えた。なぜなら、その質問自体が馬鹿げていたからだ。回答をする際に読み直してみたが、下手に翻訳されたものか、あるいは回答者をテストするために故意に挿入された質問のように思えた。結局ルベルト氏は、イギリスのホワイトホール（英政府）か米国のワシントン（米政府）の担当官がよく考えずに作成した質問だろうと推測し、まじめに答える必要がないと判断したのである。

「仮にこれをよい質問だと思う人がいたなら……その人はまじめに考えていなかったのではないでしょうか。あるいは、別の解釈をしたのかも……」

「『爆弾によって、あなたおよびあなたの家族は健康上の被害を受けましたか？』というのは間違いなくまじめな質問ですよ、ルベルトさん。もしあなたが元どおり完全に専門的なお仕事に戻りたいならば、我々としてはあなたに精神的な障害がないことを確かめねばなりませんから。このように感嘆符を並べただけの回答は、正常な精神状態を示すものとは思えません」

「そう言われれば、たしかに爆弾は私の妻に健康上の被害を加えましたよ、少佐どの。彼女は、一九四三年七月、他の四万人の人たちと一緒に死んだのですから。イギリス軍が空襲し、街を破壊し、火の嵐に巻き込んだあの日です」

バーンハム少佐は動じなかった。むしろ、ルベルト氏が提示した新しい話題を歓迎しているようにも見えた。

「では、あなたの奥さんについてお話ししましょう。建築家のあなたは今、豪華な家に住んでおられる。それに、文化財に指定された絵画のコレクションも持っておられる。レジェやノルデなどです。資金の出どころは奥さまだったと推測できますが？」

「はい、彼女は富豪の家族の出です」

「奥さまの家族は、どのようにしてそれほどの富を手にいれられたのですか？」

「商業です」

「何を商っていたのですか？　相手は誰ですか？」

「あらゆる物です。海運会社も持っていました」

「その海運会社は、ナチスの武器を運んでいましたか？」

「一九三三年からは、政府に指示された物資を商っていました」何隻の船がイギリスとドイツの間を航海したかについてもルベルトは答えることができたが、少佐はすでに正確な数字をつかんでいるはずなのでやめた。

「その報酬としてナチスから得たのが、この絵画コレクションですね？」

何とシンプルな計算式なのだろう。答えはいつも「有罪」に決まっている。途中の数字や分数がどうであれ、重要な問題ではないのだ。

ルベルト氏は首を横に振った。

「ハンブルクは独自のビジネスを営んできました。すべてが営利を目的とした商業活動でした。党との提携関係はまったくありません。ただ、妻クラウディアの兄だけは……」

「そう、それだ」と言って、バーンハム少佐は質問票《フラーグボーゲン》を繰った。「名前はマルティーン・フロムだね」

ルベルト氏の義理の兄は「大管区指導者《ガウライター》」という肩書きで、ナチス党の地方組織を指導する最高実力者だった。しかし、彼の党への野心や、彼が家族にもたらした影響などを詳しく記載するスペースは、質問票《フラーグボーゲン》にはなかった。

「別の質問に移りましょう。質問番号F・Ⅲ『あなたはドイツの勝利を願ったことがありますか？』あなたはここに書いていますね……『私は戦争が早く終わることを望んでいました』と」

「もちろん、誰もがそう願っていましたよ」

「あなたは、ドイツが戦争に勝つことを望んでいましたか？」

「私は国家主義者でした。今もそうですが。しかし、だからといってナチスではなかった」

「それは詭弁でしょう。一九三九年当時、国家主義者はすなわちナチスだった」

「私は戦争など、まったく望んでいなかった」

「あなたの娘さんについて、話してください」

尋問官は、話題を巧妙に切り替えることで被尋問者の心理を不安定にしておくこつを知っている。ルベルト氏は、自分の足場が徐々に崩されていくのを感じていた。

「私の娘がどうかしましたか？」

「空襲でお母さんを亡くして、さぞ落胆していると思いますが？」

「娘はいまだに……憤慨しています」と答えたルベルト氏だが、その声には自信がなかった。それまでの攻撃的な姿勢は消え失せ、もっぱら自己防衛にまわった。「それで、彼女にはイギリス人家族と同じ家に住むのがとても難しいようです」

「憤慨だって？　占領に対して？」

「母を亡くしたことに対してです」

「ところで、娘さんは『ヒトラー・ガールズ』の一人でしたね」と少佐が指摘した。
質問票《フラーグボーゲン》にははっきりとは書かなかったが、それは事実だった。「そうですが一九三六年に強制されたものでした」と、ルベルト氏は答えた。

「あなたは彼女を止めなかったのですか？」

「我々は……つまり、私と妻は……賛成しませんでした。私は、彼女がヒトラー・メーデルの会に参加するのに反対でした……しかし、最終的には、どうすることもできなかったのです。良心の呵責《かしゃく》に悩みました。しかし、それを拒むことは国家への反逆行為と見なされ、私たち家族にとって最悪の事態が訪れることを意味していました」

「しかし、良心のある人なら悪より監獄を選ぶのではありませんか？」

「あなたは、どうしても私を有罪にしようと決めているようですね、少佐どの」

「私にとって大切なのは、あなたの罪がどの程度か、ということです、ルベルトさん。私の仕事は、罪の色合いを判断することです。そこで、とても興味深い質問をしますので、答えてください……あなたはかつての敵国人と一緒に住んでいますが、どのくらい耐えしのんでいますか？」

「彼らは礼儀正しい人たちです」

「あなたの娘さんは、どう感じていますか？」

「彼女は……不機嫌です」

「具体的にどんな様子ですか？」

「彼女は……ええと……気に入らないようで……特別に許されたこと自体が」

「なぜ、気に入らないのでしょうかね？」と、バーンハム少佐が尋ねた。「お母さんに起こった不幸な事件の後、彼女は日ごろ何をしているのですか――学校は閉鎖中ですね？」

「瓦礫の搬出現場で働いています」

「ところで、ルベルトさん。この瓦礫の山を見て、建築家なら何かすることがあると思われたでしょう。あなたは建築家の仕事に復帰したいと本気でお考えですか？」

「他に大した能力がないものですから」

ルベルト氏はことばを選びながら言った。「できれば、街の再建にかかわりたいのです」

「あなたは、かつて党幹部のために夏の別荘を建設したことがありましたね？　そのころが懐かしいでしょう？」

確かに、その当時、ルベルト氏は夏の別荘建設ブームに乗って高騰する手数料の恩恵にあずかったのを覚えている。武器製造業者のハロルド・アームフェルト氏の「小さな宮殿」もその一つだった。だが、ブームのほとんどが軍関連の仕事であって、民需はわずかしかなかった。

「一九三三年以降、仕事の機会はほとんどなくなりました。私が卒業した建築専門学校などは、党から無視どころか軽蔑さえされていました」

バーンハム少佐は話題を変えようと、質問票《フラーグボーゲン》のページを繰った。「過去が懐かしいでしょう」

「私にとって懐かしいのは亡き妻だけです、少佐どの」

「古きよき時代は懐かしくないのですか？」

「どの時代を指しておられるのかわかりませんが、一九三三年以降のドイツはほとんどの国民にとって監獄と化してしまいました」

そこで、バーンハム少佐は椅子に深く座り直し、引き出しを開けて写真の束を取り出した。それを机の上にカードのように広げてこう言った。

「それは、このような監獄でしたか？」

彼は、骸骨のようにやせ細ったユダヤ人の囚人の写真を次々と取り上げてルベルト氏に見せながら、わずかな反応も見逃さないようにじっと顔を見ていた。ルベルト氏は終戦になってから数カ月の間、この種の写真が市内の壁に貼られていたのを思い出した。しばらく物憂げにそれを眺めてから、顔をそむけた。

「ルベルトさん、あなたがどれほど不自由な体験をしたにしても、これほどではありませんよ」

バーンハム少佐はもう一度質問票《フラーグボーゲン》を取り上げ、最後のページに書かれた質問をくりかえした。質問番号Y。

「『その他の意見?』の欄が空白になっていますが、今ここで何か追加したいことがありますか?」

ルベルト氏は、自分たちドイツ人の過去を心から悔いている気持ちを伝えようと、少佐の目を真剣に見つめ、できるだけ慇懃《いんぎん》に答えた。「いいえ、ございません。少佐どの」

直接尋問センターでの会見を済ませたルベルト氏は職場へ行ったが、工場は閉まっていた。天候のせいだと説明されたが、工場内にみなぎっている一触即発の不平不満に蓋をするための閉鎖であることは明らかだった。同僚のショルシュが、門の前に立ってチラシを配っていた。工場労働者たちは、大規模なデモを計画していた。イギリス軍の管轄下のすべての労働者に対し、それぞれの工場でピケを張って抗議行動をおこさせるのが目的だった。「ルベルトさん、どっちに味方すべきだかおわかりでしょう」とつぶやきながらビラを手渡した。しかし、ルベルト氏はこの手のビラの文言にはうんざりしていた。

ちょうどそのころ、ルベルト家の玄関ホールでは、レイチェルが部屋を行きつ戻りつしながらルベルト氏の帰りを待っていた。まるで、反抗児をしつける厳格な女教師のように固い表情をしていた。空腹で疲れきって帰宅したルベルト氏に、レイチェル・モーガンは言った。

「私に断りもせずに、どうしてここにこんな絵を掛けたのです？」

「そこには別の絵が掛かっていましたので、取り外した跡が黄色くなっているので、お気に召しそうな絵を掛けようと思い……」

「いいえ、気にいりません」

ルベルト氏は、今朝、庭師のリヒャルトに壁に掛けるように命じておいた絵を見上げた。モーガン夫人の繊細な田舎趣味を考慮して、多少は苦心しながら選んだ絵だった。あまり風変わりでなく、あまり難解でもないものを探して最初に選んだのはリーバーマンの美しい風景画だったが、以前掛かっていた肖像画の壁の変色部分を覆いきれなかった。フォン・キャロルスフェルトの『半裸の女性』が最適に思われた。エレガントながら控え目で、壁の変色部を完全に隠したばかりか、部屋全体の雰囲気を高揚させる効果があった。どこへ持っていっても、どのホールのどの壁に掛けても価値を発揮する、世にもまれな傑作だった。これを評価できないのは、いわゆる俗物か堅物だけだろう、と思ったほどだ。

「彼は、ドイツの十九世紀の偉大な画家の一人です」

「画家が誰であれ、私にはどうでもいいことです」モーガン夫人は腕を組んだまま言った。背後に、乙女の優しい栄光を感じながら。

「この絵がお気に召さないのですか？」

「そんなことを言っているのではありませんか？」

ルベルト氏には、モーガン夫人の言いたいことがよく理解できなかった。裸体を問題視しているのか？　しかし、この絵は淫乱と見なすにはあまりにも控え目でデリケートではないか？

このとき、ルベルト氏はある抑えがたい衝動を覚えた。モーガン夫人の日ごろの冷たい仮面をはがし、本来の姿を見るのに、この機会を逃すことはない。彼女が思わず顔を赤らめ、身体をよじらせるほどの窮地に追い込んでやろうと思ったのだ。

「あなたは多分、田園風景を描いた絵画のほうがお気に召すのでしょう。あるいは、狩猟の光景とか？　そして、おそらくは、きちんと洋服を着た女性なら」そう語るルベルト氏は、あたかも高慢な妹を手なずけようとする兄のように、軽蔑を含んだ口調になっていた。ぞくぞくした気分を感じながら、そのまま続けた。

レイチェルはそっぽを向いたが、顔が赤味を帯びてくるのを感じていた。バーンハム夫人の言ったとおりだわ――ドイツ人は傲慢な人種なのだ――そう思うと、堪忍袋の緒が切れそうになった。

「ルベルトさん、あなたのその失礼な言い方が私の気にさわるの」

しかし、ルベルト氏は話をやめなかった。「私が知りたいのは、なぜあなたがこの絵を好まないのか、ということです。これは、とても率直な絵です。英語で何と言えばいいのかわかりませんが、『ぶしつけな《ウンシクリッヒ》』絵ではありません。見る人にショックを与えるようなものではありませんよ。とにかくご覧なさい、何と美しい絵でしょう。あなたならこの絵の真価がおわかりになると、私は思っていました。あなたが趣味のいい女性だと思っていたからです」そこで彼は、効果的に一呼吸おいて言った。「でも、誤解していたようです」

この最後の一言が、彼女の怒りに火を点けた。

「それは、どういう意味ですか？　もちろん、この絵がすぐれた作品であることはよくわかります。私が異議を唱えているのは、あなたのその嫌味たっぷりな言い方です。私の嗜好や生い立ちについてなど、何もご存知ないはずです」

「おっしゃるとおりです」

ストレスの多い長い一日が終わろうとしている夕暮れどきに、このやりとりはもってこいのスポーツだった。

「私の好みがどんなものか、つまり、私がどんな絵画をすぐれたものと思っているか——私の嗜好がどんなものか、どうしてわかるのですか？　あなたは、私がどこの出身かすらご存知ないのに」

「それこそが問題なのですよ！　モーガン夫人」と、ルベルト氏は、向こう見ずな気分になって言った。「どうしたら、お互いを理解する機会が持てるというのですか？　どちらも相手の過去について何の知識も持っていないというのに」

「しかし、今私を苦しめているのはあなたたちの過去ですよ、ルベルトさん」

語調を変えたレイチェルは、絵の方向に視線を移した。というより、新しく掛けられた絵の後ろ側に隠れている壁の部分を見ていた。

「あそこには『あの男』の肖像画が掛かっていたのでしょう、違いますか？」

予想だにしなかったモーガン夫人の質問に、ルベルト氏はあぜんとし、しばし彼女への軽蔑と不信のためにものを言う気にもならなかった。

レイチェルは鼻の穴をふくらませて大きく息を吸い込み、うなずきながら続けて言った。

「そうじゃありませんか？　総統の肖像画だったのでしょう」

ルベルト氏は「見損なった」と言わんばかりに小ばかにした表情で笑い、返事をしなかった。そんな態度を見て、返事に窮したものと誤解したレイチェルは、彼をロープに追い詰めた気分になって言った。「総統の肖像画だったのかどうか、はっきりさせてください。ほとんどのドイツ人が『あの男』の肖像画を持っていたことはわかっています。私は、ただ事実を知りたいのです」

一方でルベルト氏は、モーガン夫人の疑心がはたしてほんものなのかどうか、誰かに吹き込まれただけの借り物ではないのか、判断しかねていたが、とにかくこれ以上は不毛の議論に応じないことにしようと思った。

しかし、レイチェルは最後のとどめを刺すつもりで言った。「あなたにはすっかり失望しました、ルベルトさん。他の誰よりもいい趣味をお持ちだと思っていたのですが」

　そこでルベルト氏の「つむじ曲がり」が働いて、モーガン夫人のあまりにも単純で幼稚な思い違いに我慢がならず、怒りをこめて言い返した。

「周りをよくご覧なさい、モーガン夫人！　家具や、本や、ピアノの椅子の中の楽譜を――ちなみに、メンデルスゾーンとショパンの音楽は、ナチスによって禁じられていたのですよ――その他、図書室にある蔵書も――ヘッセやマルクスやファラダ〔訳註：ハンス・ファラダ、二十世紀前半のドイツの作家〕らの著作は、とっくの昔に焼却処分しなければならなかったものです。そして、美術作品を観てください――もしご興味がありなら、十三年前に追放処分を受けた数々の美術品もお見せしますよ。たとえば『退廃芸術家』と呼ばれる人たちの作品、そこにあるノルデの木版画もそうですが……」そう言って一階の階段の壁に掛かっているトロール漁船の木版画を指さした。「どれも、非ドイツ人、ユダヤ人、政治的超過激主義者《ボルシェビスト》、あるいは総統の趣味に合わないために作品を創ることも売ることもできなかった芸術家たちの作品です」

　ルベルト氏は部屋の中をぐるぐると歩き回り、家具や調度品に向かって熱弁をふるった。

「いずれ誰かが責めを負わねばならないのはわかっています。また、罪をかぶせる相手がいれば幸いなことです。そして、そんな相手を具体的に想定できれば、あなたにとってはきっと都合がいいのでしょうね。しかし、私が誇りにしていたあの場所を『あの男』の肖像画に譲ると思いますか？『あの男』の愚かな考えのおかげで、こうした貴重なものが禁止されたり焼却されたりしたんですよ。彼は文化の破壊者でした。彼の……唯一の信条は破壊することでした――それも、芸術だけではない。生命、家族、人々、街や国――それに神まで破壊してしまいました。彼の残した遺産は、死と廃墟だけです」そこでルベルト氏は立ち止まって、一息入れた。

　レイチェルはじっとしていられなかった。問題の絵から視線を暖炉の上に移し、火掻き棒で灰を突つつきはじめた。手が震えていた。

「もう十分にお話しになったわ、ルベルトさん」

「いいえ、まだです、モーガン夫人。――たしかにあなたのおっしゃるとおり、私たちはお互いのことを何も知りません。あなたは私について何もご存知ない。私の過去も、現在も。そして未来についても――そう、私にも未来に希望はあるのですよ。このドイツ人の私にも！」

レイチェルは火掻き棒を石炭入れに戻し、手の震えを隠すために腕を組んだ。

「モーガン夫人、あなたは私の過去が原因で苦しんでいらっしゃるそうですが、実際にあなたを苦しめているのはご自身の過去ではありませんか？　私にはそう思えるのです。もっとも、あなたの過去について私はほとんど知りません。エドモンド君が話してくれたこと以外はね。でも、少なくとも想像してみようと努力しました。表面からは見えない裏の事情を知ろうと思って」

「エドモンドがあなたに何かしゃべったのですか？」

「あなたの息子さんのマイケル君についてです。そして、あなたがとても悲しんでいることも……。以前のあなたは今よりずっと幸せで、よく冗談を言い、歌をたくさん歌ったそうですね。もし私が当時のあなたを知っていたら、あなたのことをもっと好きになっただろうとも言っていました。今のあなたはもはや、昔のあなたではなくなった、と言いましたよ」

モーガン夫人が深呼吸するのを見たルベルト氏は、自分のことばが彼女の気持ちを深く傷つけているのに気づいていた。

「私はあなたに同情いたします。息子さんを亡くし、引っ越しを余儀なくされ、見知らぬ外国の地で昔の敵国人と同じ家に住まわされ、しかもご主人とはほとんど一緒に過ごせないのですから。あなたがありきたりの偏見に凝り固まった女性でないことは容易に信じられます。あなたの苦痛が特別であること、他の人にはわからないあなただけのものであることは、あなたの目を見ればわかります。それに、あなたが弾くピアノを聴けばわかります。でも、あなたのような人は他にもたくさんいます。目を覚ましなさい。あなた一人だけではないのですよ」

ルベルト氏はモーガン夫人の真正面に来て、向かい合っていた。

「ルベルトさん、もうたくさんです。それ以上話すのはやめてください！」

「それで、どうするつもりですか？　私をここから追い出したいのでしょう？　では、そうしやすいようにしてあげよう」

ルベルト氏はいきなりモーガン夫人の肩をつかんで、すばやくキスをした。乱暴なやり方だったので少し唇の位置がずれたが、すぐに身体を後ろへ引き、首を斜めにのばして顔をつきだし、平手打ちされるのを待った。だが、しっぺ返しはなかった。彼女は横を向いて、そっと上唇の横に手をやっていた。

ルベルト氏の思考経路は乱れ、もはや理路整然と考えることができなくなっていた。アドレナリンが急速に流れ出し、このままではさらに悪いことをしでかしそうなので、早々に退散することにした。両手を挙げて、後ずさりしながらこう言った。

「それでは、さようなら！　部屋へ行って荷物をまとめることにします。それで、あなたの気がすむだろうから」

「だめよ、ルベルトさん」と、モーガン夫人が意外に冷静な声で言った。「その必要はまったくないわ」

ルベルト氏は片手で階段の手すりをつかみ、片足を階段にかけたところだった。

「私……あんなふうにあなたを非難すべきじゃなかったわ。あなたを怒らせたわけね。あれは、私の誤解でした。なかったことにしていただきたいの」

ルベルト氏は彼女のほうに振り向かなかったが、代わりに、しばらく間をおいて考え、階段の支柱を手でたたいた。仲直りの合図だった。そして、彼はゆっくり階段をのぼり、自分の部屋へと去っていった。

エドモンドは、新しく買ってもらったミニカーを、人形の家からたばこの保管場所まで敷いた細長いカーペットの上で往復させて遊んでいた。階下からは、「忘れて」とか「過去」とか「絵画」ということばが断片的に聞こえていた。その殺気立った口調も気になったが、いったい何を話しているのかがまず知りたくて、必死に耳をすましていた。一見したところ、ごく普通の健康な少年が新しいおもちゃで遊んでいるように見えたが、エドモンド本人にとっては、もっと大事なゲームに没頭しているのを隠すためのカムフラージュだった。

寝室にもちこんだミニカーからは、母親の香水の匂いが消えなかった。母はそれをエドモンドに渡すとき、ずいぶん余分な手間ひまをかけた。まず、自分の膝の上に座るよう手招きし、次に彼の顔を両手で包み、額にキスをして、これは早めのクリスマスプレゼントで、父さんからのプレゼントとは別よ、とも言った。母はエドモンドを喜ばせようと、一生懸命になっていたようだ。それが、エドモンドの気持ちをいくらか不安にさせたほどだった。

「これまで何もしてやれなくてごめんね。でも、わかってほしいの――私があなたをどれだけ愛しているか」

こんなふうにはっきり口に出して言われてみると、逆に疑ってしまうものだ。そんなのは重力や空気のようなもので、改めて確認するようなことではない、と思うエドモンドだった。

でも、正直なところ、ミニカーはうれしかった。型式やサイズは違ったが、「ラゴンダ」は、エドモンドが「ルベルト邸」の模型を作るうえで傑出した中心アイテムとなった。もしこのメーカーが「メルセデス五四〇K」も作っていたなら文句ないところなのだが――。他には、ボール紙製のスコップを手にした庭師のリヒャルトの人形もあった。エドモンドは、人形の家の前にラゴンダの模型を停めると、リヒャルト人形を動かして買い物袋を運び出させる。その間、エドモンド人形には本物のたばこを集めさせる。母さん人形は応接室でピアノを弾いており、それをルベルト人形がながめ、グレタ人形とハイケ人形は台所で仕事をしており、フリーダ人形は屋根裏部屋にいる。そして、父さん人形がカーペットの芝生の反対側でドイツを救おうと頑張っている間、エドモンド人形はたばこの大型ケースを二箱かかえて、中央の大きな寝室に向かって走る。寝室に入ったエドモンドは、ドアを閉め、数秒間じっと耳をすまして、誰も後をつけてきていないことを確かめると、家具を部屋の横に動かし、ペルシャ絨毯《じゅうたん》を持ち上げる。絨毯の下には、たばこのケースが八箱あった。それに二箱加えると、合計二百本のたばこを確保したことになる。オッチに頼まれた本数だ。後は、雪に覆われた牧場の上空をヘリコプターで、この戦利品を空輸して孤児たちに届けるだけだ。

牧場に積もった新雪に、最初の足跡を残すのは楽しかった。ゴム製のウェリントンブーツを雪の中に踏み込ませるときのキュッキュッという音や、ブーツの丈ぎりぎりまで積もった雪の感触を楽しみながら歩いていくと、前方にたき火が見えてきた。黒い煙が、空と雪原の境目に棚引いている。灰色の雲は低くたれこめて地面に溶けこみ、地平線をぼやかしていた。

原野を流れる一本の川が、黒い線となって白いキャンバスを切り裂いている。あたりを覆う強い冷気が堤防を越えてこちら側に押し寄せ、数百フィートにわたって、ありとあらゆるものを凍らせている。ところどころにできた氷の山は、氷海に浮かぶ群島のようだ。三日月形に食い込んだ川の入り江も今は完全に氷で覆われ、ヨットが凍結状態で停泊していた。船首は上を向いたままで、船尾は凍りついた冷たいさざ波の中に閉じ込められていた。水がまだ流れている川の中央部では、流されてきた氷の塊があちこちでのこぎり状の岸辺を形成していた。エドモンドの脳裏には、あの南極探検家のスコットが渡ろうとして命を落とした氷原の写真が浮かんでいた。

　川の中央部の水の流れに乗って、氷を積んだ数艘のはしけが霊柩車のように下流へ向かっていた。そのひとつに、一人の男が座っていた。からすの狩猟家だ。普通ならば、からすが一羽や二羽死んだところで悲しむことはないが、一度に多数のからすの死骸を見ると、エドモンドでなくてもショックを受けるものだ。からすたちは、あるいはまだ死んでいないのかもしれない。あまりの寒さに飛べなくなり、羽毛をふくらませたままじっと横たわっているようにも見えた。あるいは、自分たちの死期を予知し、死肉の叫びに引かれるように、生きるのをあきらめて氷の小舟に身をまかせ、海へ運ばれているようにも見えた。

　エドモンドは、浮浪児たちの住むキャンプに近づいていった。脇には、イギリス人専用ショップ「ＮＡＡＦＩ」の茶色の紙バッグをかかえていた。その中に入っている品物が浮浪児たちの尊敬を集め、自分の価値を高めてくれるに違いない、と確信していた。オッチとその仲間の悪ガキ連中が、たき火のまわりに集まってきた。燃えうつらないのが不思議なほど、火に近づいていた。その一人が、壊れた鶏小屋の廃材を火にくべていた。気のせいか、以前より納屋の数が減っているようだ。薪小屋も馬小屋もなくなっていた。浮浪児たちが、自分たちの住み家の半分を燃やしてしまったらしい。オッチはスーツケースの上で、いつまでたってもやってこない列車を待っている老人のような恰好で座っていた。止まり木に止まったまま凍てついたように、じっとして動かなかった。仲間の一人に突つかれて、我に返った。

「心優しいトミーがやってきたよ」

　オッチは、近づいてくるのがエドモンドだとわかると、跳びあがって敬礼し、うれしそうに笑いながら荒々しくたき火のそばへ下りて、ひどいドイツ語なまりの英語で呼びかけた。「エド・ムント、よくきたな。今度は何を持ってきてくれたんだ？」

たき火の周囲の雪が融けて、直径三フィートほど茶色く丸い形の地面が現れており、そこに悪ガキたちがたき火の強い熱におじけることなくたむろしていた。

「何を持ってきてくれた？」と、オッチが何度も繰り返し尋ねた。そのたびに、歯がガチガチ鳴った。

「たばこ《シギーズ》」

エドモンドは、たき火の熱に顔をそむけながら、オッチに紙袋を手渡した。

禁制品を手にしたオッチの表情は、がらりと変わった。それまでの無邪気さが消え、法医学の専門家になったかのように、紙袋の中に手を突っ込んで一箱のプレイヤーズを取り出して、においを嗅ぎ、シールが破れていないか確かめた――うん、上等だ。それは、朝一番のとれたての卵のように新鮮だった。シールが破れていないことは、現金化する際に有利な条件になる。オッチは、たばこの箱をみんなに見えるように手で掲げて宣言した。「プレイヤーズ、有名なシガレットだぜ」たき火の熱で箱のセロファン包装が茶色に変色し、表面に火膨れができた。

「すばらしいシギーズだよ」と、エドモンドもドイツ語で念を押した。

すかさず、オッチが大声で繰り返し叫んだ。「めちゃくちゃ高級なトミーのシギーズ！」

これに応えて、悪ガキ連中も唱和した。以前エドモンドにいとも簡単に組み伏せられた少年は、みんなから少し後方に立っていた。エドモンドはこの機会に、かつてのけんか相手と仲直りしようと思い、オッチの持っている紙袋からたばこを一箱取り出して手渡そうとした。少年は、始めのうちは受け取ろうとしなかったが、どうしてもほしい気持ちに逆らえず、おずおずと前に進み出てエドモンドの好意を受け取った。

たき火からは、木材の燃えるのとは違う匂いがしていた。何かを料理しているのだ。動物の肉を串刺しにして焼いている。頭も足も切り離されているので、何の肉かはわからなかったが、豚より大きく、牛より小さい動物のようだ。何であれ、とにかくおいしそうな匂いがしていた。オッチはエドモンドの腕をとって、ジュージューと焼けている料理のそばへ連れていき、脂身の少ない臀部《でんぶ》の肉を切り取ってくれた。肉は黒く焼けてパリッとしていた。

「一体どうなっているの？《ヴァス・イスト・ロス》」と、エドモンドが習いたてのドイツ語で尋ねると、発音がぎこちないためか、周囲の悪ガキ連中がくすくす笑った。

「ロバさ《エーゼル》」と、オッチが答えた。

エドモンドは、豚とか犬とか牛とかライオンのドイツ語名は知っていたが、「エーゼル」が何を指すのかわからなかった。おそらく牛肉の別名だろう、と想像した。オッチを怒らせないように、エドモンドは肉片を口に放り込んでかみしめた。

「トミー、気に入ったかい《ライク》？」

みんながエドモンドの返事に注目している中、黙ってひたすらかみつづけた。肉は固く、何ともいえない味がした。牛肉のようだが、少し甘い。もっとも、焼き過ぎて味の区別がつきにくくなっていたのも事実だ。

ようやく、エドモンドは片言のドイツ語で「うん、好きだよ《イッヒ・リーベ》」と答えた。正しい言い方かどうか今ひとつ自信がなかったが、通じたようだ。

「トミーはロバが好きだとよ《トミー・リープト・エーゼル》」とオッチが普通のドイツ語に直すと、みんながどっと笑い、賛同して一斉に囃《はや》し立てた。エドモンドは、これで一種の入会儀式《イニシエーション》を通過して、正式に悪ガキ連中の仲間になれたと思った。

次いで、彼らに渡すものが他にもあったことを思いだしたエドモンドは、コートのポケットに手を突っ込んでハンカチの包みを取り出した。それを置く適当な場所がないかと探していると、オッチが自分のスーツケースを指さし、それを横にしてテーブルを作って言った。「母さんの家だ《ムッチス・ハウス》」

エドモンドは、その上にハンカチの包みを置いた。周囲で、他の少年たちが押し合いへし合いして円陣を作っていた。結び目を解いて開くと、キラキラ光る角砂糖の山が出てきた。まるで手品を見ているように、少年たち全員が一斉に息を飲んだ。砂糖がどんなものであるか、知らない者もいるだろう。そう思ったエドモンドは、角砂糖を一個とりあげて光にあててみせた。粒がきらめいていた。「砂糖《シュガー》」と言ってオッチに手渡すと、彼はいきなりそれを口へ放り込んだ。しばらく口を動かさずにもぐもぐした後、奥歯でかみ砕こうとしたが、痛そうに顔をしかめた。口の片方の端から、赤い血の混じった唾液が滴り落ちた。オッチが指を口に突っ込み、下あごをまさぐって取り出したのは、血まみれになった三角形の黄色い虫歯だった。しかめ面をして他の少年たちを見渡してから、あらためて、ピンクがかった黒い手のひらの上に目を落とし、取り出したばかりの血でぬるぬるした虫歯をながめた。そしてそれを手で覆うようにして握り、ポケットの中にしまうのだった。彼がその虫歯で何をするつもりなのか、エドモンドには理解できなかった。もはや修理の利く代物ではないし、おとぎ話の妖精も敬遠するだろう〔訳註：子どもの抜けた歯を枕の下に置いて寝ると、夜中に妖精がこっそりとその歯をもらいに来て、礼として金を置いていくという言い伝えがある〕。

　オッチは屈みこんで雪を手にとり、まだ血の出ている歯茎に押し当てた。そのとき、少年の一人が叫んだ。「川の向こうから誰かやってくるぞ《マン・アウフ・デム・フルス》」

　みんなの目が川の方向に向けられた。U字型の湾曲部を横切って、男が近づいてくる。何歳くらいなのか、この距離からは判別できないが、ばねのようにしなやかな動きで、凍りついたエルベの川面をこちらに向かっているのは間違いない。そのしっかりした足取りは、彼を迎える子どもたちをおびえさせ、落ち着かなくさせるのに十分な効果があった。たとえその男が誰であるか知らなくても、ここへ来てほしくない人物であることだけは皆がわかっているようだ。

「ひょっとして、あいつかな？《イスト・エア・エス》」

「いや、違うぜ《ナイン》」

「誰だか、おれにはわからん《イッヒ・カン・イーン・ニヒト・エアケンネン》」

氷上の男は歩きつづけていた。たき火の熱でできる陽炎《かげろう》に映る姿は、まるで水の上を歩いているようにも見えた。

オッチが落ち着いた声で言った。「ばかだな、お前たちは。あれはアルバートだぜ」

するとジークフリートが言った。「奴さん、あまり機嫌がよくないだろうな。おれたち、ここんところ大した収穫がないから」

凍った川面を渡って岸にたどりついた男は、土手の上によじのぼって雪原に入り、それまで以上に大きく脚を上げ、大股で歩きはじめた。野原を横切る男の姿は、無色透明な冬の気流の中に、たばこの火のオレンジ色の軌跡を残しながら動く、黒とグレーの塊《かたまり》だった。

「たかがアルバートじゃないか」と、オッチは、繰り返しつぶやいた。「おれは今、あいつが欲しがるものを手にしているじゃないか」と。しかし、心の中では、あきらかに何かの覚悟を決めているようだった。

エドモンドは、これから何が起こるのかわからず、不安な気持ちで胸がいっぱいになった。すぐにでも、野原を突っ走って安全な自宅に戻りたかったが、すでに遅すぎた。

「エド・ムント」

オッチが頭をスーツケースにつっこんでロシア兵のコサック帽を取り出し、エドモンドに投げて、頭を指さした。スーツケースの蓋は、他の中身を隠すように少ししか開けなかった。

「何もしゃべるな」

エドモンドはコサック帽をかぶり、紙袋の後ろ側へ移動した。ウェリントン・ブーツの中で、両足が重く、無感覚になっていた。帽子はディーゼル油の臭いがし、ヘルメットのように固く凍っていた。

アルバートという男は、近くで見るとそれほど恐るべき相手とは思えなかった。他の少年たちと比べても、そんなに年長のようには見えず、背もさほど高くない。しかも、特大のコートを着ているので、体格も実際より小さく見えた。しかし、彼がたき火の輪の中に入ってくると、子どもたちは一斉に身震いして、おとなしく身を寄せ合った。エドモンドは、たき火のほうに引き戻されるように感じた。紙袋がいつの間にか持ち去られていたからだ。オッチだけが無関心のふりをして、少し離れた場所に立っていた。若い男は、他の少年たちには目もくれず、オッチに近づいていった。そして、他の誰にも聞こえないように、静かな口調で何かを尋ねたようだ。オッチは一枚の紙を手渡し、男がそれを読んでいる間、何やらブツブツしゃべっていた。男は、喜びも怒りも顔に出さず、紙をていねいに折りたたみ、コートにしまった。そしておもむろに訊いた。

「お前たち、おれのために何を手に入れた？」《ヴァス・ハスト・ドゥ・フュア・ミッヒ》

この質問にオッチはたちまちパニック状態になり、アルバートに向かって拝むように両手を合わせたり、さかんに首を横に振ったり、肩越しにあらぬところを指さしたりして、しどろもどろの言いわけを始めた。身をよじらせて逃げ惑う毛虫のように見えたほどだ。すると、言いわけを半分も言わせずに、アルバートはオッチの顔をつかみ、片手に持ったペンチで口をはさんで黙らせた。そのあまりにも乱暴で残酷な仕打ちに、エドモンドは身体中からアドレナリンと恐怖が流れ出て、思わず吐き気を覚えた。

ようやく手をはなされて自由になったオッチは、今までされていたことを忘れたかのように、レストランの給仕長よろしく、アルバートに串焼き肉を指さした。レストランの最高席へ案内するかのようなしぐさだった。アルバートは肉に近づき、しばらく観察していたが、さらに機嫌の悪い顔になって少年たちに言った。

「おれたちにはロバの肉を食えというのか？《ヴィア・エッセン・エーゼル》　イギリス人たちはケーキを食っているというのに！《ヴェーレント・ディー・エングレンダー・クーヘン・エッセン》」

またも、ロバ《エーゼル》ということばが出てきた。イギリス人が食べるケーキの話もしているらしい、とエドモンドは推測した。

アルバートの気をそらそうとして、オッチは次の手を考え出した。薬の入ったチューブのようなものを取り出して、振ってみせたのだ。ライオンをむち打って、火の輪をくぐらせる調教師のようにも見えた。

「アルバート、これを見てくれ！　あんたのために手に入れた《シャウマル・ヴァス・ヴィア・フュア・ディッヒ・ハーベン！》メタンフェタミン《ペルヴェチン》〔訳註：ナチスが使った覚醒剤〕だぜ」

アルバートはチューブをひったくって、中から錠剤を二粒取り出した。

オッチは他の少年たちに向かって手をたたき、各自の収穫物をアルバートに提供するよう促した。オットーが持ちだして地面に置いた教会用の回収皿の中へ、悪ガキ連中はそれぞれの収穫物を放り込んだ。一見貧相だが、さまざまな種類の品物が混じっていた。性病用の薬、コンドーム、角砂糖などだ。オッチ自身もしぶしぶ、エドモンドの差し入れのほとんどを提供しなければならなかった。

中でも、アルバートが目をつけたのが角砂糖だった。

「お前らは、一体どこでこれらを見つけたんだ？《ヴォー・ハスト・ドゥ・デン・ズッカー・ゲフンデン》」

誰も返事をしなかった。

オッチが、どこかのホテルの名前を言ったが、アルバートは気に入らないようだった。アルバートはいきなりディートマーの首に腕を回して締め上げ、まぶたに一インチほどのところにまでたばこの火を近づけた。まつげが焦げ、ディートマーはうめき声をあげた。

エドモンドは、食道から酸っぱい液がこみ上げてくるのを飲み込んだ。股間には温かい尿が漏れだし、太ももを濡らした。今目の前で行なわれている拷問の責任の一端が自分にあることがわかっていたので、アルバートにやめるよう言いたかったが、口を開くのがあまりにも怖かった。しかし、「こんなとき、父さんならどうするだろう？」と考えたエドモンドは思わず英語で叫んでいた。

「やめて！　お願い……やめて！」

予期しない英語の叫び声におどろいたアルバートは、すぐに手をゆるめてディートマーを解放した。

代わりにエドモンドが標的になった。

「彼は問題ないよ、アルバート」と、オッチが言った。「彼は、おれたちにシギーズを持ってきてくれるんだ。その砂糖を持ってきたのも彼さ。とても優しいトミーなんだ」

熱い小便が一気に噴き出すのを、エドモンドは我慢できなかった。小便はパンツを濡らし、ズボンの内側を流れ落ちてウェリントン・ブーツにまで達した。最初の一瞬は温かくて気持ちよかったが、今や両脚がゴムのように柔らかく、弱々しくなったようだ。これでは、逃げ出したくても走ることもできないだろう。また、父さんのことを考えてみた。こんなふうに死ぬのは、自分が理想としていたものとは違う。このまま死んだら、雪の中に死体と一緒に黄色い小便の跡が残るに違いない。勲章をもらうような人物は、パンツの中で小便などしなかったはずだ。エドモンド・モーガン、眠れ小便の中で。

しかし、なぜかアルバートは動かなかった。じっと立ったまま、何かを計算しているようだった。そして、ときどきエドモンドのほうを見ながら、オッチとこそこそ相談をしていたが、ようやく、油断のない目つきでエドモンドに向き合い、回収皿の中からプレイヤーズの箱を拾い上げて英語で言った。

「シギーズをここへ持ってこい。毎週だ、いいな！」

「はい……」

「もし持ってこないと、同じ目にあう」そう言って、たばこの火を目に近づけてみせた。

オッチはエドモンドに向かって言った。「優しいトミーよ。お前さんが……明日もシギーズを持ってきたとする……ここへだよ……すると」と言って、手で前向きにアーチを描き、次の一週間はジャンプしてもいいという意味のことを伝えようとした。エドモンドは、ことさらに力を込めてうなずいてみせた。

アルバートは角砂糖を火のなかに投げ込んだが、燃えている鶏小屋の廃材の金網の上にひっかかった。それを見たオッチがわめき声をあげて、角砂糖を拾おうと火の中に飛び込んだが、あまりの熱さにあわてて飛びのき、蛙のように地面に尻もちをついた。コートの端が燃えたので、雪の中に転げ込んで炎を消そうともがいた。一連の行動を見て、悪ガキ連中が笑った。

浮浪児たちが提供した品物の残りを拾いあげたアルバートは、おもむろにエドモンドを指さし、次いで後方のルベルト邸を指さした。正確にはわからなかったが、彼の言いたいことを感じ取ることはできた。とにかく、その残忍な視線ににらまれると、後ずさりしながらおとなしく従うしかなかった。こうして、恐怖でよたよたになった両脚を引きずり、つまずきながら駆け出すエドモンドだった。

戦災で家をなくし、あるいは自宅を追い出されたハンブルク市民を収容するために、市内ハンマーブローク地区にニッセンハットと呼ばれる仮設住宅が建てられている。

今朝のニッセンハットはいずれも軒先まで雪に埋まり、窓辺には灯油ランプの黄色い灯りが映っていた。一見したところ、心地よい満ち足りた集落の印象を与えている。

「おお、おいで、おいで、エマニュエル」ショウ大臣は、犬の鳴き声に気づいて声をかけた。除雪された小道を、モーガン大佐が大臣を案内して人々の集まる施し広場へ向かっている途中だった。

大佐が予測したように、ここ二日間休みなく降った雪のため、人々は家の中に閉じ込もり、街頭抗議者たちも道路から姿を消して、小競り合いの形跡はどこにも見えなくなっていた。大臣が今回の視察で目にしたものは、すべての困難が見事にコントロールされている様子を印象づけるものだった。工場内の抗議者たちすら、いつものプラカードを降ろしていた。

しかし、モーガン大佐がショウ大臣（それに、随伴の『ディ・ヴェルト』紙のカメラマンたち）にぜひ見てほしいと願っていたのは、ここニッセンハットのキャンプで惨めな生活を余儀なくされている一般市民の、うそ偽りのない姿であった。だが、その日そこでは特別なチャリティーイベントが催されていた。赤十字社とクエーカー教徒の団体、それに救世軍も参加して、ブラスバンドが賛美歌を演奏しているなか、家をなくしたDPたちが列を作って石鹸や食料品の包みなどの施しものを受け取っていた。

「こうして君らがドイツ人たちに食べ物を与えているのを見るのはいいものだね、大佐」

「ええ、しかし、我々から食品をもらえず飢えている人がたくさんいます。今月に入ってすでに二十人が餓死しています、大臣閣下。しかも、事態は悪化する一方です。今のドイツには、自分たちの国民に与える十分な食料がないのです」

「だが、周囲に豊かな農地が広がっているじゃないか」

傍らでカメラマンが、ショウ大臣を次の写真を撮る場所へ連れていこうとしていた。

「実は、ロシア軍が穀倉地帯の大半を占領していて、我々はその恩恵にあずかれないのです」

モーガン大佐は、大臣がなかば上の空で話を聞いているのに気づいていたが、あえて話しつづけた。

「食料は農地から市街地へ供給されるのが普通ですが、その農地を管理するロシア軍は、我々が旧ナチスの工場の解体作業を進めないかぎり、一粒の穀物も分けてくれません。そのため、我々の管轄地域では食料の九十パーセントを輸入に頼らざるを得ないのです。一日あたり二百万トンにものぼります、大臣閣下。さらに悪いことに、この時期は氷のため船が航行できません。しかしながら、我々が既存の工場の解体を進めれば、ドイツ人は働く場所を失うことになります。いずれにせよ、多くのドイツ人は非ナチス化が完了するまでは働くことができないわけで、まさに悪循環です」

ショウ大臣は、思慮深げにうなずいた。しかし、モーガン大佐は、少ししゃべりすぎたような気がしていた。いわば、標的を定めずに乱射したような気分だった。そのときちょうど、カメラマンが割って入ってきた。

「大臣閣下。閣下をこの架台の後ろの位置にお連れしてもかまわないでしょうか？　食べ物の袋を手渡しておられるところを撮りたいので」

『ディ・ヴェルト』紙から派遣された監督官のレイランドにとって、今回の写真撮影の主旨は単純なことだった。要するに、惨めな姿のドイツ人と大臣を並べて撮影することで、自分たちイギリス人がいかに優れているかを一般のドイツ人に示そうというものだ。その主旨の作品を数点、彼はすでに編集し終わっていた――その一つは、ショウ大臣が学校の子ども用の椅子に座り、横で三人のドイツ人の女子がニコニコ笑いながら国会議事堂を描いた歴史の本を熱心に読むのを見ているというものだった。そこには、「ドイツの子どもたちは目下、民主主義の基礎を学んでいる」とのキャプションがあった。その他に、ディ・ヴェルト社の印刷所のブロックの上に立っているショウ大臣の写真もあった。そしてそこには「ドイツ人は、今や再び自由な報道紙の恩恵を享受している」とのコメントが添えられていた。

しかし、本日一番の写真は、何といっても「食糧品の包みを配るショウ大臣に感謝するドイツ人たち」の姿だろう。そこには、誰もが望んでいるイギリス人とドイツ人の混合主義《シンクレティズム》がみごとに表出されるはずだ。ドイツ人に対しては、イギリス人がいかに思いやりや頼りがいのある人間であるかを誇示し、コントロール・コミッションへの風当たりを弱めるねらいもあった。

ショウ大臣は、人々に「行動力のある人」というイメージを与えるにはいつどこでどうふるまうべきか、つぼを心得ていた。一人の老女に向かってドイツ語でハローと声をかけ、おおらかに屈みこんで施しものを手渡した。しかし、老女は大臣のわざとらしい態度に何の感動も示さず、しかめっ面でそれを受け取り、ひと言も発せず立ち去っていった。カメラマンはシャッターを切ったものの、「感謝」を感じさせるシーンを撮る必要があった。そこへ、幼児を腰でかかえた母親が隣のテーブルにやってきたのにカメラを向けると、大臣は手袋をしたままの手で、本能的にその小さな女の子を撫で、食べ物の包みを渡した。平服のサンタクロースのような仕草だ。カメラマンは身体を横にしてピントを合わせ、シャッターを切った。

むさ苦しい身なりの若者が、ショウ大臣に声をかけた。この若者は、先ほどからずっと大臣たちの後をつけてきていた。

「トミー、我々にもっとたくさんの食べ物を与えてくれ《トミー・ギープト・ウンス・メアー・ツ・エッセン》！　そうでないと、ヒトラーが忘れられない《ゾンスト・ヴェルデン・ヴィア・ヒトラー・ニヒト・フェアゲッセン》」

レイランドは若者に立ち去るよう言い、大臣には男の無礼を詫びた。

「だが、彼は何と言っていたのだ？」ショウ大臣は通訳のウルスラに訊いた。

「彼は、『トミー、もっとたくさんの食べ物をくれ、さもないとヒトラーを忘れないぞ』と言っています」

若者の挑発的な態度を見て、ショウ大臣は怒るどころか、かえってうれしそうな顔をした。何か考えていたことを実証する、絶好のチャンスだと思ったようだ。

「本気でそう思っているのか、彼に訊いてくれないか」と、大臣がウルスラに頼んだ。

ウルスラは、ショウ大臣の質問を男に伝えた。すると、男はいかにも軽蔑していると言わんばかりに、断固とした口調で答えた。

「彼は言っています。『あのときのほうが今よりはるかによかった。これほど惨めになったことなど一度もなかった。あの終戦の最後の日々でさえ』」

自分のかけがえのない仕事を妨害されたくないカメラマンは、このやっかい者に静かにするよう言ったが、ショウ大臣は逆にこの男に心底興味を持ったようだ。もう一度、ウルスラのほうを見た。

「彼に訊いてくれないか。自由を手に入れてうれしくないのか、と」

それに答えて、男は仮設住宅を指さして言った。ウルスラは通訳した。

「あそこでの生活が自由に見えますか？　私は終戦後、三つのキャンプに入れられました。初めはベルギー、次いでケルン、そして今はこのキャンプ。以来九カ月、いまだに妻に会うことができません。なぜですか？　私が祖国のために戦ったからなのですか？」

「では、どうすればいいのかね？」と、大臣が尋ねる。

男は低い声でつぶやくように答えたが、ウルスラは通訳しなかった。笑いたくなるのをじっとこらえて、手の甲を見ていた。

「彼は何と言っているのだ？」と訊く大臣に、ウルスラは「ただ怒っているだけです。腹の中でぶつぶつ独り言を言っているのです」とあいまいに答えた。彼女がことばを濁したのは、大臣を男の罵言から守るというよりも、若者の暴走をとめてやろうとしたからだ。

しかし、大臣はタフな国会議員として黙ってはいなかった。「彼は思ったことを何でも自由に口にしていいのだ。私は何を言われても気にしない。さあ、言いなさい。一体何を言いたかったのだ？」

ウルスラは躊躇して、モーガン大佐の許可を求めた。

「彼が何を言ったか、大臣がお知りになるのは重要なことだと思うよ」と、モーガン大佐が言った。

「彼は『我々を罪人扱いにするのはやめろ』と言いました。そして『イングランドへ帰れ』とも」

「もっと強い口調ではなかったのかね？」と、大臣が口を挟んだ。

モーガン大佐は笑いたくなるのを抑えて、もっと正確に訳すようウルスラにうなずいてみせた。

「乱暴な訳し方をすると、『イングランドへ帰りやがれ《ファック・オフ・バック・トゥ・イングランド》』となります」

モーガン大佐はウルスラを車で家まで送っていった。途中、道路の状況にかろうじて注意をはらいながら、大佐の頭の中は、さきほどまでのショウ大臣との対話でいっぱいだった。

「ありがとうございます」と、ウルスラが言った。

「言いにくいことをおっしゃろうと、頑張っていただいて」

「とてもじゃないが、あれで十分だとは思っていないよ。自分の考えを明確に伝えることはできなかったと思う。現状を改善するチャンスだったのだがね。大臣はロンドンへ帰り、誰もここの惨状を知ろうとしないだろう」

「何が？」

「あなたはご自分に厳しすぎるんですよ」

「私はまぬけだった。せっかくのチャンスをふいにしてしまった」

「何もかも完璧に実行するのは不可能ですよ」というウルスラのことばに、モーガン大佐は自分の不手際を叱られているような気がしていた。

前方に、乗り捨てられた大型トラックがV字に折れ曲がって道路に横たわっているのが見えた。前のほうが歩道に乗り上げ、事故の跡にはすでに新雪が積もっていた。一人の男が運転席から何かをつかんで走り出るのが見えたが、大佐は見ないふりをして、横を通り過ぎた。

「家まで送っていただかなくてもけっこうですよ」

「こんな道を独りで歩かせるわけにいかないよ」

「でも、遠回りになるでしょう」

「どうしても、君を送りたいのさ」

車の強力なヒーターから押し出された暖かい空気が大佐の両脚に吹きつけ、それが徐々に上昇して胸をおおうほどになった。血流がよくなって、指先がちくちくしはじめた。室内の温度が上がるにつれ、湿ったウールやたばこ、それにウルスラの下着の臭いが混じってこもってきた。

「あなたのことを、彼らは何て呼んでいましたっけ？　ハンブルクのロレンス？　それは、いい意味なのですか、それとも悪い意味なのですか？」

「呼ぶ人によるよ」

このニックネームを考え出したのは、あのバーカー大尉だった。そのとき、大佐は反対しなかった。ひそかな虚栄心に訴えるものがあったからかもしれない。「つまり、T・E・ロレンス、別名アラビアのロレンスを思わせるからだ」

ウルスラは、ロレンスのことをまったく知らなかった。そこで、大佐が説明をした。

「ロレンスというのは、第一次世界大戦でエジプトに駐屯していたイギリス軍の中尉で、当時の彼は、軍隊の中にあってふう変わりなはみ出し者とみられていたんだ。というのは、彼がベドウィンと呼ばれる地元住民について豊富な知識を持っているだけでなく、そのよき理解者でもあったからだ。彼は『知恵の七柱』という本を書いているが、実はこの本は私の愛読書なんだ。いわばバイブルのようなもので、いつも持ち歩いている。オフィスの中でも、ときおりバーカー大尉が私のことをロレンスと呼ぶのを耳にした人も少なくないと思う」

「私、その人物についてもっと知りたいですわ」

「彼はいつも、軍の権威に対して反抗的だった。何につけ、地元民の利益を優先しようとしたからだ。軍隊の内部では、横柄な奴だと思われていた。仲間の軍人たちより現地人を大切にするので、みんなから嫌われていた。彼の署名入りの著書を持っているから、貸してあげるよ。私自身ロレンスに、一度だけ、わずかな時間だが会ったことがある」

「どんな様子だったんですか？」

「どこか他の土地へ行きたがっていたようだ」

「それで、あなたはどうなのですか？　現地人のほうが大切なのですか？」

「みんながそう言って私を批判している。妻ですら同じことを言う」

路面の状態がよくなったせいか、バチャバチャというタイヤの音がなくなり、毛布をかぶせたように静かになった。ハンドルの感触も柔らかくなった。しかしルイスは、妻のレイチェルの話をするときは、無意識にハンドルを強く握るのだった。

「妻にとって、自分の息子を殺したドイツ人と同じ家に住むのはつらいことに違いない。普通のイギリスの婦人にはとてもできないことだ」

「奥さんは……落ち着かれたのですか？」

この「落ち着く」ということばにはさまざまな意味が含まれている。

「ああ……徐々に慣れてはきているようだが。……まだまだ十分ではない。長男を亡くしたトラウマを克服するのに時間がかかっている」

ルイスは、長男マイケルの死についてウルスラに詳しく話したことはなかった。ウルスラが夫の戦死について語ったとき、ルイスも長男が死んだ事実を伝えただけだ。

「昔の敵国人と一緒に住むということが容易でないのは、この私にもよくわかる。私は、自分の息子が彼らに殺されたことを忘れはしない。しかしそれにも増して、そんな敵国人の世話をしている私と夫婦生活をしなければならないのは、もっと深刻な問題に違いない」

ウルスラは、ほんのわずかな情報から、たちまち問題の核心をつかんだ。ルイスはさらに続けた。

「だが……この問題は彼女自身が何とかしなければならないことだ」

「しなければならないとは？」

「そう……私は、彼女が時間とともに……自力で前向きに解決してくれるよう、願ってきた」

「でも、どうして？　時間なんて関係ないと思いますが」

ルイスには、答えることができなかった。

「息子さんの死が癒えることはないでしょう」と、ウルスラは言う。

ルイスが大きな息を長々と吐き出したので、フロントガラスが曇った。伸ばした手にはめた手袋でそれを拭きながら、ルイスは言った。

「この気候はちょっとしたもんだね」

彼の気持ちを察したウルスラは、詫びるように言った。

「ごめんなさい。私には関係のないことなのに」

「いや、いいんだ」

しばらく、二人は黙っていた。

「もう一人お子さんがいらっしゃるのでしょう?」

「うん」

「その子はどうなんですか?」

エドモンドのことを思うと、ルイスは思わず相好を崩した。彼はエドモンドが好きだし、もっとよく知りたいとも思っていた。しかし、まだ彼についての知識が十分でないことから、正直な気持ちを表明できずにいた。「彼は……いい少年……」

そのときだった。急にハンドルをとられた。酔っ払いの運転手に取って代わられたように、ハンドルは右に左に勝手に回転した。ようやくルイスが操作できるようになったときには、車は凍った路面で静かに優雅なスピンを描いて、大きく横滑りしていた。ルイスは、車が道路を外れて停まるところまで、滑るままにまかせた。途中、「気をつけろ!」と声に出し、無意識に右腕をウルスラの腹部に伸ばして、彼女を支えるような姿勢になった。車が深い吹きだまりにゆっくりと突っ込み、音もなく停車してからも、しばらくそのままの姿勢でいた。すぐに手を引っ込めねばならないという直感に逆らって、あえて必要もないのに彼女の身体を支えつづけたのは、そうすることで、彼女がどう反応するか見てみたい気持ちがあったからだろう。

ウルスラは左手でルイスの上腕部をそっと持ち上げ、横にはずした。ルイスは苦しまぎれに言いわけをした。

「悪かったね。あの車輪が……一体どうなったんだろう……」

「問題ありませんわ、大佐。誰もがするミスですから」

車は吹きだまりにしっかりはまり込んでしまった。ルイスは考えた。まずウルスラを家まで送っていってから、ユングフェルンシュティークにある将校クラブへ戻り、帰宅の交通手段を見つけて、REME（イギリス電気および機械技師協会）に頼んで都合のいいときに車を掘り出してもらうことにしよう。無性にたばこが吸いたかったが、ひじ掛けの下の貴重品入れ《スタッシュ》は空っぽだった。

「家まで送っていくよ」

「その必要はありませんわ、大佐」

「いいんだ。気にしなくていい」

二人は人けのないノイアー・シュタイン通りを並んで歩いた。この地域はハンブルク市内でも古く、戦災を受けていなかった。ルイスは、心ならずも湧いてくるウルスラへの軽率な感情に戸惑いながら、思わず足取りを早めるのだった。

かつて妻のレイチエルにからかわれたが、こと異性に関する限りルイスは実直そのもので、ずるさがまったく見られなかった。それは、特に家族から離れて独身生活をしているときには有効な保身術の役割を果たした。例えば、他の人なら容易に溺れてしまう性的な誘惑を受けても、妻への愛情と誠実心が強く働き、彼は平然としていられた。ルイスの同僚の間では、男女間の悪ふざけは日常茶飯事で、それがスキャンダルに発展することも多く、しかもたいていの場合見て見ぬ振りで見逃されていたが、ルイスには関係のない世界だった。いかなる聖人君子をも堕落させ破滅させる魅力あふれる女性に出会っても、ルイスはくずれなかった。なぜそうなのか？　ルイス自身疑問に思い、ひょっとして自分の性格に欠陥があるのではないかと自問したこともあった。彼がブレーメンに駐在していたときのある夜のことだった。当時の副司令官だったブラックモア大尉がルイスを「無精子の修道士」と非難したことがあった。戦争が終わり、ドイツに平和がもたらされた最初の週だった。祝賀会が催され、飲めや歌えの乱痴気騒ぎに発展して、男性たちはそこここで現地女性たちとペアを組んでいた。あいにくブラックモア大尉は結婚したばかりだったので、彼をバーの女性の誘惑から守ってやろうとしたルイスに向かって、制服に着替えて出てきた大尉が入り口のドアで待っているルイスに向かってなじるように言った。「あんたには精子がないのかい？　だとすれば、とんでもない無精子の修道士だよ、モーガン。ほら、あの女を見てみろよ！　我慢できるかい？　やりたくならないのか？」一人の少女が疲れきった様子で、シーツにまたがるようにして裸の片脚を露出して熟睡していた。肌はミルクのように白くやわらかで、横たわる肢体が気をそそった。だが、ルイスの反応は依然として「ノー」だった。その気にはなれなかったのだ。それはルイスの血に赤血球が不足しているからでもなければ、自制心が強すぎるからでもなかった。彼の関心を惹くものが妻以外にいなかったからである。

今、ルイスの目の前では、ウルスラが雪の深い部分を避けながらレイヨウのようにジャンプして歩いていた。それを見ながら一緒に歩くルイスの心には、従来の実直さだけでは処理できそうにない異性への新しい感情が生じていた。ウルスラのちょっとした動きや表情が気になっていたのだ。これまではレイチエル以外に注目したことのない、澄んだ、鋭い、繊細な動作が目についた。まるで、従来の近視眼を修正する眼鏡をかけたようだ。

こんなところをレイチエルが見たら何と思うだろう？　礼儀正しくふるまうイギリス将校と見るだろうか、それとも初めての情事に臨もうとしている男の姿と見るだろうか？　ブラックモア大尉ではなくても、英軍駐屯本部の半数の者が考えそうなことは想像できる。だが、ルイス自身は何を考えて歩いているのだろう？　ほんとうに、この女性を家まで送っていこうとしているだけなのか？　彼女への思いやりのある態度は、よからぬ下心を隠すための見せかけにすぎないのでは？　厳しい寒気がルイスをあざ笑い、知性を奪い取っていくようだ。

二人は、古い商家の向かいにある六階建ての町営住宅に着いた。ハンドバッグの中の鍵を探しながらウルスラは言った。

「ここが、私の叔母のアパートです」

彼女がロシア人たちから逃れてハンブルクにやってきたのは、そこで叔母と一緒に住めるからだった。

「家でコーヒーでもお出ししたいのですが、あいにく叔母がうるさいもので……」

「もちろんだよ。そんなつもりはまったくない」

「送ってきていただいて、ありがとうございました。では、明日オフィスでお目にかかりましょう。天気がよくなればいいのですが」

「そう、天気がよければいいのだが」


レイチェルはベッドに横たわって、ルベルトとのささいな口論の場面を繰り返し想い起こしていた。最後にキスをされる直前まで交わされたあの鋭いひと言ひと言が、いつまでも心に響いた。キスをされたのはショックだったが、その粗暴な行為をとがめる気持ちにはなれなかった。ぎこちなく重ねた唇の位置が少しずれていたこともあるが、平手打ちのおしおきを待つ少年のようなしぐさに、何かいとおしさすら感じられた。それにしても、あまりにもあっさりと白旗を上げたレイチェルだったが、心中はおだやかでなかった。彼女自身の過去や、彼女の失ったもの、それに結婚生活についてまで、あれほど多くのことをルベルトがどうして知っていたのか、まったく意外だった。心のすみずみまで覗かれているような気がして、落ち着かなかった。ルベルトは言った。「もしも私が、当時のあなたを知っていたなら、きっとあなたが好きになっていたでしょう……しかし、今のあなたはかつての

『あなた自身』ではない」と。

ルイスもまた、マイケルの死以来、レイチェルに同じことを繰り返し言った。「今の君はあのときの『君自身』ではない」と。もちろん、ルイスにはレイチェルを非難する気などなかった。それどころか、彼女を元気づけようとして言ったのだろうが、そこにはやはり、レイチェルに対してかつてのように素直に愛せる女に戻ってほしいという願望が込められていたはずだ。あの爆撃を受ける日までのレイチェルに戻ってほしい、と願っているのだ。

かつての「レイチェル自身」は今のようにさまざまに悩むことなどなかった。今の自分はほんとうの「自分自身」なのか、ほんとうに幸せなのか、自分はルイスとのセックスをほんとうに望んでいるのか、など考えもしなかった。

しかし、もはや元には戻れない。かつての純真さは失われてしまった。爆弾が彼女を破滅させたのだ。どうすれば昔の純真さを取り戻せるのか、彼女にはわからない。ルイスにもわからないとすれば、ルイスの助けをあてにすることもできない。一度、レイチェルはルイスに訊いたことがあった。

「ねえ、ルイス！　あなたが昔、私のことをあれほど愛してくれたのは、一体どうしてだったの？」

ルイスは単純に答えるしかなかった。「ただ、愛していた。うまく説明できないが」と。

今後レイチェルの心が少しずつでも癒されていくには、誰かが彼女の悩みをていねいに解いていってやらねばならないだろう。

横に伸ばしたレイチェルの腕に、誰も寝ていない布団が冷たく感じられた。そこにはルイスの温かい身体が横たわっているはずだった。枕の下に折りたたんだ彼のパジャマをさぐりあてたとき、彼がいないことを改めて実感した。結婚したての一年間はずっと、裸でベッドに入ったものだ。たとえ冬でもそうした。二人を妨げるものは何もなく、羞恥心すらなかった。もちろん、当時は、若いエネルギーとけがれのない過去への自信と自由があった。しかし、年とともに、少しずつ身体を覆う衣類が増えていった。特に、マイケルの死以後は、固苦しい喪服に執着するようになった。

レイチェルは、上半身を起こした。家の中のどこかで電灯が点き、カーテンのすき間から差し込んだ光が床を照らしたからだ。レイチェルはベッドのサイドランプのスイッチを入れた。戦時中、ルイスと離れて生活していたときの習慣で、急いでホットミルクを作らねばという強い衝動を覚えた。

レイチェルは夜のしじまに聞き耳を立てた。ラジエーターのカチッ、カシャッという音以外には何も聞こえなかった。しばらくして、ベッドから這い出し、カーテンを通して覗いた。電灯がついているのは階下だった。多分、ルイスが戻ってきて、夜遅くのウィスキーをグラスに注いで独りで楽しんでいるのだろうと思った。レイチェルはそっとスリッパを履き、ドレッシングガウンを着て、見にいった。

玄関ホールの暖炉では、格子の中で燃えさしの薪が一本オレンジ色に光っていた。今日ルベルトと口論したばかりの裸婦の絵をあらためて見上げると、思わず自己嫌悪にさいなまれるのであった。そもそもは、あの押しの強いバーンハム夫人の偏見に満ちた考えを無批判に受け入れていた自分に原因があった。今、レイチェル自身の正直な目でこの絵を見れば、この上なくすばらしいではないか。美しくて不快感がなく、全体が軽いタッチで描かれている。今度ルベルト氏に会ったときには、この絵のバックグラウンドについて尋ねてみよう。そして、ルベルト氏自身の生い立ちについても訊いてみよう、と考えるレイチェルだった。

応接室の電灯が点いていたので、レイチェルは中に入った。ミース・ファン・デル・ローエのリクライニングチェアに座ってウィスキーをちびりちびりとやっているルイスを期待していたが、部屋には誰もいなかった。

裏庭に張り出した出窓のところへ行って外を見た。芝生が緩やかな傾斜で川辺にまで続いている。川の対岸で数個の光が点滅しており、雪はこんこんと降りやまない。闇で見えないが、エルベ河であることはわかっていた。日に日に想い出が遠ざかるイングランドへ通じる水路である。

そのとき、何かが芝生を横切るのが見えた。鹿か、あるいは大きな犬ぐらいの大きさだが、位置が低すぎて区別できない。腕ほど長い、太くて曲がった尻尾を持っている。もっとよく見えるようにと、レイチェルは電灯のスイッチを切った。すると、その雪に覆われた芝生を大股で堂々と横切っていくのは、鹿でも犬でもなく、何と大きな黒猫だった。豹《ひょう》か雌ライオンほどの大きさにも見えたが、動作は緩慢で、周囲にまるで無頓着だった。ほんとうはそこに現れてはいけない生き物なのだが、現としてそこにいる。自然の生息地にいるかのように、気楽に歩いていた。

「待って！　戻ってらっしゃい」と、レイチェルが叫んだ。猫を立ち止まらせて、しっかり確かめようと思った。できれば、互いに目を合わせ、意思をかよわせ、意味ありげな表情をして、サインを送りあいたい、とも思った。しかし、その動物はこちらを振り向くこともなく、夜の闇の中へ姿を消していった。

第八章

ルベルト氏とフリーダの父娘は、ゆで卵と黒パンの質素な夕食をとっていた。パンにつけるマーガリンは、ピーターセン&ヨハンセン社製だ。ルベルト氏が今ひときわ感慨を覚えているのは、人間あるいは彼自身の持つしたたかな順応力だ。人はどんなに劣悪な状況に置かれても順応することができ、それに応じて将来についても期待を新たにすることができる、ということだ。終戦直後ですら粗末とされていたこの種の食事でも、ルベルトにとってはご馳走だった。ピーターセンのべたべたしたマーガリンですらおいしかった。

「フリーダ。そのマーガリンを取ってくれないか?」

フリーダは黙ったまま、陶器製の容器を父に向けてテーブルの上をすべらせた。顔を上げることもなく、背中を丸めたままの姿勢で、ひたすら卵の白味とパンを口に放り込んでいる。ニキビが一つ二つ出はじめた額は脂《あぶら》ぎって、束ねた髪の毛と両手は瓦礫作業の埃《ほこり》で汚れたままだ。

フリーダは食事中、ひと言もしゃべろうとしない。ルベルト氏も黙然として新聞を読んでいた。妻のクラウディアが生きていたら、さぞや嘆いたことだろう。

「シュテファアン。あなたは私たちの話に興味がないの?」と言って、新聞記事に夢中になっているルベルト氏をなじるだろう。「争いばかりの男の世界がそんなに面白いの?」と言い立てていた妻の想い出も、今や薄れていくばかりだ。

今、ルベルト氏が読んでいる日刊紙『ディ・ヴェルト』は、イギリス統治下にある難民収容所のドイツ人難民の数を報じていた。ルベルトの脳裏には、モーガン夫人との口論やその後のキス事件のせいで、難民キャンプに収容される自分の姿がぼんやりと浮かんでいた。それにしても、自分と娘のフリーダが、親子とはいえ、よく似た性格であることに愕然としていた。自分勝手で、向こう見ずで、反省する気持ちなどさらさらない……など。

ルベルト氏は思いきってフリーダに話しかけた。

「昨夜、一人の男がピーターセンの家に侵入しようとしているのを目撃したのだ。私はすぐにその男を止めようと思ったが、即座に考えなおした。あの家を誰が使ったっていいじゃないか、という気になったからだ。噂では、このあたりは空き家が多いそうだ。納得できないがね」

フリーダは、顔を上げずに黙々と食べつづけた。

「かわいそうなのはピーターセンだよ」そう言ってルベルト氏は、別の黒パンにマーガリンをぬった。「私たちは今、この小さな簡易台所で食事をしなければならない境遇だが、落ちぶれたとはいえ、まだまだ恵まれているほうだ。近所の人たちがニッセンの難民キャンプに強制的に移されたことを思うと、贅沢は言えない。あのマーガリン業界の大物だったピーターセンは、かつてロールスロイスや競馬馬、それに大型ヨットまで所有していた。そのヨットで、エルベ河をわがもの顔で航行していたものだ。しかし、エルブショッセ街でイギリス軍が最初に目をつけたのが彼の大邸宅で、ヨットや自動車や競走馬と一緒に、彼のプライドも奪ってしまったのだ。ハムにあるニッセンハットへの転居という屈辱に加えて、懲役後九カ月目には、彼の築いた貴重な動産は跡形もなく消え去っていたのだよ。イギリス軍が管理の義務を怠ったのか、忘れていたか……。ところで、瓦礫の中での作業はどうかね?」

「きついわ」

「母さんは、そんなお前をきっと自慢に思うだろうな」

になったがね」

「忘れたわけじゃないよ、フリーダ。どうして忘れられようか？　彼女が死んだなんて、信じたくなかった。だから、何カ月も探し回ったよ。今になって、やっと、事実を受け入れることができるようになったがね」

ルベルト氏が娘の胸の中に入り込めるのは、ここまでだった。どうしても破ることのできない壁、その奥に秘められた彼女の怒りには、触れることすらできない。そのとき、ドアがノックされた。

「お入りなさい」ルベルト氏は、ハイケがノックしたのだと思ったが、入ってきたのはモーガン夫人だった。びっくりしたルベルト氏は、思わず立ち上がって言った。

「フラウ・モーガン！」


彼女がルベルト氏たちの住まいにやってきたのは、これが初めてのはずだ。ルベルト氏は一瞬考えた——やはり、恐れていたとおりに事態は展開しそうだ。夫人は、夫のモーガン大佐が階下でルベルト氏を待っていることを告げにきたのだろう。ルベルト氏はモーガン大佐に会いに降りていき、挨拶し、天気の話などをする。その後、大佐がルベルト氏に決闘を申し込む——そんな筋書きだろう、と考えた。しかし、それはルベルト氏の勝手な思い過ごしだった。


モーガン夫人はすばやく、しかし慎み深く、部屋の中を観察した。自分たちの台所と比べるとずいぶん狭く質素だな、と思ったが顔には出さなかった。

「引き出しの中に、こんなものを見つけました。お返ししなければと思ったので」


夫人が差し出したのは、ルベルト氏の亡き妻クラウディアの遺品と思われるザクロ石のネックレスだった。それを手に取ったルベルト氏は、買った当時の手触りや重量感、カチカチと鳴る水晶の音などを懐かしく想いだした。その頃、恋愛中だったクラウディアが着ている派手な洋服に似合わないのではないかとひそかに心配したが、彼女は心から喜んでくれた。二人の将来が物質的な豊かさに左右されない証となった品物だ。

「どうもありがとうございます、モーガン夫人。フリーダ、これはお前がもっていなさい」フリーダはそれを受け取り、黙ってスモックポケットに入れた。

それを見たレイチェル・モーガンはフリーダに直接話しかけた。

「フリーダさん。もし、その気があるなら……ご自分の髪の毛を整えようと思うなら……明日、私のところへ美容師が来ることになっているので……」

通訳してほしいとうながすかのように、夫人はルベルト氏をチラリと見た。

「フリーダ！　モーガン夫人がご親切にも、お前の髪の毛を何とかしようとおっしゃっているのだ。どうかね？」

「私の髪のどこが悪いの？」

「どこも悪くないよ。だけど……きっと今よりよくなる。若い女性にはいいことじゃないのか。私はそう思うがね」

ご機嫌斜めなフリーダに、「その気になったときでいいのよ」と言って、モーガン夫人はルベルト氏に向き直った。

「今すぐに返事をもらわなくても結構よ。美容師のレナーテが来るのは明日ですから、もしお嬢さんがその気になれば、午後にでもここへ美容師をよこしましょう」

ルベルト氏は、不思議に思った。今、目の前にいるモーガン夫人は、いつもの彼女とまるで違うではないか？　普段の顔の硬い甲羅がはがれ落ちて、自然で柔和な表情が浮かんでいるではないか。

「お礼を言わないのか、フリーダ？」

父親に急かされて、フリーダは「ダンケ」とだけ口の中でつぶやいた。ともあれ、感謝のことばであることに変わりなかった。

約束の時間が過ぎてもスケルトン（骸骨）先生はやってこなかった。天候のせいかもしれない。けれども、今まで、どんなに天気が悪くても休んだことはなかった。ひょっとして、持病の肺疾患が悪化したのかな？　だが、ここのところ、ずっと元気そうだった。相変わらず痩せてはいたが、血色のいい顔をしていたし、初めて会ったときの老人臭さも感じられなくなっていた。それに、ハイケが部屋に持ってくるケーキやミルクや、エドモンドがこっそり与えるチョコレート・バーを食べているので、身体も少しふっくらしてきたようだ。しかし、どうしたことか、今日はまだ姿を見せない。いつもなら、コートを脱いで、レッスンや個人的なおしゃべりを始めているはずなのに。

エドモンドは窓越しに、入口への通路を注意深く見張っていた。真っ白な雪景色の中に、家庭教師のスケルトン先生が現れるのを今や遅しと待っていたのだ。本名をケーニッヒというが、体形が骸骨《スケルトン》のようだったのでそう呼んでいる。今日はクリスマス前の最後のレッスンだ。エドモンドは早めのプレゼントで先生を喜ばせてやろうと思い、四百本のたばこを準備していた。ケーニッヒ先生にはアメリカのウィスコンシン州に兄弟がおり、あちらで一緒に暮らしたいのだが、渡航許可を得るには「非《パー》ナチス証明書《ジルシャイン》」が必要だと、以前エドモンドに漏らしたことがあった。この証明書は、たばこ四百本と交換で手に入れることができるらしい。そこで、エドモンドはクリスマスプレゼントにこれを贈ろうと考え、父親の部屋からすこしずつ失敬してこの日のために貯めていたのだ。

エドモンドの好意を察したケーニッヒ先生は、こう本音を漏らしたことがあった。

「もし、ハンブルクのロビンフッドが私を援助してアメリカに渡らせてくれるなら、どれほどうれしいことか」

イギリス国民の誰からも愛され、尊敬されている義賊「ロビンフッド」の比喩は、エドモンドの自尊心をいたくくすぐった。街の悪ガキ連中に渡す以上に大量のたばこを父親からくすねるのは危険だったが、エドモンドはあえて実行することにした。

スケルトン先生はまだ現れないが、ハイケがケーキとミルクを持って部屋に入ってきた。

「ハロー、エドモンド」

「ハロー、ハイケ」

エドモンドのドイツ語はかなり流暢になっていたので、ハイケを相手に恋人同士のような会話を楽しんだ。

「今日の調子はどう？」

「とてもいいわよ」

「君はとてもかわいい女の子だね」

「そうして、あなたはかわいい男の子ね」

ハイケは、コーヒーテーブルの上にケーキのトレイを置いて訊いた。

「ケーニッヒさんはどこにいらっしゃるの？」

エドモンドは肩をすくめた。ハイケは窓の外を見るため、カーテンのそばに行った。途中で、プレゼントのたばこの包みをけとばしそうになったので、エドモンドはひやりとした。振り返った彼女は、茶目っ気のあるしぐさで両手をリスのように口元に持っていき、鼻をくちゃくちゃにしてモグラの真似をした。

「きっと……まだ、土の中にいるのよ」

ハイケのしぐさは漫画のようだった。エドモンドは、家庭教師に失礼だとは思ったが、クスクス笑った。調子に乗ったハイケは、部屋の中をくんくん嗅ぎ回って、一冊の絵本を見つけた。

「これは何？」

ドイツ語に訳された『ガリバー旅行記』だった。ルベルト氏から借りた本で、ケーニッヒ先生はそれを声を出して読みなさい、と言っていた。エドモンドは、お気に入りのページを開いてハイケに見せた。小人のリリパット人たちによって地面に縛りつけられたガリバーを見て、すっかり驚いたハイケは言った。

「ねえ、少し読んでくれない？」

エドモンドはパラパラとページをめくりながら、自信たっぷりに流暢なドイツ語で読んでいった。

「この本を読んでいると、イギリスの女の人の肌を想いだすんだ。見た目には白くてきれいなんだけど、虫めがねで見ると荒れてざらざらしているんだよ」

「あら、イギリスの女性は最高にきれいな肌をしているわ。あなたのお母さんを見ればわかるじゃない？」

エドモンドはうなずいた。ハイケは暖炉の上の鏡に向かってあごを左右に動かしたり、ほっぺたをたたいたりして、自分の肌に染みがないのを確かめた。

「男の人たちがね、私にお世辞を言うのよ。あなたの肌は美しい。まるで桃のようだ、って言う人もいるの。どう思う？　エドモンド」

エドモンドは「桃」というドイツ語がよくわからなかったが、ハイケが果物を食べるゼスチャーをしたので理解した。

「私の肌、どう？」

エドモンドは肩をすくめてみせた。

「あなたって、野暮なイギリス人ね。私には崇拝者がいるの、知らないの？」

エドモンドには「崇拝者」というドイツ語が理解できなかった。だが、今やエドモンドとは十分に親密な仲になっていると思ったハイケは、自信たっぷりに話を続けた。

「私の恋人のヨーセフは、東部戦線へ行ったまま帰ってこないの。私はたぶん、他の恋人を見つけることになるでしょうね。でも、もし相手がイギリス人だったらどうしよう？　その人と結婚すべきかしら？　どう思う？　エドモンド」

もう一度肩をすぼめるエドモンドに向かって、ハイケは言った。

「ケーニッヒ先生のケーキをつまんじゃだめよ」そして、もう一度モグラの真似をしてから部屋を出ていった。

エドモンドは、しばらくぼうっとして、テーブルの上のケーキとミルクを眺めていた。食欲はもちろんなく、気持ちがどんどん落ち込んでいくのが感じられた。いつもなら、スケルトン先生はリスのように両手でケーキを食べ、ぺちゃぺちゃ音を立ててミルクを飲んだ——そんな行儀の悪い食べ方を見るにしのびないので、エドモンドはあえて目をそらし、本を読むことにしていたが——そして、食べ終わると、皿に残ったケーキのくずをかき集め、ミルクのついた唇で舐めるのだった。

時計がチクタクと時を刻み、不安がだんだん大きくなっていった。しばらく経って、本を閉じ、窓のそばへ行ったエドモンドは、心の中で「スケルトン先生、ケーニッヒ先生、どこにいるの？」と繰り返しつぶやいた。先生の姿はどこにも見えなかった。

そのとき突然、エドモンドの目に映ったのは、父親の運転するメルセデスだった。まるで、大西洋の氷を割りながら進む黒船のように、ゆっくりと敷地内の車道に入ってきた。いつもは朝早く家を出て、日没後に帰宅するので、日中に戻ってくることなど考えられなかった。こんなに早く帰ってくるなんて、何があったんだろう？　ひょっとして、途中でケーニッヒ先生を拾って車に乗せているのかな？　などと思うエドモンドだった。

しかし、車から姿を見せたのは父さんだけで、ケーニッヒ先生はいなかった。父さんは少し前かがみになって、車の中からブリーフケースを取り出したが、その後の行動がいつもと違っていた。まっすぐに玄関への階段を上るのではなく、しばらく立ち止まって考えごとをしているようだった。やがて、深々と息を吸い込み、続いて大きくため息をついてから、ゆっくり階段をのぼり、玄関のドアの中に消えた。

金具のついた踵《かかと》の足音が次第に大きくなって、父さんが書斎に近づいてくるのがわかった。エドモンドはハッとして、くすねたたばこの入った袋に目をやったが、隠すには遅すぎた。父さんはすでに、ドアのところに立っていた。

「ハロー、エド」

「ハロー、父さん」

父さんは笑顔を見せたが、目は笑っていなかった。後ろ手にドアを閉め、まっすぐにケーニッヒ先生の座る椅子へ行って座った。そして、エドモンドのほうに身を乗り出すようにしてたばこに火をつけ、大きなため息と一緒に煙を吐き出した。エドモンドは、父さんのたばこを吸うときの一連の所作をすべて理解していた。煙を吐き出してから上唇をかみ、手の甲を親指で掻くくせまでわかっていた。一つ一つに特徴があって、見ていて感じがよかった。

しかし、今日の父さんはいつもと少し違っている。いつもより厳粛な感じだ。今まで一度もエドモンドを叱ったことのない父さんだが、今日は何か疑わしいことを見つけて、詰問するつもりなのだろうか、と少し不安になった。

「何も問題はないか？」と訊く父さんに、エドモンドはただうなずいてみせた。

「それなら、いいのだが……」

意外にも、父さんの態度には、エドモンドを疑っている様子などまったく見られなかった。ただ、何か言いにくいことを言い出そうとしている様子が見て取れた。ふとエドモンドは、かつて同じようなことがあったのを想いだした。長男のマイケルが死んで幾日も経っていないある日のこと、父さんは「ちょっと話がある」と言ってエドモンドを目の前に座らせた。

「お前は大丈夫だろうな？」

うなずくエドモンド。

「それなら、いい。なにか言いたいことがあれば、なんでも私に話しなさい」と言って、肩をすくめる父さん。そして、うなずくエドモンド――それがすべてだった。

今の父さんも同じ目をしているが、おもむろにこう切りだした。「ケーニッヒさんは、今日はここに来ないと思う。そして、これからもずっと来ないだろう。やっかいな問題に巻き込まれたのだ」

「それは、きっと僕のせいだ」エドモンドは、思わず口走った。

「なんだって？」

「先生にアメリカへ行くように言ったのは、僕なんだ」

父さんは、一瞬、戸惑い顔になったが、エドモンドは続けた。

「僕は……先生を助けてあげたかった。新しい人生が送れるように」

四百本のたばこは、今や巨大な罪と化し、紙袋もろとも灰になって燃え尽きてしまいそうだった。

「その袋に何か入っているのか？　ケーニッヒ先生のために準備したものかい？」

エドモンドはうなずいた。

父さんはたばこをくわえ、煙に目を細め、前かがみになって袋を開いた。

「父さんはたばこの量を減らそうとしていると、母さんが言っていたから……」

「大量のたばこがどこへ消えてしまったのか、不思議に思っていたところだ」

「ケーニッヒ先生が『非ナチス証明書《パージルシャイン》』を手に入れるのに、四百本のたばこが必要だったんだ」

「四百本も、かい？」

「四百本は『非ナチス証明書《パージルシャイン》』のためで、他にパスポートのために二百本、自転車を買うために五百本」

「そんなことまで、お前はどうして知ったのだ、エド？」と、父さんは感動の面持ちで訊ねた。

「友だち……あの牧草地の向こう側に住んでいる戦災孤児たちから聞いたんだ」

「お前は、その子どもたちのことも援助しているのか？」

エドモンドは恥ずかしさでいっぱいになりながら、小声で「うん」と答えた。オッチに定期的に渡している分を入れると、二カ月間で数十ダースにもなっていた。

父さんは吸っていたたばこをオニックスの灰皿に押しつけて消しながら、しみじみと言った。

「私だって、お前と同じことをやってきたよ、エド。人に物を与えることはいいことだ。だが、盗むのはよくない。たとえ、貧しい人を援《たす》けるためだとしても、ベストの方法じゃない。その前に私に頼めばよかった」

エドモンドは、感情の高まりを抑えるため、片方の親指の爪でもう一方の親指の腹を上下にこすりながらうなずいた。とにかく、父さんを失望させたのが悲しかった。ここで泣いたら、父さんの顔が見られなくなる、だから泣いちゃいけない、と必死にこらえていた。

「とにかく、ケーニッヒさんにたばこを渡さなくてよかったよ、エド。彼は私が思っていたような人物ではなかったのだ。校長先生などではなかった。ナチスの特殊警察《スペシャル・ポリス》の一員だったんだ」

「でも、先生は戦闘なんてできないはずだよ。胸を患っていたじゃない？　息をするときに、ゼーゼーって音が聞こえたくらいだった。それに、レッスン中にヒトラーについて一言も話さなかったよ。きっと、大嫌いだったんでしょう」

「そのとおりだ」

「なのに……僕にはわからない。確かなの？　先生が悪い人だなんて、そんなふうにはぜんぜん見えなかった」

「本の中身はいつもその表紙で判断できるとは限らないんだよ、エド。ときには……悪意を隠している人もいる……心の奥底の深いところに」

エドモンドの胸中には、いろいろな想いが渦巻いていた。あの弱々しい家庭教師が、どれほど凶悪な罪を犯したというのか？　まったく理解できない。だまされたという思いはしなかった。むしろ、アメリカで新しい生活ができなくなった彼に同情する気持ちが強かった。とにかく、もう会えないのが寂しかった。

「先生はどうなるの？」

父さんは手の甲を掻きながら言った。「多分、刑務所へ入らねばならないだろう」

テーブルの上のケーキとミルクが、家庭教師の遺品に見えた。ケーニッヒ先生がここでミルクを飲み、ケーキを食べることは二度とないのだ。そう思うと、指で押さえている『ガリバー旅行記』の表紙が気になりはじめた。

それを見た父さんが訊いた。

「お前はビッグ・エンダー？　それともリトル・エンダー？　どちらだ？」

エドモンドは肩をすくめた。父さんが言っているのは『ガリバー旅行記』に出てくる二つの国の戦争で、ゆで卵を太い端から食べる人々と細い端から食べはじめる人々のことだとはわかっていたが、はっきり答えることができなかった。

「考えたのだが、ルベルト氏にお前のレッスンを見てもらうのはどうだろう？　少なくとも、代わりの家庭教師が見つかるまでの話だがね」

エドモンドは、ケーニッヒ先生と一緒に過ごした時間をいちいち思い起こし、なにか見落としていたことはないか、考えてみた。

「ケーニッヒ先生が悪い人間だったなんて信じられない」と、繰り返しつぶやいた。

「私だって、彼がいい人間だと信じていたよ。彼の言うことを疑わなかった私が悪いのだ。だけど……だからといって、お前に、他人を信じてはいけない、と言っているのではないよ、エド。ときには、人々を援けるために、相手を信じなければならないこともある。たとえ、裏切られることになっても、だ」

「ごめんなさい、父さん。たばこを盗んだりして」

父さんは黙ってうなずいた。

「ところで、父さんはそのたばこをどうするつもり？」

「そうだね。吸うことにするよ」

「僕の友だちにやってもいい？　食べ物を手に入れるのに必要なんだ」

「食べ物はキャンプからもらえるはずだ。お前の友だちはどこに住んでいるんだ？」

「よく知らない。あちこち動きまわっているんだ」

「孤児たちだな？　何人くらいいるんだ？」

「六、七人、だと思う」

父さんは、腹を立てるどころか、むしろ好奇心をそそられたようだ。

じっと紙袋を見つめ、軽く脚を揺すってからエドモンドのほうへ押しやった。

「一度に全部使ってしまわないように注意しなさい」

ルイスが食堂に入ってきたのは、レイチエルが座席カードに書き込みをしているときだった。レイチエルは流れるような筆記体で「バーンハム少佐」と書いたカードを自分の隣の席に置いた。

「ねえ、どう思う？」

「とても美しい、よく似合うよ」

「ありがとう。でも、私が訊いているのは、テーブルのことよ」

そう言いながら、レイチェルはカールした髪にもう一度手をふれた。

「今日、レナーテにはたくさんの仕事をさせたわ。私の分が済むと、ハイケの髪を整えさせて、それからフリーダの髪の手入れもさせたのよ。もっとも、フリーダにはちょっぴり手こずったけど」

「ルベルト氏はずいぶん感謝したことだろうね」

「ええ」

「こうしたことは人間関係に大いに役立つものだ。フリーダも忘れないだろう」

レイチェルが感心したのは、レナーテの仕事ぶりだった。両手をフリーダの肩に置き、硬く結ばれた三つ編みを器用にほどいて、髪の毛をなでおろし、さらに優しく櫛を入れて背中に垂らすという一連の手さばきが見事だった。「おや、おや、なんてこと、この子の髪は！　まるでヴェロニカ・レイク〔訳註：アメリカの女優〕そっくりよ」などと冗談を交えて、フリーダの気分を和《やわ》らげた。

レイチェルは、あらためてルイスに言った。

「テーブルを見てほしいの」

テーブルの上は一目で見わたせた。八人用のテーブルにはあらゆる食器類が並べられていた。ロンドンの有名な歴史的建造物を描いたテーブルマットの上に、イギリス軍から支給されたセージグリーンのウエッジウッド製ディナーセットや、ルイスの実母が所有していた銀製の柄つき燭台（モーガン家保有の唯一の銀製品）が置いてあった。さらには、ゴブレットなど、ルベルト家に備えつけの豪華な鉛クリスタルガラス製品も配置され、全体を華やかに引き立てていた。それにしても立派なゴブレットだ。これまでここで、どんな酒宴が行なわれたのだろう？

しかし、ルイスにとってなによりも嬉しかったのは、レイチェルがかつて得意としていた客席カード作りをしていることだった。白紙のカードに出席者の名前を書き込み、女性の名前の下にはそれぞれ異なる花の絵柄を、男性の名前の下には刀剣か銃を交差して描いていた。

「すばらしい！」と、感嘆の声をあげたルイスだったが、内心では飢えで苦しんでいるドイツ人たちへの後ろめたさを感じていた。今さら後悔するわけではないが、この夕食会を提案したのはルイス自身だった。自らの殻に閉じこもっているレイチェルを元気づけようと願って、考え出したイベントだった。レイチェルはルイスの期待に応えるように、カード作りに夢中になっていた。いつになく生き生きしたレイチェルを見て、ルイスの心にはかつてのワクワクする興奮がよみがえってきた。

「スーザンはあなたの横に座りたいというのよ。だから、私の席は彼女の向かい側で、バーンハム少佐の横にするわ。それに、エリオット夫人を挟んでトンプソン大尉が座ることになるの。それで、みんな仲よくやっていけると思う？」

「家じゅうが火事のようになるだろうよ」

「少佐と議論を始めたりしないでしょうね、ルイス？　あなたとは目も合わさないらしいってスーザンが言っていたわ」

「できるだけの礼節は守るよ」

「なにを話してもいいわよ、ルイス。クリケットだって、お天気だって、政治でもいいわ。でも、お仕事の話だけはしないでね。お願いよ、私のためにも」

ルイスは思った。あの大雪の日以来、レイチェルの中になにか新しいものが生まれたようだ。家庭の主婦としての自覚に目覚めたのか？　メイドたちへの態度も変わり、彼女たちもレイチェルに対し以前にもまして敬意を払うようになったようだ。おそらく、バーンハム夫人をはじめとする駐在イギリス婦人の仲間から影響を受けたのだろう、とルイスは推測した。イギリスからドイツに向かうエンパイア・ハラディル号の船内で一緒になったイギリス婦人たちは、ハンブルクでは「乗組員《ザ・クルー》」と称するグループを作り、ときおりモーニング・コーヒーの会を楽しんでいるそうだ。

「これでいいかしら？　いいえ、よくないわ」と、独り言をいいながらレイチェルは、せっかく配った座席カードを小皿の中に片づけはじめた。

「ねえ、カードは小皿にしまっておいたほうがいいのかしら？　それとも、テーブルに置いておくべきかしら？」

「どっちでもいいじゃないか？　誰も気にしないよ」

「いいえ、これはイギリスの官吏や軍人の妻が心得ていなければならないエチケットの一つよ」

レイチェルは昔のように、無邪気で快活で自然な話しぶりに戻っていた。

「トンプソン夫人なら何かひとこと言うに違いないわ。そう、思い出したわ。あるモーニング・コーヒーの席で、彼女が私をやり玉に挙げたことがあったの。そうそう、私が『何ですか？《パードン》』と言ったとき、彼女はすかさず、『何ですか《パードン》』じゃなくて『それって、なに？《イッツ・ホワット》』と言うべきだ、と訂正したわ」

と、レイチェルはトンプソン夫人の荒い鼻息を真似てみせ、さらに続けた。「それから、食事に添える野菜についても、『グリーンズ』じゃなくて『お野菜《ヴェジタブルズ》』というべきだって」

レイチェルは、小皿に入れたカードを再びテーブルの上に戻していった。ルイスのカードには、十字に交差したかわいらしいライフルが手描きされていた。

「僕には鉄砲をくれたんだね」

「お花のほうがよかった？」

半身の姿勢で振り返り、からかうように問い返したレイチェルに、ルイスは気のせいか、いつになく優しい媚態が含まれているように感じた。

「さて、できあがったわよ。あなた、どう思う？　正直なところ」

「そうだね。豪華だね」

そう言いながら、レイチェルの肩に優しく手を置いたルイスはおどろかされた。その手をレイチェルが固く握り返してきたからだ。彼女の微妙な心の動きが、手をとおして伝わってくるような気がした。秘められた謎を解いて、と言わんばかりの信号に思えた。

ルイスはレイチェルの耳元にそっとささやいた。

「しようか？」

「でも、時間が……」

「エドはどうした？」

「コベントリーの町へ行ってるわ」

「なんのために？」

「ここのところずっと、夕方おそくまで近所の子どもたちと遊んでいるの」

そのときハイケが部屋に入ってきて、膝を折っておじぎをした。夫婦の親密な会話を気にして、視線を伏せたままだった。

「電話でございます。モーガンさま」

「ありがとう、ハイケ」

ハイケが去るのを待って、レイチェルが言った。

「誰からかしら？」

ルイスは思わずため息をついた。彼にはわかっていた。この家の電話は軍隊の交換台に直接つながっており、かかってくるのは駐屯軍本部からしかなく、しかも緊急の場合に限られていた。

「電話に出ないの？」と、レイチェル。ルイスは、二頭の馬によって股裂きにされるような気分になった。一頭は仕事に忠実な馬車馬で、もう一頭は欲望に駆られたアラブ馬だった。

「電話に出てきたら？　私はそこで待っているから」

数分後、バスルームの鏡の前で裸になって、胸にかけるネックレスをあれこれ試しているレイチェルの姿がルイスの目に入った。

「ドアに鍵をかけたほうがいいわよ」

ルイスはドアを閉めたが、鍵はかけなかった。

しばらくして、目の前までやってきたルイスをまっすぐ見ながら、レイチェルは訊いた。

「なにか、悪いことでも？」

「工場で暴動があったんだ」

「なんてこと！」

「数人のドイツ人が銃で撃たれた」

「でも……ルイス、あなたは今ここから出ていけないわよ。一時間もしたら、お客様を迎えなきゃならないから」

「ダーリン、ごめんよ！　なるべく早く帰ってくるから……夕方までには」

その瞬間、レイチェルの手からネックレスが洗面台に落ちた。思わず右手で胸をおさえたレイチェルは、思いやりのないルイスへの怒りと、どうにもならない事態へのあきらめと無力感に押しつぶされそうになっていた。

「やっぱり……そうなのね……では、行けばいいわ！　行ってらっしゃい……ドイツを救うために！」

玄関のベルがひんぱんに鳴った。そのたびに来客を出迎えるレイチェルは、ラメでキラキラ光る、襟ぐりの深い、濃い青緑色のイブニングドレスを着ていた。これほど見事なドレスには、戦前のいかなるパーティでもお目にかかれなかった。それに、アップにした髪が首筋から顎にかけての白く優雅なラインを強調し、首にかけた瑠璃《るり》のネックレスがそれをより引き立てていた。

レイチェルが衣装に凝ったのには理由があった。まず、頭の中のさまざまな雑念を追い払いたかったこと、次にうつうつとした精神状態を脱してすっかり元の通り元気になったところを来客の面々に見せたかったこと、そしてなによりもルイスがいなくても立派にホスト役をつとめることができると証明したかったからだ。彼女は三十九歳だが、人生のピークはまだまだ先だという自信があった。

スーザン・バーンハムは、コートを脱ぐまでに、すでに敗北を認めざるをえなかった。

「レイチェル・モーガン！　あなたは私たちのためにすばらしいことをしてくれそうね！」

バーンハム夫人は重厚なカットグラスの鉢を取り出し、レイチェルに手渡した。「食後に飲むシェリー酒が入っているのよ。終わったら、容器を返してね」

エリオット夫人がレイチェルに言った。「あなたは……トルストイのナターシャのように千変万化するのね」

「最高にいい意味に解釈するわ、パメラ。あなたも美しいわ。ご夫妻とも」

来客がコートをリヒャルトに手渡し終えたのを確認して、レイチェルはさわやかに宣言した。

「皆さん、よくいらっしゃいました。ただ、残念ながら、ひと言お断りしなければならないことがあります。つい先ほど、本部から連絡があり、大変な事件が起こったそうです。そのため、ルイス・モーガン大佐はここにおりません。皆さんに対する失礼の段、くれぐれもお詫びするよう言いつかっております。デザートの時間……『デザート』ではなくて『プディング』と言うんでしたっけ？　セリア……までには戻ってきたいと申しておりましたが」

すると、エチケット大臣を自任するトンプソン夫人がまじめな口調で言った。

「そう、プディングが正しい言い方です。デザートは別の階級の人たちのことばです」

そして、さまざまなコメントが続いた。

「それは残念だ」、「がっかりだね」、「かわいそうなルイス」など、反応が一巡したところで、レイチエルは彼らを暖炉のそばに誘導した。ルイスの留守の影響があまり長びかないようにしようと心に決めていた。暖炉のそばには、ハイケが飲み物を持って待ち受けていた。

エリオット夫妻とトンプソン夫妻、それにバーンハム夫妻がピンクジンをすすりながら、「ハラデイル号乗組員《クルー》」の再会を祝いはじめたころには、ルイスのことはすっかり忘れられていた。レイチェルも参加して、みんなで乾杯をした。

「乗組員《ザ・クルー》の同志に乾杯」

「それにしても、おかしいわね。今になって、当時のことを懐かしく想い出すなんて」と、エリオット夫人が述懐した。「だって、あのとき私は船酔いでそれどころじゃなかったのに」

「幸いなことに、今となっては乗りたくても乗れないよ。海が凍っているからね」と、エリオット大尉が茶化して言う。

「公式発表では、記録に残る寒さだそうだ」と、トンプソン大尉がニュース記事を引用した。「イギリスでは、キャンバリーの人々が『こんなに寒い冬は経験したことがない』と言っているし、ケント州では十フィートもの吹きだまりができて、デヴォン州では零下二十度にもなったそうだ」

「でも、イギリスでは、ここの人たちのように暖房や食事に不自由しているわけではないでしょう」

乗組員《ザ・クルー》仲間の良心を代表して、エリオット夫人は話題を故国イギリスから北海をへだてたこのハンブルクの厳しい現実に引きもどした。

「私たちが使っている学校の校舎では、インク壺が凍って使いものにならないそうよ。それに、昨日のことだけど、男の子が凍ったライスプディングの空き缶を舐めようとしてゴミ箱をあさっているのを見たわ。ドレッシングガウンを着ていたけど、両足には靴の代わりに紙袋を履いていたの。痛ましいったらなかったわ」

するとバーンハム夫人がため息まじりに言った。

「パメラ、今夜ぐらい、世の中の惨状を考えずに楽しく過ごすことはできないの？」

「できますとも、スーザン」と、レイチェルが割って入った。際限なく続きそうなエリオット夫人の暗い話題を明るい方向に向けるチャンスだと考えたレイチェルは、バーンハム夫人に「今夜の主役は私よ。まかせておいて」と言わんばかりの目くばせをして、エリオット夫人に言った。

「あなたが参加しているあのなんとかいうドイツ人との討議グループはどんな様子なの？　パメラ」

エリオット夫人は、水を得た魚のように元気よく話しだした。数ある婦人活動の中でも、彼女が精力的にかかわっているグループについてだった。レイチェルも加わるように勧められたこともある会合で、地方牧師のハットン大佐がドイツ人にも自由に発言させようとして始めた英独交流グループだった。

「今では、この会もけっこう有名になったようよ。もっとも、ドイツ人たちは無償のビスケットと暖かい部屋を目当てに参加しているのがほとんどでしょうけど。最初はぎこちない様子をしていても、お茶を出すとすぐに打ち解けてくるのよ。すてきな話し合いができるわ。話し合いというより、議論と言ったほうがいいかしら。先週は『婦人は家庭に留まるべきか？』について議論したのよ」

するとスーザン・バーンハム夫人が割り込んできた。

「そんなこと、それぞれの家庭の事情次第じゃないの？」この種の「人道主義的な趣味・道楽」には我慢がならないと言わんばかりの権幕だった。

しかし、この話題にレイチェルは興味を持った。エリオット婦人の一途な気持ちに共感を覚えて、レイチエルは言った。

「もっとお話ししてちょうだい」

「彼ら、ドイツ人たちは議論することに慣れていないのね。というか、多数の意見に対して異議を唱える習慣がないのよ。でも、だんだんこつがわかってきたみたい。とはいえ、若い人たちはゲームには強くても議論は苦手のようだわ。とにかく、参加するドイツ人のほとんどが現状に幻滅していて、すべてに対して疑い深いの」

レイチェルの脳裏を、フリーダのイメージがかすめた。

「ハットン大佐は、そんな人たちに教えようとしているの。彼らには将来があることを。人生にはなんらかの意味と目的があることを、ね」

そこで、再びスーザン・バーンハム夫人が割り込んできて言った。

「人生の意味なんて、くどくど話すのはそれぐらいにして、飲んだり食べたりして楽しみましょうよ」

今夜のスーザンは、明らかに挑戦的だった。

「彼女のことは気にしないでね！　パメラ」とエリオット婦人に言い残して、レイチェルはジンの入った水差しをハイケから受け取り、男性たちの中に入っていった。

「ジンをもっといかがですか？　紳士の皆さん」

客の杯に酒を継ぎ足すタイミングを見計らうのは、ルイスの得意技だった。一人一人のグラスをいつも満杯にしておくコツを、レイチェルはルイスから学んだ。二人の大尉は、終わったばかりのクリケット・シーズンの話題に夢中になっていたが、バーンハム少佐は他のみんなから少し離れて立ったまま、ほとんど空になったグラスをくるくる回していた。レイチェルは少佐のところへ行き、断りなくグラスにジンを注いだ。

「やっとお会いできて嬉しいわ、少佐どの。あなたのことは、スーザンからたっぷりお聞きしているわよ」

初めて会ったバーンハム少佐の印象は、レイチェルの想像していたものとずいぶん違っていた。ルイスの説明やスーザンから聞いていた逸話を総合すると、ナチスの残党・残骸を一掃しようという野心に燃えた、冷酷無情で怜悧な官僚、融通の利かない観念主義者、ユーモアを解さない退屈な役人を思い描いていたが、現実の少佐はむしろ内気で、その浅黒い顔にはまったく自信のない表情が浮かんでいた。しかし、故意に謙遜したり、卑下しているふうにも見えなかった。きっとルイスは間違った評価をしているのだろう、とレイチェルは思ったくらいだ。

スーザン・バーンハム夫人は、やおら暖炉の上の壁に目をやり、「壁のはげた部分をカバーしたのね？」と言った。

「ええ」

「前の絵よりよくなったようね」

「前の絵は……私たちが考えていたようなものじゃなかった」

「あなた、彼に尋ねたの？」

「彼は、すごく怒ったわ」

「それで、あなたは信じたの？」

「ええ、信用したわ」

この話題に時間を費やしたくなかったレイチェルは、他の来客の注意を惹こうと両手をたたいて叫んだ。「さあ、皆さん、次のコースへ進みましょうか？」

バーンハム夫人は目を丸くして言った。「モーガン夫人、あなたは今夜、なにかこれまでになかったことを企てているのね」

最初にハイケがテーブルに準備したのは、コンソメのオニオンスープだった。スプーンで三口ほど飲んだ誰もが、異口同音にコックの腕前のよさを褒めた。それがきっかけになって、にぎやかな食事が始まった。メインディッシュまでの気軽な会話がテーブルを挟んで飛び交う間、レイチェルは傍らにバーンハム少佐を座らせ、もっぱらそのお相手をしようと努めた。少佐が、他の人たちの楽しい会話に溶けこめずに、独りで黙ったままぼんやりしていたからだ。しかし、レイチェルが一対一で対話しているうちに、互いに話の焦点が合ってきた。

「モーガン大佐が朝まで現場を離れられないなら、深刻な事態になっているに違いない……」と言う少佐に対し、レイチェルはどう答えればいいのか判断に迷っていた。ほとんどの軍人の妻がそうであるように、レイチェルも夫から軍事作戦や任務の内容については知らされていなかったからだ。

「夫は、自分の担当地域で起こったことに誠心誠意対応しているに違いないわ」と答えるしかなかった。

「彼は、我々の明日のために自らの今の時間を捧げているのです」と少佐が言う。これはルイスを巧みに皮肉ったことばだったが、レイチェルの本音を引き出すきっかけともなった。

「夫は戦争を戦ったと同じように、一生懸命に平和とも戦っているのだわ」

「ある意味では、平和のほうがやっかいですよ。敵を見定めるのが難しいですからね」

「夫は『敵』ということばが好きじゃなかったわ。私たち夫婦の間で禁句になったくらいよ。でも、相手を許すことにかけては、彼はいつも私より早かったわ」

ルイスはいつも言っていた。「さまざまな武器の中でも、最も強力なものは相手を許すことだ」と。だが、そうとは割り切れないのがレイチェルの偽らざる心情だった。そのもやもやとした気持ちを、今バーンハム少佐がずばりと突いてきた。

「それは多分、許すべきことがあなたほど多くなかったからでしょう」

少佐の言わんとするところは、レイチェルが体験した喪失感をルイスは同じように体験していないからこそ、簡単に相手を許すことができるのだろう、ということだった。そしてレイチェルは思わず、本音を口にしたのだった。

「あの爆撃で長男が亡くなったとき、ルイスは遠く離れた場所にいたけど、私はそこにいたのよ。そのときの様子がどんなだったか、あなたにわかっていただけるかしら？」

しかしながら、これはバーンハム少佐のような優れた尋問官の前で口にすべきことばではなかった。レイチェルはすぐに後悔して、話題を変えた。

「ところで、例の質問票《フラーグボーゲン》によるドイツ人の意識調査の進み具合はどうなの？ 犯罪者の摘発につながっているの？」

「質問票の回答をごまかすのはいとも簡単なことですよ、奥さん。ですから、私はできるだけ多くのドイツ人と直接面談しているのです。結局のところ、相手の目を見て判断するのが一番の方法です」

「わかるの？ 相手の目を見るだけで？」

少佐は、長いまつ毛としま模様の黄色い虹彩を持つ、拍子抜けするほどかわいらしい目で、じっとレイチェルの目を見ながら話した。

「外見や経歴で有罪と思われる人が実はそうでなかったケースが、しばしばありますよ。例えば、今週私が尋問した元大佐などは、一見したところ権威主義的で、好戦的で、頑固な性格の人物でしたが、南部嫌いの昔気質のプロイセン人でした。彼はヒトラーとナチスを徹底的に軽蔑し、憎んでもいました。他の多くのプロイセン人と同様に、彼もクリーン（無罪）と判定されましたよ」

バーンハム少佐は、雑談や世間話をするのは苦手だが、仕事の話になると相手にわかりやすいことばで整然と話すことができた。

「私がほんとうに尋問したいのは——というより、尋問しなければならないのは、質問票にも尋問にも答えようとしない人たちなのです。その人たちはいろいろなコネを持っていて、生活資金に困らないので、わざわざ危険な質問票に答えようとしないのです」

「たくさんのドイツ人を逮捕したの？」

「まだまだ、十分ではありませんよ。そうですね、三千人ほどですかね、刑務所に送ったのは」

「そんなにたくさん」

「百万通もの質問票のことを考えると、決して多い数字ではありません」

「どれくらい逮捕すれば気がすむの？」

「問題は人数ではありませんよ、モーガン夫人」と、少佐は、クリスタルガラスのゴブレットをろうそくにかざして、光の屈折を楽しみながら言った。

レイチェルはふと、バーンハム少佐の人間性に底知れないものを感じとっていた。彼は単に職業意識だけで人を尋問しているのではない。意識的に分離される人間の感情と知性が、彼の中では過度にからみ合い、得体《えたい》がしれない形になって働いているように思えた。彼を尋問に駆り立てているのは、彼自身が考えているほど理性的なものではないのではないか、という疑問を抱いた。

「どうしてあなたは尋問官になったのか、教えていただけない？」

バーンハム少佐はナイフとフォークを置いて、ナプキンで口を軽くたたきながら答えた。

「さて、今度はあなたが私を尋問するのですね、モーガン夫人」

レイチェルは笑って言った。「すみません。私はただ……あなたがなぜ今のお仕事を選ばれたのか、知りたかっただけです」

少佐は、自分でグラスにワインを注いだ。会話のリズムや方向を変えたいときに男性がよく使う手で、彼はこの話題を切り上げるという合図を送ったのだった。

「このワインはおいしいですね」と言う少佐の前にワインの瓶を置いたまま、レイチェルは別の話題の仲間に入っていった。

メインコースの後半は、ドイツ料理とイギリス料理の比較が話題の中心になったが、主役はたちまちトンプソン夫人にとって代わられた。

ハイケがテーブルの上の皿を片づけたとき、ルイスがまだ姿を見せないことを気にしたエリオット夫人が言った。「モーガン大佐の無事を祈って乾杯しましょう。ピンネバークの総督に乾杯!」

ルイスはそのうちに戻ってくるだろうと、みんなの前で宣言したことをレイチェルはすっかり忘れていた。あのときは、ルイスの立場をかばって来客たちを安心させるために言ったのだが、正直なところ、ルイスがそれほど早く帰ってくるとは思っていなかった。事実、その後一度もルイスのことを考えることなく夕方の時間が過ぎ、すでに夜になっていた。その間、一種の解放感すら味わいながら、来客の接待をことなくさばいていった。自分がこれほどまで立派にふるまえるのも、ルイスがそばにいないからかもしれない、ひょっとしたら、ルイスがいないほうがうまくやれるのではないか、とさえ思ったりした。

「そして、今夜のホステスに乾杯! 第一級の料理をふるまってくれたレイチェル・モーガン夫人に!」と、エリオット大尉が言うと、「レイチェルに乾杯」とみんなが合唱した。

「あら、料理はコックのグレタが作ったもので、私じゃないわ」

「それじゃ、グレタにも乾杯だ」

「ありがとう、確かに伝えておきます。でも、彼女がすなおに受け取るかどうかは別よ。形式的なことにはすごく反発するの」

「わが家のコックも同じだわ。とってもこわいのよ」とバーンハム夫人が言った。「とてもお高くとまっているの。『私のお父さまは貴族だったの』なんて言うのよ。最初は信じなかったけど、彼女が宝石を見せたときに、嘘をついていないことがわかったの。そのとき思わず『おお、神様』って叫んでしまったわ」

そう言ってバーンハム夫人は、胸の上のブローチが見えるようにショールをずらした。そこには、くるみほどの大きさのトパーズがついていた。

「三百本のたばことギルビー・ジン一瓶で、彼女から買い取ったの」

トンプソン夫人があえぐように言った。「まあ、なんて美しいこと！」

「夫のキースが喫煙をやめたので、たばこが余っているの。なにかに役立たせようと思っていたところだったのよ。彼女も喜んでいると思うわ」

家宝の宝石を質から出して売却しなければならなかったコックの心情を思うと、寒々とした気持ちになるレイチェルだった。彼女には、スーザンの無神経さが理解できなかった。それにしても、今夜のスーザンは不作法すぎる。なにかにいらいらしているようだ。このちっぽけな世界で、自分がいつものように中心人物になれないからだろうか？

「一般に貴族というとき、それは武器製造業者を意味しているのではありませんか？」と、エリオット大尉がバーンハム少佐に尋ねた。

少佐はガブリとワインを飲んで、ぶっきらぼうに言った。

「もし、ことがそれほど単純なら、ドイツ国内の貴族と名のつく連中を一斉に検挙するさ」

そこで、スーザンがレイチェルに意地悪な質問をした。

「あなたの家主の貴族どのはどうなの？　行儀よくしているの？」

誰にも聞こえる大きな声だったので、レイチェルもみんなに聞かせるようにはっきり返事をしなければならなかった。

「ギクシャクする場面もあるけど、うまくやっているわ」

「どんなことでギクシャクするの？」

「つまらないことばかりよ、ほんとうに」と、レイチェルはバーンハム夫人の追及をはぐらかそうとする。「どの食器を一緒に使うか、誰が通用口を管理するか、なんてことよ」

トンプソン夫人が口を挟んだ。「ドイツ人と同じ屋根の下に住むなんて、私には想像もできないわ、レイチェル。私だったら、とても不安でやってられないわ」

まるで「死に至る病」を宣告するかのような言い方だった。

「なんとかやっていけるわよ、パメラ。私たち一家は運がいいの」

そう言ってレイチェルはナプキンを手に、次のステージに移ることを宣言した。

「それでは皆さん、歌をうたう時間になりました」

みんながピアノの周囲に移動したとき、譜面台にはすでに賛美歌《キャロル》の楽譜集がのっていた。レイチェルは椅子に座るや、まず『三隻の船《アイ・ソー・スリー・シップス》』を賑やかに演奏した。次に、足を踏み鳴らしながら『ほしかげさやけき《ゴッド・レスト・イエ・メリー・ジエントルメン》』を弾いた。いずれの曲も、全員で合唱した。特にバーンハム少佐は、ピアノの横腹を平手でたたきながら、叫ぶような声で歌った。ただ、彼のリズムは曲から極端に外れているばかりか、ピアノの横腹のたたきぶりが、ベーゼンドルファー製の高級ピアノを壊さんばかりに乱暴だった。

バーンハム少佐はすっかり酔っぱらっていた。他の人たちもそこそこに酔っていたのであまり目立たなかったが、レイチェルを狼狽させるのに十分だった。あまりにも早い変貌ぶりだったからだ。食事をしながらいろいろとまじめな話をしたときの洗練された、頭脳明晰なインテリ将校が、今や粗暴な酔っ払い男に変貌していたのだ。

レイチェルは、夜会の流れを正常に戻そうとして、『世にも憂鬱なハムレットたち《イン・ザ・ブリーク・ミドウインター》』を弾いた。さらに、雰囲気を落ち着かせるため『きよしこの夜《サイレント・ナイト》』も弾いた。ところが、バーンハム少佐は、この『きよしこの夜《サイレント・ナイト》』をドイツ語で歌おうと言い出した。結局、この試みはドイツ語の発音を強調しすぎたために皮肉っぽい響きに終始し、失敗に終わった。

「ギルバート・アンド・サリヴァンの曲などはどうだろう?」と、トンプソン大尉が提案した。そして、ピアノの後ろに置いてあった革装の全集を見つけ、『ペンザンスの海賊《パイレーツ・オブ・ペンザンス》』のページをひらいて、バーンハム少佐に向かって言った。

「あなたにおあつらえの曲があるよ、少佐」

指名されたバーンハム少佐はレイチェルの横で直立不動の姿勢を取ったが、その口からは汚物の臭いがプンプンしていた。胸の悪くなるのを必死にこらえているレイチェルをよそに、彼はピアノに合わせようと努めながらも、強引な歌い振りを変えようとはしなかった。

吾輩《わがはい》は現代の物知り少将なり
野菜、動物、鉱物の情報や
歴代のイギリス王についても
マラトンからワーテルローへ
歴史的戦闘にも精通……

レイチェルはわざとテンポを遅らせたが、そもそもが早口で歌う機知に富んだ歌詞なので、少佐には難しすぎた。最初の一行をなんとか歌えても、あとはハミングを繰り返すばかりだった。しかし、ピアノの上や横をたたく手はいよいよ激しさを増していった。そして最後のスタンザに差しかかったとき、ピアノの上に置いてあった花瓶を床に落としてしまった。激しい振動で滑り落ちたのだ。

「おっと！」と言って、少佐は手を止めた。レイチェルはピアノを弾くのをやめて立ち上がり、落ちた花瓶を調べたが、きれいに四つに割れていた。

「キース！」と叫ぶスーザンに、「申し訳ない。でもこの程度なら、元通りに修理できるよ」と少佐がこともなげに答えた。

「それは私の花瓶じゃないのよ、少佐。この家の備品なのよ」とレイチェルが抗議すると、少佐はほっとして笑いながら言った。

「あ、そう。それなら問題ないね」レイチェルが驚いたことに、他のみんなも一緒につられて笑っていた。

レイチェルが破片を拾っているとき、ドアが開いた。一瞬、ルイスが帰ってきたのかと思ったが、そこにはルベルト氏が恐ろしい形相で立っていた。額は片方の眉の上で大きく割れ、噴き出した血の跡がギラギラ光っていた。身体全体でハアハア息をしながら、部屋の中を凝視していた。何か恐ろしいことをしてきたか、あるいはこれからしようとする預言者のようだ。

「ルベルトさん?」レイチェルは、ルベルト氏の異様な様子に驚き、部屋にいる全員に聞こえるように大きな声で言った。「どうしたのですか? そんなに血まみれになって」

ルベルト氏は壊れた花瓶を一瞥し、バーンハム少佐をにらみつけた。鼻孔を大きく開き、胸と肩の筋肉を上下に動かした。今にもピアノを持ち上げて、少佐を下敷きにせんばかりの気迫だった。

あわてた少佐が言った。

「花瓶にはわるいことをしたよ、おやじさん。でも、モーガン夫人ならなんとか元通りにしてくれるよ」

レイチェルは、少佐のこれ以上の暴走を止めるよう、スーザンに目くばせをした。

「キース、こっちへいらっしゃい」ついに、スーザンが夫に向かって叫んだ。「もう気が済んだでしょう」

「どうしてなんだ? みんなでもう一曲やろうよ。多分、ルベルトさんも参加するだろう」

そして、再びピアノの蓋をたたきはじめた。

「そんなふうにピアノをたたくのはやめてくれないか?」そう言ってルベルト氏は、少佐をにらみつけたまま、両手の拳を固めて威嚇のポーズを取った。

今やすっかり酔いのさめたバーンハム少佐は、逆に憤然として、中の弦が響くほどピアノの蓋を強くたたいてみせた。

「おわかりですか？　このピアノは徴発されたものですよ、ルベルトさん。ということは、コントロール・コミッションの財産であり、つまりは……実際は……私のものですよ」

それを聞いたルベルト氏は、本気で少佐に殴りかかろうとした。そのときまさに、レイチェルが立ち上がって、花瓶のかけらをピアノの上に置き、二人の間に割って入った。そして、ルベルト氏に優しく話しかけた。「ごめんなさい。少しばかり度を越してしまったわ」

レイチェルにはばまれたルベルト氏は、握った拳を解き、もう一度少佐をにらみつけてから、向きを変え、ドイツ語でブツブツつぶやきながら部屋を出ていった。

「お前らを見ていると気分が悪くなる《ジー・エーケルン・ミッヒ・アン》」

すると、バーンハム少佐が怒鳴った。「みんな、聞いたか？　私たちは奴さんの気分を害したらしいぜ」そしてレイチェルに向かって命令口調で言った。「ただちに暴言を謝罪させろ！　そして然るべき罰を受けさせるんだ」

レイチェルが答える代わりに、スーザンが進み出て応じた。「あの人はみんなのことを言ってるんじゃないわ。あなたに腹を立てているだけよ、キース」そう言って、夫の腕をかかえ、戸口のほうへ向かわせた。「さあ、もう寝る時間よ」しかし、少佐はわめきつづけた。

「吾輩は現代の物知り少将なり……」

宴会は終わった。レイチェルが計画したとおりではなかったが、とにかく、暖炉を囲んでみんなで楽しむ予定だったトランプやゼスチャーゲームは取りやめるしかなかった。こうなった今、レイチェルが望むのは、一刻も早くみんなが引き上げてくれることだった。そして、唯一の気がかりは、ルベルト氏の様子だ。来客たちは、丁重な口調で言いわけや賛辞や謝辞を交互に述べ、帰路についた。最後に、エリオット夫人がレイチェルに、いつの日かハットン大佐の主催する英独交流グループにルベルト氏と一緒に顔を出してほしいと言い残して去るのを見送り、ドアを閉めた。

レイチェルが最上階のルベルト氏の部屋へ行こうと階段を上りかけたとき、うめき声が耳に入った。ルベルト氏だった。彼は暖炉の前のひじ掛け椅子に座り、前かがみになって両手で頭をかかえて、手のひらで目を押さえていた。激しい息遣いが歯のすき間を通して、浜の小石に打ち寄せる波のような音を立てていた。

「ルベルトさん?」

レイチェルの声に、ルベルト氏は片目を開いて指のすき間からそっと彼女を見た。レイチェルのくびれた腰とスパンコールをちりばめたドレスが見えたが、もう一方の目は閉じたままだった。

「大丈夫ですか?」

肩口にレイチェルの手が触れるのを感じたルベルト氏は、顔を上に向け、手のひらを開いて傷口を見せた。大きく開いた傷口に思わずたじろぐレイチェルだった。「どうしてこんなことになったの?」

ルベルト氏はなんとか説明しようと努力したが、あまりにもこみいった事情のため、レイチェルを理解させるのは無理だと考えたのか、ただうめくばかりだった。

「ちょっと待っていてね。必要なものを取ってくるから」

治療用品をとりに二階へかけ上っていくレイチェルのドレスが波打ち、スパンコールがチリチリと音をたてた。ルベルト氏は再び前かがみになって、両手と両ひじで頭をかかえこんだ。手のひらは傷の臭いがし、血のかたまりをなめると鉄の味がした。いまだに目がまわり、頭がくらくらしていたが、今宵起こった出来事のひとこまひとこまがルベルト氏の意識にパノラマのように展開した。あの抗議のプラカードに書かれたスローガンが、頭に焼きついて離れない。「我々に仕事を!」、「ベヴィン〔訳註:当時のイギリスの労働大臣〕よ、工場の解体をやめさせろ!」、「ドイツに活力を!」

ルベルト氏は、そもそも群衆の抗議活動に消極的だった。今回は、仲間に半ば脅されていやいや参加したのだ。彼の群衆嫌いは、個人生活を危険にさらしたくない気持ちからきている。無思慮で野蛮な群衆心理が彼を臆病にし、人間嫌いにした面もあるのだろう。

だが、今宵の群衆はいつもと違っていた。彼らはみすぼらしく、蟻のように群がっていたが、寒空の下に互いに身体を寄せ合い、兄弟姉妹のようにいたわりあっていた。ルベルト氏は、寒さの中で仲間と一緒にいるほうが、暖かい自宅でぐずぐずしているよりよほど気持ちがいいことに気づいた。群衆は、主催者の巧みな演説に聞き入っていた。それは、為政者をあざけり茶化すことで聴衆のユーモアのセンスをくすぐりながら、イギリス人のフェアプレイ精神に訴えるものだった。統治者をあざけるなど、ここ数年ドイツ人には想像もできなかったことだ。

そのとき、突然、耳障りな警笛とエンジン音が響いた。イギリス軍将校の車が、工場の入口に近づこうとしていたのだ。人々は両側に分かれて道を開けようとしたが、二人の若者が車に近づき、屋根をたたきはじめた。そのうちの一人が、両手で車を揺さぶりはじめる。二人はスポーツを楽しんでいるかのように、車輪が地面から浮き上がるまで大きく揺さぶった。車の中の将校の表情が、怒りから恐怖に変わっていった。そして、調子にのった青年たちは、ついに車を横倒しにしてしまった。中の将校は、はずみで横へころび、屋根にぶつかり、窓ガラスに押しつけた顔面はアップアップしている金魚のように見えた。見方によれば、コミックの一場面とも見えたが、ルベルト氏にはなにか不吉なことの起こる予兆に思えた。案の定、イギリス軍兵士のライフルが火をふいた。最初の一発に群衆はたじろいだが、二発目では目に見えない弾丸に追われて逃げ惑う人々の渦があちこちにできた。ルベルト氏は、群衆と一緒に行動するしかなかった。自分の意思とは無関係な、大きな流れに運ばれている感じだった。なにかが額にぶつかった。脚を動かさずに数ヤード流されたところで、膝がこめかみに当たって激痛が走った。目から火花がとび、耳鳴りがした。いつの間にか、四つん這いになっていた。周囲の白い雪の上に点々と散る赤い斑点が自分の血であることに気づくまで、しばらく時間がかかった。

レイチェルは、脱脂綿と包帯とヨードチンキを持って戻ってきた。

「さあ、傷口を見せて」

彼女はルベルト氏の上に覆い被さるようにして、指で顎をやさしく持ち上げ、傷口をそっと押さえた。

「傷の中に砂が入ったようね」

足載せ台をルベルト氏の前に引き寄せて座り、脱脂綿をヨードチンキに浸すと、白い綿が黄色くなった。

「ちょっとしみるわよ」

ルベルト氏は顔をしかめて身ぶるいした。

「どうしてこんなにひどい目に遭ったの？」と訊くレイチェルに、ルベルト氏は説明しようとしたが、頭の中がズキズキと痛んでうまく言えなかった。

「群衆が……ああ痛い」

「大丈夫、しばらく我慢して」

そう言いながらレイチェルは前かがみになって、脱脂綿を手に体重を前にかけ、傷の深部の洗浄を試みた。あまりの痛さにうめき声をあげるルベルト氏は、苦痛を弱めてくれることを願ってレイチェルの腕にしがみつくのだった。

二人はしばらく、そのままの姿勢を維持しつづけた。結果的に、ルベルト氏はその痛さにもかかわらず――というよりその痛さのおかげで、レイチェルの腕を思いきり長く握ることができた。

しばらくして、レイチェルは傷口に当てていた脱脂綿を取り除いた。

「きれいになったわよ。これでいいわ。さて、次は……」

そう言って彼女は包帯を広げ、ヨードチンキに浸した新しい脱脂綿の上に巻いていった。包帯を後頭部に巻くとき、レイチェルの下腹部はルベルトの鼻先数インチにまで近づいた。巻き終わった包帯を安全ピンでしっかり固定して、レイチェルは言った。

「さあ、ガールスカウトのお仕事はこれでおしまい。どう、気分は？」

「まだ痛むよ。でも、ありがとう」

「少佐のことはお詫びしますわ。彼は酔っぱらっていたの」

「仲裁してくれてありがとう。そうでなければ、国際的な事件に発展していたと思うよ」

ルベルト氏の顔は、レイチェルから数インチ離れているだけだった。彼の目の周囲にはしわがあり、今までに見たことのない悲しげな表情が浮かんでいた。ふと、レイチェルは彼にキスをするシーンを想像してみた。今こそ、そうすることができる立場にあり、まさにそうしたい衝動を覚えた。片手で傷に当てた布を押さえ、もう一方の手で頰をなでながらルベルト氏の唇に優しくキスをした。互いに息が混じりあうまで、長く唇を合わせた。誰かに目撃されるのを覚悟したが、自制心は起こらなかった。

こうして、レイチェルは新しい世界に足を踏み入れたのだった。彼女を止める者は誰もいなかった。

「なによりもうれしいキスだったよ。ところで、これは……私をこの家から放り出す計画の一部かい？」

「違うわ、これは……私の感謝の気持ちよ」

「何に感謝しているのだ？」

「あなたが私を目覚めさせてくれたことに」

第九章

投光照明に照らし出された工場の敷地には、打ち捨てられたプラカードが泥混じりの雪の上のいたるところに、まるでコウノトリの死骸のように散らばっていた。転覆させられた将校用車両の周囲にはテープが張られ、立ち入り禁止になっており、その近くの闇の中には数人のドイツ人警察官が不安気な表情で警戒にあたっていた。暴動の残骸を調査しているモーガン大佐は、日ごろかろうじて掌握していたものがその手から音もなくこぼれ落ちていくのを感じていた。

群衆に向けての発砲を命じた憲兵のモンタギュー少佐が、モーガン大佐に事件のいきさつを詳しく報告していた——なぜ、どのような状況で発砲を命じるに至ったのか。しかし、モーガン大佐にとっては、少佐をいくら問い詰めても事態が変わるわけではなかった——とんでもないことが起こってしまった今となっては——しかも、彼の目の前で。

モンタギュー少佐は、モーガン大佐に平然とした態度で説明をした。

「将校の車が門に向かおうとしたときには、すでに怒り狂った暴徒に取り囲まれていました。その暴徒が車に襲いかかってきたので、我々は威嚇射撃をしました。しかし、それでも彼らは車を揺さぶりつづけ、とうとう転覆させてしまったのです。さいわいにも、将校に危害を加えるところまではいたらなかったのですが」

　少佐の説明には感情がこもっておらず、事件の経緯を機械的に説明したにすぎなかった。それでも、彼に最後まで説明させようとモーガン大佐は待っていたが、少佐がそこで話を打ち切ったので、言った。

「それで、君たちは無防備な市民に向けて発砲したというわけか？」

「他に方法がなかったものですから、サー」

「他に方法がなかったのは、死んだ人たちのほうだよ、少佐。三人もの人が命を落としたのだよ、なんということをしてくれたんだ」

　車の周囲をぐるりと回るモーガン大佐の目には、血痕の残った雪の上に横たわるフォルクスワーゲンが、ことさらに昆虫のように見えた。

「もし発砲しなければ、彼らは将校をリンチにかけたでしょう」と、少佐が主張する。

「確かにそうなることがわかっていたのかね？」

「間違いありません、サー。彼らはそれまでに……すでに分別のない暴徒になっていました」と答えた少佐は、さらに続けた。「彼ら群衆の中には、破壊分子が混じっていたものと思われます。混乱を助長させる目的でまぎれこんでいたにちがいありません。多分、あの『人狼部隊《ヴエアヴオルフ》』と呼ばれる連中でしょう、サー」

「いいかげんにしろ。その破壊分子を逮捕したとでもいうのか？」

　モンタギュー少佐はふくれっ面をして、ぶっきらぼうにつぶやいた。

「六人を拘束して尋問しているところです」

「お前たちが拘束しているのは子どもたちじゃないのか？」

　最近の憲兵は、ただ石炭を盗んだというだけで百人以上もの子どもたちを逮捕したことで、世間の厳しい非難を受けていた。

モーガン大佐は、プラカードの一枚を拾い上げた。そこには、「我々に道具を与えよ！　されば仕事を仕上げてみせよう〔訳註・ウィンストン・チャーチルのことば〕」と書かれていた。それをモンタギュー少佐に突きつけて言った。

「誰のことばか知っているだろう？」

モーガン大佐の詰問攻めにいらいらしはじめた少佐は反論した。

「あなただって、きっと同じことをしたでしょう。もし、そのときここにいたら」

モーガン大佐はプラカードを放り投げて言った。「彼らに民主主義を勧めながら、彼らがそれを実践しようとすると逆に罰するのか」

バーカー大尉の運転で、モーガン大佐は上司のデ・ビリアー将軍との会談に向かっていた。

「あのときのモンタギュー少佐は間違っていなかった」と、大佐は述懐した。「現場にいなかった私が悪いのだ。少なくとも、デモを混乱させないために分遣隊を前もって派遣しておくべきだった」

「そもそもデモは平穏に行なわれる予定でした、サー。その旨、労働組合が確約していました。しかし、あの猿頭のいかれポンチどもが台なしにしてしまったのです。あなたの失策ではありません」と、バーカー大尉が答えた。

「私の首が危ないようだ」

「さあ、それはどうでしょう？」

「そうでなければ、こんな夜更けにデ・ビリアー将軍に呼び出されるわけがないだろう？」

「おそらく、新しく手に入れたシングル・モルト・ウィスキーを一緒に味わいたいのでしょう」

大佐はかろうじて笑ってみせた。将軍はウィスキーが大の好物で、ブレンドとシングル・モルトの違いのわかる者を選んで一緒に飲もうとすることで知られていた。

「将軍たちはあなたを首にすることなどできませんよ」と、バーカー大尉は続ける。「あなたは、当地の人々がなにをしているのか理解している数少ない人物の一人ですから。彼らはなにか別のことを考えているのだと思いますが」

「私は、君が思うような『なくてはならない人物』ではまったくないよ、バーカー」と、モーガン大佐は、大尉の褒めことばを一応否定したが、内心では忍び寄る自信喪失を和らげる解毒剤のように感じていた。

軍隊では、『よくやった』というようにストレートに褒めることはまれである。相手を褒めるときには、その裏腹の侮辱と相殺されるのが普通である。したがって、誰かを褒めたり励ましたりしても、ごく控えめになる。この傾向は軍隊だけではない。広くイギリス人に共通する性癖ではないだろうか。それは、ルイスが認めているように、実際に自分の現実を認識しながらもそれを内部に留めておこうとする気持ちが働くからであり、また傲慢になることを恐れる気持ちが強いからであろう。

「ところで、例の一覧表がほぼ完成しました、サー」

「一覧表?」

「行方不明者の一覧表です。大佐どのが私に作成を依頼された」

ルイスはとっさには想いだせなかった。あまりにたくさんの仕事を大尉にさせているためだ。いったいどれほど多くのことを依頼し、そのうちどれほど多くをそのまま忘れてしまっていることか?「行方不明者」のリストを作成させようと思いついたのは事実である。つまり、空襲で行方不明になった人たちの名前と、その地域の病院や診療所、修道院、療養所に収容されている人たちの名前を照らし合わせる作業であるが、その後の緊急の用件に忙殺されて、モーガン大佐の頭からすっかり消えていたのである。

「きれいさっぱり忘れていたよ。君の貴重な時間を、この作業のために浪費させたのではないだろうね」

「時間のかかる仕事でした。しかし、私は人生のすべてをこの件に費やすほど情熱を持ってやってきました、サー。間もなく、リストの名前と病院の患者の名前をチェックする作業に入るところです。完成まで、もう数週間待ってください」

「他の人たちにとっても……そのリストは役に立つと思うかね？」

「数人の高級将校の間では、波風が立ちそうです。この種のレポートがお気に召さないようです。おかげで私の昇進は期待できそうもありませんが、気にしていません」

「そうか、それはよかった」と答えたモーガン大佐の胸の内は複雑だった。なによりもまず、大佐にとってバーカー大尉はなくてはならない存在だった。今彼に昇進されると、モーガン大佐の信頼できる右腕がもぎとられることになる。しかし、他方、誰でもいったん昇進してしまうと、それまでの仕事への動機づけや昇進への意欲も削がれてしまうだろう、というのがモーガン大佐の正直な考えだった。人はいったん出世すると、それまでに修得した技能にふさわしくない仕事をもせねばならなくなり、せっかくの能力が生かされなくなる。だから、「デスクは反対側に座れ」というのが大佐のモットーだった。

モーガン大佐がデ・ビリアー将軍の部屋に入ったとき、将軍はデスクの後ろ側に座っていた。早速、大佐に席につくように言い、ウィスキーとたばこを勧めた。叱責を受けそうな雰囲気はなかった。しかも、コミッショナーのベリー氏が一緒だったので、バーカー大尉の予測したとおり、誰もモーガン大佐を首にしようなどとは思っていないようだった。

「君は、コミッショナーとは面識があるね？」

「はい、一度お会いしたことがあります。本国から大臣が来られた際に、サー」ルイスはベリーに個人的な好感を抱いていた。コミッショナーというのは、普通の人には務まりそうにない役職で、誰もなりたがらなかったが、彼はそれを優雅に、かつ威厳を込めてこなしていたからだ。

ベリーはモーガン大佐の手を温かく握って言った。「ハロー、またお会いしましたね、大佐。あなたは確か、自宅をドイツ人と共用していますね」

「私の家ではありませんが、一緒に住んでいます、サー」

「ドイツの市会議員たちの間で評判がいいですよ」

「そう、そこなんだよ」と、デ・ビリアー将軍がモーガン大佐のたばこに火を点けて言った。「君に今夜ここへ来てもらったのもそのためなのだ。つまり、物事を別の角度から判断できる君の能力を評価してのことだがね」

モーガン大佐はふと思った。銃殺前の囚人ですらたばこを吸うことが許されるではないか、と。彼らのことさらに愛想のいい話しぶりは、なにを意味しているのだろう？　大佐にとって致命的な命令がくだされる前置きなのか？　大佐の席から、将軍の席の後ろの窓を通して満月が見えた。まん丸い月面のあばた模様がくっきり見て取れたが、モーガン大佐は今にもそこへ追いやられそうな心境に陥っていた。

「私が確実に実践してきた友好親善は、残念ながら、あのツァイスの工場では逆効果となりました、サー」と、率直に心情を吐露する大佐に対して、デ・ビリアー将軍は言った。

「今夕起こったことは不運だったよ。だが、これは今後起こるはるかに大きな問題の一部と考えねばならない。既存の機械や工場施設を解体することは、実際のところ、我々の管轄地域全体に大きな不安をもたらす原因となっている。解体に反対する抗議運動は、ここだけではなく、ケルン、ハノーバー、ブレーメンでも発生している。ルール地方では、はりつめた緊張がさらにあおられ、そこへ天候不順と食料不足が追い打ちをかけてきわめて危険な状態になっている。ドイツ人たちは、我々を憎みはじめている。我々が、ドイツを農業大国にしようとしていると誤解している。ドイツ国内の造船所を破壊して、イギリスのベルファストやクライドなどのライバル都市に活力を与えようとしているのではないかと、今でも疑っているのだ」

「我々は、ドイツの誇る世界一の造船所を空爆で木っ端みじんに破壊しましたからね」

「今になって思うのだが、ブローム・アンド・ヴォス造船所の空爆は間違いだった。だが、目標とか目的といったものは、ほとんど毎月のように変わるのでやむを得ないがね。一年前にはドイツの非軍事化を目指した我々が、非ナチス化にやっきとなり、さらに工場解体による工業力の削減に取り組まねばならなくなった。それがどうだ、今ではこのいまいましいドイツ人たちを養わねばならない。そのためには当然ながら、強いドイツがどうしても必要になる。自立して更生できるだけの力をもった国民にしなければならないのだ。もっとも、フランス人とロシア人はそうは思わないだろうがね」

将軍は話を続けた。「我々とアメリカは、それぞれの管轄地域を統合することで同意したよ。来年早々には『バイゾーニア』が生まれる予定だが、もしフランスに先見の明があるなら、おそらくこれに加わり『トライゾーニア』になるだろう。問題はロシアだ。従来から自分のテリトリーへの執着が強かったが、我々が工場解体に手間取れば手間取るほど、その傾向を強めていきそうなのだ」

将軍は、今夕の惨事についてほとんど触れなかった。また、後になって触れるつもりもなさそうだった。彼にとって最大の関心事は、今夕の事件のように小さな地域での地震ではなく、もっと大きな、地殻構造を揺さぶるような国家間の大地震だった。モーガン大佐はホッとするとともに、がっかりもした。ここへ来る途中で心配していたように自分が首になることなどは、些細なことで話題にもならないとわかったからだ。

「それでも、ロシアとの関係を崩壊させないチャンスは残っている。その第一歩は、賠償にかかわるポツダム宣言を順守すること。そうしない限り、やつらは自分たちのテリトリーで収穫する食料を独り占めにして、我々には分けてくれない。我々が速やかに工場や機械の解体を進めない限り、IARA（連合国間賠償機関）は我々に耐えがたい制裁措置を課すだろう。そうなれば、アメリカは何百万人分もの食料代を支払わねばならなくなる。そして、チャーチルがずっとノックしつづけてきた鉄のカーテンが、現実のものとなるのだ」

デ・ビリアー将軍は一冊のファイルを取り出し、モーガン大佐に手渡した。そこには、「解体リスト、カテゴリーⅠ、場所は機密」と書かれていた。

「我々の地域には、カテゴリーⅠに該当する場所が四つある。ロシア軍は現場の解体作業が確実に行なわれるよう、IARAと一緒に兵士の一団を送り込もうとしている。そこでだ。君に我々を代表するポイントマンになってもらう必要がある。しかも、すぐに取りかかってほしいのだ」

モーガン大佐は書類を受け取り、ページをめくった。

「ヘリゴランド？」

それは、窓から見える月面のような土地だった。

「彼らは、旧ドイツ軍のあらゆる武器弾薬を一カ所に集めて爆破するつもりなんだ。しかし、そこには日ごろからドイツ人に同情し、彼らに好感を持たれている人物が立ち会う必要があるのだ。つまり、この非情な命令を彼らドイツ人に伝え、理解させることのできる人物が必要なんだ。大佐、君はドイツ人の間できわめて評判がよく、この仕事に最も適した人物だ。市長も君を大いに評価している」

部外者には、これは称賛のことばに聞こえるだろう。しかし、モーガン大佐にはわかっていた。ある人間を説得して、別の新しい仕事に就かせるときに使われる世辞にすぎないことが。モーガン大佐に反感をいだかせないように配慮しているが、実は反論させないように工夫し、考え出されたことばなのだ。モーガン大佐が、直接大臣やマスコミに訴えるようなことになると困るからだろう。それは、あのとき、彼らがショウ大臣の前で実際に見せた卑屈な態度から窺《うかが》えた。モーガン大佐は、今こそ自信を持ち、規律ある態度で自分の意見を述べなければならないと思った。

「しかし……そのような仕事は私の専門ではありません」

するとと、将軍は言った。

「これは君の問題ではなく、ドイツ国民の問題なのだよ、大佐……我々は彼らのために働いている
――君はその一人なのだ」

「おっしゃる意味はわかります。周囲のドイツ人を刺激しないように、物資をそっと破壊することのできる人間が必要だということですね」

皮肉たっぷりに答えたモーガン大佐に対し、デ・ビリアー将軍はいらいらして喉をごろごろ鳴らした。もはや、大佐を説得する適切な売り文句は使い尽くし、これ以上くどくどと美辞麗句を述べる気はないようだった。

「大佐、言っておくが、私はロシア人を軽蔑しているし、こうした補償問題の処理も好きな仕事ではない。だが、もしまた戦争をしたくないのならば、やつらの言うとおりするしかないのが現実だ。しかも、冬が終わる前に」

これまでの遠まわしの打診が、ここに至って命令に変わった。「君には、ロシア人のキュートフおよびその随員と行動をともにしてもらう。フランス人とアメリカ人のオブザーバーも、一人ずつ随行する予定だ。君の通訳はロシア語が話せると了解している。すべてがうまくいくなら、数週間ここを離れるだけでいい。君が帰ってくるまで、任務を君の部下に代行させる」

将軍の説明を聞きながら、ルイスは絶えず妻のレイチェルを意識していた。もし、この場に彼女がいたら何と思うだろう？　我慢の限界を超える一撃となったかもしれない。

「クリスマスが済むまで待っていただけないでしょうか？」

「ロシア人はクリスマスを祝わないのだよ、大佐。それに、この仕事を遂行するには、今の季節が最

適なのだ。我々がみんなでクリスマス・キャロルを唱っている間に、君たちは誰の耳目も気にすることなく、思い切り破壊活動に専念できるからね」

これまで、将軍が感傷的な気持ちになって、話し相手の立場や心情に同情や理解を示すようなことは一度もなかった。モーガン大佐の長男が亡くなった際も、葬式の後に特別慰労休暇をルイスに取らせるなどという配慮はなかった（もっとも、大佐から申し込んだわけでもなかったが）。

「サー、私の家族は当地へ来てからまだ数カ月しか経っていません。しかも、その後も私自身が忙しくて、家族と一緒に過ごす時間がほとんどない状態です。今回の措置は、私たち家族にさらに大きな試練となるでしょう……」

「大佐、私の任務は国家を運営することで、結婚相談所の経営ではないのだよ」

「モーガンさまが応接室であなたにお会いしたいとおっしゃっています、サー」

「様子はどうだった？……怒っていたか？」

ハイケはちょっと考えて言った。「いいえ、そうは思いません、サー」

ノー、もちろんノーに決まっている。大佐が怒るのを見たことがない。たとえ自分の妻が他の男とキスしたことを知ったとしても、おそらく天候の話をしてから車を貸してくれるに違いないと、ルベルト氏は思うのだった。

「ありがとう、ハイケ。すぐに下りていくよ」

ルベルト氏は製図用ペンを机に置いて、インク壺に蓋をした。髪の毛を手で撫でて整えたが、すぐに思いなおして元通りにクシャクシャにした。

モーガン大佐はピアノのそばに立って、物思いにふけりながら、川の対岸を眺めていた。制服に身をかため、手袋をし、コートを着ていた。どこかへ出かけるところだろう——またか、やはり。

口を半開きにした大佐が、ルベルト氏に笑いかけた。

「ルベルトさん。お入りください。どうぞ、お座りください」

ルベルト氏は部屋に入り、窓際の椅子に腰かけた。大佐はこめかみを触りながら訊いた。

「頭の怪我《けが》の状態はどうですか？」

ルベルト氏の額の傷口は、亀の甲のように醜い色をしていたが、だんだん治ってきていた。「私は怪我から回復するのが早いのです」

「あの晩は、大変だったようですね」と問いかける大佐に、ルベルト氏は大佐の次のことばを待ったが、大佐のほうは逆にルベルト氏が何かを言い出すのを期待しているようだった。お互いに言いたいことがはっきり言い出せずにいる二人は、感情的な便秘を患っている状態だった。ルベルト氏は思った。仮に自分がなんらかの謝罪をすれば、それが下剤の働きをして話がスムーズに進むのではなかろうか？　そうだ、はっきり弁明しよう――あの夜のトラブルはモーガン夫人の過失によるものではなく、自分が原因を作ったのだということを。額に一撃を負った瞬間から冷静さを失ったこと、そしてその後事態が次々と悪い方向に展開していったことを説明しよう、と考えた。

「あのときの事件について、謝らねばなりません」と切り出すルベルト氏に、いぶかしげな表情を見せた大佐は、両手でルベルト氏を制して言った。

「あなたが謝ることはありませんよ、ルベルトさん。むしろ、あなたに対して我々が申しわけないことをしたと思っているのです。あの花瓶の件ですがね。あなたの財産に損害を与えたのですから。そして、あの夜の客の一人が取った粗野な態度や行動についても謝ります」

そう言って大佐は、ベーゼンドルファー製のピアノの背面をそっとなでてみせた。あたかも、バーンハム少佐の好戦的な手で乱暴にたたかれた跡を癒すように。「レイチェルの話では、あなたはみごとな自制心を示されたそうですね。あの乱痴気騒ぎの中で」

ルベルト氏は、先ほどまでの考えを撤回しようと思い、代わりに口ごもりながら言った。

「そうですね……それは……しかし、私には誰も責めるつもりなどありません。その場の雰囲気が盛り上がっていた。それだけですから。花瓶ですか？　気にしていただくほどのものではありません」

「でも、それは起こった事件の言いわけにはなりません。あなたがご自身でおっしゃったように、それはあなたの財産ですからね、ルベルトさん」

「ええ……」

そこで、大佐は話題を広げた。

「それに、お気の毒なことに、あなたはあのツァイスの工場で事件に巻き込まれたそうですね」

「その件については、あまり覚えていません。ただ、演説を聞いていたとき、突然銃の乱射が始まったのです」

モーガン大佐の顔が曇った。「工場で起こったことは、何であれ、弁解の余地のないことです。我々が何かを前に進めようとすると、必ずこのような事件が起こるのです。誰かが平常心を失い、パニックに陥り、すべてがバラバラになる。すべての事業が微妙なバランスの上に成り立っているからです。すべてが細い糸で吊り下げられているのです。ともあれ、あなたが元気なのであればよかった、ルベルトさん」

「大佐、あなたはとても難しいお仕事をなさっています。私には、今のあなたをうらやむ気などおこりませんが」

「そうでしょうとも。ところで、それはともかくとして、私があなたにお話ししたかったのは、あの晩の事件のお詫びだけではありません。それとは別に、あなたにお願いしたいことがあるのです。息子のエドモンドですがね、彼に家庭教師が必要になったのです。私の見るかぎり、あなたは目下のところ工場で働ける状態ではないようですね。そこで、あなたにエドモンドの家庭教師をお願いできないか、そしてついでにレイチェルにも……何がしかのドイツ語を教えていただけないか、と思っているのです。私はしばらくこの家を留守にしなければならないので、他に適当な家庭教師を探すひまがありません。また、レイチェルも、これをきっかけに真剣にドイツ語を学ぼうとするでしょう。彼女は言語が障害になっていて、いらだつことが多いのです。特に、使用人との会話で……」

「もちろん、お引き受けいたします。しかし、あなたはどこか遠くへ行かれるのですか？」

「数週間、ヘリゴランドへ」

「それでは、クリスマスはここにいらっしゃらない？」

「残念ながら、軍隊は軍隊独自の手順で運営されているのでね、ルベルトさん。もし、あなたが私に代わってこの砦を守ってくれるなら、まことにありがたいと思っています。それには、今まで以上に気楽に私の家族と仲よくしてもらわねばなりません。簡単ではないでしょうがね。もうお気づきだと思いますが、レイチェルは……ここへ来たときには本来の彼女ではありませんでした……それが、最近では昔の彼女に戻りつつあるように思えるのです。彼女は交際の範囲を広げたがっているようです。おそらく、お嬢さんのフリーダさんと一緒に買い物に行こうとでも考えているのではないでしょうか。彼女が誰かと一緒に過ごすのはいいことです。独りになるのはよくありません。特に、今は時期が時期だけに。私はいつも言うのです。もし、物事を順調に進めたいなら、人々は親しく交流しなければならない、そうすることで、お互いに相手がよくわかってくるのだから、と。私は思うのです、ルベルトさん、私が言いたいのは——どうか、ご自分の殻にとじこもらないで、この家で自由にくつろいでください、ということですよ」

「ありがとうございます、大佐どの」

ルベルト氏は、日ごろから大佐に好意を抱いていた。彼の寛大さには敬意を払い、感謝もしていた。しかも、少しも横柄さを感じさせないその人柄は敬服に値するものだった。しかしながら、その一方で、ひょっとして大佐は現実の厳しさに気づいていない「盲目」ではないのか、という思いがしないでもなかった。単に悪意がなく騙されやすい性質なのか、あるいは他のことに気をとられて気持ちに余裕がないのか、いずれにしても、今彼が重要だと信じて実行しようとしていることは、すべてが間違った方向に向かっているように見えた。

「まったくひどいニュースなんだ、ダーリン」

そのとき、レイチェルはアガサ・クリスティーの二冊目に夢中になっていた。筋書きが実に面白く、いまにも殺人の謎が解明されようとしている瞬間だった。

本を閉じたレイチェルは、心の中で二つのことを同時に考えた。このミステリーの犯人は誰だろう？　と推理する一方で、ルイスがルベルト氏について悪い情報を持ってこないことを願った。例えば、あの家庭教師のケーニッヒのときのように「やはり、白ではなかったよ」などと言うのではないか、心配だった。

「一体どうしたの？」と尋ねるレイチェルに、ルイスは感情を抑えながら答えた。これと同じルイスの表情を見るのは、初めてではなかった。特に忘れられないのは、長男マイケルの葬式を済ませた直後、その足で軍事基地に戻ると言い出したときだった。あのときと同じ表情で、ルイスはレイチェルに告げた。

「機械設備の解体現場の監督を命じられたのだ。明日にでも出発しなければならない。そして、数週間は帰ってこられない」

「まあ！」

「君にとって耐えられないこととは思っている」と、ルイスは言い足した。レイチェルの気持ちを一方的に斟酌しながら、返事を待たず、そのままスーツケースを探しにドレッシングルームへ入っていった。

このとき、レイチェルの心のどこかに、軍人の妻としてのありきたりな考えが起こったのは否定できない。つまり、夫婦の自由時間がどれだけ短縮されても、またいつ予定が取りやめになっても、軍人の妻ならば常に覚悟していなければならない、というものだ。だが、彼女が実際に心底から感じたのはそんなことではなかった。二人の将来にかかわる、もっと本質的なものだった。しかし、それを打ち明けても、ルイスが今この場で関心を示してくれるとは思えなかった。代わりにレイチェルの口から出たのは「軍人の妻ですから、仕方ないわね」という空虚なことばだった。ルイスはうなずいた。

「すまない、レイチェル」

旅に必要な品を探しはじめたルイスを見て、レイチェルは再びアガサ・クリスティーの世界に戻っていった。正直なところ、今回はルイスが荷物をまとめるのを手伝う気にはなれなかった。本来ならば、夫の旅支度を手伝うのは妻の務めなのだろうが、それよりもまず、今読んでいるミステリーのほうが気になっていた。

しかし、それでも、横であくせく動くルイスの不器用な動作が気になってなかなか集中できないレイチェルは、本を閉じて、今朝ハイケが持ってきた衣類のかごからソックスを探し出すのを手伝いはじめた。

「何足持っていくの？」

「五、六足でいいだろう」

一足ずつまとめたソックスを一つひとつ彼に向けて投げ、それをルイスがクリケットのキーパーのように両手ですくいあげて、カバンの中へ放り込んでいった。

「これって、あなたにとって昇進なの？」

「いや、一種の懲罰だと思う。私が大臣の考えに従順ではなかったから。それに私はしゃべり過ぎたようだ」

「あなたらしくないわね。じゃあ、あなたの後を継いで管轄地域を運営するのは誰?」

「バーカー大尉だ。彼には、仕事をはじめるようにすでに言ってある。郵便物を取ってきてくれ。君とエドでさばけるだろう?」

「どう、思う?」

ルイスはうなずいた。愚問だった。

「任地から戻ってきたら……二人でどこか遠くへ行こう。暖かくなったら、トラヴェミュンデへ行くのもいい。あるいは、バルチック海沿岸のどこか大きなリゾート地へ行こう」

「それはすばらしいわね」

「でも……すぐには実現しそうもないがね」

そこでルイスは次のことばに詰まったが、レイチェルも「そうね……」と言ったまま黙ってしまった。

「さて、そろそろ出発するほうがよさそうだな」

おもむろにそう言って、ルイスはスーツケースを閉じた。さよならを言おうとレイチェルに顔を向けたが、あまり大げさにならないように、頬に軽くキスをして別れた。訪問客にさよならを言うときのように、あるいは顔見知りと道で偶然出会ったときのように。

第十章

フリーダがタイツのゴムで腹に押しつけるようにして抱えているのは、マニラ紙の封筒に入ったファイルだ。それが、歩くたびに肋骨の間に食い込んで痛かった。モーガン大佐のブリーフケースから盗み取ったもので、英語で書かれており、「部外秘」という文言や赤く縁取りされた箇所の他、さまざまな工場や軍隊の施設の写真が載っているので、アルバートの関心を惹くのは間違いなさそうだ。アルバートのことを考えると、フリーダは誇らしさで目まいがする思いだった。

かつてのマーガリン業界の大物ピーターセンの邸宅には、軍の徴用命令を意味する「R」を記した黒いリングが柵の上からぶら下がっていた。邸宅の周囲には低い塀が築かれており、その下の地面には、もともとピーターセンが泥棒の侵入防止に敷き詰めたガラスの破片がそのまま残っていた。その一カ所に、木製のそりが差し掛けてあった。ガラスの破片を踏まなくていいようにアルバートが用意したものだ。フリーダは左右に誰もいないことを確かめて、低い塀によじ登った。降りしきる雪の中、塀のてっぺんのいたるところに、侵入防止のためのひれ状の突起物が突き出ていた。この防犯装置はすべて戦前にピーターセンが施したもので、当時の近所の住民たちを驚かせ、当惑させるものだった。

今は亡きフリーダの母は、そんなピーターセンを俗っぽい出世欲のかたまりとしか評価せず、自尊心のある泥棒ならばこの成り上がり者の家から盗むものなどないだろう、と言って軽蔑していたものだ。ピーターセン一族は金をもうけるのも早かったが、失うのも早かった――初めは東アフリカ産のサイザル麻で、次いでバターまがいのマーガリンで稼いだ。「お金というものは、貯まるのが速ければなくなるのも速いものよ」と、母はよく言っていた。当時のフリーダはまだ小さかったので、昔からの富裕階級と新しい新興成金との微妙な対抗意識についてはよく理解できなかったが、今このエルブショッセ通りに悲しみに沈んで静かに建つ空虚な立方体の大邸宅に向かって歩いていると、母親の予言が正確だったと思い知るのだった。

フリーダはアルバートの指示どおり、旧ピーターセン邸の台所の低い窓をくぐって中へ入っていった。裏口の階段を上って一階の部屋に近づくと、木材の燃えるにおいとろうそくのにおいが混じり、少年たちの切れ目のない話し声がする。声の方向へ進んでいくと応接室があり、そこでは異様な光景が展開されていた。ろうそくの光に照らされて、部屋のいたるところにアフリカの工芸品が飾られている――槍や盾、動物の毛皮やマスクなどだ。中央のビリヤード・テーブルの上で、一人の少年が演説をしていた。ヘルメットを被り、肩にシマウマの毛皮を掛け、手には角砂糖をつまむトングの入った箱を抱えていた。まるでザンクト・パウリ地区の魚売りだ。別の四人の少年が、その少年を取り囲むように座っていた。

「ダムトーアで仕入れたばかり、新品だよ」と、少年が叫びながら、箱を揺さぶって、中から一対のトングを取り出し、パチンと閉じてみせた。背後の壁には、ろうそくの光が映し出す少年のグロテスクな影と、ロブスターのようなトングの影が揺れていた。

「一体、何に使うつもりだ？　おれたちには砂糖すらないんだぜ」と別の少年が金切り声で叫ぶ。

「いいか、オットー、よく見ろ！　お前には角砂糖をつかむトングかもしれんが、きれいな女の人にはこんな使い方もあるんだぜ……」と言って、少年は箱を下に置き、手にしたトングをピンセットのように動かして、眉毛を引き抜く実演を始めた。

「あるいは……」と言って、少年は口を開け、歯医者がプライヤーで歯を抜く真似をした。

「あるいは……」少年はトングの先端を鼻の穴に突っ込み、息がつまって腹に空気がたまった真似をしてみせた。

「あるいは……」と、少年は屈みこんで、地面から何かを拾い上げるふりをしてみせた。

「あるいは……」伊達男のようにポケットからたばこを取り出し、一方の端をトングでつまんで口に持っていき、煙をはきだした。「これを見たら、女たちはたちまち夢中になるだろうよ」

しかしながら、周囲の悪ガキ連中はトングなどにまったく興味はなかった。一人が槍を手にして、他の連中と一緒に少年を非難しはじめた。

「トングなんか、誰もほしがらないよ。みんながほしいのはジャガイモだ」

「たばこの無駄遣いだぜ、オッチ」

「おれたちに損な取り引きをさせようってのか？」

件《くだん》の少年は、両手を挙げて悪ガキ連中を制した。

「わかった、わかったよ！　じたばたするなよ。他に特別なブツも手に入れたからよ。トミー少年のお手柄だ」と言って、シマウマの毛皮の下からたばこの形をしたチューブを取り出した。

フリーダには、それがいつかアルバートが飲んでいたメタンフェタミンという覚醒剤だとすぐにわかった。ナチスが最後の厳しい戦局に若い兵士を送り込むときに飲ませたものだ。

「一本飲むだけで力が湧き、身体が暖まって、お腹が減らなくなる薬さ。アルバートには箱詰めのものをやったが、お前たちには一人ひとりに一本ずつ分けてやるからな」

少年は立ち止まって、ドアのほうを見た。「やあ、そこに居るのは。誰かと思ったら……」

フリーダは、いつでも逃げ出せるように片手をドアノブに掛けたまま言った。「それは、ガキが飲むものじゃないわよ！」

「誰だ？　お前は」

一人の少年が槍を肩の高さに構え、穂先をぶるぶるふるわせた。

すると、ヘルメットの少年がビリヤード台から跳びおりて言った。

「みんな、心配するな！　彼女はアルバートの女なんだ」

びっくりしたフリーダは、思わずその悪ガキをにらみつけて訊いた。

「どうしてわたしのことを知っているのよ？」

「お前さんを見かけたことがあるからさ」

「私を見たって？　一体どこでさ？」

「そりゃあね……」そう言いながら悪ガキ少年は、いたずらっぽく左手の人差し指と親指でリングを作り、その中へ右手の人差し指を突っ込んで、ピストンのように動かした。悪ガキ連中がどっと笑った。

フリーダは、この無礼なガキをぶったたいてやらねばと思ったが、それにしても、どんなふうにして私を見つけたのだろう？　ブランケネセの家で？　それとも、この家で？　まったく思いあたらなかった。

「彼はどこにいるの？」

「二階にいるよ、友だちといっしょだ」

「どんな友だち？」

少年は、メタンフェタミンのチューブを一本取り出して見せた。

アルバートは夫婦用の寝室に居たが、ベッドの中ではなかった。ポータブル蓄音器にかけた音楽に合わせてダンスをしていた。粗雑なアメリカの曲で、ハイケがラジオ・ハンブルクで聴いていたのと同じだ。ジャングルに響くドラムや、やたらにがなりたてる金管楽器、すべてが無秩序に混ざり合っている。そんな曲に合わせて踊っているアルバートを見て、フリーダの心は乱れた。アルバートは腰まで素っ裸で、酔っ払いの人形師に操られた人形のように手足をくねくねと動かし、カーペットの上を動く蟻を踏みつぶすみたいにでたらめにステップしていた。ダンスに夢中になっていたので、フリーダが部屋に入ってきたのに気がつかなかった。フリーダはすっかり戸惑っていた。こんなふうに跳んだりはねたり、首を振ったり、腰をくねらせたりしてダンスに熱中している若い男は、彼女が知っている小ぎれいで、冷静で、抑制のきいたアルバートではなかった。彼は一時的に、何かにとりつかれているように見えた。

「アルバート？　何をしているの？」

アルバートは振り向いたが、特別に驚いた様子もなく、音楽に合わせてダンスを続けた。「おれのまっとうなドイツ女……」と言って大げさにふらつきながら、音楽のビートに合わせ、彼女にそっと近づいてきた。手を差し出して、いっしょに踊ろうともした。肌はつやつやと輝いており、両目は少し大きめに開かれ、今にも目玉が飛び出しそうだった。

フリーダは、スカートの下からファイルを引っ張り出してアルバートに差し出した。

「重要書類を持ってきたわ」

「ベニー・グッドマン、ベニー・グッドマン。さあ、ダンスをしよう」そう言ってアルバートは、しつこくフリーダに手を差し伸べた。その手はつやつやと輝いていたが、冷たくねばねばしていた。フリーダには彼を喜ばせたい気持ちがあったが、ダンスができなかった。

「ダンスはできないの」

「できるさ……おれのまっとうなドイツ女よ」

彼は一方の手を彼女の腰の上に置き、もう一方の手でリードした。フリーダはファイルを胸に押しつけながら、両足を形だけ左右に動かした。しかし、この曲はあまりにもでたらめにアレンジされているのでリズムをつかむのが難しく、アルバートのリードもちぐはぐなので、曲に乗って自由に踊ることなどできなかった。

「できないわ！」

アルバートはステップを踏みながら後ずさりし、蓄音機のレコード盤から針を持ちあげた。

「そう。そう。そう。その娘《こ》はダンスをしないんだ！　だから、兵隊さん、お前は自分で楽しむ時間を見つけなきゃ！　それなら、こうしよう、おれの大好きな友だちよ！　君の持っているものを見せてくれないか？」レコードを止めたが、頭の中にはまだ音楽が残っていた。

フリーダはアルバートにファイルを手渡した。アルバートはそれをやさしくなでながら、表紙に書かれた「部外秘」という文字を声に出して読み、「これはすごい」と叫んだ。そして、弾力のある背表紙をめくってファイルを開いた。彼が時間をかけていくつかの文章を熟読しているのは唇の動きでわかった。しばらく経って、彼はその内容をかみしめるようにうなずいて言った。

「どこで手に入れた？」

「大佐から」

アルバートはファイルを読みつづけた。ときおり、満足げにふんふんと言いながら。

「それ、値打ちのあるものなの？」とフリーダが訊くと、アルバートはファイルを下に置いて、熱のこもった両手で彼女の上腕をつかみ、食い入るようにフリーダを見つめた。赤みを帯びた首に血管が浮き立って、強く早く脈打っているのがフリーダにわかった。彼の勃起した一部が、身体に押しつけられる。かつて、彼の力強い一部を受け入れたのを想い出したフリーダは、ベルトをはずしにかかった。アルバートは鼻を鳴らしてさらに強く押しつけながら、フリーダのスカートをまくり上げ、下着を下げた。そして、ベッドの端に仰向けになったフリーダの身体の中に、うめき声をあげて押し入っ

ができた。

は、最後に達するまでかなりの時間をかけた。その間、フリーダは新たな喜びを何度も体験すること

が、そのうちに、彼女自身も一緒に無意識に楽しんでいることに気づくのだった。今回のアルバート

だ。初めのうちは、意識的に相手を喜ばせようとして、その声や動きに合わせていたフリーダだった

た。この瞬間、彼女は自分に対する誇らしさと力強さを、もう一度しみじみ体感することができたの

精力を使い尽くしたアルバートは、フリーダの上にばったりと倒れこみ、ぐったりしていた。しば

らくして立ち上がり、ズボンをはいたアルバートにフリーダは訊いた。

「私にもマークをつけてくれない？」

にこりと笑ったアルバートは、メタンフェタミンをもう一本取り出した。

「いいよ」と言ってサイドテーブルの上の箱からたばこを一本取り出して火を点け、覚醒剤を手に、

彼女に近づいていった。

「痛むよ」

「かまわないわ」

「どこにつけてほしい？」

「ここに」と言って、フリーダはゆりのように白い前腕を伸ばし、柔らかい肌の上に円を描いた。

「これを飲めば……痛みは感じないよ」

フリーダは首を振った。「痛い思いをしたいの」

アルバートは彼女の手首を強く握って、火の点いたたばこを押しつけた。たばこの火が消えるまで、

彼女は歯をくいしばってうめきながら大声を上げたくなるのを我慢した。次いで、アルバートはもう

一本のたばこに火を点け、その隣に同じようなOの字の傷跡を作った。こうして、二つのOが連なり、

8の字がフリーダの腕に焼きつけられた。

彼女は、新しくできたマークを見た。赤く生焼けの傷跡からは、皮膚の焼ける異様な臭いがしていた。ふと、母親のことが頭をよぎったフリーダは、火に包まれ、身体中が火傷だらけになった母を想像してみた。そして、作業を続けるようアルバートを促した。アルバートは次のたばこに火を点けようとしたが、今度は強く押しつけすぎたので、端がぺちゃんこになって失敗した。そこで、さらに新しいたばこに火を点けて次の0の字を焼きつけた。新しい8の字を焼きつけるときの痛さが、最初の8の字のときに味わった痛みと相殺しあっている感じだ。しかし、最後の0の字になったとき、数分前まで発していたうめき声とたいして変わらないが、一種の喜びの声を発していることに彼女は気づくのだった。そのとき、フリーダは大人たちがするようにアルバートの顔をしっかり両手にはさみこみ、相手の目をじっと見つめていた。薬物の力でアルバートの身体は痙攣し、目はちらちらと動いていた。

「なぜ、こんなに薬をやるの？」

「いつも気を張っていなければならないからさ。周囲には注意すべきことがたくさんある。おれの仕事の役に立つことがね」

「あなたのお仕事について、まだ聞いてないわ。あなたが将来しようとしていることについても」

「いずれ、そのうちに話すよ」

「いつも同じセリフなのね。私を信用していないの？」

「もちろん、信じているさ。でも、これは……君にとって知らないほうがいいことなんだ。君はずっと……おれの役に立ってきてくれた」

もっと役に立ちたいと思っているフリーダは、続けて言った。

「あなたはいつも自分のことを一兵卒にたとえるわね。でも……実際に戦っているあなたを私はまだ見たことがないわ。ダンスをしたり、薬をやったりしているだけで、他に何もしていないじゃないの？」

アルバートは身体を硬くして彼女から離れた。

「心配するな、おれのドイツ女よ。おれは自分が今何をしているか、よく知っている」

「ほんとう？　あなたはよく戦闘部隊についても話をするわね。でも、その部隊ってどこにいるの？　私が見る限り『瓦礫の子どもたち』ばかりじゃない」

アルバートはしげしげと彼女の顔を見つめ、何とかして彼女を納得させようと試みた。

「まっとうなおれのドイツ女よ……お前は、まるで次から次へと襲ってくるトミーの爆撃機みたいに、ドカンドカンと響く高射砲の音みたいにおれを責め立てるじゃないか。でも、心配するな。何をすべきか、おれにはわかっている。もう、理解できている。すべて頭の中に入っている」そう言って、自分の頭をたたいてみせた。「いずれでかい事件が起こるだろうよ」

雨の降る十字路で、一匹のミッキーマウスが交差点に立っていた。手に持った傘だけでは雨を避けきれないので、屋根のある家を探してドアをノックした。すると、玄関のポーチが崩れ、もう一つのドアが開いた。家の中は風が吹きぬけて、大半の床が吹き飛ばされていた。ミッキーが家の中へ入ると、後ろのドアがバタンと閉まり、錠が下りた。部屋の中にはこうもりがいっぱいいたので、怖くなったミッキーは壺の中に飛び込んだ。早く部屋から逃げ出したくて泣き叫んだ。「マミー」

『ミッキーマウスのお化け屋敷』は最後のフィルムだった。その日の夕刻、九・五ミリフィルム用小型プロジェクターの周囲には、レイチエルをはじめ家じゅうの人たちが集まっていた（招待を断ったコックのグレタを除いて）。この映写機はスズとアルミ製で、レイチエルがルイスに十回目の結婚記念日に贈ったものだったが、もっぱらエドモンドが愛用していた。そして今ここでは、彼が本領を発揮して映写機を操り、お菓子を配り、外交官や通訳として解説するなど大活躍をしていた。棒つきのキャンディーや浮彫の入ったショウガやシナモンのスペキュレーシャス・クッキーをみんなに配り、映画の面白そうな場面が近づくと「次は愉快な箇所だぞ」などと言って予告したり、みんなといっしょに笑ったりしていた。ちっぽけなフィルムの寄せ集めだが、それが放つ優しくやわらかな輝きは観客全員を幸福感にうっとりさせ、家族全員の心を一つにする効果があった。ハイケはためらいながらもくすくす笑いをこらえることができなかったし、リヒャルトは機械装置全体に気をとられていたが、ポパイが力こぶをつくるのを観て大笑いしはじめた。フリーダも、バスター・キートンが命知らずの離れ業《わざ》をしたとき、いつもの仏頂面を思いがけずくしゃくしゃにして笑った。同じ笑いが、父親のルベルト氏の顔にも浮かんだ。ルベルト氏は、思いきり大きな声でばか笑いをした。複雑な性格の人間が、単純なものごとに喜びを見出したようだ。しかし、ほんとうに映画に感動したのだろうか、それとも、他の人たちのためにわざとおおげさにふるまっているのだろうか？　レイチェルには判断がつかなかった。ともあれ、これがきっかけになって、何か面白いことが起こりそうな気がするレイチェルだった。フィルムが終わったところで、レイチェルとルベルト氏の目が合った。彼も自分と同じように、楽しい予感を覚えているのが見てとれた。

「ジ・エンド！」と、ルベルト氏が大げさなゼスチャーで拍手した。

エドモンドが部屋の電灯を点けたので、みんなはまばたきした。

「ありがとう、エドモンド。これは君の将来を占うものだね。いつの日か立派な映画を制作することになると思うよ。モーガン夫人、そうは思いませんか？」

エドモンドは、それまでは父親のように軍人になることしか考えていなかったので、そんなとっぴな仕事をすることに母が同意するかどうかわからず、不安げな目でレイチエルを見た。

「そうなれると思いますわ」とレイチェルが答えた。二人のお墨つきをもらったエドモンドは胸がいっぱいになり、舞い上がるような気分になった。

リヒャルトはエドモンドに、「あのポパイの水夫は面白かった」と言って礼を述べ、両腕に力こぶをつくって笑った。ハイケはひと言もしゃべらなかったが、感謝の気持ちを表すため、手を胸にあて、膝を軽くまげておじぎをした。しかし、「すばらしかったわ」と小声でエドモンドに言っているのがレイチェルの耳に確かに聞こえた。

元のように髪を三つ編みに束ねて黙っているフリーダに、ルベルト氏が言った。「エドモンドとモーガン夫人にお礼を言いなさい、フリーダ」

フリーダはレイチェルに笑顔を作って言った。「サンキュー、ところでベッドへ行ってもいい？」

「もちろんよ、フリーダ。クリスマスおめでとう《フローヘ・ヴァイナハテン》」

エドモンドはすでにフィルムを巻き戻していた。

「母さん、もう一回、ミッキーマウスを観てもいい？　お願い」

「今日はこれで十分だと思うわ、エド。それより、早くベッドに行ってクリスマスプレゼントを開けてみたら？」

「今ここで開けたらだめ？　ドイツの人たちみたいに」

「我々はイギリス人のようにしようと思っていたところだよ」と、ルベルト氏がエドモンドにウィンクして言った。

エドモンドはしばらく考えたが、喜びは少し先の楽しみにとっておくのがいいのだろうと考え、ルベルト氏の意見に従うことにした。「じゃ、わかったよ」と言ってレイチェルにキスをした。「おやすみなさい、母さん」

「おやすみなさい、エドモンド」

ハイケが皿を片づけはじめたとき、レイチェルが言った。

「そのままにしておいていいわよ、ハイケ。私がしまうから」

とまどったハイケは、指示を仰ぐようにルベルト氏のほうを見た。

「今夜の仕事はお休みにしなさい、ハイケ」と、ルベルト氏はかつての主人としての役割を無理なくこなして言った。

「それでは、おやすみなさいませ」ハイケは恥ずかしそうにおじぎをして下がっていった。

みんながそれぞれの部屋へ引き上げていくのを待って、レイチェルが皿を積み重ねていく間、ルベルト氏はプロジェクターのレンズを検査するふりをしていた。ようやく、床板の軋《きし》む音がおさまり、炉火のパチパチいう音だけが聞こえる静かな夜になった。

「今夜はとても楽しかったわ」と、レイチェルが言う。「あんなふうにみんなが笑うのを見られるなんて、ほんとうにすばらしいことよね」

「あれはミッキーマウスの奇跡だよ。我々に世界の平和をもたらしてくれそうだ」

「ナイトキャップをいかが？」

レイチェルの意図を汲みかねているルベルト氏に、レイチェルは説明した。

「寝る前に飲む最後のお酒のことをナイトキャップというのよ。よく眠れるようにね」

「イギリス人と飲むと一杯ではすまないのだな」とルベルト氏が言う。

「それで？」

「もちろん、飲みますよ。よろこんで《ビッテ》！」

レイチェルは軍隊用の強いウィスキーを水で割り、一杯をルベルト氏に手渡し、足載せ台《フットスツール》を暖炉の前に移動させて、ルベルト氏にも横に来るように促した。二人は数インチ離れて並んで座り、静かに暖炉の火を見つめた。炎はいつもそれ自体が一つの劇場だ。目の前の劇場では、パチパチと音を立てて勢いよく、さまざまな陰謀が演じられている。今にもオレンジ色に変わろうとしている石炭の先端に、レイチェルはじっと視線を注いだ。

「今夜のように、クリスマス・イブを盛大に祝うあなた方のやり方は好きだわ。私はずっとこれまで、降臨節のほうを大切にしてきたのだけど」

「あなたは、熱心な信徒ですか？」と訊くルベルト氏に、レイチェルはゆっくりと首を横に振った。断固として否定したわけではなかった。

「私はいつも、宗教そのものより、関連の付属品のほうが好きだった」

「それが単なる品物にすぎなくても？　宗教から無理やりはぎ取られたものだとしても？」

「かつて私の中にあった信仰心は、今では完全に吹き飛ばされて、残っていないわ」

「今は、その話はしないほうがいいと思いますが」

「いいえ、話すべきです」と、レイチェルはきっぱり言った。今こそ、心の底にわだかまっている思いを彼にははっきりと伝えるべきだと感じていた。

「大切なことを話しあう機会が、私たちにはほとんどなかったわね。いつも問題の核心を避けて、周辺をうろうろするばかりだった。年齢のせいでしょうけど。あるいは、ビクトリア朝時代からの遺物かもしれないわね。それとも、あまりに多くの戦争を体験したからかしら？　私にはわからないわ。でも、ほんとうに実のある未来があるとすれば、それは人々がいつでも自由に大切なことを話せる時代であってほしいと思うの」

書斎の柱時計が、午前零時の鐘を鳴らした。

「ハッピー・クリスマス」

「乾杯《プロースト》」

レイチェルとルベルト氏は、グラスを合わせてカチンと音を立てた。

「大切な話のできる新年になりますように」と、ルベルト氏がさりげなく言ったが、大切なことはまだ何一つ話していない二人だった。

「あなたの場合はどうなの？　そうなると思う？」と訊くレイチェルに、ルベルト氏はグラスを暖炉の火にかざした。中のウィスキーが、炎のように揺らめくのを見つめながら言った。

「幼子になった神にかけて？　これは実に難問だ。私は、弱々しい神さまよりも力強い男性のほうを信じたいね」

依然として、二人の会話はかみ合っていなかったが、どちらも話を自分からリードしようという気はなかった。レイチエルは、ルベルト氏の額の傷が思ったより早く治癒したのに気づいていた。

「大佐はヘリゴランドへ行かねばならないとおっしゃっていました。あそこは『聖なる島』と呼ばれ、かつて聖者がよく訪れたところです」

「それじゃきっと、居心地のいいところでしょうね」と、レイチエルはあまり深く考えずに言って再び暖炉の火を見下ろした。先ほどまで真っ赤に燃えていた石炭の炎が、隣の石炭に燃え移っていた。するとルベルト氏がぽつりと言った。「大佐が、しばらく留守にすると言ったとき、私は……実は、正直なところ……うれしかった」

レイチエルは、タンブラーにウィスキーと水を入れてかき混ぜた。これから行なわれようとしている微妙に不純なやりとりを予測してか、心臓がドキドキするのを感じていた。

「そう、実は、私も」

すでにわずかだが一線を越えていたレイチエルにとって、今交わした短い会話は、かつてない大きな跳躍をもたらすように思えた。

ルベルト氏は、彼女の手をつかんで優しくキスをした。レイチエルは彼の手を強く握り返して引き寄せ、首をかしげて彼の唇に自分の唇を重ねた。ルベルト氏はたちまち反応を示し、深く長いキスを返してきた。二度目の体験だが、このようにいとも簡単に素早く彼と親密になれたことは、実はレイチエルにとって思いもよらない展開だった。

二人が互いの身体を離したとき、ルベルト氏は何かを話そうとしたが、レイチェルはもう一度キスをして黙らせた。今起こっていることは、正確に意識したり、口に出して表現したりする性格のものではないと思ったからだ。二度目に身体を離したときも、レイチェルは引きつづき彼にキスをしようとした。しかし、今度は彼が抵抗して、小鳥のように首を引っ込めたので、レイチェルのキスは空振りに終わった。

「……部屋に戻ることにするよ」とルベルト氏は言いはじめた。「君は、私の部屋の電灯が点くまでしばらくここで待っていてくれないか。大窓を見ていればわかる……私の部屋のドアは開けたままにしておくからね」

ルベルト氏の暗示はきわめて的確だった。ずいぶん考えた上でのことばだろう。彼はレイチェルの手をそっと退けて立ち上がったが、目は離さなかった。立てた人差し指を口にあて、ついでそれを上に向けて自分の部屋を示し、ほんのちょっとの間がまんしていなさい、というゼスチャーをした。

レイチェルは、かくれんぼをしている子どものように、目を閉じて、床の軋む音を聞きながら、六十まで数えた。心の中で「行ってはいけないよ」という理性と分別と良心の声が上がるのを覚悟して待ったが、ついにそのような声は聞こえなかった。心に響いてきたのは、欲望のつま弾く魅惑の音色ばかりだった。何か特別なことが起こらない限り、彼女のはやる気持ちを抑えることはできなかった。例えば、宇宙規模の事件や地震、あるいは芝生の上を堂々と歩くお化け猫のような異常な事象に遭遇しない限り、彼女の気持ちは変わらなかった。

六十を数えたところで目を開くと、大窓を通して、ルベルト氏の部屋から光が射しているのが見えた。レイチェルは腰をあげ、階段をそっと上っていった。床板のキーキー軋む音がしないように、両足をカーペットからはみ出さないように注意して、階段のむき出しの板の上や隅をさけて歩いた。詮索好きのメイドや、眠れずにいる子どもたちに気づかれないように十分気を配りながら。そもそも不倫には狡猾さと秘密がつきものと思っていたが、子どものように無垢な勇気と創意も必要なようだ。今行なおうとしていることは、はたしてそうだと言えるのだろうか？　ほんものの不倫と言えるのだろうか？　そんなふうには感じられない。不倫をしようとする者は誰もが、自分と同じように感じているのだろうか？　不倫とは、何なのか、定義はあるのか？　個人の考え方次第で、どのようにも解釈されるのではないのか？　キスするだけで不倫になるのか？　それとも、自分の残りのすべてをルベルト氏に捧げたとき、初めてほんとうの不倫をしたことになるのだろうか？

レイチェルは、ドアが開いたままの自分の寝室の前を通り過ぎ、二つ目の階段に差し掛かったところで、エドモンドの部屋をチラリと見た。そして、わずかな音にも耳をそばだてながら、ゆっくり階段を上っていった。周囲のすべてに神経をたかぶらせ、動作はさらに慎重になっていった。今まで気づかなかった細部にまで目がとどいた。階段の絨毯を押さえる金属棒《ロッド》には、それぞれの両端に細かな彫刻が施されていることに気づいた。耳の中の耳鳴りが、ピッチを速めていくのがわかった。二階から三階へ上がるほどに、空気が暖かさを増していった。ルベルト氏の寝室のドアはほんの少し開いており、そこから二等辺三角形の光が漏れていた。一歩足を踏み入れたレイチェルは、気分は高ぶっているが、いつもと変わりない靴を履いている自分に気づいていた。それは不倫用に特別にあつらえた靴ではなかった。ありがたいことに、ぎしぎし音をたてないドアを押し開けて、彼女は新世界に歩を進めた。

ルベルト氏は、入ってきたレイチェルに背をむけて、窓際に立っていた。レイチェルはドアを閉め、両手をノブにかけたままでドアにもたれかかった。ノブが背中の一部を圧迫していたが、息を整え、心の中の一切の疑問を断ち切ることができた。

一方、ルベルト氏は期待を秘めて振り返ったものの、その顔はいつもの顔でなく、多少歪んで見えた。不安に震えていたからかもしれない。一瞬、自分の置かれた状況に確信が持てず、今にもすべてをご破算にしてしまいかねない表情だった。

彼は大またでレイチェルへ歩みより、キスをした。二人はキスをしながら、すぐに服を脱ぎはじめたが、スムーズに手が動かず、まるで喜劇のバレエを踊っているようなさまになった。レイチェルはジッパーをはずそうとしたが、自分で手を背中に回さねばならなかったし、ルベルト氏はあわてて脱ごうとしたシャツがカフスボタンにひっかかり、袖を破いてしまった。ようやく二人が裸になったとき、ルベルト氏は一瞬ためらう様子を見せたが、レイチェルは進んでルベルト氏をベッドへ誘導した。

初めから、レイチェルはルベルト氏独特の体臭や好み、他人との違いなどはほとんど気にしていなかった。相手が誰であれ、その特質など知りたくもなかった。行為の最中も、相手の視線を避け、自分も相手を直視しないようにしていた。ルベルト氏の優しさや親切心など、ベッドの中では不要だった。彼女はひたすらセックスに集中し、絶頂に達したときにはかつてなく大きな声を挙げた。ルベルト氏のエクスタシーを吹き飛ばすのに十分な声だった。彼が思わず、彼女の口を手で押さえたほどだ。

「外に聞こえるよ」

だが、レイチェルは気にしなかった。ベッドで横になって、セックスの残り香を吸い、体内に残された証をしっかり感じとっていた。ようやく普段の自分の殻から抜け出し、ついに極度のレベルに達し得たという感慨に浸っていた。

「大丈夫かい？」と尋ねる彼に、レイチェルは「ええ」とだけ答えた。

「私が想像していたように、激しいね……君は」と言うルベルト氏に、レイチェルは黙って目を開けた。互いに手を取り合い、腕と腿はからませたままだった。そのとき彼女の五感はいつもより鋭敏に働き、相手や部屋の中のどんな小さなことも見逃さなかった。彼の横腹にある六ペンス硬貨大の母斑《ぼはん》や、痩せこけた尻、胸の周囲に浮き立った細い静脈などである。裸のルベルト氏は普段より痩せて背が高いように見え、肌はレイチェルよりも青白かった。

急ごしらえの部屋の様子もはっきり見えてきた。階下の寝室から急いで運びこまれた家具類、建築家が使う机と製図用具、床に積み上げられた書籍などだ。一枚の大きな油絵が裏向きにされ、壁にもたせかけられていた。ホールの壁から取り外された絵画の跡と同じ大きさだった。

レイチエルの背中を愛撫しはじめたルベルト氏に、レイチエルは訊いた。

「あれが例の油絵なの?」

ルベルト氏は返事をしなかった。

「シュテファン?」

「うん?」

「あの絵、見てもいい?」

相変わらず返事をしようとしないルベルト氏に、レイチエルの興味はますます高まった。

ようやく、彼はしぶしぶ言った。「どうぞ」

レイチエルはベッドカバーを腰に巻きながら両脚を振ってベッドを降り、床にひざまずいて、油絵をひっくり返した。ルベルト氏に尋ねるまでもない、レイチエルが予想していた人物の肖像画だった。

「これ、クラウディアさんね?」

ルベルト氏はうなずいた。

「魅力的な方ね。フリーダはお母さん似ね。あなたは、どうしてこの肖像画をはずしてしまったの?」

「もうこれ以上、彼女に見つめられるのが嫌になったから」そう言ってルベルト氏は、話題をかえようとベッドをたたいた。「さあ、レイチエル。こっちへ戻っておいで」

レイチエルには、クラウディアへの嫉妬心がほとんど起こらなかった。むしろ、好奇心のほうを強く感じていた。「シュテファン。どうしてあのとき……私たちが言い争ったとき……あそこにあった絵が彼女の肖像画だったと正直に言ってくれなかったの？」

ルベルト氏は内心、矛盾した気持ちと葛藤しているように見えた。「そのわけはだね……あのときの私は、何とかしてクラウディアを忘れようとしていたからなんだ。……もし、あのとき、彼女の肖像画だったと白状していたら……君はきっと私のことを、亡き妻に恋々としているかわいそうな男と思っただろう。そうは思われたくなかったんだ。もしそうだったら、私は君にキスなどしなかったろう」

「今も彼女に恋をしているの？」

「やめてくれないか、その話は」

「でも、ほんとうのところ、あなたは彼女を恋しく思っているでしょう？」

「想い出を相手に恋はできない。私がほしいのはそれを超えるものだ」

レイチェルはもう一度肖像画を眺めてから裏返し、壁に立てかけた。そして、ルベルト氏のベッドへ戻っていった。


解体現場の最初の爆破作業に備えて、ルイス・モーガン大佐は秘書のウルスラと一緒に、防爆壁の後ろに身を隠すように言われた。ＩＡＲＡ（連合国間賠償機関）代表の、他の三人もいた。ロシアの代表はキュートフ大佐で、先ほどから何やらさかんに大声を上げていたが、モーガン大佐には一言も理解できなかった。耳を覆ったマフラーをはずし、ウルスラのほうを向いて訊いた。

「何て言った？」

「小麦粉をあなたの管轄地へ送ることについて、何か言ったようです」

「やつはこの作業を楽しんでいるのだ」

モーガン大佐は再び防音のためにマフラーで耳を覆いながら、占領軍の間で了解されている馬鹿げた平衡理論を思い出した。まず、二千人の従業員を抱え、人々の必需品を製造している民間の石鹼工場を破壊する。そこでは、軍需品は一切作っていないにもかかわらずだ。そして、その見返りにロシア人からパンの支給を受けるという。まるで、地獄の元帳の帳尻を合わせているようなものだ。

石鹼工場の門前には一握りの人々が抗議に集まっていたが、黒いケープを羽織った十数人のドイツ人警官にやすやすと取り押さえられた。将軍が言ったように、クリスマスの時期は工場の破壊にもってこいのタイミングなのだ。

ＩＡＲＡの説明によると、爆破音は三十から五十マイル先の現場からのものだそうだ。実際に耳に届いた音はあまり激しくなく、むしろ不思議なほど美しかった。そのとき、工場の両側から対称的に二本の煙の柱が空に向かって昇った。工場そのものは、膝を曲げてくずおれる人が威厳を保とうと必死に背筋を伸ばしているように見えた。が、やがて建物全体が地面に崩れ落ち、飛び散る瓦礫の煙幕の中に見えなくなった。煙幕がおさまると、空中に漂う細かな埃がカリフラワーのような形の雲となって拡がり、防爆壁の後ろで観ているＩＡＲＡの代表団を覆うまでになった。石造の建築が倒壊するときのドスンドスンという振動音が、大きな雷鳴か、真横を通りすぎる大型の蒸気機関車のように遠くまで響いた。今は亡きナチスの戦闘部隊が現れて、自分たちの始めた戦争に終焉をもたらすために幻の波状攻撃を行なっているのではないかと思う人もいただろう。

高い煙突の倒壊が最後の一撃となって、一連の作業は終わった。工場が完全に破壊されたのを見届けたキュートフ大佐は、立ち上がって拍手した。私的な花火を独りで楽しんでいたかのように。もっとも、彼が感動したのも当然だろう。破壊作業は最高の技術によって行なわれたからだ。イギリス軍の技術者たちは、この種の爆破作業の操作に日に日に精通してきている。フランス軍の代表のジャン・ボロンとアメリカ軍の代表のジーゲル中佐も、立ち上がって拍手をした。

埃が拡散し、その下に石材と瓦礫の山が現れるのを見ていたルイスは、突然、梁《はり》と泥と土塊《つちくれ》の下敷きになった長男マイケルの遺体を見つけたように思った。当時の状況はレイチェルが詳しく説明してくれたが、ルイス自身、今、目の前に展開しているような完璧な形の状況を思い描いたことはなかった。

キュートフ大佐は代表団に向けて、何やら別のことを叫びはじめた。腕時計を指さしながら、同じことを何度も繰り返した。

「今度は、何を言っているのかね」と、モーガン大佐がウルスラに尋ねる。

「今、ちょうど真夜中の十二時です。彼はロシア語で『ハッピー・クリスマス』と言っています」

代表団一行は、クックスハーフェンへの道路沿いにある小さなホテルに宿を取った。宿に着いたときには、午前一時を回っていた。しかし、キュートフ大佐はこの日を祝日と見なし、他のみんなをすぐにはベッドで休ませなかった。仕方なく、六人のうちの五人はバーへ行って、その日行なった破壊作業の成功を祝って救世主イエスに乾杯した。

キュートフ大佐はウォッカの瓶を取り出し、生《き》の蒸留酒を高々と掲げると言った。「戦争を勝利に導いてくれた酒だ」

彼はモーガン大佐に向かって言った。「あなたたちイギリス人にはジンがあるよね」

「戦争を忘れるための酒だ」と、モーガン大佐が返した。

「そして、あなたたちフランス人には？　ムッシュー」

「パスティス〔訳註：南仏で好んで飲まれるリキュール〕がある。戦争を避けるための酒だ」と、フランス軍代表のボロンが言った。

「しかし、我々には平和を勝ち取るための酒がある」と、アメリカ軍のジーゲル中佐が言う。「それは、アメリカ人の発明品の中でも最も偉大な、マティーニという酒だ。見くびってはいけないよ。二杯までは何とか飲めるが、三杯目になると酔いつぶれてテーブルの下にもぐる。四杯目には、ホステスのやっかいになる。さて、こっちの酒は――どうかな」そう言ってジーゲル中佐は、ウォッカのショット・グラスを手に取った。「そんなに強いとは思えないがね」

キュートフ大佐はウルスラに向かって訊いた。「あなたの場合は？　ポーラスさん。あなたの国ではどんな飲み物を薦めるんだい？」

ウルスラは静かに様子を観察していたが、彼女がロシア人に対して一種のアレルギーを持っているのがルイスにはわかった。

「あえて言うならば、ビールでしょうね。大佐どの。でも、あなた方は、我々からビールに必要なホップと小麦を取り上げてしまいました」ウルスラはキュートフ大佐から視線を離さずに言い放った。その目には、冗談のかけらも見られなかった。キュートフ大佐もビーズのように光る眼で脅すように見返したが、ウルスラはひるまず、そのまま大佐をにらみつづけた。ついに、大佐は両手でテーブルをバンとたたき、笑いだした。短い首にがっしりした体格をしているが、どんな挑発にも乗らない男のようだ。

「あなたにはユーモアがありますね、ポーラスさん。私の好みですよ。それで思い出したのが、我々が赤軍で飲みながらやったゲームです」

そのゲームとは、誰かが自分の目の前で両手をたたいたとき、できるだけ長時間まばたきをしないでいる競争だ。キュートフ大佐が手をたたき、まずは十秒後にまばたきしたフランス人のボロンが失格となり、次いで三十秒後にアメリカ人のジーゲル中佐が排除された。モーガン大佐は一分ほど持ちこたえたが、意識よりも疲労によるところが大だった。勝者は、三分後にまばたきしたウルスラに決着した。

次いで、キュートフが哀調を帯びたロシア民謡を歌うと、それを聞いたルイスにははたして自分の感性が豊かなのか、あるいは涙もろくなっているだけなのか、判断できなかった。すぐにでもベッドに入りたい気持ちになっていると、ジーゲルが別のゲームを提案した。

「上陸を前にしての暇つぶしに『戦争なかりせば』というゲームをよくしたものだ。これは新顔同士が互いに相手を知るのに大いに役立つものだが――誰か、知っている者はいるかい？　とにかく、簡単なんだ。もし戦争がなかったら、今頃あなたは何をしているか？　という質問に対して、いいこと、悪いこと、何でも答えればいい。ただし、真実でなければならない。他の連中は、相手の言うことが信じられなかったり、もっと詳しく知りたいときはいつでも話に割って入って質問することができる、っていうやつさ」

キュートフはドンとテーブルをたたいた。「賛成！　どんなゲームかよくわからないが、気に入ったぜ」

ウルスラと目が合ったモーガンは、うわべだけ驚いたふうに大きく目を見開いてみせた。いつでも退席できる状態にあったが、一種の義務感と好奇心が働いて、そのまま椅子に座りつづけた。

ジーゲルは続けた。「話をする者は、自分の前にボトルを置いておく。話が終わったら、それを左側の人物に回す。では、私からはじめる。いいかい？　もし戦争がなかったら私は……いまだにフィラデルフィアで生命保険のセールスをやっているだろう。もし戦争がなかったら、エッフェル塔を見ることもなかっただろう。もし戦争がなかったら、子どもの数も今の二人ではなく四人になっていただろう。もし戦争がなかったら、体重は今より数ポンド増えているだろう。さて、これくらいにしておこう。ボトルはいつでも好きなときに次の人に渡せる。みんな、準備を怠らないように！」

そう言って、彼はボトルをキュートフに渡した。キュートフはそれを片手で受けとり、もう一方の手でおごそかにたたいてみせた。ロシア人の指は、太くて切り傷だらけだ。

「もし戦争がなかったなら……」と悲し気な口調で語りはじめたキュートフは、数秒間ためらった。他の誰もが身構えて、聞き耳をたてた。ロシア人がいかに多くの人命を犠牲にしたか、知っているからだ。

「もし戦争がなかったなら、私は今夜あたり妻と一緒にレニングラードにいただろう」みんなは黙っていた。どんな話になるか、誰も想像できなかった。鼻孔を膨らませて、芝居気たっぷりに息をすいこんだこのロシア人は、世間から見捨てられ、絶望の淵に立っているように見えた。

ジーゲルがキュートフに近づき、彼の熊のような手を握って慰めた。「気の毒に！」

すると突然、キュートフは顔を輝かせ、狡猾な笑みを顔いっぱいに広げて、ジーゲルのインテリ顔をあざ笑うように言った。

「おれは毎日、お星さまに感謝しているんだぜ。あのクソババア《ビッチ》と一緒にいなくてすむからね」それを聞いたみんなが一斉に笑い出した。

「それで、もし戦争がなければ、妻の他に三人の子どもたちと一緒に生活しているだろうよ。マーシャとソーニャとピョートルだ。でも、いつも怒鳴ってばかりいる悪い父親だろうな。普段は情報局で働き、週末には氷に開けた穴から魚を釣っているだろう。そして、もし戦争がなければ、弁解できない事態に追い込まれていただろう……」と言ってから口をつぐんでしまった。

「弁解だって？」と、ボロンが尋ねると、キュートフはもう一口ウォッカを飲み、グラスにも注ぎ足して、不意に立ち上がった。「もし戦争がなかったら……」と言いながらシャツをたくし上げ、分厚い胸を見せた。腹に、黒い傷が痕《あと》になって残っているのが見えた。

「雌牛を盗もうとして受けた傷だ。ポルチンの農夫め！」

「その農夫は今どこにいるのですか？」と訊くボロンに、キュートフは地面を指し示した。すると、ジーゲルが牛の鳴き声を真似て「モー！　そりゃあいい、大佐！　そりゃあいいや」とはしゃいだ。

キュートフはボトルをボロンに渡した。

当初モーガンには、このフランス人がどんな人間か、まったく見当がつかなかった。正規の兵隊でないことは確かだった。公務員？　それとも大学の教師だろうか？

「戦争がなかったら……」と、ボロンは語りはじめた。「このように国際的な『同志の絆』を体験することはなかったでしょう」

　キュートフは『同志の絆』ということばがいたく気に入って、さっそくみんなから硬貨を四枚ずつ集め、乾杯した。「同志たちに乾杯！」

「もし戦争がなかったなら」とボロンは続けた。「私はもちろんここにはいない。その代わり、フランスのボーヌで仕事をしていたでしょう。もし戦争がなければ、引きつづき博士号の修得に邁進《まいしん》していたでしょう。もし戦争がなければ……ずっとアンジェレと一緒にいたでしょう。もし戦争がなければ、私は今の妻に会うこともなかったでしょう」

「主は与え、主は奪う〔訳註：旧約聖書、ヨブ記I・二一〕」とジーゲルが言った。

「そのアンジェレって女の子はどうした？」と、キュートフが尋ねる。

「ドイツ軍が進駐してきたとき、私はパリにいたので、ボーヌに戻ることができなかったのです。アンジェレは県の秘書をしていたので、ボーヌを離れることができなかった……」

「事情はわかった……よくわかった」と、ジーゲルが言う。彼は明らかに、他の誰よりも酔っぱらっていた。だが、モーガン自身もかなり酔っているのを自覚していた。ちょっとでも動けば、その場に倒れ込みそうだった。にもかかわらず、彼はキュートフのすすめに従ってさらに一杯飲んだ。

「それで、アンジェレは今どこにいるんだ？」キュートフがボロンを追及する。

「彼女は逮捕されました。私の教授が彼女をドイツ軍当局に告発したからです。彼女はユダヤ人だったのです。それがきっかけで、私は大学を去りました。そして……今の妻ジュリエットに巡り会ったのです。それでまあまあ、今のところはなんとかやっています」

　ボロンはボトルをモーガンに手渡した。「モーガン大佐どの、あなたはたくさんの物語をお持ちのようですが」

　確かに、ルイス・モーガンの人生にはさまざまな物語が詰まっている。特に目立つのは戦時に体験した数々の苦労談だ――しかし、それを今ここで話す気にはなれなかった。この場はもちろん、他のどんな機会にも話すつもりはなかった。互いに傷を舐めあうのは、彼の性格に合わなかったのだ。

　ルイスはこの場から逃げたい一心で、やたらにたばこを吸い、その煙幕の後方にかくれるようにして、最後の時間を過ごした。

「大佐？」

　モーガンはボトルをウルスラに手渡して言った。

「すまない。何も想い出せないんだ。君がやればいい。お嬢さん」

「何かひと言、しゃべるべきよ、大佐どの。何でもいいから」

「いいから、やりなさい」

　ウルスラは片手をボトルに添えて言った。「もし戦争がなければ……私は結婚しており、子どもも生まれていたでしょう。子どもを四人持ちたかった。リューゲンで教師をしていたでしょう。たった一人の弟を亡くすこともなかったでしょう……彼は兵役で戦死したの。もし、戦争がなかったら、凍った海を歩いて渡ることもなかったでしょう」

「君は我々ロシア人から逃げ出したのか」と、キュートフが割って入った。

　ウルスラがうなずくと、当のロシア人は笑いながら言った。「イギリス人の待遇のほうがいいと思ったんだろう！」

　ウルスラはキュートフの顔を直視して言った。「そうです」

「イギリス人は、我々が直面したような苦境を体験していない」と、キュートフが答える。ロシア人には、他の同盟国に比べてより多くの犠牲を強いられたという意識がずっと潜在していたが、ここに至ってそのプライドが一気に表面化したようだ。

「戦争だからと言って許されることなど一つもありません、大佐どの。あなた方がどんな苦境を味わったにしても」

「続けろ、ポーラスさん」と、ジーゲルがけしかけた。

「もしも、戦争がなければ……私はリューゲンからハンブルクまで歩くこともなかったでしょう。その途中で私が見たのは……人間がどこまで残忍になれるのか、そして……どれほど優しくなれるものか」

「詳しく教えてくれ、お嬢さん！」と、キュートフが要求した。彼はずっとウルスラの反応をうかがっていたが、ついに彼女の義憤に打ち勝てそうなので満足しているようだ。

ウルスラは、そんなロシア人を厳しくにらみつけながら続けた。

「もしも、戦争がなければ、ロシアの兵士たちが老婦人をレイプし、続けざまにたたき殺すのを見ることもなかったでしょう。もしも、戦争がなければ、彼らの親切なリーダーが部下たちを説得して、私を逃がしてくれることもなかったでしょう」

すると、キュートフはすぐに手を振ってウルスラの話を遮った。「そんなことはない、君がラッキーだっただけの話だ」

またしても二人の間のにらみあいが始まったが、キュートフが勝利の微笑《ほほえ》みを浮かべ、最後に心からの笑い声をあげて決着がついた。しかし、一緒に笑う者は誰一人いなかった。

モーガンはかねてから、ウルスラにロンドン転勤を勧め、ウルスラも同意していたことを思い、ホッとした。これ以上二人を近づけておくと、一カ月も経たないうちに国際的な事件が起こりかねなかったからだ。

ジーゲルはゲームを続けようとした。「ところでモーガン大佐、あなたはずるいですよ。我々にまだ何も告白していませんからね」

モーガンはテーブルをドラムロールのように指でたたいた。「私は今眠くてしかたがないのだ。出発も早いのでベッドへ入りたい」

「冗談じゃない。そんなバカなことが許されるわけがない」と、ジーゲルがたきつけてくる。

「この種のゲームは私の性に合わないので、遠慮するよ。皆さん」

キュートフとのやりとりですっかり興奮していたウルスラは、その興奮をそのままモーガンに向けて言った。「大佐どの、あなたは他のみんなから身の上話を聞いたのだから、今度はご自分の話をするのがフェアというものでしょう」

「そうだ」と、ジーゲルがテーブルをたたく。「あなたは今、このテーブルにご自分の持ち物をひろげなければならないのですよ、大佐。我々はみんな、それぞれに魂をむき出しにして見せたじゃありませんか？　フェアプレイでいきましょう」

ウルスラはボトルに手をのばしてモーガンの前に置いた。モーガンはそれを見たが、手にとろうとはしなかった。彼女はいらだって、ボトルをひったくるように取り戻し、自分の前に置いた。

「それなら結構です。私はあなたの通訳としてあなたの代弁をしましょう。大佐が何を言わんとしているのか、わかっているつもりですから」

ウルスラの目がモーガンを見つめた。ルイスは彼女の手からボトルを取り上げたいと思ったが、ウルスラはすでに話しはじめていた。

「もし戦争がなかったら、モーガン大佐はここにいなかったでしょう。したがって、私がここで働く機会もなかったでしょう。そして、このたび私がロンドンへ行くことにもならなかったでしょう。私はあなたに感謝しているのです、大佐どの。もしも戦争がなかったなら、モーガン大佐はイングランドかウエールズのどこかですばらしい人生を送っていたでしょう。もしも戦争がなかったなら、モーガン大佐はもっと長い時間を家族と一緒に過ごせたでしょう。もしも戦争がなかったら、長男を亡くさずにすんだでしょう。そして、亡くなった長男を忘れようとして、毎日忙しく身を粉にして働くこともなかったでしょう。現実はどうであれ、これがモーガン大佐の心の中の真実です」

そう言い終わると、ウルスラはモーガンの前のボトルをテーブルの中央に戻した。キュートフが拍手をした。ジーゲルも納得してうなずいた。

モーガンは胸が熱くなり、身体中の血管が膨れ上がるのを感じていた。今までは、多忙な日々にかまけて長男の亡霊を遠ざけてきたが、今やその亡霊が無理やり心に押し入ってきてその存在を主張しはじめたようだ。涙があふれ出て、飲みこまねばならないほどだった。彼は立ち上がった。シロップのように甘いウォッカが太ももの後ろ側に溜まっているようだが、何とか身体を安定させ、片手で軽くウルスラの肩をたたいて言った。

「すばらしい通訳だった」

そして、みんなに向かって一礼して言った。「私はこれで失礼します。紳士諸君にポーラスさん。おやすみなさい。スパコイノイ・ノーチ、ボン・ニュイ、グーテ・ナハト〔訳註：それぞれロシア語、フランス語、ドイツ語で、「おやすみなさい」の意味〕」

第十一章

レイチェルは庭師のリヒャルトに車を運転させて、バーンハム夫人を訪ねた。車はイギリス製のオースチンだ。バーンハム邸の門前に停車する際に車体が激しく振動したので、レイチェルは思わずダッシュボードに手をやって身体をささえた。

「何と言うポンコツ車なんだ、このイギリス製は《ディーゼス・エングリッシェ・アウト・イスト・シャイセ》」とドイツ語でぼやいたリヒャルトは、はっと思い直して「失礼しました《エントシュルディグング》」とレイチェルにわびた。毎日ドイツ語のレッスンを受けていなくても、この程度のドイツ語ならレイチェルにも理解できた。

「気にしなくてもいいわよ、リヒャルト。ただ寒いだけ。この車が世界一立派でないのは私も同感よ。送ってきてくれてありがとう。思っていたよりずっと近かったわ」

レイチェルはねぎらいの気持ちを込めて手を振り、リヒャルトの腕を軽くたたいた。

「あなたはグッドレディです」と、リヒャルトが英語で答えた。

バーンハム邸の車道を歩きながらレイチェルは、思いがけないリヒャルトの世辞に半ばうれしく、半ば当惑していた。自分が「グッドレディ」だとは思ったこともなかった。わけても、ここ数週間の反道徳的な行為を考えると、自分にはそのような賛辞を受ける資格などないと思いなおした。

そのような世辞の本質を見抜くことができるのは、スーザンを置いて他にいなかった。今回お茶に招かれたのは、内心期待している待ち伏せに遭うようなものだった。レイチェルの現在置かれた立場や飾らない生の感情は、まさにスーザンが好んで吟味する題材だった。

　スーザン・バーンハム邸のすばらしい表側の居間《フロントパーラー》に招かれたレイチェルは、お茶を飲みながら考えた。いきなり本題に入らず、まずは他の話題から始めよう、と。

「エドモンドの家庭教師のケーニッヒ氏のことはお聞きになった？」

「ええ、キースが言っていたわ。秘密警察だったのね。銃殺刑になるでしょうよ」

　レイチェルはうなずいた。

「彼の経歴を事前にチェックしなかったの？」と、バーンハム夫人。

「したわ。でも、事実は彼が話したのとまったく違っていたってわけ。彼は他の人たちと同じように質問票に記入したけど、有罪になりそうな箇所は避けていたらしいの。しかも、私たちには嘘を言っていたの。キールで校長をしていた、と。ルイスは彼を潔白だと信じこんだのね」

「じゃあ、どうして捕まったの？」

「彼を知っている誰かが訴えたからでしょう」

「それじゃ、あなたのご主人の審査マニュアルには大いに改善の余地があるってことね」

　レイチェルはあえて、ルイスを弁護しようとしなかった。代わりに、ティーカップを持ち上げて唇にあてた。やけどをするほど熱かったので、紅茶の表面に息を吹きかけて小さなさざ波を立て、しげしげとカップを見つめた。レイチェルには陶器類への特別な愛着があり、知識も豊富だったが、このティーセットはとりわけすばらしかった。そこには、精緻なざくろの模様が描かれていた。カップを持ち上げて裏を見ると、メーカーのマークと一緒に交差した刀剣が描かれていた。世界的に有名な陶磁器の産地ドレスデン近郊の、エルベ河沿いの町の紋章だ。その町は、レイチェルたちの住まいからわずか数百ヤードのところを流れるエルベ河と同じ川岸にある。今年の四月、レイチェルとルイスの二十回目の結婚記念日にルイスへ贈ったのが、同じ町で造られた磁器だった。

「マイセン製ね」と、レイチェルが言った。

「この家の備品なの。他にもこの種の陶磁器がいっぱいあるわ」

バーンハム邸は、スーザンから聞いていたよりもずっと大きかった。広さではルベルト邸に劣るが、十分に豪華な邸宅だ。そして、レイチェルがそう思っているわけではないが、もしかするとスーザンのような人には上品すぎて文化的すぎるのかもしれない——他のきれい好きな小鳥が作った極上の巣に押し入って住みこんでいる、無教養なカッコウのようにも思えた。

「クリスマスにあなた方を招待したかったのだけど、あまり乗り気になれなくてやめたの。キースがそういうのを好まないから」

「そう言っていただくだけでありがたいわ。私たちもとても楽しいクリスマス・イブを過ごしたわ」

「でも、夫君はいつも欠席しているのね。私はここで一度お会いしたことがあるけど、それっきりね」

「私たちから離れているほうがいいと、どこかで思っているんじゃないかしら」と答えたものの、それはレイチェルがほんとうに言いたいことではなかった。

攻撃の手ぐすねを引いていたスーザンは早速に質問してきた。

「通訳嬢も一緒に連れていったの？」

「はっきり言わなかったけど、連れていったと思うわ」

「キースに言わせると、この前、昼食の席で彼女を見たんだけど、モーガン大佐には『絶対の女神』と言ってもいいような通訳がついていると思ったそうよ。たいていの場合こういうことに無頓着な彼がそう言うんだから、間違いないわよ。あなた、まだチェックしていないの？」

「ええ」

「それで、あなたは……少しも疑おうとしないの？　ジャクソン大尉について聞いたことはない？」レイチェルはジャクソン大尉の噂を聞いたこともないし、聞きたいとも思わなかった。しかし、スーザンは話を続けた。

「通訳と一緒にスウェーデンに駆け落ちしたのよ。三人の子どもを残して。しかも、何の書置きもなしに」

「どうして私にそんな話をするの、スーザン？」

「だって、私はあなたたち二人の仲を気にしているのよ。うまくやっているか、心配なの」

スーザンのことばをどこまで信じていいのか、レイチェルは迷っていた。心から心配してくれているのか、それとも単に好奇心から聞いているのか？

「あなたはどうなの？　あなたのキースはどうしているの？　あれ……あの夜以来、お会いしていないけど」

「やれやれ、彼はあの夜の出来事について何も覚えていないのよ」と、スーザンは笑った。しかし、しばらく考えてから言った。「彼はお酒を飲むと、まるで人が変わって野獣のようになるの。私たちがハンブルクに来てから、いっそうその傾向が強くなったみたい」

「あのときの彼は、とても腹を立てているようだったわ」

「仕事柄そうなってしまうのよ。キースはそういう任務を負っているの。だから、罪を逃れようとする人たちを許さないの」

「罪を逃れようとする人たち？」

「ナチス党員のことよ」

「そんな人、私たちの中に一人もいないわ」

「キースはね、あのナチスの捕虜収容所の写真を見てひどいショックを受けたらしいの。それで一週間後に、非ナチ化計画に携わる部門への移動を願い出たの。ナチスのような悪魔を根絶するのを使命だと感じているようよ」

　部屋の壁に沿って、茶箱が一列に並べられていた。イングランドから届いたばかりのようだ。

「あら、まだ開けていないの？」

「返送するつもりなの」

「でも、置いておくスペースなら十分あるじゃないの？」

「あのね……そうじゃなくて……こまごまとした物を発送しようとしているの」

「こまごまとした物って？」

「ねえ、わかってるでしょう？　レイチェル。略奪品よ。つまり、戦争で強奪したものよ。あなたのお住まいに飾ってあるような絵画とか――ルベルト氏があれを集めるのに、まったく手を汚さなかったとお思い？」

　私は何てバカだったの、と思うレイチェルだった。

「そんなこと……考えもしなかったわ」

「あなたはそれでいいのよ」

「どうして？」

「良家の出身だから。先祖からの家宝や立派な骨董品もあるでしょう。でも、私たちは無一文から出発したのよ」

「そんなの嘘よ。私もルイスも特権階級の出じゃないわよ」

　そこへ、ミンス・パイを皿にのせてメイドが入ってきた。

「ダメ《ナイン》、そこへ置いちゃ！」とスーザン・バーンハムはメイドに命令し、サイドボードを指さした。

　スーザンが急に落ち着きのない態度を取りはじめたので、レイチェルはナプキンで口を拭いた。この家から、できるだけ早く退散しようという気持ちになっていた。

するとスーザンが唐突に質問してきた。「彼はあなたを取り込んだんじゃないの？」

「誰が？」

「あのハンサムな建築技師さんのことよ」

レイチェルは良心がかき乱され、頬に熱い血が上るのを抑えることができなかった。

「それは……どういう意味？」

「あの花瓶が割れたとき、あなたは飛んで行って彼を守ろうとしたわね」

「あの家は彼のものよ、スーザン。私たちが彼の所蔵品を壊そうとしたのよ——彼の持ち物を！」

「ねえ、レイチェル。私の言いたいこと、わかるでしょ」

「いいえ、わからないわ」

「キースを殴ろうとした男をあなたが止めに入ったとき、あなたを見つめる彼の目とそれに応えるあなたの目が物語っていたわ」

「よしてよ、スーザン」

「とにかく、気をつけなさいよ。彼らと私たちとは同じじゃないのよ。まったく違うの、異質なのよ。別に彼を責めるつもりはないけれど」

「彼の何を責めるというの？」

「こっちの隙につけ込んでくること」

「いい加減にして、スーザン」

「あなたは魅力たっぷりの女性。しかも、現実には誰も保護してくれる人がいない。私がこんなこと言うのも、あなたに嫉妬しているからよ」

「私に？」

「話がややこしくなるけど、私はここに住んでいるのが、もう嫌でたまらないの」そう言うスーザンの肌には、特に目と鼻の周囲に、みるみる斑点が浮かび上がってきた。

「あなたはここが気に入っているものとばかり思っていたわ」

「私はこれまで華やかなショーを演じてきたわ。酔っ払いの男と結婚すれば、私のように演技がうまくなるってことよ」そう言って、スーザンはやや自嘲するように笑った。

軍隊には、実際のところ隠れた酔っ払いがたくさんいるが、バーンハム少佐がその一人だとは、レイチェルは思ってもみなかった。「そんなに悪いとは思えないわ」

突然、スーザン・バーンハムは片手をレイチェルの肩にかけた。

「このことは誰にも話さないでね。お願いだから」

「もちろん、話さないわよ」

「それから、もう一つの件についても」

「もう一つの件って？」

スーザンは、船積みを待つばかりの茶箱のほうを見て言った。

「陶磁器やら何やらの品物についても」


エドモンドは一組のトランプを裏向きにして、寝室の横幅一ぱいに広げた。そばのカーペットでは、フリーダが横向きに寝転んでいた。思い切り背をのばし、スカートを太ももまでたくし上げて、布製の人形の兵隊カスバートの首筋を調べていた。あのクリスマスの映写会以来、フリーダは次第にエドモンドに近づき、仲よくなっていった。

エドモンドにも心境の変化があった。布製の兵隊人形など、子どもっぽいと思われそうな遊びはできるだけ避けるようになっていた。階段の踊り場でミニカーを転がしたり、庭で空想上の動物を追いかけたりしなくなった。その代わりに、今では映写フィルムとトランプに夢中だ。

「イギリスの兵隊さんって、かっこいいわね。王さまの兵隊なの？」と、フリーダが英語で訊いた。エドモンドが思っていたよりかなり上手な英語だ。

「その人形は近衛《このえ》擲弾兵《てきだんへい》なんだ」

エドモンドはフリーダとトランプの神経衰弱ゲームをやりたかったのだが、フリーダは人形の首の縫合部からコートの上へ指を走らせ、一人で笑っていた。おそらく、懺悔をしようとしているのだろう。

「あなたのお母さんのおかげで、この人形は元の『物言わない召使人形』よりよくなったわ」

エドモンドは、もはや兵隊や召使の人形などは卒業したといわんばかりに、平然と肩をすくめた。彼の目下の関心は、目の前のフリーダのむき出しの脚にあった。もっとよく見える位置に座りなおした。エドモンドにとって彼女の魅力は、もはや常識や理性では制御できないほど強くなっていった。寝苦しい夜など、体操をしているフリーダの姿や、太ももの奥深く食い込んだ白いパンティーや、おまるに貯められた小便のアンモニアの臭気などに思いを馳せるのだった。そうして、新しいファンタジーの世界が膨らんでいった。

カーペット上にトランプを均等に並べるふりをして、エドモンドはフリーダの肌に触れた。これまで夢想していたことを、現実に実行しようとしていたのだ……かねてからしてみたいと思っていたゲームの一種だ。膝の上の部分に手をすべらせ、円を描くようにそっとなでようとした。下半身に興奮がムクムクと湧き起こるのを感じながら、そのまま手を上方の真っ白なパンティーに向けて動かしつづけた。そして、ついにその生地に触れるまでになった。その次は？　おそらくフリーダは太ももを締めつけ、エドモンドの手を両脚の間に挟みこむのではないだろうか？

フリーダは、エドモンドに肌を触れられているのをまったく気にしていない様子だった。彼女は持っていたカスバート人形を下に置いて、人形の家に目を移した。そして身体を起こしてひざまずき、人形の位置を確かめると、寝室に置いてある小さな男の子の人形を指さして言った。

「これがあんたよ」そしてピアノの前の人形を指さし「これがモーガン夫人」さらに屋上に乗っている人形を指さして「これが私と父さん」

エドモンドはうなずいた。彼は別のゲームをしたかったが、フリーダは人形を並べ替えようとしていた。フリーダの人形とレイチェルの人形を入れ替え、フリーダとエドモンドが一階の部屋に座り、エドモンドの母とルベルト氏が屋上に座るように配置替えをした。それからおもむろに、二人の大人の人形を主寝室に移した。フリーダは面白がっているようだった。エドモンドもつられて笑ったが、正直なところ、何がおかしいのかわからなかった。自分の母がルベルト氏と一緒に寝室にいるのが、ずいぶん奇妙に思えた。

「エドモンドのお父さんはどこにいるの?」と、フリーダが訊いた。

エドモンドは、揺り木馬の横に布で造られた島を示し、その上に置かれた車を指さして言った。

「ヘリゴランド」

フリーダは立ち上がって木馬にまたがり、つやつやした背中をたたきながら、カーペットの上の車を足先で前後に動かしてみた。すると、エドモンドは言った。

「父さんを家に戻らせることだってできるんだよ」

「今すぐ?」

「今すぐにでも」

フリーダは足で思い切り強く車を押し出し、カーペットの上を走らせた。車は人形の家をガタガタ揺らしながら勢いよく走り、その横で横転した。

木々の間で何かが動いているのが、レイチェルの目に映った。人影だ。一定の間隔を保ちながら、木陰から木陰を伝って二人の後をつけているのだ。振り向いたレイチェルは歩みを緩め、ルベルト氏の腕を引っ張った。「後をつけられているような気がするの」

ルベルト氏は木々を見やって言った。「瓦礫の子ども《トリュマアキンダー》だ」

人影は歩みを止め、木々の後ろからのぞき見をしていた。槍のような長い木の棒を持っていたが、エドモンドと同じくらいの年頃の少年だった。

「心配しなくてもいいよ。私たちが誰だかわかりやしない。おそらく住む家のないＤＰか、公園へ散歩に行く恋人どうしだとでも思っているのだろう」

「恋人どうし」という言葉は、レイチェルの耳にそよ風のように心地よかったが、真実味がなかった。ほんとうの恋人どうしなら、人目につかないところでこっそりと策略を練るのではないか？　あの夜以来、レイチェルとルベルト氏は夜遅くまで二人で暖炉の前に座り、深刻な話をする機会が多くなったが、そんなとき、家の中はいたるところで誰かが目を光らせ、耳をそばだてているように思えた。寒い季節には、誰もが家の中で過ごしているのでなおさらだった。内密に話をしたり、策略を練ったりする場所などどこにもなかった。

そこで、二人はちょっとした恋の逃避行を試みた。まず家を出たのはレイチェルで、その後をルベルト氏が追いかける形になった。「外の空気が吸いたいわ」とレイチェルが言い、「森を探検しに行こう」とルベルト氏が応じた。あうんの呼吸である。ルイスが家を離れてから二カ月にもなるが、レイチェルがルベルト氏と完全に二人きりになれる最初のチャンスが訪れたのだ。

二人がイエニッシュパーク公園を通り抜けるとき、不倫をするには冬が最適な季節だとレイチェルは思った。自分の正体がばれるのを恐れてびくびくしている者にとって、周囲のすべてが覆い隠されているのを見ることは心の安寧につながった。それに、離れた場所から見える人物がどれも同じに見えて区別がつかないのも好都合だ。今日の二人は特にそうだった。レイチェルは長靴を履き、黒いウール地のコートを着ていた。一方のルベルト氏は、スキー帽をかぶってリュックサックを背負っている。リュックサックには、「猟場の番人小屋」の中で燃やすストーブの燃料が入っている。途中、近くのキャンプに向かう二人のＤＰとすれ違ったが、気づかれずにやりすごした。

公園は家から歩いてわずか十五分のところだが、まるで別世界である。真っ白に降り積もった新雪の上には、鹿の足跡以外に何もない。公園の中心に建つ大きな建物の軒の縁から、つららが下がっている。歩きながらルベルト氏は、公園の歴史を語った。

「キャスパー・ベックという人物の設計だよ。彼は才能に恵まれていたが、ちょっとした悲劇の人物でもあった。自分の作品に普遍性を持たせようとしたがうまくいかず、失望のあまり自殺したのだよ」

二人は「猟場の番人小屋」の近くまでやって来た。ルベルト氏の説明によると、この森に自由に出入りし、狩猟をするにはライセンスが必要だそうで、その権利を得るのに彼の妻のクラウディア一族のコネが利用されたそうだ。小屋は一種のフォリー〔訳註：庭園の中の装飾目的の建物〕で、アメリカふうのログハウスを模したものだ。夏にはプライベート・プールになる小さな池を見下ろしているが、今は雪の中で松林に囲まれて、わびしいフロンティアに建つ掘っ立て小屋そのものだ。ルベルト氏はポケットから鍵を取り出し、錠前の雪と氷を払い落として扉を開けた。

小屋の中は、がっちりした木製の椅子にラグマットが敷かれていた。ストーブが置いてあった暖炉の上の壁には、銃を吊るす台と牡鹿の頭の飾りが掛かっていた。ルベルト氏はリュックサックから壊れた茶箱の木板と新聞紙を取り出し、火を点けにかかった。床は、乾いた虫の死骸で覆われており、歩くと足元でガリガリ砕ける音がした。レイチェルは木の枝でそれを扉の下へ掃き出し、暖炉の前にスペースを作った。そこにラグマットを敷いてベッドを作り、ルベルト氏が暖炉に火を点けるのを見守った。新聞紙と木板の炎が小枝に燃え移ると、その炎の中に石炭が一つ一つ注意深く置かれていった。それから二人はラグマットの上に座り、火が燃え上がるのをじっと眺めた。まるで、キャンプファイアを楽しんでいるボーイスカウトのようだった。今自分たちがしている行為が、自分たち、少なくともレイチェルの一生にとっていかに重要な意味を持っているにしても、不倫というのはしょせんは子どもっぽい遊びのようにも思えるのだった。

衣服についた雪が融けて蒸気になり、二人を包みはじめた。ルベルト氏は帽子とスカーフを脱ぎ、レイチェルも同様にした。ルベルト氏はレイチェルの身体をあお向けにして抱き、片手で頭を支えながら長い長いキスをした。そして、セックスをした。衣服のほとんどは着たままで、あのクリスマスの夜の体験とはずいぶん違った。二人は寒気にせかされるように、大急ぎでぎこちなく行為を済ませた。しかし、不思議なことにレイチェルは、ベッドで裸でセックスをしたときにはなかった感覚、無防備で脆弱な自分に気づいていた。異常なほど過敏になっている自意識に、時の流れと移ろいゆく人生がひりひりと感じとれたのだ。しばらく経って、二人は並んで横になり、天井の梁《はり》の蜘蛛の巣をぼんやり眺めながら思った。この現実離れした感覚がいつまで続くのだろう、と。

「もし仕事を再開できたら、アメリカの西部スタイルの小屋を設計してみるつもりだ」と言って、ルベルト氏は立ち上がり、蒸気で曇った窓ガラスに人差し指で何やら図を描きはじめた。「誰もが住みたくなる小屋にするのだ」

「就労許可はいつとれるの？」

「間もなくだ。もっとも、あの少佐は何とかして、わたしがクリーンでない証拠を見つけようとするだろうがね。彼が今の私たちを見たら、どう思うだろう……？」

「そんな話はしないで」と、レイチェル。自分たちがクリーンであるのは言うまでもないが、この不倫行為がバーンハム少佐に見つかったらどうなるのかと思うと、暗澹たる気分になった。

ルベルト氏は、窓ガラスに設計図を描きつづけた。「部屋は一つだが、壁に吟遊詩人の絵を飾るといい。そしてベランダは今より広くしよう。必要なのはそれだけだ」

頭に描かれた設計図を説明する彼は、実に生き生きと輝いて見えた。そんなルベルト氏を見るレイチェルの心もまた、純粋にうれしい気持ちで膨らんでいった。当初は何と生意気で傲慢な人だと思っていたのが、実際には驚くほどの鑑賞眼と想像力を持ち、並々ならぬ情熱に燃えるすばらしい人物であることに気づいたのだ。彼がレイチェルに話しかけるときはいつも、話題が宗教であれ、芸術や建築や技術に関するものであれ、あるいは日常の結婚や離別や死についてであれ、飽くなき熱意がこもっており、またレイチェルの意見にも十分に誠意をもって耳をかたむけるのだった。ルベルト氏と過ごしたこの数週間は、レイチェルにとって、ルイスとの二十年間の結婚生活以上の体験をしたように感じられた。

「億万長者のために別荘を建てるなど、もうごめんだ。あり余る金銭を持ちながら薄っぺらな興味しか持ち合わせず、たえず隣近所と張り合っているようなハンブルクの大商人たちから仕事を請け負うのはまっぴらだ。私がこれから設計するのは、より多くの人々のためになる建物だ」

話し終わったルベルト氏は、レイチェルからよく見えるように一歩後ろへ下がって指さした。「これで、どうだろう？　この家なら住めると思うかい？」

レイチェルは窓ガラスの図を見たが、わずかに数本の線で全体をイメージさせようというものだった。しかし、現実問題としてエドモンドやルイスのことを考えると、それは平面に描かれた不可能という絵文字のようだ。それでも、レイチェルは言った。「ええ、住めると思うわ」

「私と一緒に？」ルベルト氏が念を押すように訊いた。

そのとき突然、窓ガラスの外側でイギリス軍兵士のヘルメットが動いた。レイチェルはあわてて上半身を起こし、コートを引き寄せた。ヘルメットの人物は窓ガラスをコツコツとたたき、窓に顔を押しつけていた。悪ガキの顔だった。瓦礫の子《トリュマアキンダー》どもだ。

「そこを離れろ」窓ガラスに向かってルベルト氏がどなった。しかし、悪ガキ少年は笑いながら、二本の指と親指で卑猥なゼスチャーをして、二人を観察しつづけた。

ルベルト氏は、少年を追い払おうと、ドアの外に飛び出していった。外の寒気が、むんむんする室内に突き刺すように吹き込んできた。レイチェルはコートの襟をかきよせ、外の様子を見ようと立ち上がり、窓辺へ行った。ルベルト氏は、少年の後を数ヤード追いかけ、雪玉を投げつけたが、少年は何やら意味のわからない言葉を叫びながら森の中へ消えていった。

戻ってきたルベルト氏は、ドアの中に入り、笑いながら言った。「チビの野良犬め、私たちの見せ場を観ることなく尻尾をまいて逃げていったよ」

ルベルト氏の言う「私たちの見せ場」という表現に少し不安を抱いたレイチェルは、思わずコートのボタンをかけた。

ルベルト氏は手についた氷片を払い落とした。「さて、これから見せ場となるピクニックを始めよう」と言って、リュックサックから、一切れのチーズと広口瓶に入ったピクルス、半切れのパン、磁器の容器に入ったマーガリン、それにピーチ・シュナップス（蒸留酒）の小瓶を取り出した。彼は、ギンガムのテーブルクロスや何種類かの包丁、さらには白目《ピューター》のゴブレット〔訳註：錫と鉛の合金で作った足つき酒盃〕まで持ってきていた。そして、それを手慣れたしぐさでていねいに並べていった。

「ここへは、クラウディアさんも一緒にいらしたの？」

一瞬、困った表情を浮かべたルベルト氏は言った。「もちろんだよ、なぜそんなことを訊くの？」

「ごめんなさい。私はただ……彼女がどんな人だったか知りたくて、ただそれだけよ」

「彼女の何について話せばいいのかな？」とルベルト氏は、あきらかに守勢の口調で問い返した。

「わからないわ。ただ、あなたの正直な気持ちが知りたいの」

ルベルト氏はため息をついた。こんなふうにクラウディアを想い出させられるのは、まったく想定外だった。

「彼女は高尚だった。私の愚かさ加減を容赦しなかったし、その攻撃のポイントも洗練されていた。それに、私の長所を引き出すのも上手だった。しかし、すべてに頑固だった。社交界でとても有名だったのに、性格はむしろ内向的だった。読書家だったが、そんなに博識ではなかった。音楽を愛していたが音痴だった。そして、何といっても、私より立派な人間だった」

「あなたよりも立派だったって？　どうして？」

「少なくとも自制心があった……つまり、今のような状況にあっても、彼女なら自分をしっかりコントロールできただろう」

「それは、私よりも立派だった、ということね」

「いいや違う。彼女なら、そもそも、他の家族と同居などしなかっただろう、という意味だ」

「あなたは今でも彼女を恋しく想っている、そうよね？」これは質問ではなかった。

「しばらくは――あなたたちがここへやってくるまではそうだった。彼女のこと以外は何も考えられなかった。空襲下の大火事の後、何カ月もかけて私は彼女を探し求めた。他には何も考えず、ただ彼女の姿だけを追った。フリーダの存在すら忘れていた。そのために、フリーダはずいぶん悩んだことだろう。それ以来、私は娘との心の接点をなくしてしまった。いまだに回復していない。でも、あなたたち一家が来てからは……事情が一転した」そう言ってルベルト氏は、自分の正直な気持ちが受け入れられるのを期待しながらレイチエルを見た。「でも、今のあなたは考えすぎているように見える」

「ごめんなさい。きっと、あの変な少年のせいだわ」

その少年は、いかつい顔で風船ガムをパチンと破裂させて、レイチエルをおどろかせたのだった。

ルベルトは、ゴブレットにシュナップスを注いでレイチエルに手渡した。

「あなたは真剣に考えている。今のこの状況について。私たちがしていることについて」

彼に言われるまで、レイチェルは自分が現在していることを、自身ではっきり意識することはなかった。ただ、意識の周辺部でぼんやりと感じ取っているにすぎなかった。しかし、それでもルベルト氏の注意を引くには十分だった。

「私も、同じように考えていた」と、彼は言う。「あなたのご主人は実に親切な方だ。しかも、私を信頼してくれている」

彼はレイチェルの手を取りながら続けた。「しかし、今の私たちにとって、今していること、この手に入れようとしていることこそが大切なのです。そうでしょう？ 私たちは今や、お互いに心から理解しあっている。私はあなたのおかげで、昔のように物事に感動する気持ちを取り戻すことができた。きっと、あなたも同じように感じているでしょう」

レイチェルは前かがみになって彼に優しくキスをした。この小屋の中では、安心して感慨にふけることができた。

「物事を考えるには、遠くへ出かけるのに限ると思えてくるわ。家の中の幽霊たちに覗かれたり、聞き耳を立てられたりする恐れのない、どこか離れた場所へね」

「それなら、いいところがあるよ。わたしの生まれたところだが、リューベックというドイツで一番美しい街だ。ハンブルクの中央駅から列車で行ける。そこで数日間、過ごせばいい。きれいなホテルを知っている。子どもたちのことは、ハイケとグレタに任せておけばいい。そうしようよ、レイチェル。明日でも、来週でも」

しかし、レイチェルにはすぐに返事ができなかった。これからどうなるのか、先のことは想像すらできなかったからだ。もしそうするとなれば、新たに生じる責任についても考えねばならなかった。

「レイチェル？」

「ええ。そうね。でも、今この話をするのはよしましょうよ」

第十二章

オッチは情報センターのホッカー氏にたばこ千本を手渡し、それと引き換えに、ハンブルク西部の旧市街アルトナに住むグリュンと呼ばれる男から銃を受け取ることになっていた。「グリュン」というのは「緑色」という意味だが、彼はその名前にふさわしく安物のティーカップのように青ざめた肌をして、ダブルのスーツを着、ホッカー氏と同じような帽子をかぶっていた。何か面白いことを見つけては、自慢の二本の金歯を見せびらかすようにして笑う男だった。異臭のする掘っ立て小屋の片隅には折りたたみ式のベッドがあり、その上に、赤子のように毛布にくるまれた銃が置いてあった。グリュン氏は毛布を取りのけ、少年に銃を見せた。

「カール・ツァイス製スコープつきモシン・ナガン九一／三〇型ライフルだ。ロシア人の実用性とドイツ人の高精度を兼ね備えた優れものだぜ。それに、弾薬を二箱つけておく」

見るからにまやかしのない、感動的な銃である。オッチは知ったかぶりをしてうなずきながら、銃身を先端まで手でポンポンとたたきながら言った。「役に立ちそうだな」

それを見て、グリュン氏は笑った。「もちろんだぜ。この銃のおかげでロシアは戦争に勝てたんだからな。ところで、私に払うチップは持っているだろうな?」

ホッカー氏によると、グリュン氏にはチップとして金《きん》か宝石を渡さねばならなかった。オッチは、アルバートから預かっていたガーネットのネックレスをポケットから取り出し、グリュン氏に渡した。グリュン氏はそれを裸電球の光に当てて見たが、「これはルビーじゃないぜ」と言い、歯で噛んだ。

「でも、使えないことはない」そう言ってポケットにしまい、銃を毛布にくるんでオッチに渡した。

「ところで、その銃を何に使うんだ？」

オッチは、銃の用途について訊かれたら狩猟用だと答えるよう、アルバートから厳命されていた。

「ウサギを撃つんだ。それに、川を下流に向かって泳いでいる太ったカラスも撃ってやろうと思っている。人間がこんなに飢えているのに、そいつらを生かしておくわけにはいかないから」

グリュン氏はいぶかしげに少年を見た。

「お前は、学校へ行かなくてもいいのか？」

「おれの学校は瓦礫の山さ。でも、トミーからいろいろなことを教わっている。イギリスふうの生活がどんなものか、何でも教えてやるよ。ウィンザー家の王様のことも」

「ほう――そうなのか？」

オッチは持ってきたスーツケースを開き、上段のスペースにななめに銃をしまいこんだ。そして二箱の弾薬を隅に押し込み、ケースを閉めた。

「じゃあ、その立派な銃を使って太ったキジでも狩ってほしいな。お前さんは、獲物の肉の利用法をよく知っているようだから」

オッチは電車でエルブショッセ通りの端まで行き、その後は道路沿いにピーターセン屋敷へ向かった。歩きながら、この銃が何に使われるのか考えてみた。考えれば考えるほど、スーツケースが重く感じられる。百ヤード〔訳註：約九十メートル〕歩くごとにケースを持ち替え、手のひらにできた取っ手の跡をこすった。

アルバートは、トミーをやっつける計画を練っているようだ。具体的にどうするのかは語ってくれないが、何かでかいことをやらかそうとしている。そんなアルバートにオッチは、トミーがそんなに悪い人間じゃないことを何度も説明しようとしたが、彼は耳を貸さなかった。アルバートの決心は、石のように固まっていた。オッチは、独り言でアルバートに語りかけた。「アルバート、おれたちの母さんはそんなふうに言わなかったよ。お前をそんなふうにしたのは、他でもない、あの忘れもしない夜襲を受けたときの出来事だ」アルバートにとっては、友人のゲルハルトが身ぐるみはがされるのを目撃したあの夜襲の出来事が忘れられないのだろう。その夜、大火事の中でゲルハルトはもちろん、母さんやいとこたち、叔父や叔母たち、みんなに起こった出来事を思い出すと、トミーたちを許せなくなったのだ。その後、アルバートは薬を飲んで落ち着いてはいるが、夜になると悪夢に悩まされる。安眠するためには、もっと強い薬が必要だろう。

オッチはスーツケースを持ちあげ、道路を歩きながら、ブツブツと独り言をつぶやいた。

「この銃を川に投げ込んで、アルバートにはトミーに追いかけられたからと説明してもいいんだ」

すると、天国の母親が答えた。

「アルバートは見つけ出すよ」

「どこか遠くへ捨てて、このいまいましいハンブルクを出ていくことだってできるんだ」

「あの子はお前の後を追いかけるよ」

「じゃあ、誰にアルバートを止めることができるの？」

「それができるのはたった一人」

「誰？」

「私よ」

「いくら母さんの言うことでも、彼は聞かないと思うよ。母さんの言うことを聞くのは、このおれしかいないんだから」

「あの子にはわたしの声を聴き分けることができるはずよ。そして、私の姿を見たら考え直すでしょう……とにかく、あの子に声をかけてみるわ」

「そうだね。そうしたら、母さんの言うことに耳を傾けると思うよ。母さんにとっては、まだまだちっちゃなアルバート坊やなんだから。夜になって泣き出したり、水浴びしながら歌を歌ってみんなを笑わせたりしてたんだから。見つかりそうになった漫画本をパンツの中に隠したこともあったな。リュー・エアーズ〔訳註：アメリカの男優〕みたいににっこり笑ったことも。あれから何年も、あいつが笑うのを見たことがない。でも、きっと母さんには笑いかけるだろうよ」


オッチがアルバートのところへ戻ってきたとき、アルバートはダイニングルームの暖炉の前にひじ掛け椅子を移動させ、その上でうたた寝をしていた。たった今ドラッグを注射したばかりであることは、彼の腕の位置や虚ろな笑い方からわかった。

「やあ、アルバート」

アルバートは、オッチが部屋に入ってきたのに気づいていなかった。いつもならすぐに目を覚ますのに、新種のドラッグのせいか、意識が現実に戻らなかった。

オッチは、心の中で母さんに言った。「アルバートは眠っているから、話は今度にしよう」

すると、母さんが答えた。「今、しなきゃだめよ」

「でも、見てごらんよ。頭がボヤッとしているようだ。ほんとうに、あれじゃ母さんも話したくなくなるよ」

「いえ、今しなきゃだめ」

アルバートが片目をあけ、さっと上半身を起こした。

「手に入れたのか？」

「手に入れたよ、アルバート。こいつはロシア製だから実用的で、しかもドイツの技術で精度が高いそうだ」

「狩りに使うと言っただろうな」

「そう言ったよ、まちがいなく、兄さんに言われたとおり」

「どこにある？」

オッチはスーツケースを開け、毛布にくるまれた銃を持ち上げて、兄の足もとに置いた。アルバートは前かがみになって、手をふるわせ、目をかがやかせてそれを眺めた。そして毛布を取りのけ、銃床をつかんで持ち上げて、台尻を肩に当てた。さらに銃身を壁に向け、次いで天井に、そして最後にオッチに向けた。

オッチは再び、心の中の母さんに語りかけた。

「兄さんは、今は何もしゃべらないだろう。銃を持っているから」すると、母さんは答えた。「いいから、私にまかせなさい」

すると、アルバートが訊いた「お前がここに来るのを誰か見た者がいるのか？」

オッチは母さんに話しかけた。「兄さんは、おれの話すら聞いていないよ、母さん。どうして母さんの声を聴くことができるの？」

「あの子に、私が見えるようにしなさい」

すると、アルバートが訊いた。「一体、お前は誰とぺちゃくちゃしゃべってるんだ？」

「誰とも」

「いいや、お前は何か独り言を言っている。お前は、いまだにおれたちの母さんに向かって話をしているつもりなのか？」

「違う」

「いや、そうだ。母さんの名前をつぶやくのが聞こえた」

そのとき、オッチに母が言った。「あの子に、私の姿が見えるようにしなさい」

アルバートは立ち上がって、銃をオッチに向けたまま近づいてきた。

「母さんは兄さんと話したがっているよ、アルバート。いつも微笑《ほほえ》んでいて、笑いながら、ハンマーブローク中のボトルを集めていた子どものころの兄さんを覚えている、と言ってるよ。その後つらい経験をしたことも知っていると言ってるよ。でも、トミーをやっつけるなんて計画はよくないと思っているよ」

「ほんとうか、ほんとうにそう言っているのか?」

「そうさ、アルバート。ちょっとここまで来て!」オッチは、アルバートをスーツケースのところへ手招きした。

「間仕切りの下側を見て」

アルバートは銃でケースの間仕切りを持ち上げ、下に入っているものをのぞいた。そこには、半分骸骨化し化石化した人体の頭部と胸郭部が入っていた。大火事の中で焼けこげ、ミイラになっていたが、少女が洗礼に着るガウンを着ていた。そのガウンも、長い間密閉されていたため黄色くなっていた。頭蓋骨には、灰褐色でよじれたまま燃え残った髪の毛がついていた。それは、首狩り族のトロフィーのように縮んでいた。

「『爆弾火熱収縮人体《ボムベンブラントシュルンプフライシュ》』か?」と、アルバートが言う。「いったい、どこでこんなものを手に入れたんだ?」

「それは母さんだよ。よく見なよ、アルバート。おれたちの母さんだぜ。ヴェンデン通りのコーヒー工場の外側で、死体を見つけたんだ。大空襲の三日後だった。何も着ていなかったからこの服を着せたんだけど、途中で気分が悪くなった。骨の一部が砕けていたよ。身体全体が小さくなっていた。みんな、トミーの爆弾のせいだ」

アルバートは骸骨の人形をじっと眺めて言った。「どこにでもある古い死体と、ちっとも変わらないじゃないか！」

「それは母さんだよ、アルバート！　よく見な、首のまわりのものを！」オッチは、熱で溶けた銀の鎖と十字架を指さした。「母さんは兄さんの顔を見たがっていたよ、アルバート。もしその気になるなら、母さんの声が聞こえるはずだよ……きっとわかるよ……母さんが何を言いたいか……おれにはよく聞こえる。『その銃を置きなさい。略奪されたときのことは忘れなさい』と言っているのが……母さんのいつもの口ぶりだ、覚えているだろう。聞こえないのか、アルバート？」

アルバートはぞっとするような死体を見ながら、どうしようもない嫌悪感に襲われ、口をブルブルと震わせはじめた。

「聞こえた？　母さんが話すのが？」と、オッチが尋ねると、アルバートはいきり立って叫んだ。

「バカ！　お前は気がふれたのか？　まったくいまいましい奴だな。頭の中が火事にでもなっているのか？」

アルバートはオッチのスモーキングジャケットの襟をつかんで、目と目がくっつくほどに引き寄せた。「お前の頭は狂ってる。熱が脳みそを溶かしちまったんだろう。母さんはもう死んでいないんだぜ。死んじまったんだよ！　死んじまったんだ！　死んじまったんだ！」

それでも、オッチはアルバートに抵抗しつづけた。「それでも、母さんは正しいよ」

「違う、母さんはちっとも正しくない、だってもう死んじまったんだから！　もう死んでここにはいないんだから、今おれたちに何が起こっているのか、知るわけがない。死んでいるから、話すこともできない。母さんはあの世へ行ったんだ。さよならしたんだ。母さんはもういないんだ」

「でも、母さんならきっと……こんなふうに……おれたちに言うと思う」

「いいや、そうは言わないだろうよ。逆に、おれが奴らに復讐することを望むだろうよ。ゲルハルトや他の友だちだって、いとこたちや叔父さんや叔母さんも、おれが行動を起こすのを待っているんだ。母さんはおれの言うことなら聞くだろうよ……お前の言うことなどに耳を貸さないぜ。母さんはいつもおれの言うことに耳を傾けてくれた。おれは母さんのお気に入りだったからな。その点、お前は異端児だった。逆子で羊膜につつまれたまま生まれたからな！」

「母さんは言っていたよ。おれはラッキーだった、って」

「母さんは、お前なんか生みたくなかった。母さんが父さんに言っていたのを聞いたことがある。お前は間違って生まれてきたんだ、と。お前は予定外だったんだ……」

アルバートはオッチを押しやって、スーツケースから骸骨を拾いあげた。柳細工の鳥かごのように、軽くてもろかった。それを暖炉のほうへ持っていこうとしたが、あばら骨が砕けて床に落ちた。オッチはあわてて床の上の砕けた骨を拾い、ベルトにしまい込んだ。

「何をするんだ、アルバート？　母さんをこわさないでよ！」

しかし、アルバートはおかまいなしに母の亡骸《なきがら》を高々と持ち上げ、暖炉の炎の中へ投げ入れた。洗礼用のガウンは、サマーキャンプの火口《ほくち》さながらたちまち燃え上がった。アルバートは火災現場のガードマンのように暖炉の前に立ちふさがり、何とかして火葬を食い止めようとするオッチを何度も押し返した。こうして、彼らの母親の遺骨は粉々にくだけ、灰になってしまった。

「エド、ほんとうに大丈夫？……キールのブックマン家に出かけるから、しばらくこの家を留守にするけど」

「うん、母さん、大丈夫だよ。今朝だけで三回も同じことを言ってるよ」

最近になってレイチェルが意識しはじめたのは、浮気をするのは新しく家を建てるようなもので、基盤がしっかり固まるまでは一時的に嘘の足場を組まねばならない、ということだ。しかも、その仮の足場を維持するためには、毎日新たに踏み板を追加しなければならない。日々のエドモンドとの会話は、そのときどきの足場の具合を試す手段でもあった。

「もし行ってほしくないなら、行くのをやめるから」

「ぼくのことなら心配しないで」

「お利口にしていてね。あまり遠くまで出かけちゃだめよ。グレタやハイケの言うことをききなさいね、いい？」

「うん」

レイチェルは、綿毛のような産毛の生えたエドモンドの愛らしい顔を何度も何度もなでた。

「フリーダにもう一度フィルムを見せてもいい？　バスター・キートンが大好きだと言ってたんだ」

「ええ、もちろんいいわよ。彼女があなたとお友だちになろうとしているのは、私にもうれしいことよ」

「フリーダは気難しかったけど、それはきっと、お母さんがいないからだと思うんだ」

成長したエドモンドが、いまだに母親のありがたさを意識していることを知ったレイチェルは、ほっとした安堵の気分を味わうのだった。

「母さん、近いうちにまた戦争が始まりそうだって、みんなが噂しているけど、ほんとうなの？」

「いいえ、そんなことはないと私は思うわ」

「父さんは、二度と戦争が起こらないように頑張っているんだね」

「そう。ある意味ではそのとおりよ」

「でも、こんなに長い間、遠くに離れていると心配だよね？」

このエドモンドの何げない無邪気な質問は、レイチェルに改めて今の不安定な足場を意識させた。

「ええ、とっても心配だわ」と答えたものの、それがまったくの嘘ではないことに気づくレイチェルだった。「でも、どうしてそんなこと訊くの？」

「あまり落ち込んでいるようには見えないから」

エドモンドが、普通の子どもにはない鋭い感受性を持っていることをレイチェルは知っていた。しかも、彼女自身が原因であることもわかっていた。長男マイケルの死以降しばしば注意散漫になり、意識がボーッとなる自分を気遣ってくれていたからだ。

「母さん？」

「え、何？」

「ルベルトさんはクリーンだと思う？」

「ええ、間違いなくクリーンよ」

「ケーニッヒ先生とは違う？」

そのとき、玄関のベルが鳴った。

「違うわよ。ケーニッヒさんの場合はまったく別よ」

「じゃあ、ぼくがルベルトさんを大好きになっても問題ない？」

「……もちろん。私にとっても最高のことよ」

レイチェルが玄関のドアを開けると、ぽっちゃりした丸顔の大尉が、小包の入ったボックスファイルとその上に積み上げた手紙をかかえて立っていた。ドライブウェイに停められたフォルクスワーゲンが、プルンプルンとエンジンの音を立てていた。初めて見る顔だったが、ルイスがよく話していたナンバーツーの部下であることはすぐにわかった。

「モーガン夫人ですか？」

「はい」

「バーカー大尉です」と言って、彼は手を差し出した。「ご主人の代役を務めています」

「お会いできて幸いです。ルイスはあなたのことをとても褒めています」

「いえ、褒められるほどお役に立っているとは思っていませんが、とにかく、このメッセージをあなたに届けるように言われました」

大尉の陽気な態度からは、悪いニュースなど予測できなかったが、手紙の束の一番上に置かれた細長い電報用紙を見て、レイチェルは心臓が小刻みに震えるのを感じていた。それは海岸の英軍施設から今朝発信されたもので、文面は、「ヘリゴランドデノサギョウオクレノタメタイザイノビルガサンガツイッピキタクデキソウ」

三月一日は英国ウェールズの守護聖人デイヴィッドを祝う祭日で、毎年この日にルイスはレイチェルに水仙の花を贈ることにしていた。二人がひそかに愛を確かめ合う日だった。少し前のレイチェルならば、大喜びでこの愛の暗号の日を待ったことだろう。だが、今のレイチェルは違う。電報の行間から、ルイスの声が聞こえてくるような気がした。「何をしているんだ？　まだ時間はある。手遅れになる前に」

数日のうちにルイスが帰ってくる？　彼が出発したのはわずか二カ月前だった。だが、レイチェルにはずっと長くに感じられていた。目の前の電報が、レイチェルを現実に引き戻した。

「ありがとう」

「それから、もっと早くに処理しておかねばならなかった書類もお持ちしました。もう二カ月も、オフィスの机の上に放置されたままでした。期限切れでも、何もしないよりましだと思いまして……」

バーカー大尉はレイチェルに、手紙の束とハトロン紙の小包を手渡した。小包はエドモンド宛になっていた。ルイスの姉ケイトからだった。

軽くてふわふわしているので、彼女がエドモンドに約束したクリケット用の手編みのセーターだろう。優しい義理の姉を想うと心が和《なご》むレイチェルだったが、同時に申しわけない気持ちにもなるのだった。レイチェルは、ケイトが特に好きだった。

「そして、これは大佐どのがお帰りになってからご覧になるものです」そう言って、大尉はボックスファイルの蓋をたたいてレイチェルに渡した。

「何かしら？」

「熱心に取り組んでおられる特別なプロジェクトです。雲散霧消してほしくない企画です」

大尉は進み出て、レイチェルがボックスファイルの上に手紙の束を積み上げるのを手伝った。「家の中まで運びましょうか？」

「いいえ、ありがとう。自分でできますから」

レイチェルには自信が持てなかった。この若い大尉の目に、今の私はどのように映っているのだろう？　典型的な大佐の妻として、夫の仕事に興味を持っている自信たっぷりの忠実な妻に見えているのだろうか？　それとも、そんな外見を透かして、嵐の吹き荒れる内面の心まで見通されているのではないだろうか？

「これまでに一度もここへ立ち寄らず、失礼しました。悪人に平穏なし、といいますが、ここではすべてがうまくいっているものと思っていました。あなたがうまく対処されているようなので」

「はい……何とかやっていますわ。部隊のほうは……いかが？」

「冗談は別にしまして、ご主人は実際に何もかもが崩壊する前に、こちらにお帰りになれそうです。ご主人は、我々の組織にとってなくてはならない歯車のような存在です。それが欠けたときに、初めて人々はその重要性に気づいたのです」

バーカー大尉の表現は歯が浮くほどオーバーだったが、一語一語が温かく、レイチェルのプライドをくすぐった。

「とにかく、私はこれでおいとまします」

バーカー大尉は階段を下り、車のそばへ行って空を見上げると、片手をあげて言った。「待ちに待った太陽だ！」

バーカー大尉を見送りながら、レイチェルは何かしら暖かい空気を肌で感じていた。風は東からというよりむしろ西風だったが、人々が何週間も閉じ込められていた灰色の天蓋を取り払うものだった。後にはマイセン・ブルーの青空が広がっていた。

レイチェルは、郵便物を書斎へ持ち込んだ。ボックスファイルをルイスの机の上に置き、手紙を開封していった。クリスマスカードが二枚――そのうち一枚はルイスの母からのもので、もう一枚は彼の姉からのものだ。義理の母のカードは、字数が少なく余白の多い簡素なものだった――ルイスは、余計な装飾を嫌う母親の気質を受け継いだようだ。義理の姉からのカードには、丘に挟まれたのどかな村の淡い黄色い光の中で小枝にとまるコマツグミの絵が描かれていたが、わざとらしい趣味の悪さを感じさせた。そこには、次のように手書きされていた。

親愛なるラッチへ　私たち夫婦は最悪の冬将軍の捕虜になって、ロス・オン・ワイのトラスト・ハウス・ホテルで四週間も足止めをくらっています！　この手紙があなたのところへ届くかどうかもわかりません。とにかく、ここにいると文句を言いたくなることが山ほどあります。まさに「耐乏」ということばのとおりです。そちらの生活は豪華だそうですね。メイドを使っているってほんとうなの？　私たちは太陽の光に飢えています。それに、ホテルの食事は惨憺たるものので、かろうじて人間性を維持できるぎりぎりのものですよ！　とにかく、遅ればせながら、あなた方みなさんにメリークリスマスとハッピーニューイヤーを！　こんな天候でも、編み物をするには適しているわ。では、ごきげんよう！　愛するKとAより。

レイチェルをラッチと呼ぶのは、ルイスの姉のケイト以外にいない。彼女は弟のルイスが大好きで、彼が結婚するまでは、よく冗談を言ってからかっていた。レイチェルが初めてケイトに会ったとき、彼女はルイスの顔を見て言ったものだ。「まあ、あんたが『人魚』以外の女の子を家に連れてきたのはこれが初めてよ！　いったいどうしたっていうの、ルイス？」

レイチェルは机の上のボックスファイルに目をやり、バーカー大尉が言ったことを思い出した。「これは大佐が熱心に取り組んでおられる、特別なプロジェクトです」とか？　大尉の賛辞には心がこもっており、単なる業務上の世辞よりはるかに深い意味を持っているように思えた。そう思うのは、レイチェルの想像にすぎないのだろうか？　いや、バーカー大尉はレイチェルに、暗に何かを伝えようとしたのではなかろうか？　重要なプロジェクトでありながら過少評価されているため、口の重いルイスが自分から言い出せなかったことを、あえてレイチェルに知ってもらいたかったのではないか？

レイチェルは、ボックスファイルの蓋を開けた。書類の表紙には「行方不明者の記録」というタイトルとともに「ホスピスおよび病院、クライス・ピンネベルク」と書かれていた。そして、ページのトップに手書きのメモがクリップで留めてあった。「注意：患者ファイルの二十七ページ目をご覧ください。何か心当たりはありませんか？　おそらく、ないとは思いますが。バーカー」

レイチェルは数百ページの分厚い書類を取り出し、二十七ページ目を開いた。そこには、患者のプロフィールがタイプされ、きめの粗《あら》い写真が添付されていた。ある夏の日、周囲を塀に囲まれた庭先で車椅子に座り、カメラから少し視線をずらして目を見開いている女性の写真だ。病院用に撮った顔写真というより、何かの雑誌に掲載された肖像画のようだ。少し痩せていて、化粧をせず、ボサボサの髪だったが、レイチェルにはそれがルベルト氏の妻クラウディアであることが一目でわかった。ルベルト氏の部屋の壁から降ろされたあの肖像画と同じ顔、濃い眉毛、断固とした知性……そして、次のように記されていた。

一九四四年九月、ブクステフーデの病院を退院して当院に入院。一次的爆傷を被《こうむ》り数カ月は歩行不能であった。聴覚に損傷あり。昨年より話すことができるようになった。慢性的記憶喪失状態にあるが、着実に回復中。わずかな記憶をたどると、名前をルベルトといい、結婚しており、娘が一人いること、そして大きな川のそばに住んでいた、とのことである。

レイチェルは、もう一度読み返してみた。そうすることで、事実を確認し、考える時間を稼ごうとしたが、ページの最後まで到達できなかった。その必要もなかった。すべてが封印されたかのように、心にしっかりと焼きついたからだ。写真を見ながら、クラウディアの顔にそっと指を触れている自分に気づき、レイチェルはささやいた。「あなたなのね！」

椅子の中に崩れ落ちたレイチェルは、目からあふれ出るほろ苦い涙をぬぐいながら、同じ家に住む二人の女主人の確執を想像していた。

レイチェルは他人の目を避けるように、帽子を目深に被り、コートの襟を立てて駅へやってきた。通りすぎる人々の一人一人に目を配り、知っている顔がないかチェックした。ポーターは、庭師のリヒャルトそっくりの男だった。あるいは、彼の双子の兄弟かもしれない。丸々と太った改札係は、バーカー大尉に似ていた。

「リューベックまで、往復の切符を二枚ちょうだい」と、レイチェルはドイツ語で言ってパスポートを示した。パスポートは、ドイツ国内を自由に旅行するために必要だった。彼女のドイツ語はかなり上達していたが、まだ十分ではなく、改札係は会話を英語に切り替えて話した。

「もう一枚のチケットは誰のためですか？」

「友だちです」

「その友だちはここにいますか？」

「まだ来ていません。一緒でないとだめですか？」

「あなたの友だちはイギリス人？」

「ドイツ人です」

改札係は書類を見ながら訊いた。「旅行の目的は何ですか？　ビジネス、それとも行楽？」

「目的は……」

「そう、目的です」

「行楽です」

「この列車には、占領軍人用の車両はありません。ドイツ人と同じ車両に乗っていただきます」

「結構です」

「大丈夫ですか、お客さん《ミス》？」

「ええ……ちょっと……風邪をひいているけど」

「では、チケットをどうぞ。お友だちの分です」

レイチェルは鼻をかんでから、針のない時計の下まで歩いていき、そこでルベルト氏を待った。あらかじめ約束した場所だ。小型のスーツケースを両足の間に置き、動かないように片方のくるぶしを押しつけてみたが安定しないため、すぐに手で持ち上げて腕をストラップの下に通してかかえあげた。

ガラスを張っていない駅の天井を、小鳥が数羽すいすいと出入りしていた。たばこに火をつけたものの、高ぶった神経はなかなか鎮まらなかった。二口吸っただけの吸い殻をプラットフォームに捨てると、一人の男が身をかがめてそれを拾った。レイチェルは自分の浪費癖に厭気がさし、うしろめたい気持ちで残りのタバコを箱ごとその男にやった。

目の前を、イギリス軍人の一団が通り過ぎた。レイチェルは変装がばれないように帽子の縁を下向きにして、数歩後ろへ下がったが、彼らの会話の断片が聞こえてきた。「故国のブライトンのほうが、ドイツのトラフエムンデより大きいそうだ」どちらも有名なリゾート地だが、レイチェルにとってはブライトンの名前がなつかしかった。

アーチ型の門の下に、ルベルト氏が姿を見せた。まだ五十ヤードも離れているというのに、レイチェルを見つけて嬉々としているのがわかった。新聞を高く持ちあげている腕は、人々の波をかきわけて進む潜望鏡のようだ。彼はレイチェルに近づくや、なりふりかまわずにキスを始めた。

「シュテファン……」レイチェルは彼を押しとどめながら言った。「ほら、あなたのチケットよ。早く席を確保しなきゃ」

ハンブルク駅では、誰もがリューベック行きの列車に乗ろうとしていた。その大半が、いわゆる買い出しをする人だ。田舎で手に入る食料品は何でも買いあさって持ち帰ろうと、大きなかごやカバンを持っていた。プラットホームには、すでに二重三重の列ができていた。列車が入ってくると、車両の入口を目指して押し合いへし合いになった。チケットを持たない若者たちが緩衝器の間に飛び込もうとしたが、ガードマンが笛を吹いて引き戻していた。列車はひどい状態だった。車両の側面のいたるところに、弾丸の痕跡が残っていた。席は簡易座席だ。レイチェルは硬い木製のベンチに、二人の女性に挟まれて座った。スーツケースは頭上の網棚には置かず、膝の上に置いた。向かい側に座ったルベルト氏は、足を引きずって近づこうとした。車両の中は、代用たばこの臭いと人々の体臭で満ちていた。ルベルト氏はいたずらっぽく鼻を鳴らして臭いをかいだ。レイチェルの両側の、どちらの女性が体臭の源であるかを確かめようとするように。一人の女性が身体をよじらせて、ルベルト氏に不快感を示した。レイチェルはあわててルベルト氏に、静かにするように目で合図したが、彼は調子に乗って、今度はレイチェルのほうにのり出してきた。

「お訊きしたいことがあります。質問票《フラーグボーゲン》の第百三十四問です。こんな状態におかれてもあなたは幸せですか？」

返事をしないで済ませようと、レイチェルは目をそらして窓外を見やった。

ここ三日間は晴天が続き、太陽もようやく本来の仕事に取りかかって、野原の雪を融かしはじめたようだ。ここシュレスヴィヒ・ホルシュタイン州の微妙に起伏した平原は古代の風格を備えており、イギリスのサセックスやケントを想い起こさせる。農夫が鍬で飼い葉桶の氷を割っているのが見える。何カ月も雪に覆われていた田畑の土を、数頭の馬が鋤を引いて耕しているのも目に入った。

リューベック市の、有名な緑の尖塔がいくつも見えてきた。もっとよく見えるようにと、ルベルト氏は椅子から立ち上がった。

「私の生まれた市街だ。見てごらん、あの尖塔を……」と、誇らしげに言う。ブロンズグリーンの尖塔が、青空にくっきりとそびえていた。

「聖母マリア教会の尖塔はまだ見えない。でも、間もなく見えてくるよ。ドイツで一番すばらしい、あの尖塔がね」

駅に着くとルベルト氏はレイチェルのスーツケースを持ち、市の古風な門へ向かってぶらぶらと歩きはじめた。レイチェルは、彼の腕を取ってついていった。

「まずホテルへ行こうか？　それとも市街見物を先にしたい？」

「明るいうちにできるだけ見物したいわ」

ルベルト氏は、博識な上に情熱的なガイドに変身した。彼がまず案内したのは、両親がずっと住んでいた家だ。それは、市の門のちょうど外側にあった。

「市街の周辺部は甚大な被害を受けたんだよ。イギリス空軍がハンブルクに落とす爆弾のテストを、ここでしたからだ。古い木造家屋は、いとも簡単に燃えてしまった」そこまで言ったルベルト氏の顔には、苦渋の表情があらわれた。かつての想い出が胸にこみあげてきたようだ。「私の幼なじみのコッセ少年は、あそこに住んでいた。あいつは映画マニアだった」そう言って家の残骸を指さした。「さて、それでは気分を変えて、私がドイツで一番好きな建造物に案内しようか」ルベルト氏はレイチェルの気持ちを盛り上げようと、大股で歩きだした。

二人が市の入り口にある中世の塔の下を通り、運河を渡り、坂道を上っていくと、赤煉瓦の聖母マリア教会に着いた。壮大だが、地味な建造物だ。爆撃を受けたため、中心塔は焼け落ち、天井が破れたまま雨風にさらされていた。大きなアーチ型の袖廊《しゅうろう》が、天空を裂いていた。身廊に一歩足を踏み入れたルベルト氏は、たちまち、教会の改築構想を頭に浮かべ、設計図を手真似で描いてみるのだった。

「こんな状態でも、この教会がどれほどすばらしいものかわかるでしょう。美しい廃墟です。おそらく、将来、再建されることでしょう。今度は木造でね」

南側の礼拝堂へ行くと、割れた床石のくぼみの中に、塔から落ちた一対の鐘が安置されていた。周囲に囲いがあるところから見て、戦災の記念物になっているのだろう。あるいは、イギリス軍の謝罪の意思表示なのかもしれない。レイチェルはそう思った。それにしても、当時の状況はどれほど無残なものだったろう――無言で空中を三百フィートも落下し、けたたましい金属音をたてて頭と首と腰がばらばらになった一対の鐘。落下の瞬間は、さぞや怖かっただろう。それでも、今は仲よく並んで横たわっているではないか。レイチェルの目に涙があふれた。

ルベルト氏は勘違いして言った。「感動したようだね。当然だよ。ここにはそれだけの価値がある。ちょっとしたものだ」

彼はレイチェルの腕を取って先を急いだ。「他にも、見せるものがたくさんあるんだ。私が子どものころに遊んだ通りや、昔かよった学校、世界一のマジパン〔訳註：アーモンドの粉・砂糖・卵白を練って作ったケーキ〕の店などだ」こうして、ルベルト氏個人の想い出をたどる旅はつづいた。

レイチェルは、ルベルト氏の昔語りを聞けば聞くほど、自分自身の過去にも想いを馳せるのだった。ルイスと結婚したとき、牧師は言った。「二人のこれまでの別々の伝記は一緒になって、一つの歴史を綴《つづ》る」と。ルイスとの歴史はもう終わったのだろうか？　確かに、ルイスとの関係に終焉をもたらそうというたくらみは過去にもあったし、今もあり、いつ起こってもおかしくない状態だ。にもかかわらず、そうはなってほしくないと願うレイチェルだった。

ホテル・アルター・シュパイヒャーに着いた二人は、ヴァイス夫妻という名前でチェックインした。部屋は地味で、家庭的な内装が施されていた。ベッドの上の壁に、バイエルン地方の山を描いたセンチメンタルな絵がかかっている。「この絵はへたくそだが、部屋にマッチしている」と、ルベルト氏は言った。

レイチェルは帽子を脱いで髪を整え、変装のために身につけていたものを机の上に置いた。窓際へ行って外を見ると、赤みをおびた太陽がまだ空に残っていた。ルベルト氏も窓のそばへきて、レイチェルの隣りに立った。そして、彼女の顔をのぞきこみ、顎の線を二本の指でなぞった。「今や、君は私のことを少しわかってくれたと思う」

そう言ってキスをしたが、レイチェルは途中で唇を離し、彼のコートに胸を押しつけながら両手で強く抱き締めた。恋人というより、兄妹のような仕草だった。そうしながら、話を切り出すきっかけを探っていたのだ。

「この長い冬も終わりそうね」と、レイチェルがしみじみ言った。

「君は今、天候の話をしているのだね！」ルベルト氏は、レイチェルが何を言おうとしているのか探るように、指で彼女の顎を持ち上げて言った。「それは何の暗号なんだい？　いったい何を考えているの？　たった今、この大切な瞬間に！」

「私が思っているのは、あなたの将来のことよ、シュテファン。私は嬉しいの……あなたには将来があるってことが」

彼はもう一度レイチェルにキスしようとしたが、押しとどめられた。レイチェルには、むやみにのぼせ上がっている彼を何とか冷静にさせる必要があった。彼の手を取り手相を見ると、分岐して交差している数本のすじが突然切れて、端がぼやけてしまっていた。

「あなたの将来はすばらしいと思うの、シュテファン。あなたには将来の計画がある。あなたの人生を建て直し、あなたの市街を再建するという立派な計画が。それをしっかり自覚しなきゃだめよ」

ルベルト氏は額にしわを寄せた。

レイチェルは歩いていってスーツケースを開けた。どうしたことか、化粧品を入れたバッグを忘れてきたようだ。かわりに、読みもしない本を一冊入れていた。彼女は、着替えの衣類の下にしまっていたボックスファイルを取り出し、それを開いた。バーカー大尉の手書きのメモが示したページを開いて、ルベルト氏に見えるようにした。

ルベルト氏はしばらく写真を眺めていたが、何の感情も示さなかった。彼は、長い間そこに突っ立っていた。やがて、ゆっくりと首を左右に振り、どうしても理解できない、と言いたげに苦しそうに顔を歪《ゆが》めた。そして、おもむろに写真をはずし、腕をのばして目の高さにかざして、横目で疑い深く調べた。

「これはきっと何かの間違いだ。だって、私は彼女を探しまわったんだよ。何カ月も何カ月も……彼女は死んだんだ」

ルベルト氏は写真をレイチェルに返そうとしたが、レイチェルは拒んだ。「シュテファン、それは彼女の写真なのよ……」

　ルベルト氏はもう一度写真を見て、クラウディアの輪郭をなぞってみたものの、レイチェルが一目で理解した赤裸々な事実をただちに認めることはやはり無理なようだった。すぐに目を背け、突きつけられた真実を否定するように首を振りつづけた。そこで、レイチェルは写真に付されたプロフィールを指して言った。

「シュテファン、これを読んで。彼女がブクステフーデのフランシスコ会ホスピスに居るのがわかったのよ。まだ記憶は戻っていないけど、やっと話ができるようになったって……順調に回復していると書いてあるわよ……シュテファン」

　呆然としてそれ以上は読めないルベルト氏に、レイチェルは続けて言った。

「患者の名前はルベルト。あなたの名前よ、シュテファン。彼女はあなたの名前を憶えていたのよ。そして、川のそばに住んでいたと言っている。間違いないわ。あなたの奥さんよ。彼女は生きているのよ」

　ルベルト氏はレイチェルを見た。

「でも……でも、私たちは……一緒に大切なことを始めたばかりだったではないか？」しかし、そのことばは現在形でも未来形でもなく、すでに過去形になっていた。

「シュテファン、あなたは私を目覚めさせてくれたわ。すっかり忘れていた昔の私を想い出させてくれた。でもね……」そう言って、レイチェルは口ごもってしまった。今の苦しい胸のうちをあえて口にしたくはなかったが、ルベルト氏へのほんとうの気持ちを伝えておかねばならない、と思ったのだ。写真を持ったままのルベルト氏の手を、レイチェルは両手で包みこみながら言った。

「つらいけど、私たちを結びつけた愛の絆はなくなってしまったのよ。でも、あなたはなくしたと思っていたものを見つけたわ」

ルベルト氏は身体を折り曲げて泣きはじめた。涙でくしゃくしゃになった彼の手を、レイチェルは優しく握りつづけるのだった。

第十三章

モーガン大佐は、助手席の窓枠に顔を押しつけてうたた寝をしていた。ふと目を覚ますと、窓ガラスがよだれで曇っていた。メルセデスを運転しているバーカー大尉は、そんな大佐を面白そうに横目でちらちらと観察していた。

「大丈夫ですか？」

大佐は口の周囲をぬぐい、背筋をのばした。

「悪い夢を見ていたようだ。何か、うわごとを言わなかったかね？」

「何度か、叫んでいました」

「国家秘密を口にしなかっただろうな？」

「奥さんのお名前を呼んでおられました」

バーカー大尉の運転で本部から自宅へ向かうモーガン大佐は、外航船のようにゆったりしたメルセデスに揺られて、つい眠ってしまったのだ。夢うつつに現れたのは、彼がまだ経験したことのない季節のルベルト邸だった。豊かな緑色の芝生と水仙の咲き誇る花壇――しかし、その景色はどこか鮮明すぎて、画面いっぱいにひろがる水仙は異様な印象を与えた。

「どれくらい眠っていた？」

「十分ほどです」

モーガン大佐は、顔をこすって頬をたたいてみた。「一時間ほども眠っていた気がするよ」

戦時中の大佐なら、この程度の居眠りをすれば、その後眠らずに数昼夜すごすことができた。だが、今の彼はくたくたに疲れきっていた。それまで経験したことのない神経衰弱に陥ったのは、ヘリゴランドへ来てからだった。周囲の陰湿な空気もさることながら、ただ爆破の準備を監視するというだけの無気力な仕事からくる倦怠感が原因だろうと思っていたが、島を離れる段階になってもそれは治らなかった。長男マイケルの死でレイチェルが患ったように、ルイスも骨の髄まで沁みこんだ精神的疲労から逃げられなかった。

「何もかも順調かね？」

「昔とほとんど同じです」

「それは、まったくひどい状態のままだということか？」

「ええ、ひどいもんですよ」と言って、バーカー大尉はにっこり笑った。

なんという明るい性格なのだろう。今から思えば、このバーカー大尉を連れてヘリゴランドへ行けばよかった。秘書のウルスラがロンドンへ転勤し、ライバルのキュートフやジーゲルやボロンたちも任務を終えて去ってからも、無為の日々がだらだらと続いた。

バーカー大尉は話を続けた。

「最近のCCGは、イギリス人とドイツ人の親交《フラタニティ》の条件を緩めています。質問票《フラーグボーゲン》も見直されています。諜報部の連中は、今やナチスの残党よりも東方《ロシア》に関心を向けているようです。そして、何よりもビッグニュースは、アメリカが提示している大型援助パッケージです。その額は、大きすぎて覚えきれないほどです。当然、ロシアはいい顔をしませんがね。これからのドイツがどうなるのか、どうも分割の方向に向かっているような気がします」

そこで大尉は、改まった口調でモーガン大佐に質問した。「大佐どのの今後のお仕事について、まだお聞きしていませんが？」

モーガン大佐はすでに将軍からベルリン駐在を打診されていた。しかし、その真意を測りかねていたところだ。

「将軍から新しい任務を提示されたよ」

「大佐どの、あなたはまだ古い傷が癒えていないのに、新しい一撃を受けるのですよ。ベルリンですか？」

「そう、ベルリンだ」

バーカー大尉は、少しわびしそうな表情で言った。「そんな無茶な話がありますか！　それでは新たな前線送りじゃないですか。それで、受けられたのですか？」

「二つの条件つきで受けたよ。一つは、ロシア人、フランス人、そしてアメリカ人と同居しないこと」

「その心配はありませんよ。あそこはフラットばかりで、一軒家などありませんから」

大尉は冗談めかして話しているが、モーガン大佐の転勤に失望している気持ちを隠すことができなかった。「もう一つの条件は何ですか？」

「君が一緒に来てくれることだ」

バーカー大尉は大佐の顔をちらりと見て、即座に返した。「そんな無茶な《ブラディー・ヘル》！」

「すぐに返事しなくてもいい。五分間考える時間を与える」

「そんな無茶な《ブラディー・ヘル》！」

後方の座席には、未処理案件の書類がたくさん積み込まれていた。モーガン大佐にチェックしてもらおうと、バーカー大尉が整理したものだ。

「他に、特に注意しなければならない書類はないのかね？」

「一つ重要なのがあります。不法輸出に関するレポートで、至急ご覧になる必要があります。いくつか、ご存じの身近な人の名前が載っています。それは……人前で読むに耐えない内容です。とにかく、バスルームの中で目を通してください」

バスルームはルイスの望むところだ。もう数分で家に到着する。メルセデスはすでに、クロップシュトック通りの高級住宅街を走っていた。ルイスは頬をもう一度たたいて紅潮させ、鏡をのぞいて髪を整えたが、これが自分の顔かと疑いたくなるほど、ひどい容貌をしていた。髪の毛はとっくに許容範囲を超えて伸びており、ひげもここ数日剃っていなかった。目は皿のように大きく見開かれていた。いままでに、これほど自分の容貌を気にしたことはなかった。鼻すじが少し伸びて顔が細長くなりすぎたようだが、いつものレイチエルならば、そんな疲れきったルイスにも賛辞を述べ、敬意すら見せてくれたものだ。今回は、いつにもましてそんなレイチエルの反応を期待しているルイスだった。

車がエルブショッセ通りに入ると、左側の街路樹の間にエルベ河が見えてきた。川面が凍ってから、すでに百日経っている。この記録が破られることはないだろう、と人々は言っている。だが、一部に水の流れが見られる。氷が融けはじめているのだ。

「通訳のポーラスさんがいなくなったのは残念でしたね」

「英国政府のホワイトホール当局が、ロンドン勤務の希望者を募集していたので、彼女を推薦したのだ」

「残念です。彼女ほど有能な女性がベルリンにいると思いますか？」

ルイスは、雑木林に咲いているクロッカスとスノードロップに目をやった。

「ドイツには水仙の花は咲かないのかね？」

「見たことがありません」

「もし見つけたら、車を止めてくれ」

そのときだった。フロントガラスの一点に割れ目が生じ、たちまち蜘蛛の巣のように全体に広がった。何か固い小石のようなものが当たったのではないか、とルイスは思ったが、車がハンドルをとられ、道路を横切りはじめたので異常に気づいた。バーカー大尉は身体を前に崩し、頭を後ろにのけぞらせていた。彼の額の真上に、鮮やかな深紅の穴がぽっかりと開いていた。ルイスは急いでハンドルを取り、大尉の足をアクセルから離して、サイドブレーキを引いた。車はプラタナスの幹をかすめてから、激しく振動して止まった。車体が道路から半分はみ出していた。

血と肉片が、大尉のすぐ後ろの座席と窓ガラスに飛び散っていた。脈を取るまでもなく、即死したのは明らかだった。ルイスは自分の席に座り直し、ダッシュボードのグローブボックスからピストルを取り出した。弾倉をチェックするとき、自分の手にも生温かい深紅の血痕がついているのに気づいた。フロントガラスはひび割れて真っ白になっていたので、横の窓から外を見た。道路の反対側、次いで後方を見たが、カーブしたエルブショッセ通りの先は視界から外れて見えなかった。前方には並木通りがまっすぐのび、途中で川沿いを離れて右折していた。射撃は、川岸に建つ邸宅の一つからなされたに違いない。そう考えているルイスの目に、数百ヤード先の道路を横切り、川に向かって疾走する男の影が映った。

ルイスは車を降り、コートを車内に放り込んで、追跡を始めた。疲れや身体の不調は、すっかり消えていた。ただひたすら懸命に走りつづけ、途中から緩やかに分岐している脇道に入った。自然にできた丘の傾斜をたどり、川岸に向かった。目指す人影はすでに川岸に着き、凍りついた川面を歩いて渡りはじめた。だが、片足が氷を割ったので、岸に引き返し、しばらく川沿いに歩いて、もっとしっかり氷の張っている場所を見つけ、再度川面を渡りはじめた。そのとき後ろを振り返ったが、追跡されているのに初めて気づいたようだ。人影は歩調を速めて、氷の上を滑るように歩きはじめた。ほっそりした体形としなやかな動きから、十七歳にもならない、少年といっていい年頃の若者であることがわかった。

　ルイスは走るのをやめ、早足で歩いたが、肩をこわばらせる痛みと喉をつまらせる鼓動を感じていた。ルイスが岸辺に着いたとき、若者は百ヤードほど離れた氷上にいた。ルイスは腰をかがめ、膝の上に両手を置いて、あえぐように息をした。ピストルの弾倉はすでにチェック済みだったが、もう一度調べてみた。今、ここには六発の弾丸がある。バーカー大尉を殺した男を仕留めるのに十分だ。

　若者は、前方の氷の状況を確かめるために歩みを止めた。ブーツの底で感触を確かめながら、前方をじっと眺めていた。足元の氷が割れたので、あわてて後ろへ飛びのいた。すると、河の中央部で氷が割れる大きな音がした。古い扉をこじ開けるような音だ。若者が必死に別のルートを探しているのを、ルイスはじっと見ていた。若者の前方で、別の氷が割れた。これ以上前進できないのは明らかだ。

　ルイスは冷や汗をかいている自分に気づいた。身体から魂が抜けてしまったような状態で、倒木の幹に腰を下ろした。もはや進む道を閉ざされた若者だが、ルイスの見る限り何の武器も持っていなかった。これからどうするのかと見守っていると、若者は氷の上を活発に動きまわり、ドイツ語で叫びはじめた。

「おはよう《グーテンモルゲン》、モーガン！」と、笑いながら繰り返し叫んだ。モルゲンとモーガンの語呂合わせを面白がっているのが、大佐にも理解できた。それにしても、少年はルイスの名前をどこで知ったのだろう、と不思議に思うのだった。

「モーガンはこの私だ」と返事をすると、若者はわざと標的を自ら大きくするように両手を高くあげた。若者の立っている位置は、ピストルの射程距離ぎりぎりだった。ルイスが正確に狙うには、川に張り出した突堤状の固い氷の上から射撃する必要があった。しかし、彼は動かなかった。呼吸は正常に戻っていた。何かの冬季スポーツの観客になったような気分だった。

「撃てよ！　大佐」

ルイスは若者が死ぬのを願っていたが、撃ち殺す気にはなれなかった。

「おれが撃った弾丸はお前を狙ったものだった。でも、どっちでもいいや。お前の友だちはおれの敵だからな」

またもや、氷の割れる音がした。今度は、若者の足下からだった。

「どんどん氷が割れていく。お前は今すぐドイツから立ち去らねばならない！　ここはおれの土地なんだ！　おれの川だ！　そして、おれの空なんだ！」

若者は早口で叫びながら、氷の上を行ったり来たりした。それはかなりの見ものだ。気が狂ったように大声で笑いながら飛び跳ね、興奮のあまり子どものような声を出していた。しかし、いくらわめいても黙ったまま動かないルイスに、若者は失望感といらいらを募らせていった。そのうち、若者の声が恐怖にかすれていくのがルイスにもわかったが、依然として沈黙を守り、若者が恐怖にさいなまれるままにした。ルイスは快感を覚えていた。

「やい！　ここまで来ておれを逮捕してみろ！」

川面のあちこちで氷のはじける音がした。下の水流と上からの太陽が互いに作用しあって、氷を割りはじめているのだ。ルイスは、ほんの少しの間目を閉じてから、網膜に焼きついた太陽の残像を消すため、まばたきをした。数秒間、若者の姿がシルエットになって映った。それがいきなり、ホットステップダンスを始めた。足下の氷が十数枚の氷塊に割れ、そのうちの一番大きなドアほどのサイズの氷塊に跳び移り、両腕を横に広げてバランスを取っていた。しかし、その氷塊は若者の体重を支えきれずに傾き、そのため、若者の身体は宙を舞って氷まじりの水中に落ちた。水のあまりの冷たさにショックを受けて叫び声をあげ、氷塊の端に取りつこうと試みたが手がかりが摑めない。数秒間水中に潜ってから、隣の小さな氷塊にたどり着いた。何とかしてよじ登ろうとするが、その都度氷塊が傾いてすべり落ちてしまう。何度も試みたがうまくいかず、ついにあきらめて真っ黒な水の中にただ浮かんでいるしかなかった。

「助けてくれ《ヘルプ》！　助けてくれ《ヘルプ》」

今や、若者には見栄も外聞もなかった。あるのは恐怖だけだった。

「枝を取ってくれ《ユーズ・ア・ブランチ》。木を《ツリー》」と、英語で叫んだ。

寒さに震える声を聞きながらも、ルイスはただ黙って若者を眺めていた。若者の運命に冷淡な自分を省みて、かすかな悲しみを覚えながら。

「お願いだ……大佐！」

わずか一分足らずで、若者はそれまでの傲慢な軽蔑口調をやめ、パニック状態でルイスに嘆願しはじめた。

「木を！」と、もう一度英語で叫ぶ。

若者は、桟橋から二十五ヤードにまで近づいていた。もしルイスがその気になれば、木の枝を投げて助けてやることもできた。だが、そのときのルイスはいつものルイスではなかった。あれほど軽蔑していた「目には目を」という古代の諺《ことわざ》が今や彼の心をとらえ、神経を麻痺させていたのだ。現実の世の中は、そうして動いていくものなのだ。

ほとんど息のできなくなった若者の口から、最後のことばが吐き出された。

「フリーダ！　お前なら、わかるだろう。フリーダ！　フリーダ……まっとうな……ドイツの……女性よ……」

ルイスは若者を見ながら時間を計った。もうすぐすべてが終わるだろう。若者は、冷たい水の中で、常識では考えられないほど長い間抵抗しつづけたが、やがてゆっくりと川の中央へ流されていった。彼は力なくあえぎながら泣いていた――最後に「ママ《ムッティ》」と叫んだようだ――そして、沈んでいった。

ルイスは、しばらく水面を見ながらたたずんでいた。川は大きな音をたてて氷を融かしていた。ルイスは何かしなければならないと思いながら、やるべきことはすべて終わったとも思っていた。身体の中でいくつもの亀裂が走るのを感じながら、地平線を見つめつづけた。もし、このままの状態で何とか家までたどり着ければ、身体が粉々に砕けるのだけはかろうじて避けることができるだろう。

引き返すルイスの肩は、痛みが激しくなっていった。いつも走った後に感じる痛さだが、加齢とたばこの吸いすぎで悪化する一方だった。肩をこすり、腕を回してみたが一向によくならなかった。もうすぐだ、と自分に言い聞かせながら歩いた。

何とか我慢して現場にもどったルイスは、バーカー大尉の遺体や眼底の毛細血管を検査し、そこにいたMPの事情聴取に応じた。ただし、川の藻くずとなった若者と最愛の部下だったバーカー大尉を結びつけるのはやめた。しかし、ルベルト邸の入り口に着いたとき、ルイスはもはや我慢の限界に達していた。

彼が家を離れたのは二カ月前だった。そのときは周囲のすべてが真っ白で何の瑕疵《かし》も見えなかったが、冬から春への季節の変わり目になって、純白の雪の中に茶色や灰色や黒の根覆いが醜いまだら模様をつくり出していた。ルイスは通用口から中へ入った。幸い誰にも会わなかった。コートを脱いで顔をなでたが、頭が混乱して、次に何をすればいいのかわからなかった。とにかく、座りたい。紅茶を一杯飲みたい。たばこが吸いたい。ウィスキーを飲みたい。エドモンドとレイチェルの顔が見たい――もう少しで会えるはずだ。ルイスはグラスにウィスキーを注いで一気にあおった。アルコールの刺激で生気をとりもどそうと。さらにもう一杯飲み干してから、二階への階段をのぼっていった。

寝室に入ると、鏡台の前でエドモンドがクリケット用のセーターを着て、うっとりした表情を浮かべていた。兄のマイケルが着ていたのと同じだが、Vネックの青緑色のストライプだけ違っていた。

たった二カ月のうちにずいぶん大きく成長した息子を見て、感動したルイスは抱きしめたい気持ちになった。

「エド」

「父さん」

エドモンドは顔を輝かせたが、自分のセーター姿を見直し、父親に抱かれるのが恥ずかしいようだった。

「すてきなセーターだね」

「ケイト伯母さんからの贈り物なの。編んでくれたんだ」

ルイスは、ドアを支えにしてかろうじて立っている自分に気づいていた。階段をのぼるとき、両脚に痛みを感じていた。いまだかつて気絶などしたことはなかったが、両腕が異常に軽いのはその前兆かもしれないと考えた。

「ママはいないのかい？」

「今日、キールから戻ってくると思うよ」

「ブックスマン家を訪ねたのだね？」

「うん、そう」

「万事、調子よくいってるかい？」

「うん、すべて順調だよ」

しかし、エドモンドは父親の姿を心配そうに見ながら言った。「父さんは大丈夫なの？　その切り傷はどうしたの？」

「ちょっとした……事故でね……今は大丈夫だ」ルイスは両手の血痕を見たが、思ったより悪そうだ。今すぐにでも座りたかった。

「じゃあ、お前はこの要塞をわたしのために守っていてくれたんだね」と言って、ひじ掛け椅子に座り込んだ。

「うん」

「ところで、ルベルト家の人たちは元気かい？」

「うん、でも、ルベルトさんは今ここにいないよ。どこか遠くへ行ったんだと思う。潔白証明《クリアランス》を取るためだろうけど、よくわからない」

「そう……では、お前はずっと独りだったんだね？」

エドモンドはうなずいた。

「すまなかったな……こんなに長い間留守にして……せっかくのクリスマスもふいにしてしまったな」

「いいんだよ。父さんは、たくさんの物を噴き飛ばしてきたんだね？」

「いくつかの工場と、潜水艦ドックをね。でも、まだまだ大きなのが残っている。ドイツが保有していた弾薬を、すべて一か所に集めて爆破しなければならないからだ。おそらく、ロンドンにいても感じられる規模だろうな。バークシャーのケイト伯母さんにもわかるだろうな」

ルイスはポケットからシガレットケースを取り出した。今日初めて吸うたばこだが、一口吸うと頭がくらくらしてきた。

「それ、ママにもらったの？」

「そう」

ルイスはシガレットケースをエドモンドに手渡した。エドモンドはそれを開いて、マイケルの写真を見た。マイケルもクリケットセーターを着ていた。

「どうしてぼくの写真を持っていないの？」と、エドモンドが尋ねる。率直な質問だった。

どうしてなのか、ルイスにも確たる答えがなかった。すぐに返事ができないルイスに、「マイケルは死んでしまったから？」と、エドモンドが助け舟を出した。「だから、思い出すために必要なんだね」

「そう……そのとおりだ。エド、お前の写真は必要ない。本物のお前がここにいるからね」

エドモンドは、一応納得したようだった。

床の上に散らばったさまざまな布地は、エドモンドの手で一つの地形をかたち造っていた。白いソックスの街路が、人形の家からジャンパーで造った島まで伸びている。その間に、おもちゃのミニカーが置いてあった。

「ここでいったい何が起こるんだ？」と、ルイスが尋ねる。

エドモンドは恥ずかしそうに答える。「つまらないゲームなんだ」

「面白そうじゃないか？」と、ルイスが言った。

「そのミニカーは父さんの車のつもりなんだ。メルセデスがないから、代わりにラゴンダを使ってるだけ。それから、そこがヘリゴランド」そう言って、エドモンドはジャンパーとシャツの塊《かたまり》を指さした。そのてっぺんに、ブリキの兵隊が一人立っていた。

「あそこにいるのが私だね？」

エドモンドがうなずく。

ルイスは後方の人形の家を見た。寝室には子どもの人形が二つ置かれ、一階では大人の男女の人形がピアノにもたれかかっていた。

「これがママとルベルトさんだね。二人でピアノを弾いているのかね？」

「こんなふうに人形をならべたのは、ぼくじゃなくてフリーダなんだ……フリーダが入れ替えたんだ」と、顔を真っ赤にして言うエドモンドは、そういう自分自身に腹を立てているようだった。

ルイスは、レイチェルとルベルト氏のミニチュアを見てうなずいた。

「幸せそうな家庭だね。すべてがうまく行っているようだ。もっとも、それが一番大切なことなんだが」

レイチェルが家に着いたとき、周囲はすでに暗くなっていた。三つの部屋に灯りがともっていた。応接間と、屋上のフリーダの寝室、そしてレイチェル自身の部屋だった。家全体が目を細めて、レイチェルの帰宅を眺めている気がした。宵闇の中で、バルコニーのシャッターがしかめ面でレイチェルを迎えたようだ。ルイスのメルセデスは車道に見当たらなかったが、彼と再会することを思うと激しい胸騒ぎを覚えるレイチェルだった。

玄関でハイケが頭を下げてレイチェルを出迎え、スーツケースを受け取った。だが、ハイケはいつになくびくびくして、さかんに応接間のほうを気にしているようだ。応接間からは、ピアノの音が聞こえてきた。誰かがシューベルトの『魔王』の冒頭部分を、単音《シングルノート》のスタッカートで弾いているようだ。

「私の留守中、何も問題なかった？　ハイケ？」

しかし、ハイケは「大佐どのが……」とだけ答えて、もう一度応接間のほうをかいま見た。

レイチェルはコートをハイケに預けて訊いた。

「エドモンドは元気？」

「はい、ベッドの中にいらっしゃいます」

レイチェルは応接間に行き、鍵盤にかぶさるようにしてピアノを弾いているルイスを見つけた。彼は、片方の腕で額を支えながら、レイチェルが入ってきても顔を上げずに鍵盤をたたきつづけた。短音から分散和音《アルペジオ》に移ろうとしているが、うまくいかないようだ。

「ルイス？」

彼は顔を上げずに、執拗に楽譜を追いつづけていた。

「ルイス？　どうしてその曲を弾いているの？」

ルイスは弾くのをやめたが、額を片腕で支えたままだった。青ざめた顔色で、ジャケットの袖には血がついているのがレイチェルにわかった。

「この最初の部分は簡単だけど、次の部分は……どうしたら君のようにうまく弾けるのか、私にはわからない」

レイチェルが最初に思ったのは、ルイスはすでにおおよそのことを察しているだろう、ということだった。何もかも見透かされているような気がした。「ルイス？」彼女はルイスに歩み寄って、二人がけのスツールに並んで座った。スタンドの上には『ヴァルム』の譜面が載っていた。ルイスは鼻水を垂らしていた。レイチェルは彼の顔を持ち上げて目をのぞき込もうとしたが、ルイスは頑固に下を向いたまま、鍵盤の上に鼻水を流しつづけた。

「どうしたの？　何かあったのね……」

ルイスは袖口で鼻を拭いた。手の甲に、乾いた血がこびりついていた。その手を、レイチェルは両手でいたわるように包みこんだが、氷にように冷たかった。「手に血がついているわ――」

「私の血ではない――」

「じゃあ、誰の血なの？　ルイス！　私、怖いわ」

「バーカー大尉の……彼は、車を運転すると言い張ったのだ……だが、彼に運転させるべきではなかった……弾丸は私をねらったのだ」

「いったい誰が撃ったの？」

「若い男だ。結局、私はやつを死なせたのだが」

「死なせたですって？　その若い男って誰なの？」

「バーカー大尉を狙撃した男だ。その若者は……フリーダを知っていると言っていた……」

あまりにも飛躍した話に、レイチェルはついていけなかった。

「危険が潜んでいるなど、私は予測もしていなかった。だが、実際に事件は起こったのだ。私の目の前で、私の家の前で」

レイチェルは、ルイスの顔を無理やり自分のほうに向けさせた。しかし、レイチェルの目に映ったルイスは、全身の皮膚がむけ、骨がバラバラに砕けたかと思われるような状態だった。そんなルイスの姿を見てレイチェルは不安におののきながらも催眠術にかかったように神経が麻痺していくのを感じていた。

「私はその若者の後を追った……私は彼の命を救うこともできた。だが、結局は死なせた……死なせたかったのだ……バーカー大尉のためだけではない……マイケルのためでもあった……あらゆることのためだった」

ルイスは両手を差し出した。両手の甲のいたるところに、バーカー大尉の赤茶けた血のかたまりがこびりついている。「私の選んだ道は間違っていたよ、レイチェル。結局、私は間違った主義主張を貫いてきたようだ。バーンハム少佐のほうが正しかった……すべての人を信じようと思えば、誰かを犠牲にしなければならないことがわかった」

レイチェルは、ルイスの顔を両手で包んで言った。「そんなこと、言わないで——」

「でも、それが真実だってことはわかっているだろう。正直に言ってくれ……レイチェル。言ってくれよ。私は人を信じすぎたのだろうか？」

ルイスはレイチェルの目をじっと見た。レイチェルは指でルイスの顔をなで、次いで髪の毛を梳《す》きながら言った。「ええ、そのとおりよ……でも……でも……それでいいのよ……これからも、そうあってほしいの……そして、もう一度私のことも信じてほしいの……今の私には、そんなあなたが必要なの、ルイス……」彼女はルイスの額にキスをした。唇と鼻をぴったりとくっつけ、ルイスの身体を息とともに吸い込もうとするかのように。

「すまなかった。ごめんね」とルイスがつぶやく。

「それを言うのは私のほうよ。私こそ、悪かったと思っているの」

「私たちは、すまない者どうしということか」

レイチェルは、ルイスの頭を自分の胸に引き寄せて言った。

「静かにおやすみなさい」

胸に抱いたルイスの頭をゆっくり揺り動かしているレイチェルには、ルイスが泣いているのがわかった。彼は、静かに、しかし絶えまなくうめき声を発していた。レイチェルには、それがルイスの身体から吐き出される声だとはとても信じられなかった。しかし、それは亡きマイケルを悼《いた》む声であるに違いない、そう思うレイチェルだった。

ルイスはベッドから起き上がれなかった。しかし、眠ってもいなかった。ショックと疲労が全身を麻痺させていたが、自己嫌悪と甘い絶望感に目が冴えて眠れなかったのだ。「怠け者も働き者も、いずれは同じく死んでいく。だから、今ここで思い悩むことなど何もない。じっとしていても、忙しく走り回っても成果は変わらない」という格言に、ルイスは共感を覚えていた。実際、彼がこれまで苦労してやってきたことを考えると、このままベッドで寝ていたほうが世の中のためになるのではないか、とさえ考えていた。とにかく、ヒトとモノをうまくかみ合わせるには、彼がそれまで経験したことのないほどのスタミナと忍耐が必要だったし、信頼できない社会の仕組みの中で耐えねばならなかったのである。現実の社会は、建設するより破壊するほうがはるかに容易だった。数千年かけて造られた都市は一日で壊滅し、人間の命はわずか一秒間の被弾で消えてしまったではないか。

将来、エドモンドとその子どもたちは戦争や占領について学び、かつての爆撃機や戦車の名前を知り、当時の残虐な場面や残虐な行為をした人たちの名前を記録に残すだろう。しかし、自分のように破損箇所を修理し、崩れた壁を修復しようとした人々の名前が想い出されることはないだろう。

こうして、ルイスはベッドに横たわったまま、自己中心の思考に浸っていくのだった。今や、軍人であることを忘れ、詩人か、哲学者か、あるいはニヒリストのような気分になり、すっかり満ち足りていた。

手をあげるとコールタールの石鹼の匂いがした。指に着いた血を、レイチェルがきれいに拭い落としていたのだ。ブーツも脱がせ、シャツのボタンも緩めてあった。いつ開けたのか、カーテンを通して光が差し込み、細かい埃《ほこり》が空中に舞っていた。いつの間にか、ルイスは眠りに落ちていたのだろう。何も思い出せない。憶えているのは、ピアノにうつ伏せになったルイスを抱え、顔を愛撫し、まるでなくした宝石を見つけ出したかのように一心に目をこらしているレイチェルだった。

レイチェルの気持ちを再びルイスに惹き戻したものは、いったい何だったのか？　ルイスが殺されそうになったからなのか？　否、レイチェルはすでにルイスに「とんでもない過ちを犯しました」と言って謝罪していた。ルベルト氏の妻が生存しているのがわかったことを告げたとき、それまで自分がルベルト氏を愛していたことを率直に告白したのだ。そのときの彼女は、ルイスとの間の「合い言葉」を一切使おうとしなかったばかりか、ルイスの気持ちを和《やわ》らげるための「愛の言葉《エンディアメント》」すら口にしなかった。彼女が言ったのは、ただ、ルベルト氏を愛していた、ということだけだった。この「愛する」ということばは彼女にとって非常に重みのある表現で、他の誰に対しても軽々と口にしたことがなかった。ルイスもずいぶん久しぶりに聞くことばだった。

ドアが開いて、エドモンドが入ってきた。朝食をのせたトレイを持っている――銀製の卵立てに入ったゆで卵、兵隊の形にカットされた一枚のパンと紅茶。受け皿の上の紅茶を一滴もこぼすまいと神経を集中させながらそろそろと歩いてくるエドモンドに、ルイスは起き上がって両足を上げ、トレイを置ける場所をつくった。背中の一部に痛みがあり、若者を追走したせいで太ももの裏側が固く張っていた。

「十二時になったら父さんを起こすようにって母さんに言われてるの。本部へ行かなければいけないんでしょ」

「もう正午か？　いやはや」

エドモンドは、父が食事を済ませるのを待っていた。

「卵を食べないの？　グレタに教わって僕が作ったんだ」

ルイスはナイフをとり、卵のとがったほうの端へ持っていったが、思い直して丸いほうの端を切った。

「ママもビッグエンダーだ。僕たちはみんなビッグエンダーなんだ」

ルイスはてっぺんの殻を割って、パンの端を半熟の黄身の中に浸けた。「完璧だ。ちょうど私の好みに仕上がっている」

「ルベルトさんはリトルエンダーなんだ。それに、フリーダも。ルベルト夫人もそうなのかな？」

「もうすぐわかるよ」

ルイスはパンで卵の黄身をすくい上げ、スプーンで白身を取り出した。

「父さん？　仮に僕が何か悪いことを考えたとする。それは実際に悪いことをするのと同じことなの？」

彼が今すぐに答えを求めているように思えたので、ルイスは言った。「場合によるよ。具体的に話してごらん」

「じゃあ言うよ。父さんは昨日殺されそうになったよね。そのとき、僕は思った……嬉しかったんだ……バーカー大尉が父さんの代わりに死んだって聞いて……ほんとうは悲しい出来事なのに」

ルイスはトレイを脇に置いて、エドモンドにそばにくるように手招きした。やってきた息子の楕円形の柔らかい顔を両手で覆い、キスをした。息子がちょっと戸惑って首をすくめたため、唇が額をそれたが。

「そう思うのは悪いことなの？」

「悪くないよ、エド。困るのは……そんなふうに考えねばならない立場に置かれることなんだ」

「父さんは悪い考えを持つことがある？」

「あるよ。今までにたくさん悪いことを考えたさ。今日だけでも、すでにいくつか考えていたよ」

「どんなこと？」

「まず、このままベッドから起きないでいようと考えた。起きたところで何も変わらないからね。もうこれ以上、人々を援助するのはよそうとも思った。困っている人にいくら手を差し伸べても、得るものは何もないじゃないか、と思いはじめた。どこで誰を助けようとも、何の効果もないからね。このドイツも、イギリスも、ルベルト氏も、フリーダも、母さんも、お前も、そして私自身も、すべてをあきらめようと思った。どうだい？　そう考えるのは悪いことかい？」

エドモンドには返事をする自信がなかった。「それは父さんがやりたいと思っていることじゃないでしょう？」

「しばらくの間は、多分、本気でそう考えていたよ」

「そんなの、父さんらしくない！」

「そう、私らしくない」

「フリーダが逮捕されたってこと、知ってる？」

「いや、初めて聞いた」

「彼女がどんな仕打ちを受けるのか、わかる？」

「どんな仕打ちを受けると思う？」

エドモンドはしばらく考えてから言った。「彼女のお母さんが見つかったことがわかれば……釈放されるかも」

課報部ならやりかねない、とルイスは思った。こんな子供をうまく利用して、捜査の時間やデスクワークを減らそうとするだろう、と。

ルイスはもう一度、エドモンドを抱きしめてキスしたかった。彼が幼かったころにしたように。でも、今日はこれで我慢することにした。

「父さん？　これからどうするか決めた？」と、エドモンドが訊く。

「ああ、決心できたようだ。でもその前に、手を貸してくれないか？」と言って、ルイスは片手を差し出した。エドモンドはそれを両手で引っ張り、ルイスを立ち上がらせた。

第十四章

彼女はひじ掛け椅子に座り、刺繍の基礎縫いをしていた。もじゃもじゃした白髪が少し増えていたが、顔はふっくらして健康そうだ。その物腰は、ルベルト氏が見たこともないほど落ち着いている。彼女の妹が言っていたように、すでに健全な精神を取り戻しているようだ。さかんにまばたきして周囲に気をくばりながら、ほのかな親しみのある笑みを浮かべて何やら物思いにふけっているようだ。

「彼女が私に気づく前に様子を見たい」と希望したルベルト氏は、看護師の特別な好意で、待合室の出入り口の小さな窓から中の様子をつぶさに観察することができた。

「彼女は一日中縫物をしています」と、看護師のシスターが言う。「器用なので、たくさんのサンプラー〔訳註・刺繍の基礎縫い〕をつくり、それを額にいれたり病室の壁に掛けたりしています。縫物をしていないときは、何か書き物をしています――記憶をたどりながら」

「彼女の頭脳はいつも明晰でした」ルベルト氏はシスターへ語るというより、自分自身に言い聞かせるように言った。「さまざまな能力を持っています」

「彼女はご自身の心理状況をよくわきまえていらっしゃいます――たとえ、その一部が不備であっても――高い知性を持った女性です。才気煥発《さいきかんぱつ》な、独創力のある、頭の回転の速い方です」

ルベルト氏は想い起こした。クラウディアとは、さまざまなことでどれほど頻繁に意見を戦わせたことか？　もっとも、たいていは彼が負けていたが。

「彼女は何かを想い出したようですか？」

「つながりのない断片ばかりのようです——中には実に詳しく覚えていることもあるのですが、すぐに忘れてしまうようです。でも、それが積み重なって、少しずつまとまった絵になっていくのです。ほんの少しずつですがね。一つの断片が、別の断片を想い起こさせるのでしょうね。ここ数カ月の間に、かなりの進歩が見られました。私たちは彼女に、想い出したことを書き留めるよう勧めているのです。ご覧ください。今、何か書いていますよ。何かを想い出しながら」

クラウディアはサンプラーを膝の上に置き、椅子の横の一本足のテーブルからノートと鉛筆を取っていた。

「このように、彼女が物を書く回数は最近だんだん増えてきました。今では、毎日何かを書いています。絵も描いているようです」

クラウディアは手を休めることなく、猛スピードで書いていた。

いったい何を書いているのだろう？　何を想い出しているのだろう？　私のことも含まれているのだろうか？　いいときの私？　それとも悪いときの私？　今の私は彼女の記憶にふさわしい状態だろうか？　などと考えながら、ルベルト氏はシスターに尋ねた。

「彼女は、自分の身に起こったことを想い出しているのでしょうか？　あの大火災の夜のことを？」

「いいえ、そのときのことはまだ一度も話していないし書いてもいないようです。記憶が戻っていないのだと思います。今までのところは、いいことばかり想い出しているのでしょう。例えば、人と人のおつきあい、家族や友だちなどのことです。これは、誰にも起こる現象です。人間の心は、まず負担の少ないことから想い出そうとするからです。すべて、神さまの思し召しなのです」

ルベルト氏はクラウディアがうらやましかった。無垢な魂にいいことだけを記録していく。純粋培養とはこのことを言うのだろう。彼女は満足そうだった。おそらく、彼女にとってはこのままの状態でいるのがベストなのだろう。過去のことを一切忘れて。魂の時計をゼロ時《ストゥンデ・ヌル》にリセットして――。そんな彼女の心を今さら、面倒で複雑な世事で汚す必要がどこにある？

「シスター。今の私は以前の自分ではもはやありません……彼女の記憶にかなうような人間ではなくなりました」

シスターはルベルト氏の顔をじっと観察した。ルベルト氏は、シスターの慈愛に満ちた視線から目をそらそうとした。慈愛や博愛など何の役にも立たないと思っていたからだが、シスターの優しく親切な対応が、ルベルト氏をさらなる告白へと導いた。「妻は死んだものと思い込んでいました。私は再出発しようと努めました。他の女性――私が愛せると思った女性と一緒に」

ルベルト氏の告白を聞いたシスターは、落ち着いた態度で彼の手を握りしめ、自信たっぷりに言った。

「あなたは今でも奥さんを愛していらっしゃいます、ルベルトさん。そこから再出発なされればいいのです。さあ、こちらへいらしてください。いいものをお見せしましょう」そう言って、シスターはルベルト氏をそばのテーブルへ案内した。そこには、仕上がったサンプラーが何枚か置いてあった。一枚はジグザグ模様に花を配した抽象的なモチーフで、二枚目は学校教材の千鳥掛け、三枚目には人物の具象画が描かれていた。「時期が来たら、額に入れるつもりです」

三枚目のサンプラーを手に取ったシスターは、それをルベルト氏に手渡し、両手いっぱいに広げさせた。

「彼女が最初に作ったものです」

そのサンプラーには、並木に縁どられた長い車道と、ヨットの浮かぶ川に通じる広い庭のある一軒の家が描かれていた。家の前には三人の人物が立っていて、一人はドイツの伝統衣装を着て手に建築家用の定規を持つ男性、もう一人は帽子を被って古風なスカートをはいた女性、そして二人の間に立っているのは髪を三つ編みにした少女だった。

「彼女によると、これと同じ刺繡を以前につくったことがあるそうです。でも、この家がご自分の家なのか、この三人がご家族なのか、確かではないようです。ただ、一つだけはっきりと、このヨットが希望のシンボルだとおっしゃっていました。見覚えはありませんか……？」

ルベルト氏はあまり注意して見たことはなかったが、確かに見覚えがあった。クラウディアの刺繡を「庶民的な趣味」だと言ってバカにしていた彼には、彼女のつくる刺繡についてとやかく評価する資格などなかったからだ。しかし、目の前の刺繡は、間違いなく、フリーダのベッドルームに飾ってあるものと同じ図柄だった。

「これはあなたの家ですか？」

ルベルト氏はうなずいた。

「この男性はあなたですか？」

「はい」

「そして、この少女は？　お嬢さんですか？」

「はい、娘のフリーダです」

「それでは、これが奥様？」

ルベルト氏はうなずいた。

「何か、欠けているものはありませんか？」

ルベルト氏は首を振った。「いいえ……すべて、そこに描かれているとおりです」

「お座りください、大佐どの」

ドンネル大尉とバーンハム少佐は、机の反対側にある唯一の椅子を指して、ルイス・モーガン大佐に勧めた。その椅子には、それまで座っていた人物の体温が残っていた。大尉と少佐は立ったままだ。おそらく、長時間の尋問のあと、脚をストレッチして新鮮な空気を吸う必要があったのだろう。

通常、二人の尋問官のうち大尉のほうが話の口火を切り、さらに細かな質問をすることになっている。その間、少佐は黙ってなりゆきを見守っているだけだ。

「すみません、大佐どの。当然のことながら、私たちは殺人者を見つけるべく最善を尽くしております。そして、いくつかの手がかりをつかんでおります。すでに、何人かの反乱者を逮捕しておりますが、その中にフリーダ・ルベルトが含まれています」

「彼女を尋問したのかね？」

「いったんは始めたのですが、今は中断しています。というのは、彼女が胃けいれんを訴えたからです。軍医がつき添っています」

彼女への尋問はすでに何度か行なわれたに違いない、とモーガン大佐は考えた。バーンハム少佐の机の上には、さまざまな拷問用の小道具が広げられていた。ナチスの残虐行為を示す数々の写真――捕虜収容所、リンチの場面、生体実験などだ。一枚の写真には、フリーダと同じ年頃の少女が素っ裸にされ、見えない影におびえながら、必死に遠くを見つめている姿が映っていた。加害者の姿が見えないだけ、残虐さが増し、ぞっとする写真だ。

「エルブショッセ通りに面した徴用住宅の中に、彼女が居るのを発見したのです。反乱者たちがその家屋をアジトにしていたのは明らかです」

「彼女が有罪だと判明したのかね？」

「有罪とは？」と、ドンネル大尉が問い返す。モーガン大佐は、机の上に広げられたグロテスクな写真に向かって顎をしゃくった。

「こんなものを尋問の道具にしているのか？」

ここで、バーンハム少佐が会話を引き取った。「乱暴なやりかただと思われるでしょうね、大佐どの。しかし、これは犯人を見つけるのに極めて簡単で効果的な方法なのです。こうした写真をまともに見ることのできない者、一目見ただけで目をそむける者、だらだらと眺めている者、泣き出す者、楽しんで眺める者、笑い出す者すらいます。さまざまな反応が見られるのです。大佐どのの場合、私が観察したところでは、一目見たあと顔色を変えずに、すぐに目をそらされましたね。そのような反応は、それまでにうんざりするほど何度も残酷な場面を経験してきた人が、今はそれを想い出したくないとき、あるいは、そんなことはなかったものと思いこみたいときに示す典型的な反応です」

バーンハム少佐は、それがいかにも自分の経験に基づく真実であるかのように、淡々と語った。ドンネル大尉は、おそらく何度も同じことを聞かされたのだろう、律儀にうなずいていた。

「それで、ルベルト嬢の反応はどうだった？」モーガン大佐は、シガレットケースを手にしながら訊いた。これから始まるバーンハム少佐との対決を予測して、ちょっぴり神経を高ぶらせていた。

「彼女は写真を見ようともせず、ひたすら私の目を見ていました」

「どっちが先にまばたきをした？」

「え？　もう一度おっしゃってください」

「いやいや、気にしなくていい。それで、君たちは彼女がこの事件にからんでいると思うのかね？」

「彼女が関係しているのはすでにはっきりしています。これをご覧ください。アジトで見つけたのです」そう言って、ドンネル大尉は『解体工事ファイル』を取り出した。それは、モーガン大佐が誤って家のテーブルに置き忘れた書類だった。「他にもたくさんの有罪の証拠が見つかっています。イギリスのドラッグストアのブーツで売っている化粧品、食料配給カード、チューインガム、ペニシリン、キニーネ、サッカリン、塩、マッチ、ライターの火打石、コンドームなど、何でもそろっていました。

スーツケースにはたくさんの角砂糖ばさみまで見つかりました」

モーガン大佐は、ファイルを眺めたが手にしなかった。シガレットケースを開き、たばこを取り出して火を点けた。

「それで、これが何の証拠になるというのだ？」

そこで、バーンハム少佐が説明した。「彼女は、このファイルを盗み出したと自白したのです。しかも、これだけではありません。もっとたくさんのものが大佐のお宅から持ち出されています」

少佐の尋問方法は興味深い。トランプ・ゲームのプレーヤーのように、優位になればなるほど表情は冷静になっていくのだった。

ドンネル大尉が続けた。

「フリーダ・ルベルトは、あなたを殺そうとした人物が率いるグループの一員です。彼女の話から察するに、彼女はそのグループのリーダーと親密だったようです。しかし、あなたを殺そうという計画についてはまったく知らなかったと言い張っています。しかし、それは信じられません。男の名前はアルバート・ライトマンです」と言って、モーガン大佐に一枚の写真を手渡す。「彼女を逮捕したときに、ハンドバッグの中に入っていたものです。この男は、ハンブルク市内のアルスターヴィーゼ・シュヴァネンヴィクの対空高射砲部隊に属していました」

モーガン大佐は、苦々しい気持ちで写真をながめた。写真のアルバートは対空砲撃部隊の制服を着て、髪を整髪用オイルで光らせ、砲台の上で誇らしげに笑っていた。祖国防衛に命をかける、誇り高く、ハンサムな若者だった。

「ルベルト嬢が感情的に反応したのは、唯一この写真です」と、ドンネル大尉がつけ加えた。

バーンハム少佐は、モーガン大佐の微妙な表情の変化を見逃さなかった。「大佐どの、この青年をご存知ですか？」

「私には、青年というより未成年の少年のように見えるが」とモーガン大佐が答えた。

「青年であれ、少年であれ、あなたの副官を射殺した男ですよ。ＣＣＧのトラックを襲い、品物を略奪したのも彼とその仲間だったと考えています。彼らは、この地区にいる他の反乱者グループ『人狼《ヴェア》部隊《ヴォルフ》』と同じ特徴を持っております」

「それはどんな特徴なのかね、少佐？　十六歳未満で親を亡くし、栄養失調の状態にある孤児たちのことを言っているのかね？　とにかく、フリーダは心に何らかの不満を抱く少女の一人にすぎないのだよ。同じような気持ちを持つ、自分より力強い誰かにあやつられていただけだよ」

「彼女にどれほど親切にしても、あちらには感謝する気持ちなどまったくありませんよ」と、バーンハム少佐は反論する。「とにかく、彼女は我々が自分たちの国と街を破壊し、母親を殺し、家屋を盗用したとして、ひたすら非難しています。あらゆることに不平不満を抱いています。大佐どの、あなたの奥さまに対する苦情すら漏らしていましたよ」

「レイチェルは彼女と仲よくなろうと、ずいぶん努力したのだが……」

「フリーダの話では、奥さんは少しやりすぎたようですね。ちょっと待ってください」そう言って、バーンハム少佐は、尋問記録帳をチェックした。「『モーガン夫人は、私から父さんを盗みとろうとした』と供述しています」

　モーガン大佐は、バーンハム少佐の目を見据えた。自分の知らないことを何か知っているのではないか、確かめるように――。

「明らかに、彼女は何かに憤っています。しかし、それは妄想の中のものであって、真剣にとりあげるほどではありません。いずれにしても、あなたは彼女を味方にすることができなかった、大佐どの」

「彼女はまだ十五歳ですよ」

「年齢が何の意味も持たないことは、あなたも私もよく知っています。腕に焼きつけているマークは彼女を銃殺刑に処するに十分な証拠です」バーンハム少佐は再び記録帳を覗いた。「彼女は言いました。『アルバートが今どこにいるかは言えません。あなた方が私をここに何千年留め置いても言えません！』と。おわかりでしょう、大佐どの。狂信者は一千年単位で物事を考えるのです」

　モーガン大佐は黙ったまま、ある期待に胸がどきどきしてくるのを感じていた。

「大佐どの、あなたがアルバート・ライトマンについて何もおっしゃらないのは、我々が彼を捕えることに興味をお持ちではないからですか？　彼を逮捕して裁判にかけることに？」

「教えてくれないか、少佐。もし君が彼を逮捕したら、どういう処罰を下すつもりなのかね？」

「法の定めるところに従って、死刑にします」

「つまり、それで『君自身』は気が済むのか、と訊いているのだが？」

「逮捕されれば処刑される。当然のことでしょう」

　そこで、モーガン大佐は思い切って口にした。

「アルバート・ライトマンはすでに処刑されている」

　すると、大佐の期待どおり、それまでのバーンハム少佐のよどみない態度が突如、方向を見失ったように乱れはじめた。額にしわが寄り、奇妙な表情をして、ドンネル大尉を横目で見ながら、ため息をもらした。モーガン大佐は続けた。

「私はエルベ河に沿って彼の後を追った。彼は川を渡ろうとしたが、氷が割れはじめ、水の中に落ちた。そして、おぼれて死んでいくのを私はじっと眺めていた」

「撃ったのですか？」

「彼はおぼれ死んだのだ」

　ドンネル大尉は、走り書きしていた手を止めた。「大佐どの、一つはっきりさせてください。あなたは彼が死ぬのを見た。これは確かですね？　彼は何とかして逃れようと、対岸へ泳いでいったりしなかったでしょうね？」

「私は彼を死なせたのだ。これは忘れようもない事実だ」

「警官の事情聴取の際には、それをおっしゃらなかった」

「あのとき……私は動転していた」

そのとき、バーンハム少佐がわずかに顔をしかめて軽蔑の表情を見せたが、そこには不思議にも大佐を安堵させるものがあった。モーガン大佐は続けた。「少佐、君は言ったね。この虐げられた人々の精神を何とかして立て直したい、と。彼らは十二年もの間、無知無学の状態に置かれ、今や野生の動物になっている、と。本国からショウ大臣が視察に来たときに、そう進言したね」

バーンハム少佐は返事をしなかった。いかにも退屈な話を聞かされているかのようなふりをしていたが、モーガン大佐は信じなかった。

「今でも、その考えに変わりないだろうね」

「しかし、ルベルト嬢の場合は時間がありません」

「時間はある」

「ばかげたお考えはなさらないでください、大佐どの。彼女は殺人を幇助したのですよ。私たちは証拠を握っています」と、ドンネル大尉が抗議した。

「ファイルを盗んだかどで銃殺刑にするつもりかい？　いいかい、一つ君たちに提案したい――もし彼女を釈放してくれるなら、私は彼女の精神を一日で立て直してみせる」モーガン大佐は、返事を待たずに続けた。「私は今、ここに二つのレポートを持っている。それぞれに違った内容ではあるが、互いに関連しあっている。いずれもバーカー大尉が作成してくれたもので、デ・ビリアー将軍に提出しなければならない。最初のレポートは、すべての病院やホスピスにいる患者で、家族が再会を求めて探している行方不明者の名前を登録したものだ。これを作成するよう指示したのは私だが、バーカー大尉は相当な時間と労力を費やしたはずだ。結局、このレポートのおかげで、ルベルト氏の妻が生きており、ブクステフーデのフランシスコ修道会のホスピスで療養していることがわかった。この情報を、自分の母親が死んだものと思い込み、その思いから当局への反逆行為に走った少女には知らせるべきでないなどとは、まさか君たちも思わないだろう。私は、このことをフリーダに知らせて、母親に会わせたいのだ」

「それは、面白いお話です」と、バーンハム少佐が言った。「しかし、たとえそうであっても、ルベルト嬢が犯罪者の一員であった事実は変わりませんよ、大佐どの」

ついに、モーガン大佐にとって、とっておきの札を切るときがやってきた。「もう一つのレポートは、君にとってもっと直接的で面白いものではないかな、少佐」そう言ってモーガン大佐は、ブリーフケースから青色のフォルダを取り出し、机の反対側のバーンハム少佐の前へ押しやった。そこに書かれた『ドイツ人固有の財産から不正に輸出された貴重品リスト』というタイトルがバーンハム少佐の注意を引いたが、彼は内心の動揺を見せることなく、バーカー大尉が印をつけた関連ページを繰っていった。モーガン大佐が大きなショックを受けたそのページに書かれていたのは、バーンハム少佐がこっそり隠し持っているもの、などというささやかな代物ではなかった。彼がドイツ人から略奪した大量の貴重品が記載されていたのだ。少佐が何か言うのを、モーガン大佐は待った。

少佐は目を落としたままファイルを閉じた。表情にはほとんど現れなかったが、今や力のバランスが彼から自分に移ったのを、大佐は感じていた。机をはさんだ二人の間にしばらく沈黙が続いたが、ついにバーンハム少佐はまばたきをしながら、いかにも不思議そうに、当惑した目つきで大佐に言った。手のひらにファイルを載せて、その重さを測っているかのような仕草で。

「あなたのその度量……他人の悪行を……大目に見る……という寛大さには際限がないようですね。

そんなあなたは、私の目には、まさにミステリーです、大佐どの」

それから十五分ののち、モーガン大佐は拘置所の独房の重厚な格子戸の外に立って、中にいるフリーダの様子を見ていた。彼女はベンチの上で、両膝を胸にあてて身をかがめていた。怪我はしていないようだが、ひどく落ち込んでいた。やはり、命がけの反逆者というより、単なる十五歳の少女といった風情だ。軍医によると、彼女には栄養失調や浮腫、結核など、一般のドイツ人を悩ましている病気の症状はないそうだ。ただ、腹痛を訴えていることについて、「ご心配には及びませんよ、大佐どの。もっとも、彼女のご両親には別の意味で心配の種かもしれませんが。妊娠しているのでね」と言うのだった。

モーガン大佐が独房に入っていくと、フリーダはたじろぎ、身体をすくめた。そんな彼女を安心させるため、大佐は入口に立ち止まって手を差し出した。フリーダは後ずさりして、壁によりかかり、膝をさらにきつく抱きしめるのだった。表向きの反抗的な態度や怒りの表情は剝がれ落ち、内面の単純で動物的な恐怖心がむきだしになっていた。

「知らなかったの……彼が何をしようとしていたのか」

「そのことは、もういい。さあ、行こう」

「行こうって？　どこへ？」

「家へ帰ろう」

「なぜ？」

「なぜだって？　そこが君のいるべき場所だからだよ」

「もう、あそこは私の家ではありません」

「ここよりはいい場所だよ」

「でも、私は言われました。お前は監獄へ行かねばならないって」

「とにかく、私の車が拘置所前のバリンダム通りに停めてある。そこで君を待っているから」

モーガン大佐は独房の入り口を開けたまま、フリーダを残して外へ出た。看守には、彼女がその気になったときにいつでも外に出してやるように言い、拘置所の階段の途中でたばこに火をつけて、フリーダを待った。目の前で、二人の若者が氷の融けたばかりの内アルスター湖にヨットを押し出しているのを眺めていた。ユングフェルンシュティーク通りは、通行人でにぎわっていた。誰もが何らかの目的を持って、どこかへ向かって歩いていた。多くの人は、何かを決断し、失敗をし、交渉し、取り引きをし、デートをし、約束を交わして人生を送っている。

たばこを一本吸い終わったところで、拘置所の入り口にフリーダの姿が見えた。大佐は吸い殻をかかとで踏み消し、数ヤード離れたところで立ち止まった彼女に、これから行こうとしている方向を示して歩きだした。数ヤード後ろを彼女がついてきていることを確かめながら、先を歩いた。すでにひけ目を感じているはずの彼女に、今以上に気おくれを感じさせることのないようにと配慮して、モーガン大佐は適度の距離を保ちながら歩いた。

ユングフェルンシュティーク通りの終点に、新しくできたばかりの波型トタン屋根の白塗りの木造店舗があり、菓子や新聞を売っている。そこに立ち寄ったモーガン大佐は、これからの移動に備えて一袋のペパーミントと『ディ・ヴェルト』紙を買った。一面には、「大爆破に備えるヘリゴランド島」という見出しとともに、ヘリゴランドの空撮写真が載っている。最初のパラグラフには、「一回の大爆破で破壊されるナチスの残留兵器」について書かれている。

フリーダは、大佐から数フィート離れて立ち止まった。大佐は彼女にペパーミントを渡そうとしたが、人前では彼女は受け取らないだろうと思い直し、菓子の袋を持ちつづけた。道路には、瓦礫を満載したトラックの長い列が続いていた。チリチリと小さな音を立てて、粉塵や砂粒が道路に落ちていく。二人はトラックの列が通りすぎるのを待って道路を渡り、泥にまみれた茶色のフォルクスワーゲンにたどり着いた。大佐は車のドアを開け、フリーダに菓子の袋を手渡した。

「君のために買ったものだ」

フリーダはそれを受け取り、車に乗り込んだ。

二人の車は、南へ向かい、次いで東へ向かった。ハーフェンシティーの巨大な倉庫の横を通り過ぎ、ばら積み貨物船の航路に沿って走り、ハンマーブロークの荒れ地に着いた。

フリーダは一言も口を利かず、縮こまったまま、顔を大佐から背けたままでいたが、車がブクステフーデに向かう高速道路に入ったとき、姿勢を正して言った。

「道が違います」

「わかってるよ」

「反対に向かっています。私の家はむこうです」

「わかっている」と、大佐は答える。「別の道を通ろうとしているのだ」

「でも、この道は間違っています。遠回りになります」

「私にまかせておきなさい。こっちのほうがいい道なんだ」

第十五章

ルベルト氏は、認証官事務所《サーティフィケーション・オフィス》へ向かう途中、焼け残った旧美術館の壁の前を通り過ぎた。ここは、「ご存知ありませんかの壁《ハヴ・ユー・シーン・ウォール》」と呼ばれ、行方不明となった愛する人たちの情報を求める貼紙で埋め尽くされている——古い貼紙の上に、たくさんの新しい貼紙が重ねられている。親を探す孤児たちの写真を貼る場所が、新たに設けられていた。その上にたくさんの男女がかがみこんで、一枚一枚の写真を念入りに調べていた。あの大惨事の後、何カ月か経って、人々が市内に入ることが許されてから、ルベルト氏はほとんど毎日のようにここへやってきた。季節は秋だったが、植物に何か異変が起こったようだった。夏の大空襲ですっかり焼き払われた木々が突然花を咲かせ、まったく季節外れのライラックや栗の木までもが花をつけていた。戦災で亡くなった人たちの遺灰が、廃墟の土壌の温度を変えたのだろう。さまざまな草木が、気まぐれに廃墟の中にはびこっている。球根のキンポウゲ、ハコベ、小型ゼニアオイ、そしてローズベイ・ウィローハーブなどだ。ルベルト氏は、クラウディアが炎の嵐に飲み込まれて死んだという、彼女の同僚、トルーディの目撃情報を信じなかった。何百もの類似の行方不明者の通知の中に、クラウディアの名前を加えることにこだわった。そして、今日初めて、貼紙をチェックする必要なくこの壁の横を歩くことができた。

「どうか、お探しの方が見つかりますように！」と、そばにいた夫婦に声をかけて、ルベルト氏はシユタインダム地区の端にある認証官事務所《サーティフィケーション・オフィス》へ歩いていった。

今やルベルト氏の望みは、自分の経歴がクリーンであることを当局に認めさせることにあった。そうすれば、建築士の仕事を再開することができる。しかし、次第に膨らむ期待を懸命に抑えねばならないのが現実だった。証明書を得るためにここにやってくる人々は、誰もが幸せな顔で帰れるわけではないからだ。多くの人が、証明書を入手することなく帰らされていた。何の理由説明もされずに。中には、反対に尋問を受けるためにもう一度来るよう指示される者さえいた。

クラウディアが家に戻って以来、ルベルト氏の頭には街の復興構想が広がっていった。瓦礫の中にそびえるビルディング、新築の市役所、エルベ河にかかる橋、波止場のコンサートホールなど、これらは非現実的で野心的かもしれないが、一度は夢破れ、挫折を味わった建築家の挽歌でもあろう。にもかかわらず、それらは今のルベルト氏の胸に頻繁に去来するのだった。そんな彼にクラウディアは、かつて彼が若いころに作成したプランを再現してはどうかと言った。戦前以来見向きもしなかったものだけに、若いころの想い出がよみがえり、彼は、思わずにこりと笑いながら、たじろぐのだった。学生時代の理想主義と尊大さを想い起こすと、古いラブレターを読んでいるような気分になるのだった。

当時ルベルト氏が作成したプランが見つかった。それには『歴史のない家』というタイトルがつけられ、副題として、「庭と用水路、噴水、娯楽施設を備えた労働者の村」と書かれていた。若者らしいうぬぼれそのものだ。しかし、「過去に言及しない家」など、建設はおろか、実際に設計をしようと思う者がどこにいるというのか？　恩師のクラマー教授は、このプランを、イデオロギーに汚れたブルジョア趣味の作品だとしてまったく評価しなかった。当時まだ青二才だったルベルト氏が、教授のような洗練されて複雑な人物と議論しても勝ち目がないのは明らかだった。しかし、二十年経った今、そのプランをあらためてよく見ると、そこには早急に検討すべき今日的な課題が含まれているように思えるのである。

事務所の待合室には、二人の先客がいた。爪をかんでいる女性と、小説を読んでいる男性だ。ルベルト氏は二人の反対側のベンチに座り、この二人を観測しはじめた。はたしてどちらがうまく証明書を入手し、どちらが失敗するのか？　女性は視線を床に落とし、自分の両脚がきちんと平行にそろっているか、しきりに気にしていた。その神経質な様子にもかかわらず、彼女は許容可能なグレーゾーンにいるように見えた。これに対し、手袋をしたまま本のページを繰っている男性は、終始落ち着いていた。あまりにも冷静沈着なので、彼がほんとうに無実なのか疑わしいほどだった。ルベルト氏の目には、この男が実はかつてのＳＳ（ナチス親衛隊）の一員で、毎朝自分のしゃれこうべを磨いていたのではないかと思えたほどだ。確かに、服装は昔の制服ではなく今様のカジュアルなものだったが、今何をしているのかはわからない。

「ここで、どれくらい長く待っていらっしゃるのですか？」ルベルト氏は男性に声をかけた。謎めいた男の人生を知る手がかりをつかむつもりだった。

「忘れた」

男は、本から目を上げずに答えた。

「あなたはどうですか？」と、ルベルト氏は女性に訊いた。

「ここへくるのは三度目です」彼女はルベルト氏の質問に答えるわけでなく、話しはじめた。「私にできるのは、あの人たちがすでに知っていることを何度もくりかえし説明することだけです。私たちは結婚していません。恋人同士ですらありません！　彼と一緒に数回劇場に行った、ただそれだけで、あの人たちは私を収容キャンプに送り込もうとしているのです」

話は最後まで聞かなくても、おおよそ推測することができた。相手の男は党の大物の一人だったに違いない。そして彼女は、何も知らずにその男に売春していたのだろう。よくある話だ。

「落ち着け、女！」と、しゃれこうべ男が言った。「お前がしつこく話をすればするほど、信用できなくなる。エネルギーをむだにするな！　お前自身の身の上話だけすればいいのだ。そうすれば、何も恐れることなどない」そう言って、再び本に目をやった。ルベルト氏は、ますます確信した。この男の経歴は靴墨と同じくらい真っ黒だ、と。

呼び出しを待つ時間が、だらだらと続いた。これも、認証官たちの作戦の一つなのかもしれない。時間をかけて各自の胸に疑念が浮上するのを待とうというのか。この悪臭のする部屋に、他の罪人と一緒に座らせ、互いに相手を非難しはじめるのを待とうというのだろうか。

「ローザ・ツルンヴェグ」

女性があわてて立ち上がり、カウンターへ向かった。カウンターは銀行の窓口に似ており、下側の穴から朗報や悪報を受け取ることになっている。ルベルト氏は窓口の会話に耳を澄ましたが、聞き取れなかった。カウンターの上で、何かが彼女に渡された。

「これは何ですか？」と、女性が訊いた。突然、彼女は悲鳴をあげてカウンターをたたき、感情を爆発させた。「やめてください。これ以上の尋問は！　どうか、神様！　もう、私から言うことは何もありません。今までに、すべて話しました。私にはしかるべき証明書が必要なのです。私自身の人生を送れるように！」

ガラスの反対側の認証官は、黙ったまま、何の慰めのことばもかけなかった。女性が引きつづき抗議しようとしたとき、守衛が進み出て彼女を外へ連れ出した。結局、彼女は三度も否認したにもかかわらず、汚名を晴らすことができなかったのだ。

数分後、姿の見えない認証官の声がしゃれこうべ男を呼び出した。

「ブルックさん」

しゃれこうべ男がカウンターに歩み寄ると、それまでと同様にくぐもった声がガラスの向こう側から聞こえた。そして、何かがカウンター越しに差し出された。ブルック氏が手にしたのは証明書だった。みごとに真っ白な証明書だ。

　クラウディアは正しかった。彼女はあまりにも衝動的で、何事も即断しすぎるきらいがあったが、クラマー教授が言っていたように、ルベルト氏をよくも悪くも立派な建築家にしたのは、彼女の即決のおかげであった。

　ルベルト氏は、当局から証明書を拒否されるとは考えていなかった。彼は自分の無実を信じていたし、あいまいなイギリス式正義をも信じていた。だが、今になって新たな疑念が湧いてくるのだった。彼らは私の知らない何かをつかんだかもしれない。家族の誰かとのつながりを見つけ、いとこをたどっていくとヒトラーの側近のヒムラーやボルマンにつながっているのがわかるはずだ。レイチェルとの不倫もばれたかもしれない。

「シュテファン・ルベール？」

　悪いスタートだ。イギリス人の認証官がTを発音せずにフランスふうに彼の名前を呼んだからだ。立ち上がったとき、両脚に力が入らず、針で留められているように感じた。ガラスの向こう側にいる職員は濃紺のCCGの制服を着て、ヒトラーがシンボルにしていた歯ブラシ状の口ひげをたくわえていた。ルベルト氏は、どんな形の口ひげも好きになれなかった。ヒトラーの口ひげについても、ばかげた見せかけにすぎないと、内心軽蔑していた。イギリスの軍人たちがいまだにこのスタイルを好んでいるのが不思議だった。自分が誰に似ているか、わかっているのだろうか？　ルベルト氏は、今の自由がこのイギリス版ヒトラーによって拒否されるのではないか、などと考えた。

「これが、あなたの証明書だ」

　ルベルト氏は、差し出された書類をおそるおそる手でなでた。そしてにおいをかぎ、さらには胸に押し当てた。ラブレターを受け取ったかのように。それは完全な「非ナチス証明書《パージルシャイン》」だった。思わず、ヒトラーに似たイギリス人認証官にキスしたくなった。証明書をかざしてひらひらさせ、ハンブルク全市に向かって叫びたくなった。「私はクリーンだ！　自由に仕事ができる！　自由に旅行ができる！　自由な生活ができるのだ！」と。

事務所の建物を出たルベルト氏は、新鮮な気分で市街に足を踏み出した。大きく深呼吸してから、道路を横切り、廃墟の縁に立った。ここシュタインダムは、大火災の被害地区の一番外側に位置している。火災から四年が経った今も、焼け野原のままだ。街路の片側には六階建ての建物が残っているが、その反対側は南に向かって一面に平坦な廃墟が広がり、ハンマーブローク地区に至っている。まるで、その先にぎざぎざの険しい崖がある大平原のようだ。小さな黒いジョウビタキが雪解けの中で餌をさがし、瓦礫の中に巣を作ろうとしている以外は、まったく生き物の姿を見ない。

ジョウビタキを観察しながら、ルベルト氏は考えを巡らせた。瓦礫がすべて取り除かれて、新しい建物のために地盤が掘られ、将来の建物の基礎が次々と作られていく。例えば、中庭を見下ろす開廊《ロッジア》つきの図書館、アーケードつきの病院、丸ひだ飾りや荒石積みモルタル壁の学校、屋外上映の際の音楽演奏用特別バルコニーを備えた新しい映画館。自動車用の道路。自転車のための小道、人々の歩く歩道。きれいな大通りの並木。湖畔のボート小屋、家々の屋根の上を走る高架鉄道。花模様の水を噴き上げる噴水。人々が集い、思考にふけり、語り、遊び、議論しあう公園や庭園。ルベルト氏は荒廃から育ちゆく新しい市街全体を目に浮かべることができた。子どもにも、親にも、年老いた者たちにも、恋人たちにも、行方不明者を探す人にも、再会できた人にも、傷ついた人にも、傷の癒えた人にも、行方不明者にも、亡くなった人にも、すべての人たちにとってすばらしい都市を。

エピローグ

　オッチとエルンストは、エルベ河の土手沿いを、優しいトミーの家に向かって歩いていた。

「なんで殺《や》っちまわなかったんだ？」と、エルンストが訊いた。「チャンスだったのに」

　確かにそうだった。彼らがキジを撃とうと、公園の中をハンターのように抜き足差し足で歩いていたとき、ちょうど目の前にあの黒ヒョウのような大猫を見つけたのだ。死んだ鹿の腹の中に首を突っ込んで、はらわたを食いちぎっていた。首の筋肉がぴくぴくと動き、歯はピアノの鍵盤のようだった。貴婦人の着る毛皮のコートのような真っ黒い毛で、目はエメラルドのように輝いていた。オッチはアルバートに教わったとおり、モシン・ナガンのライフルの台尻を肩に押しつけ、ツァイスのスコープ上の十字線に照準を合わせて、引き金に指をかけた。

「今だ、やれ！」とエルンストが小声でささやいた。「何をぐずぐずしているんだ？」その瞬間、オッチは大猫を撃ち殺せたはずだ。だが、なぜか、オッチにはそれができなかった。躊躇したその瞬間、大猫は首をもたげ、エメラルド色の目でウィンクし、こそこそと退散していった。

　オッチは肩をすくめて言った。「わからない。おれには、説明できない」

　二人は土手を歩きつづけた。歩きながら、オッチは頭に群がってくる蝿の集団と格闘していた。

「誓ってもいい。おれたちはこれから千年は蝿の集団に悩まされることになるぜ。初めは、小集団が街にやってきて住み着く。場所を選ばない。一匹の蝿が人間の糞を見つけて、家族や親族を全員呼びよせ、そこを我が家にするんだ」

「雪が融けてしまった」と、エルンストが残念そうに言う。「雪は少なくとも、臭いものに蓋をしてくれた」

川の流れが大きく曲がるあたりにやってきた。そこは、オッチが突堤の端から母さんの遺灰を撒いた場所だ。母さんは今、どこにいるのだろう？　この水の流れが母さんをどこまで運んだか、知る由《よし》もない。クックスハーフェン、ヘリゴランド、ジルト島あたりかもしれない。途中で堆積した泥に引っかかって、カラスの餌になっていなければいいが……。遺灰はハンマーブロークの廃墟か、ジェニッシュパーク公園の芝生に撒くべきだったと後悔した。そのとき、背後から一陣の風が吹き、母さんの遺灰がブーツの上に舞い上がって少年の口に入ったようだ。そして少年は想い出した。「川のそばに住みたい」と母さんが言っていたのを。風がおさまるのを待って、少年は容器の中から一握りの遺灰を取り出し、水面に投げた。今度は雪片のように固まった遺灰は、エルベ河の川面に浮かび、海へ向かって西のほうに流れていった。

トミーの家に近づくにつれ、エルンストは落ち着きをなくしていった。

「ほんとうにこんなことをしなきゃいけないのか？」

「エドモンドはおれたちの友だちだぜ。いつもシギーズをくれたじゃないか？」

「おれたちは警官に追われているんだぜ」

「木と木の間を、わからないように移動するさ。あの大猫みたいにな」

二人は川畔から離れ、公園を縦走して、道路を横切り、家の門の反対側に出た。フェンスの向こう側の様子がよく見えるように、二人は木にのぼり、オッチは銃からはずした照準器で周囲を見渡しはじめた。

「見つけたか？」と、エルンストが尋ねる。

車道にはもはやメルセデスの姿はなく、柱にはトミーの国旗も翻っていなかった。エドモンドも、大佐も、大佐の妻も、影すら見えなかった。跡形もなくなっていた。

「トミーの姿がまったく見えない」

「多分、イギリスに帰ったんだろう」と、エルンストが言った。「きっと、ヴィンザーのホワイトクリフ〔訳註：ドーバー海峡の白い崖〕に座って、ヒトラーの睾丸《きんたま》をさかなに冗談を言い合っているんだよ」

その光景を思い浮かべて、オッチは、たまらなく悲しくなった。たばこがもらえなくなったからではなかった。少年たちは、家とその周囲をくまなく探しつづけた。必死にエドモンドの姿を求めて、あるいは、誰でもいいから、とにかくやさしいトミーの姿を見つけようとした。

一階の窓の向こうで、何かが動くのが見えた。スコープの照準を合わせると、はしごの上に男性の脚が見えた。アルバートの女の父親だろう。壁に絵画のようなものを取りつけているようだ。その様子をしばらく眺めてから、オッチは、窓から壁、壁から窓、そして庭へとスコープの照準を移動させた。すると、椅子に座って川面を眺めている婦人の姿が見えた。彼女は針と糸を使って何かをしているが、何をしているのかはわからない。

「今、何が見える？」

「女の人が一人。でも、エドモンドの母さんじゃない。見たことのない顔だ。結構な美人だよ。マレーネ・ディートリッヒほどじゃないけど」

「誰かが庭を横切っているよ。お腹の大きい女の子だ」と、エルンストが言った。

オッチは、スコープから目を離して、椅子の婦人のところへ歩いていく少女を見た。

「アルバートの女だ」そう言って、オッチは、改めてスコープで少女を見た。「スカートの下に、何か大きなボールを入れているようだ」

「何だって?」

オッチは、スコープの照準を下げて言った。「アルバートの女は、母親になろうとしているんだ」

そう言って、スコープをエルンストに渡した。オッチは、兄のアルバートのことを考えた。彼なら、何か知っているはずだ。

「誰かやってくるぞ」と、エルンストが言う。

アルバートの女の父親が、コーヒーとケーキをトレイにのせて、女たちのところへやってくるのが見えた。彼はそれをガーデン・テーブルの上に置き、婦人の横に椅子を引き寄せて、婦人の手を取り、何か話しはじめた。

「これからどうする、オッチ?」と、エルンストが尋ねる。「また後で戻ってくるか?」

「もうしばらく見ていようよ」と、オッチが答えた。「何が起こるのか、見てみたいんだ」

謝辞

祖父ウォルター・ブルックについて語ってくれた父に感謝したい。祖父は一九四六年、ハンブルクにおいて自分たちが住める一軒の家を徴発したが、その際ドイツ人家主一家を追い出すのではなく、そのまま留まることを許すという、当時としては非常にユニークな措置を取り、結果、終戦の翌年から五年間、ドイツ人一家とイギリス人一家が一つ屋根の下で生活することになったそうだ。このようなユニークな状況設定にインスピレーションを得て書かれたのが、この小説である。

叔父のコリン・ブルックは、父と協力して、当時の状況についての詳細な情報や、彼らの記憶していることや、当時の特徴を示すものを、写真とともに私に提供してくれた。これらの情報なしには、この小説の全体像や細部を構築することはできなかっただろう。

エージェントのキャロライン・ウッドは、数年来、私に何か物語を執筆するよううるさくせがんでいたが、その物語とは小説（あるいは脚本）を想定したものだった。そしてついに私が彼女に伝えた言葉は、彼女が出版社の関心を惹くのに十分なものだった。

スコット・フリー・プロダクションの映画プロデューサー、ジャック・アーバスノットは、私が話したことを伝え聞いて、脚本を書くよう私に依頼してきた。このことがエージェントを刺激して、さらに執拗に私に小説を書くよう迫らせることになった。

ペンギンのウィル・ハモンドとクノッフのダイアナ・コグリアニーズの両編集者には、当時わずか六分の一しか書けていなかった私の本を思いきって取り上げてくれたことに感謝したい。両氏の助けを得て、生煮えの状態で持ち込んだ書き物を、何とか読めるまでにすることができた。

他にも、さまざまな友人たちが私に小説を書くよう何年にもわたって励ましてくれた。私自身が新しい小説を書ける自信がないときにだ。それが誰だか、もうおわかりだろう。

私の妻であり主任編集者でもあるニコラは、二十年ものあいだ真に偉大な文学の教師でありながら、私のような、これから何かを書こうとしている人間に我慢強くつきあってくれた。

そして、すべての事物の著者である神に感謝する。

訳者あとがき

第二次世界大戦はそれまでの戦争と違い、「総力戦」の様相を呈しました。各当事国は軍隊や軍事施設だけでなく一般人や産業をも総動員して、相互に無差別爆撃や大量殺戮を繰り返しました。その結果、一九四五年にドイツ・イタリア・日本の枢軸国が力尽きて無条件降伏したときには、戦勝国といえども体力を消耗しつくしていました（途中から参戦したアメリカを除いて）。敗戦国のドイツは、ハンブルクをはじめとするほとんどの都市が廃墟と化し、国民は住む家を失い、食料も衣類も不足する中で途方に暮れ、その日暮らしの生活を余儀なくされていました。その一方で、戦勝国のイギリスもかつての大英帝国の基盤が崩壊し、国家財政も破綻して、国民は耐乏生活を余儀なくされていたのです。しかも、一九四五年から四六年にかけてのヨーロッパの冬は記録的な寒さで、石炭などの燃料が不足して事態の悪化に拍車をかけました。

本小説は、一九四六年、終戦直後のドイツ・ハンブルク市街の様子とそこで暮らす住民たちの惨状を描いています。幸い破壊を免れた豪邸に住むドイツ人家族と、その家を占拠しながら同居することになったイギリス軍将校の一家がくり広げる憎悪と愛情、不信と理解、復讐と寛容の相克を追う物語です。これは、著者リディアン・ブルックの祖父のウォルター・ブルックが終戦の翌年から五年間、ハンブルク市街の徴用住宅で、ドイツ人家主の家族と一緒に生活した際の経験談をヒントにして書かれているそうです。かつて敵味方だった両国民の感情のもつれが原因で、身近な夫婦の愛情や親子の絆にひびが入り、ついには破滅の危機に瀕するという悲しい運命をたどる人たちの心の動きをなまなましく描き、しかし最後には互いを許しあうことで破局を免れるというこの物語は、あらためて、夫婦とは、家族の絆とは、ひいては人間愛とは何かを問う、我々現代人の心情に共鳴する問題を考えさせます。

ストーリーの流れや心理描写の面白さはもとよりですが、著者のリディアン・ブルックは、本書を書くにあたり、最初から映画化を視野に入れていました。それだけに、いずれの登場人物もその性格や動きがくっきりと分かりやすく描かれています。ちなみに、本小説の映画化は、スコット・フリーとBBCフィルムがプロデュース、アミューズメント・パーク・フィルムとフォックス・サーチライトによって制作が進められ、二〇一九年三月にアメリカとイギリスで公開されました。主演俳優は、レイチェルをキーラ・ナイトレイ、モーガン・ルイス大佐をジェイソン・クラーク、ルベルト氏をアレクサンダー・スカルスガルドがそれぞれ演じています。

著者のリディアン・ブルックは、フィクション、テレビドラマ、脚本などの分野で活躍している作家です。彼の最初の小説『タリエシン・ジョーンズの証言』は一九九七年のサマセット・モーム賞を含む三つの賞を受賞し、映画化もされています。他にも短編小説を多く書いており、『パリ・レビュー』、『ニュー・ステーツマン』、『タイム・アウト』などに掲載され、一部はBBCラジオ4でも放送されています。本小説は著者の三作目の小説ですが、発表以来、イギリスの全国紙『ガーディアン』などで注目され、アマゾンに寄せられたカスタマー・レビューも二百を超え、そのうちの大半が好意的な評価です。たとえば、「終戦時のドイツ人の惨めな状況がリアルに描かれている」、「勝者の理論で統治しようとする占領軍部の欺瞞性が暴かれている」、「どんなに困難な場面にあっても人間性を失わない良心的で利他的な主人公ルイスの人柄に惹かれる」、「複雑な、しかしどこか同情したくなる性格のキャラクターたちが魅力的に描かれている」、また「理性と情熱の葛藤」、「悲劇の不倫物語」、「偉大な時代小説」、「戦後のドイツへの鋭い洞察」、「あまり知られていない終戦後の占領下のドイツの描写」などなどです。

最後になりましたが、本小説の翻訳にあたり、多くの方々から多大なご支援、ご指導をいただきました。心より感謝申し上げます。

まずは、原書『The Aftermath』を紹介してくださった日本ユニ・エージェンシーの小山猛氏と栗岡ゆき子氏、それに本小説の翻訳を強く推薦し、かつ数々のご指導を賜った翻訳家の藤岡啓介先生に厚く御礼申し上げたいと思います。実際の翻訳にあたっては、特に、訳者の地元であるさいたま市岩槻で「小説を書く会」を主宰しておられる亀井隆氏と宝珠山敬彬氏に、文章のすみずみまでていねいに添削していただきました。また、同じく地元で若手小説家の育成に注力されている露木元正氏をはじめとする「小説を楽しむ会」の皆さまからの力強い激励をたまわりました。ありがとうございました。そして、何よりも、本翻訳出版の企画を採用してくださった作品社の青木誠也氏には感謝のことばもありません。

本書が日本の多くの読者の目にとまり、興味をもって読んでいただけることを念じております。

二〇一九年七月

下　隆全

【著者・訳者略歴】

リディアン・ブルック（Rhidian Brook）

1964年ウェールズ生まれ。小説家。処女作の『The Testimony Of Taliesin Jones（タリエシン・ジョーンズの証言）』は、1997年のサマセット・モーム賞を含む3つの賞を受賞し、映画化もされた。第2作『Jesus And The Adman（イエスと広告業者）』は1999年刊行。本書『モーガン夫人の秘密』は第3作で、2013年4月に出版され、2017年にフォックス・サーチライト・ピクチャーズにより、ジェームス・ケント監督、アレクサンダー・スカルスガルド、キーラ・ナイトレイ主演で映画化された。ほかに多くの短篇小説を書いており、『パリ・レビュー』、『ニュー・ステーツマン』、『タイム・アウト』などに掲載され、一部はBBCラジオ4でも放送されている。小説家としての顔以外に、映画やテレビ・ラジオのシナリオ・ライターとして、また出演者としても知られている。

下 隆全（しも・たかまさ）

1940年兵庫県生まれ。京都大学文学部英文学専攻。江商株式会社（現・兼松）にて、ドイツ、ビルマ、インドなど海外駐在経験を積み、退職後は翻訳者として活動。訳書に、ラシェル・ベルグスタイン『ダイヤモンドの語られざる歴史　輝きときらめきの魅惑』（国書刊行会）、オリバー・バークマン『解毒剤　ポジティブ思考を妄信するあなたの「脳」へ』、同『HELP！　最強知的“お助け”本』（以上東邦出版）、ジョエル・レヴィ『世界陰謀史事典』（柏書房）などがある。

モーガン夫人の秘密

2019年9月25日初版第1刷印刷
2019年9月30日初版第1刷発行

著　者　リディアン・ブルック
訳　者　下　隆全
発行者　和田　肇
発行所　株式会社作品社
〒102-0072　東京都千代田区飯田橋2-7-4
TEL.03-3262-9753　FAX.03-3262-9757
http://www.sakuhinsha.com
振替口座00160-3-27183

装　幀　水崎真奈美（BOTANICA）
本文組版　前田奈々
編集担当　青木誠也
印刷・製本　シナノ印刷株式会社

ISBN978-4-86182-686-3 C0097

【作品社の本】

ヴェネツィアの出版人

ハビエル・アスペイティア著　八重樫克彦、八重樫由貴子訳

“最初の出版人”の全貌を描く、ビブリオフィリア必読の長篇小説！

グーテンベルクによる活版印刷発明後のルネサンス期、イタリック体を創出し、持ち運び可能な小型の書籍を開発し、初めて書籍にノンブルを付与した改革者。さらに自ら選定したギリシャ文学の古典を刊行して印刷文化を牽引した出版人、アルド・マヌツィオの生涯。 ISBN978-4-86182-700-6

悪しき愛の書

フェルナンド・イワサキ著　八重樫克彦、八重樫由貴子訳

9歳での初恋から23歳での命がけの恋まで——彼の人生を通り過ぎて行った、10人の乙女たち。バルガス・リョサが高く評価する“ペルーの鬼才”による、振られ男の悲喜劇。

ダンテ、セルバンテス、スタンダール、プルースト、ボルヘス、トルストイ、パステルナーク、ナボコフなどの名作を巧みに取り込んだ、日系小説家によるユーモア満載の傑作長篇！


ISBN978-4-86182-632-0

誕生日

カルロス・フエンテス著　八重樫克彦、八重樫由貴子訳

過去でありながら、未来でもある混沌の現在＝螺旋状の時間。家であり、町であり、一つの世界である場所＝流転する空間。自分自身であり、同時に他の誰もである存在＝互換しうる私。

目眩《めくる》めく迷宮の小説！『アウラ』をも凌駕する、メキシコの文豪による神妙の傑作。


ISBN978-4-86182-403-6

悪い娘《こ》の悪戯《いたずら》

マリオ・バルガス＝リョサ著　八重樫克彦、八重樫由貴子訳

50年代ペルー、60年代パリ、70年代ロンドン、80年代マドリッド、そして東京……。

世界各地の大都市を舞台に、ひとりの男がひとりの女に捧げた、40年に及ぶ濃密かつ凄絶な愛の軌跡。ノーベル文学賞受賞作家が描き出す、あまりにも壮大な恋愛小説。 ISBN978-4-86182-361-9

チボの狂宴

マリオ・バルガス＝リョサ著　八重樫克彦、八重樫由貴子訳

1961年5月、ドミニカ共和国。31年に及ぶ圧政を敷いた稀代の独裁者、トゥルヒーリョの身に迫る暗殺計画。恐怖政治時代からその瞬間に至るまで、さらにその後の混乱する共和国の姿を、待ち伏せる暗殺者たち、トゥルヒーリョの腹心ら、排除された元腹心の娘、そしてトゥルヒーリョ自身など、さまざまな視点から複眼的に描き出す、圧倒的な大長篇小説！ ISBN978-4-86182-311-4

【作品社の本】

無慈悲な昼食

エベリオ・ロセーロ著　八重樫克彦、八重樫由貴子訳

「タンクレド君、頼みがある。ボトルを持ってきてくれ」地区の人々に昼食を施す教会に、風変わりな飲んべえ神父が突如現われ、表向き穏やかだった日々は風雲急。
誰もが本性をむき出しにして、上を下への大騒ぎ！　神父は乱酔して歌い続け、賄い役の老婆らは泥棒猫に復讐を、聖具室係の養女は平修女の服を脱ぎ捨てて絶叫！　ガルシア＝マルケスの再来との呼び声高いコロンビアの俊英による、リズミカルでシニカルな傑作小説。　ISBN978-4-86182-372-5

顔のない軍隊

エベリオ・ロセーロ著　八重樫克彦、八重樫由貴子訳

ガルシア＝マルケスの再来と謳われるコロンビアの俊英が、母国の僻村を舞台に、今なお止むことのない武力紛争に翻弄される庶民の姿を哀しいユーモアを交えて描き出す、傑作長篇小説。
スペイン・トゥスケツ小説賞受賞！　英国「インデペンデント」外国小説賞受賞！

ISBN978-4-86182-316-9

逆さの十字架

マルコス・アギニス著　八重樫克彦、八重樫由貴子訳

アルゼンチン軍事独裁政権下で警察権力の暴虐と教会の硬直化を激しく批判して発禁処分、しかしスペインでラテンアメリカ出身作家として初めてプラネータ賞を受賞。欧州・南米を震撼させた、アルゼンチン現代文学の巨人マルコス・アギニスのデビュー作にして最大のベストセラー、待望の邦訳！

ISBN978-4-86182-332-9

天啓を受けた者ども

マルコス・アギニス著　八重樫克彦、八重樫由貴子訳

合衆国南部のキリスト教原理主義組織と、中南米一円にはびこる麻薬ビジネスの陰謀。アメリカ政府と手を結んだ、南米軍事政権の恐怖。アルゼンチン現代文学の巨人マルコス・アギニスの圧倒的大長篇。野谷文昭氏激賞！

ISBN978-4-86182-272-8

マラーノの武勲

マルコス・アギニス著　八重樫克彦、八重樫由貴子訳

「感動を呼び起こす自由への賛歌」――マリオ・バルガス＝リョサ絶賛！　16～17世紀、南米大陸における あまりにも苛烈なキリスト教会の異端審問と、命を賭してそれに抗したあるユダヤ教徒の生涯を、壮大無比のスケールで描き出す。アルゼンチン現代文学の巨匠アギニスの大長篇、本邦初訳！

ISBN978-4-86182-233-9

【作品社の本】

外の世界

ホルヘ・フランコ著　田村さと子訳

〈城〉と呼ばれる自宅の近くで誘拐された大富豪ドン・ディエゴ。身代金を奪うために奔走する犯人グループのリーダー、エル・モノ。彼はかつて、“外の世界”から隔離されたドン・ディエゴの可憐な一人娘イソルダに想いを寄せていた。そして若き日のドン・ディエゴと、やがてその妻となるディータとのベルリンでの恋。いくつもの時間軸の物語を巧みに輻輳させ、プリズムのように描き出す、コロンビアの名手による傑作長篇小説！　アルファグアラ賞受賞作。　ISBN978-4-86182-678-8

密告者

ファン・ガブリエル・バスケス著　服部綾乃、石川隆介訳

「あの時代、私たちは誰もが恐ろしい力を持っていた――」名士である実父による著書への激越な批判、その父の病と交通事故での死、愛人の告発、昔馴染みの女性の証言、そして彼が密告した家族の生き残りとの時を越えた対話……。父親の隠された真の姿への探求の果てに、第二次大戦下の歴史の闇が浮かび上がる。マリオ・バルガス＝リョサが激賞するコロンビアの気鋭による、あまりにも壮大な大長篇小説！　ISBN978-4-86182-643-6

ボルジア家

アレクサンドル・デュマ著　田房直子訳

教皇の座を手にし、アレクサンドル六世となるロドリーゴ、その息子にして大司教／枢機卿、武芸百般に秀でたチェーザレ、フェラーラ公妃となった奔放な娘ルクレツィア。一族の野望のためにイタリア全土を戦火の巷にたたき込んだ、ボルジア家の権謀と栄華と凋落の歳月を、文豪大デュマが描き出す！　ISBN978-4-86182-579-8

メアリー・スチュアート

アレクサンドル・デュマ著　田房直子訳

三度の不幸な結婚とたび重なる政争、十九年に及ぶ監禁生活の果てに、エリザベス一世に処刑されたスコットランド女王メアリー。悲劇の運命とカトリックの教えに殉じた、孤高の生と死。文豪大デュマの知られざる初期作品、本邦初訳。　ISBN978-4-86182-198-1

ランペドゥーザ全小説　附・スタンダール論

ジュゼッペ・トマージ・ディ・ランペドゥーザ著　脇功、武谷なおみ訳

戦後イタリア文学にセンセーションを巻きおこしたシチリアの貴族作家、初の集大成！　ストレーガ賞受賞長編『山猫』、傑作短編「セイレーン」、回想録「幼年時代の想い出」等に加え、著者が敬愛するスタンダールへのオマージュを収録。　ISBN978-4-86182-487-6

【作品社の本】

ウールフ、黒い湖

ヘラ・S・ハーセ著　國森由美子訳

ウールフは、ぼくの友だちだった——オランダ領東インド。農園の支配人を務める植民者の息子である主人公「ぼく」と、現地人の少年「ウールフ」の友情と別離、そしてインドネシア独立への機運を丹念に描き出し、一大ベストセラーとなった〈オランダ文学界のグランド・オールド・レディー〉による不朽の名作、待望の本邦初訳！

ISBN978-4-86182-668-9

蝶たちの時代

フリア・アルバレス著　青柳伸子訳

ドミニカ共和国反政府運動の象徴、ミラバル姉妹の生涯！　時の独裁者トルヒーリョへの抵抗運動の中心となり、命を落とした長女パトリア、三女ミネルバ、四女マリア・テレサと、ただひとり生き残った次女デデの四姉妹それぞれの視点から、その生い立ち、家族の絆、恋愛と結婚、そして闘いの行方までを濃密に描き出す、傑作長篇小説。全米批評家協会賞候補作、アメリカ国立芸術基金全国読書推進プログラム作品。

ISBN978-4-86182-405-0

ビガイルド　欲望のめざめ

トーマス・カリナン著　青柳伸子訳

女だけの閉ざされた学園に、傷ついた兵士がひとり。心かき乱され、本能が露わになる、女たちの愛憎劇。ソフィア・コッポラ監督、ニコール・キッドマン主演、カンヌ国際映画祭監督賞受賞作原作小説！

ISBN978-4-86182-676-4

老首長の国　ドリス・レッシング アフリカ小説集

ドリス・レッシング著　青柳伸子訳

自らが五歳から三十歳までを過ごしたアフリカの大地を舞台に、入植者と現地人との葛藤、古い入植者と新しい入植者の相克、巨大な自然を前にした人間の無力を、重厚な筆致で濃密に描き出す。ノーベル文学賞受賞作家の傑作小説集！

ISBN978-4-86182-180-6

被害者の娘

ロブリー・ウィルソン著　あいだひなの訳

同窓会出席のため、久しぶりに戻った郷里で遭遇した父親の殺人事件。元兵士の夫を自殺で喪った過去を持つ女を翻弄する、苛烈な運命。田舎町の因習と警察署長の陰謀の壁に阻まれて、迷走する捜査。十五年の時を経て再会した男たちの愛憎の桎梏に、絡めとられる女。亡き父の知られざる真の姿とは？　そして、像を結ばぬ犯人の正体は？

ISBN978-4-86182-214-8

【作品社の本】

ヤングスキンズ

コリン・バレット著　田栗美奈子・下林悠治訳

経済が崩壊し、人心が鬱屈したアイルランドの地方都市に暮らす無軌道な若者たちを、繊細かつ暴力的な筆致で描きだす、ニューウェイブ文学の傑作。世界が注目する新星のデビュー作！　ガーディアン・ファーストブック賞、ルーニー賞、フランク・オコナー国際短編賞受賞！

ISBN978-4-86182-647-4

孤児列車

クリスティナ・ベイカー・クライン著　田栗美奈子訳

91歳の老婦人が、17歳の不良少女に語った、あまりにも数奇な人生の物語。火事による一家の死、孤児としての過酷な少女時代、ようやく見つけた自分の居場所、長いあいだ想いつづけた相手との奇跡的な再会、そしてその結末……。すべてを知ったとき、少女モリーが老婦人ヴィヴィアンのために取った行動とは——。感動の輪が世界中に広がりつづけている、全米100万部突破の大ベストセラー小説！

ISBN978-4-86182-520-0

ハニー・トラップ探偵社

ラナ・シトロン著　田栗美奈子訳

「エロかわ毒舌キュート！　ドジっ子女探偵の泣き笑い人生から目が離せません（しかもコブつき）」——岸本佐知子さん推薦。スリルとサスペンス、ユーモアとロマンス——一粒で何度もおいしい、ハチャメチャだけど心温まる、とびっきりハッピーなエンターテインメント。

ISBN978-4-86182-348-0

タラバ、悪を滅ぼす者

ロバート・サウジー著　道家英穂訳

「おまえは天の意志を遂げるために選ばれたのだ。おまえの父の死と、一族皆殺しの復讐をするために」ワーズワス、コウルリッジと並ぶイギリス・ロマン派の桂冠詩人による、中東を舞台にしたゴシックロマンス。英国ファンタジーの原点とも言うべきエンターテインメント叙事詩、本邦初の完訳！

【オリエンタリズムの実像を知る詳細な自註も訳出！】

ISBN978-4-86182-655-9

カズオ・イシグロの視線

荘中孝之・三村尚央・森川慎也編

ノーベル文学賞作家の世界観を支える幼年時代の記憶とイギリスでの体験を読み解き、さらに全作品を時系列に通観してその全貌に迫る。気鋭の英文学者らによる徹底研究！

ISBN978-4-86182-710-5

【作品社の本】

分解する

リディア・デイヴィス著　岸本佐知子訳

リディア・デイヴィスの記念すべき処女作品集！
「アメリカ文学の静かな巨人」のユニークな小説世界はここから始まった。

ISBN978-4-86182-582-8

サミュエル・ジョンソンが怒っている

リディア・デイヴィス著　岸本佐知子訳

これぞリディア・デイヴィスの真骨頂！
強靭な知性と鋭敏な感覚が生み出す、摩訶不思議な56の短編。

ISBN978-4-86182-548-4

話の終わり

リディア・デイヴィス著　岸本佐知子訳

年下の男との失われた愛の記憶を呼びさまし、それを小説に綴ろうとする女の情念を精緻きわまりない文章で描く。
「アメリカ文学の静かな巨人」による傑作。待望の長編！

ISBN978-4-86182-305-3

名もなき人たちのテーブル

マイケル・オンダーチェ著　田栗美奈子訳

わたしたちみんな、おとなになるまえに、おとなになったの——11歳の少年の、故国からイギリスへの3週間の船旅。それは彼らの人生を、大きく変えるものだった。
仲間たちや個性豊かな同船客との交わり、従姉への淡い恋心、そして波瀾に満ちた航海の終わりを不穏に彩る謎の事件。映画『イングリッシュ・ペイシェント』原作作家が描き出す、せつなくも美しい冒険譚。

ISBN978-4-86182-449-4

美しく呪われた人たち

F・スコット・フィッツジェラルド著　上岡伸雄訳

デビュー作『楽園のこちら側』と永遠の名作『グレート・ギャツビー』の間に書かれた長編第二作。
利那的に生きる「失われた世代」の若者たちを絢爛たる文体で描き、栄光のさなかにありながら自らの転落を予期したかのような恐るべき傑作、本邦初訳！

ISBN978-4-86182-737-2

【作品社の本】

ねみみにみみず

東江一紀著　越前敏弥編

翻訳家の日常、翻訳の裏側。
迫りくる締切地獄で七転八倒しながらも、言葉とパチンコと競馬に真摯に向き合い、200冊を超える訳書を生んだ翻訳の巨人。知られざる生態と翻訳哲学が明かされる、おもしろうてやがていとしきエッセイ集。

ISBN978-4-86182-597-9

ブッチャーズ・クロッシング

ジョン・ウィリアムズ著　布施由紀子訳

『ストーナー』で世界中に静かな熱狂を巻き起こした著者が描く、十九世紀後半アメリカ西部の大自然。バッファロー狩りに挑んだ四人の男は、峻厳な冬山に帰路を閉ざされる。彼らを待つのは生か、死か。人間への透徹した眼差しと精妙な描写が肺腑を衝く、巻措く能わざる傑作長篇小説。

ISBN978-4-86182-585-6

ストーナー

ジョン・ウィリアムズ著　東江一紀訳

これはただ、ひとりの男が大学に進んで教師になる物語にすぎない。
しかし、これほど魅力にあふれた作品は誰も読んだことがないだろう。——トム・ハンクス
半世紀前に刊行された小説が、いま、世界中に静かな熱狂を巻き起こしている。
名翻訳家が命を賭して最期に訳した、"完璧に美しい小説"
第一回日本翻訳大賞「読者賞」受賞

ISBN978-4-86182-500-2

黄泉《よみ》の河にて

ピーター・マシーセン著　東江一紀訳

「マシーセンの十の面が光る、十の周密な短編」——青山南氏推薦！
「われらが最高の書き手による名人芸の逸品」——ドン・デリーロ氏激賞！
半世紀余にわたりアメリカ文学を牽引した作家／ナチュラリストによる、唯一の自選ベスト作品集。

ISBN978-4-86182-491-3

夢と幽霊の書

アンドルー・ラング著　ないとうふみこ訳　吉田篤弘巻末エッセイ

ルイス・キャロル、コナン・ドイルらが所属した心霊現象研究協会の会長による幽霊譚の古典。ロンドン留学中の夏目漱石が愛読し短篇「琴のそら音」の着想を得た名著、120年の時を越えて、待望の本邦初訳！

ISBN978-4-86182-650-4

【作品社の本】

ゴーストタウン

ロバート・クーヴァー著　上岡伸雄、馬籠清子訳

辺境の町に流れ着き、保安官となったカウボーイ。酒場の女性歌手に知らぬうちに求婚するが、町の荒くれ者たちをいつの間にやら敵に回して、命からがら町を出たものの——。書き割りのような西部劇の神話的世界を目まぐるしく飛び回り、力ずくで解体してその裏面を暴き出す、ポストモダン文学の巨人による空前絶後のパロディ！

ISBN978-4-86182-623-8

ようこそ、映画館へ

ロバート・クーヴァー著　越川芳明訳

西部劇、ミュージカル、チャップリン喜劇、『カサブランカ』、フィルム・ノワール、カートゥーン……。あらゆるジャンル映画を俎上に載せ、解体し、魅惑的に再構築する！　ポストモダン文学の巨人がラブレー顔負けの過激なブラックユーモアでおくる、映画館での一夜の連続上映と、ひとりの映写技師、そして観客の少女の奇妙な体験！

ISBN978-4-86182-587-3

ノワール

ロバート・クーヴァー著　上岡伸雄訳

“夜を連れて”現われたベール姿の魔性の女《ファム・ファタール》「未亡人」とは何者か!?
彼女に調査を依頼された街の大立者「ミスター・ビッグ」の正体は!?
そして「君」と名指される探偵フィリップ・M・ノワールの運命やいかに!?
ポストモダン文学の巨人による、フィルム・ノワール／ハードボイルド探偵小説の、アイロニカルで周到なパロディ！

ISBN978-4-86182-499-9

老ピノッキオ、ヴェネツィアに帰る

ロバート・クーヴァー著　斎藤兆史、上岡伸雄訳

晴れて人間となり、学問を修めて老境を迎えたピノッキオが、故郷ヴェネツィアでまたしても巻き起こす大騒動！　原作のオールスター・キャストでポストモダン文学の巨人が放つ、諧謔と知的刺激に満ち満ちた傑作長篇パロディ小説！

ISBN978-4-86182-399-2

黒人小屋通り

ジョゼフ・ゾベル著　松井裕史訳

カリブ海に浮かぶフランス領マルチニック島。農園で働く祖母のもとにあずけられた少年は、仲間たちや大人たちに囲まれ、豊かな自然の中で貧しいながらも幸福な少年時代を過ごす。『マルチニックの少年』として映画化もされ、ヴェネツィア国際映画祭で銀獅子賞を受賞した不朽の名作、半世紀以上にわたって読み継がれる現代の古典、待望の本邦初訳！

ISBN978-4-86182-729-7